달드리 씨의 이상한 여행

달드리 씨의
이상한 여행

마르크 레비 장편소설

이원희 옮김

작가
정신

예측은 어려운 것이다.

특히 그 예측이 미래에 관한 것일 때에는.

_피에르 닥

폴린,

루이,

조르주에게

"나는 운명이니, 가야 할 길로 인도해준다는 작은 신호니 그런 걸 믿지 않았어. 점쟁이의 말이나 미래를 점치는 타로도 믿지 않았고. 난 단순한 우연의 일치, 그 우연의 진실을 믿거든."

"그랬는데 왜 그 긴 여행을 시작했어? 그런 것들을 전혀 믿지 않았다면서 왜 여기까지 왔는데?"

"피아노 때문에."

"피아노?"

"조율이 안 된 피아노 있잖아, 장교 식당의 허름한 댄스홀에나 놓여 있을 법한 낡은 피아노에서 나는 소리였어. 아무튼 뭔가 특이한 피아노 소리였지, 아니 어쩌면 그 피아노를 치는 사람이 특이했던 건지도."

"피아노를 누가 쳤는데?"

"같은 층에 사는 이웃집 남자, 확실하지는 않지만."

"이웃집 남자가 치는 피아노 소리 때문에 오늘 저녁 누나가 여기 있는 거라고?"

"어떤 의미에서는. 계단통을 타고 피아노 선율이 울려 퍼지는데 내 고독이 들리는 거야. 그 주말을 브라이튼에서 보낸 건 고독을 피하기 위해서였어."

"처음부터 차근차근 얘기해줘. 순서대로 들어야 무슨 말인지 명확하게 이해할 수 있을 것 같아."

"긴 이야기야."

"급할 거 없어." 라파엘이 창가로 가면서 말했다. "비가 올 거 같아, 바람이 먼바다에서 불어오는 걸 보니. 바다는 빨라도 이삼 일 후에나 나가게 될 거야. 차 준비할 테니까 누나의 이야기를 해줘. 빠짐없이 자세히. 누나가 털어놓은 비밀이 사실이고, 이제부터 우리가 친남매로 영원히 함께하는 거라면 나도 알아야 하는 것들이니까."

라파엘은 주철 난로 앞에 쭈그리고 앉아서 뚜껑을 열고 불씨를 일으켰다.

라파엘의 집은 그의 삶만큼이나 검소했다. 네 개의 벽면, 단칸방, 간이 지붕, 낡은 마룻바닥, 침대 하나, 기온에 따라 겨울에는 얼음장같이 차가운 물이, 정작 차가워야 할 여름에는 미지근한 물이 나오는 낡은 수도꼭지와 세면대. 하나뿐인 창문은 보스포루스 해협 쪽으로 나 있어서, 앨리스가 앉은 자리에서 해협을 오가는 대형 선박들이 보이고, 그 뒤편으로는 유럽 지구의 기슭이 내다보였다.

앨리스는 라파엘이 방금 따라준 차를 한 모금 마시고 이야
기를 시작했다.

1

1950년 12월 22일, 금요일, 런던

침대 머리맡의 통유리창을 세차게 두드리는 굵은 빗줄기, 겨울 폭우가 내리고 있었다. 도시에 남은 전쟁의 상처를 말끔히 씻어내려면 더 많은 다른 것들이 필요할 터였다. 전쟁이 끝난 지 불과 5년이 지난 터라 아직은 폭격의 상흔이 곳곳에 남아 있었다. 일상이 정상화되면서 지난해보다는 식량 제한이 완화되고 있었고, 이제는 통조림이 아니라 예전처럼 고기를 맘껏 먹을 수 있는 날도 기대할 수 있게 되었다.

앨리스는 집에서 친구들과 어울려 저녁 시간을 보내고 있었다. 우수한 콘트라베이스 연주자이자 해링턴 앤 손스 서점에서 일하는 샘, 뛰어난 트럼펫 연주자이자 목공 일을 하는 앤턴, 전시 동원령이 해제되자마자 첼시 병원에서 일하기 시작한 간호사 캐럴, 그리고 에디는 이틀에 한 번꼴로 빅토리아역 계단 밑에서 노래를 불렀고, 기회가 있을 때마다 펍에서도 노래하며 생활비를 벌고 있었다.

다가오는 크리스마스를 기념하는 의미로 다음 날 브라이
튼에 가자고 제안한 사람은 에디였다. 긴 부두를 따라 늘어서
는 놀이공원이 다시 개장됐고, 토요일에는 본격적으로 축제
가 열린다고 했다.

각자 수중에 지니고 있는 돈을 계산했다. 에디는 노팅힐 바
에서 받은 약간의 돈을 모아놓았고, 앤턴은 많진 않지만 연말
보너스를 받았고, 캐럴은 한 푼도 없었다. 늘 돈이 없는 캐럴
이지만, 오랜 친구들은 그녀 몫의 돈을 대신 내주는 것에 익
숙했다. 샘은 버지니아 울프의 『외형의 교차점』 초판본 한 권
과 『댈러웨이 부인』 재판본 한 권을 미국인 손님에게 팔았기
때문에 하루에 일주일치 임금과 맞먹는 돈을 벌었다. 앨리스
에겐 저축해둔 얼마간의 돈이 있었고 1년 내내 미친 듯이 일
했으니, 토요일 하루만이라도 친구들과 보내기 위해서라면
어떤 구실이라도 찾았을 터였다.

앤턴이 가져온 와인은 코르크 맛이 나는 데다 뒷맛마저 시
큼했지만, 다들 얼근히 취해서 노래를 불렀다. 노랫소리가 점
점 커지자 같은 층에 사는 이웃집 남자 달드리 씨가 현관문
을 두드렸다.

샘이 용기를 내어 현관문을 열어주러 가서는 이제 집으로
돌아가려던 참이니까 더는 시끄럽지 않을 거라고 약속했다.
달드리 씨는 샘의 사과를 받아주면서도 조금은 거만한 어조
로 잠에 들기 위해 애쓰고 있으니 협조해주면 고맙겠다고 말
했다. 그러면서 이 빅토리아 양식의 공동주택은 재즈 클럽으

로 개조해도 좋다고 지어진 집이 아니라서 벽을 통해 들리는 말소리만으로도 이미 충분히 짜증스러웠다는 말까지 덧붙였다. 그는 그렇게 일장 훈계를 늘어놓고 나서 바로 맞은편 현관문으로 들어갔다.

앨리스의 친구들은 코트를 입고 머플러를 두르거나 모자를 쓰고 나가면서 다음 날 아침 열 시에 빅토리아역 브라이튼행 기차 플랫폼에서 만나기로 했다.

친구들이 떠나고 혼자가 된 앨리스는 하루에도 시시각각 작업실이 되었다가 주방이 되기도 하고, 거실이나 침실이 되기도 하는 원룸을 치우기 시작했다.

그녀는 소파침대를 침대로 바꿔놓고 누웠다가 벌떡 일어나 현관문을 쳐다봤다. 대체 무슨 배짱으로 멋진 저녁 파티를 망쳐놓고, 무슨 권리로 남의 집에 불쑥 쳐들어온 거지?

그녀는 옷걸이에 걸린 숄을 두르고 나가려다 현관 거울에 비춰보고는 나이가 들어 보인다는 생각에 도로 걸어놓고, 단호한 걸음으로 나가서 달드리 씨의 현관문을 두드렸다. 그리고 허리에 두 손을 얹은 자세로 문이 열리길 기다렸다.

"불이라도 나서 나를 구해주러 온 거라면 몰라도, 이렇게 느닷없이 히스테리를 부릴 다른 이유는 없을 것 같은데요." 달드리가 인상을 팍 쓰면서 말했다.

"먼저, 금요일 밤 열한 시는 그렇게 상식을 벗어난 시각이 아니에요. 둘째, 나는 걸핏하면 쳐대는 당신의 그 피아노 건반 소리를 참고 있는데 당신도 어쩌다 한번 내 집에서 떠드는 소리쯤은 참아야죠!"

"당신 집에는 금요일마다 시끄럽게 떠드는 친구들이 와요. 게다가 일관성 있게 술 파티를 벌이는 유감스러운 습관 때문에 나는 수면 방해를 받고 있어요. 그리고 참고삼아 말하는데, 내 집에는 피아노가 없으니 당신이 불평하는 건반 소리는 다른 이웃집, 아마도 아래층 부인의 집에서 나는 소리일 테니 나한테 따질 일이 아니고요. 나는 뮤지션이 아니라 화가예요. 그림은 소리를 내지 않죠. 내가 이 낡은 주택을 독차지하고 있을 때는 집이 얼마나 조용했는데!"

"그림을 그려요? 정확히 어떤 걸 그리는데요, 미스터 달드리?" 앨리스가 물었다.

"도시 풍경이요."

"재미있네요, 나는 당신이 화가가 아니라……."

"뭐라고 생각했는데요, 미스 펜델버리?"

"내 이름은 앨리스예요. 집에서 하는 말이 다 들려서 내 성까지 알고 있는 모양이군요."

"우리를 가르는 벽이 두껍지 않은 것은 내 탓이 아닌데요. 이제 정식으로 서로에 대한 소개는 했으니 나는 이만 자러 들어가도 될까요, 아니면 이러고 서서 대화를 계속해야 되는 걸까요?"

앨리스는 잠시 앞집 남자를 빤히 쳐다봤다.

"무슨 문제 있어요?" 앨리스가 물었다.

"뭐라고요?"

"사람이 왜 그렇게 차갑고 적대적인가 해서요? 이웃인데 서로 이해해주려는 작은 배려 정도는 할 수 있잖아요, 최소한 그러는 척이라도."

"나는 당신보다 훨씬 오래전부터 이 주택에서 살고 있는 사람이에요, 미스 펜델버리. 내가 들어가 살고 싶던 집을 당신이 차지한 뒤로는 내 생활이 방해받고 있고, 평온함이라는 건 그저 아득한 기억이 되고 말았어요. 당신이 시도 때도 없이 내 집 현관문을 두드린 게 몇 번인지 알아요? 그 잘난 당신 친구들을 위한 음식을 만들다가 소금이 없네, 밀가루가 떨어졌네, 마가린 조금만 빌려달라고 하질 않나, 정전이 되면 양초 있냐고 묻고. 그렇게 불쑥불쑥 찾아오는 것이 내 사생활을 방해하는 거란 생각은 해본 적 없습니까?"

"내가 사는 집을 차지하고 싶었다고요?"

"거길 내 작업실로 만들고 싶었어요. 당신은 이 주택에서 하나뿐인 통유리창을 누리고 있거든요. 어떤 매력에 반해 집주인이 특혜를 줬는진 모르겠지만, 그 바람에 난 좁은 창문으로 비쳐 드는 빈약한 햇빛으로 만족하고 있죠."

"나는 집주인을 만난 적도 없어요, 부동산 중개인을 통해 계약했으니까요."

"근데 우리 밤새도록 여기 서 있어야 되는 거예요?"

"그래서 내가 이사 올 때부터 그렇게 차갑게 대한 건가요, 미스터 달드리? 당신이 작업실로 삼고 싶었던 집을 내가 차지했기 때문에?"

"미스 펜델버리, 차가운 건 지금 내 발이에요. 이러고 있는 사이에 내 불쌍한 발이 찬바람에 고생이 심하거든요. 괜찮다면 감기 들기 전에 난 그만 들어갈게요. 좋은 밤 되길 바랍니다, 내 밤은 짧아지겠지만, 당신 덕분에."

달드리 씨는 앨리스 면전에서 현관문을 조용히 닫았다.

"진짜 이상한 사람이야!" 앨리스는 돌아서면서 구시렁거렸다.

"다 들리거든요!" 곧바로 달드리가 거실에서 소리쳤다. "잘 가요, 미스 펜델버리."

집으로 들어온 앨리스는 세수를 하고 침대 이불 속으로 들어갔다. 달드리의 말이 맞았다. 겨울 추위가 침입한 빅토리아 양식의 주택은 난방이 약해서 수은주가 올라가기에는 역부족이었다. 그녀는 머리맡 탁자로 대용하는 걸상에 놔둔 책을 집어서 몇 줄을 읽다가 도로 내려놨다. 램프를 끄고 눈이 어둠에 익숙해지길 기다렸다. 통유리창을 따라 빗물이 흘러내리고 있었고, 앨리스는 몸을 떨면서 숲속의 젖은 땅과 가을이 되면 떡갈나무 숲에 떨어지는 낙엽을 생각했다. 숨을 깊이 들이쉬자 부식토의 온기가 온몸으로 퍼지는 것 같았다.

앨리스에게는 특별한 재능이 있었다. 후각이 보통 사람보다 발달해 있어서 아주 희미한 냄새도 구별해낼 뿐만 아니라 한번 맡은 냄새는 영원히 기억할 수 있었다. 그녀는 온종일 긴 작업대 앞에 앉아서 어쩌면 어느 날 향수로 탄생할 어코드(향의 조합)를 얻기 위한 분자들을 배합하는 데 열중했다. 그녀의 직업은 조향사였다. 혼자 작업했고, 매달 런던에 있는 향수 전문점을 돌면서 자신이 만든 향수를 선보였다. 지난봄, 마침내 그녀는 어느 향수 전문점의 주인을 설득해서 자신의 창작품 중 하나를 상품화하는 데 성공했다. 그녀의 '들장미 수'가 켄싱턴의 한 향수 전문점 주인을 매료시키면서 상류층

고객의 호평을 받게 되었다. 덕분에 다달이 들어오는 정기 수입이 생기면서 앨리스는 지난 몇 년보다는 한결 나은 생활을 할 수 있었다.

그녀는 머리맡 램프를 다시 켜고 작업대 앞에 앉았다. 시향지 세 개를 집어서 작은 병들에 담가놓고 밤늦도록 작업해서 얻은 향수 노트*를 공책에 기록했다.

***

자명종 소리에 놀라 잠에서 깬 앨리스는 베개를 집어던져 소리를 멈추게 했다. 아침 안개에 가려진 해가 그녀의 얼굴을 비추고 있었다.

"빌어먹을 통유리창!" 그녀가 구시렁거렸다.

그러다 기차역 플랫폼에서 만나기로 한 약속이 떠오르면서 게으름을 피우고 싶은 마음이 달아났다.

그녀는 벌떡 일어나 옷장에서 손 가는 대로 옷을 꺼내놓고 욕실로 뛰어갔다.

집을 나서면서는 손목시계를 봤다. 버스를 타면 빅토리아역까지 제시간에 도착하지 못할 것이었다. 그녀는 휘파람을 불어서 택시를 잡았고, 타자마자 기사에게 가장 빠른 길로 달

---

* 향수를 맡았을 때의 느낌을 '노트'라고 하며, 모든 향수는 탑 노트, 미들 노트, 베이스 노트로 이루어져 있다.

려달라고 부탁했다.

그녀가 역에 도착한 시간은 기차가 출발하기 5분 전이었고, 매표소 앞은 여행객들이 길게 줄을 서 있었다. 앨리스는 플랫폼 쪽을 바라보면서 뛰어갔다.

앤턴이 첫 번째 칸 열차 앞에서 그녀를 기다리고 있었다.

"뭐 하고 있어? 빨리 올라가지 않고!" 앤턴은 앨리스가 열차에 오르게 도와주었다.

그녀는 숨을 헐떡이면서 친구들이 기다리는 칸으로 들어갔다.

"검표원에게 걸릴 확률이 얼마나 될까?" 앨리스가 물으면서 자리에 앉았다.

"내가 표를 샀으면 너한테 줄 텐데." 에디가 말했다.

"나는 반반이라고 봐, 걸릴 확률이." 캐럴이 말했다.

"토요일 아침인데? 내 생각에는 삼분의 일……. 뭐, 도착하면 알게 되겠지." 샘이 말했다.

앨리스는 차창에 머리를 기대고 눈을 감았다. 런던에서 해변 휴양도시 브라이튼까지는 기차로 한 시간 거리였다. 그녀는 가는 동안 내내 잤다.

브라이튼역, 플랫폼 출구에서 검표원이 승객들의 표를 회수하고 있었다. 앨리스는 검표원 앞에 서서 표를 찾는 체하며 호주머니를 뒤졌다. 에디도 그녀를 따라서 호주머니를 뒤지고 있었다. 앤턴이 미소를 지으며 친구들에게 기차표를 한 장씩 나눠주었다.

"내가 다 갖고 있었어요." 앤턴이 검표원에게 말했다.

앤턴은 앨리스의 허리를 잡고 대합실 쪽으로 이끌었다.

"네가 지각할지 어떻게 알았냐고 묻지는 마. 넌 항상 지각이니까! 에디는 너도 알다시피 무임승차를 밥 먹듯 하는 녀석이잖아. 뻔히 그림이 그려지는데 시작도 하기 전에 하루를 망치고 싶진 않았어."

앨리스는 호주머니에서 2실링을 꺼내어 내밀었지만, 앤턴은 동전을 쥔 친구의 손을 오므려주면서 말했다.

"빨리 가서 구경하자. 하루는 금방 지나가, 아무것도 놓치고 싶지 않아."

앨리스는 껑충거리며 멀어져가는 앤턴을 바라봤고, 십 대의 모습으로 돌아간 친구를 보며 미소 지었다.

"뭐 해, 안 오고?" 앤턴이 돌아보면서 소리쳤다.

다섯 친구들은 퀸스로드와 웨스트가를 지나 바닷가 산책로 쪽으로 내려갔다. 벌써 사람들이 북적거리고 있었다. 큰 부두 두 개는 바다 쪽으로 뻗어 있고, 줄지은 목조 건물들은 흡사 대형 선박처럼 보였다.

팰리스 피어에 놀이공원이 있었다. 그들은 입구의 시작을 알려주는 시계탑 앞에 이르렀다. 앤턴이 에디의 입장표를 사면서 앨리스에게 그녀의 것도 샀다는 눈짓을 보냈다.

"하루 종일 표를 사줄 생각은 아니지?" 앨리스가 앤턴의 귀에 대고 속삭였다.

"왜 안 되는데, 내가 좋아서 하는 건데?"

"그럴 이유가 전혀 없으니까……."

"내가 즐겁다는데 그보다 더 좋은 이유가 있나?"

"몇 시야?" 에디가 물었다. "아, 배고프다."

거기서 몇 미터 떨어진 곳, 커다란 온실 건물 앞에 '피시 앤 칩스'를 파는 노점이 보였다. 감자튀김과 식초 냄새가 그들이 있는 곳까지 진동했다. 에디는 배를 문지르면서 노점 앞으로 샘을 끌고 갔다. 앨리스는 내키지 않는 얼굴로 친구들을 따라 갔다. 각자 주문하자 앨리스는 계산을 했고 에디에게 미소를 지으며 피시 앤 칩스 하나를 내밀었다.

그들은 난간에 기대서서 점심을 먹었다. 부두 다리 기둥 사이로 밀려왔다 빠져나가는 파도를 말없이 바라보는 앤턴과 달리 에디와 샘은 근본적으로 변화되는 세상을 꿈꾸고 있었다. 정부에 대한 비판을 입에 달고 사는 에디는 극빈자들을 위한 정책이 아예, 아니 거의 없다면서, 도시 재건을 위한 국책 사업을 펴서 일자리를 창출하면 실업자 문제와 기아 문제를 해결할 수 있는데 손 놓고 있는 수상의 무능을 질타했다. 샘은 일을 시키려고 해도 능력을 갖춘 노동자를 구하기 어려운 것도 문제라고 주장했다. 그때 에디가 하품을 했고, 그러자 샘은 그에게 나태한 무정부주의자라고 면박을 주었다. 하지만 둘은 같은 연대 소속으로 전쟁을 치른 전우로서, 때론 의견 차이로 티격태격하긴 하지만 두터운 우정을 지닌 절친 사이였다.

앨리스는 역한 튀김 냄새를 피하려고 무리에서 약간 떨어져 있었다. 캐럴이 다가왔고, 두 여자는 먼바다에 시선을 고정한 채 한동안 아무 말도 하지 않았다.

"앤턴에게 관심 좀 가져." 캐럴이 속삭였다.

"왜, 앤턴이 어디 아파?" 앨리스가 물었다.

"너를 사랑하잖아! 간호사가 아니더라도 누구든 알아차릴 수 있을 거라고. 언제 병원에 들러 너 시력 검사 좀 해야겠다. 그것도 눈치채지 못할 만큼 시력이 형편없는 게 틀림없으니까."

"함부로 말하지 마. 우린 십 대 때부터 알았고, 우리 사이에 오랜 우정 말고 다른 건 없어."

"그저 앤턴에게 관심 좀 가지라고 부탁하는 거야." 캐럴이 말을 끊었다. "그에게 마음이 있으면 그만 튕기라고. 너희 둘이 사귄다고 하면 모두 기뻐할걸. 너희들은 그럴 자격이 있으니까. 그게 아니라면 모호하게 행동하지 말고 확실하게 해. 넌 앤턴을 괴롭히고 있어."

앨리스는 무리와 등지기 위해 자세를 바꾸고 캐럴을 빤히 쳐다봤다.

"내가 어떻게 모호한데?"

"예를 들어, 내가 앤턴에게 빠져 있는 걸 알면서도 모른 척한다든가." 캐럴이 응수했다.

갈매기 두 마리가 캐럴이 바다로 던져주는 생선과 칩 부스러기를 받아먹었다. 그녀는 남은 걸 쓰레기통에 버리고 친구들에게 갔다.

"여기 그냥 있을래, 아니면 우리랑 같이 갈래?" 샘이 앨리스에게 물었다. "우리는 전자오락실로 갈 건데, 망치로 한 방 내리쳐서 시가를 따는 기구가 있더라고." 샘이 소매를 걷어 올리면서 덧붙였다.

1회에 1파딩*을 넣어야 작동하고, 망치로 가능한 한 세게 용수철을 내리쳐서 튀어 오른 주철 공이 약 2미터 높이에 있는 종을 쳐야 시가 한 개를 따는 게임이었다. 비록 아바나산 고급 시가는 아니지만, 샘은 늘 시가 피우는 게 멋져 보인다고 생각하고 있었다. 샘은 여덟 번이나 실패했고 2페니를 날렸다. 바로 눈앞에 보이는 담배 가게에서 1페니면 이 정도 품질의 시가를 살 수 있는데 돈을 두 배로 날린 것이었다.

"동전 줘봐, 내가 해볼게." 에디가 말했다.

샘은 1파딩을 에디에게 주고 물러섰다. 에디가 망치를 쳐 들더니 용수철을 내리쳤다. 샘과는 달리 주철 공이 튀어 오르며 종을 때렸다. 에디가 성공하자 노점상이 시가 한 개를 내주었다.

"이건 내 거고." 에디가 말했다. "동전 한 개만 더 줘봐, 이번에는 네 거 따줄게."

1분 후, 두 친구는 시가를 피웠다. 에디는 기뻐했고, 샘은 계산을 하더니 뒤늦은 후회를 했다. 저질 시가 하나 따겠다고 엠버시 담배 한 갑 살 돈을 날리다니 반성할 일이었다.

세 남자는 범퍼카를 발견하고는 눈짓 교환을 한 뒤 곧바로 하나씩 차지하고 앉았다. 질겁해서 쳐다보는 여자들의 시선을 뒤로 한 채 세 남자는 운전대를 잡고 액셀을 밟아대면서 가능한 한 세게 상대의 차를 들이받았다. 게임이 끝나자 그들

---

* 영국에서 1961년까지 통용되던 동전으로 사분의 일 페니의 가치가 있다.

은 사격장으로 직행했다. 앤턴은 사격에 남다른 재능이 있었다. 그는 표적을 향해 다섯 발을 쏘았고, 경품으로 받은 도자기 티포트를 앨리스에게 선물했다.

캐럴은 무리에서 떨어져, 반짝이는 꼬마전구 불빛 속에 빙글빙글 돌아가는 회전목마를 바라보고 있었다. 앤턴이 다가가 캐럴의 팔을 잡았다.

"알아, 꼬맹이들이나 탄다는 거." 캐럴이 말했다. "근데 난 한 번도 타본 적이 없거든⋯⋯."

"회전목마를 타본 적이 없다고, 어릴 적에도?" 앤턴이 물었다.

"난 시골에서 자랐어. 우리 마을에서는 장터 축제가 열리지 않았고, 내가 간호학을 공부하러 런던에 왔을 때는 나이가 훌쩍 지난 뒤였어. 그러다 전쟁이 났지. 그래서⋯⋯."

"지금이라도 타고 싶다면⋯⋯ 따라와." 앤턴이 캐럴을 매표소 쪽으로 이끌었다. "내가 그 소원을 이뤄줄게. 이 말에 올라타, 순해 보이네." 앤턴이 금빛 갈기를 가진 말을 가리키며 말했다. "다른 놈들은 신경질적으로 보이는데. 처음 타는 거니까 조심하는 게 나아."

"넌 같이 안 타?" 캐럴이 물었다.

"응, 나는 별로야. 보기만 해도 어지러워서. 그래도 노력해볼게, 너한테서 시선을 떼지 않도록."

벨이 울리자, 앤턴이 단상을 내려갔다. 회전목마가 속도를 냈다.

샘과 앨리스, 에디가 다가와 꼬맹이들 사이에서 목마를 타고 있는 유일한 어른인 캐럴을 바라보았다. 아이들이 캐럴을 놀리면서 손가락질하고 있었다. 회전목마가 두 번째 바퀴를 돌 때 캐럴은 흐르는 눈물을 손등으로 훔치고 있었다.

"참 못났다!" 앨리스가 앤턴의 어깨를 찰싹 때리면서 말했다.

"잘했다고 생각했는데, 왜 저러는지 모르겠네. 분명히 목마를 타고 싶어 했는데……."

"바보, 너랑 같이 타고 싶었던 거잖아, 공개적으로 웃음거리가 되고 싶은 게 아니라."

"앤턴이 말하잖아, 제 딴에는 잘해주고 싶었던 거라고." 샘이 앤턴을 옹호했다.

"너희 중 신사가 한 명이라도 있다면 캐럴에게 가봐. 그렇게 우두커니 서 있지들 말고."

남자들이 서로 눈치를 보는 사이 어느새 회전목마에 올라선 에디가 꼬맹이들의 놀림 속에 목마를 옮겨 타면서 이동하고 있었다. 회전목마는 속도를 내며 돌고 있었고, 에디는 마침내 캐럴이 앉은 목마에 이르렀다.

"마부가 필요하지 않으신가요, 레이디?" 에디가 목마의 갈기를 잡으면서 말했다.

"에디, 나 내릴래, 제발 도와줘."

하지만 에디는 목마 궁둥이에 올라타며 캐럴을 꽉 끌어안고 속삭였다.

"조무래기들을 납작하게 해줘야겠어! 녀석들이 부러워 죽을 지경이 되도록 우리 둘이 엄청 신나게 타는 거야. 너 자신을 폄하하지 마, 친구. 내가 펍에서 술이나 퍼마시고 있을 때, 너는 폭탄이 떨어지는 전쟁터에서 들것을 들고 뛰어다녔어.

조금 있다 멍청한 우리 친구들 앞을 지나갈 땐 깔깔대는 네 웃음 소리를 듣고 싶어, 알겠지?"

"내가 어떻게 웃겠어, 에디?" 캐럴이 딸꾹질을 하면서 물었다.

"꼬맹이들 사이에서 목마 타는 게 창피한 거면 나는 어떻겠어, 네 뒤에서 캡 모자 쓴 채 시가를 물고 있는 내 꼴을 봐."

회전목마가 친구들 앞을 지나갈 때, 에디와 캐럴은 입아귀가 찢어지도록 웃고 있었다.

회전목마는 속도를 늦추더니 이내 멈춰 섰다.

앤턴은 사과의 뜻으로 놀이동산 근처의 작은 펍에서 맥주를 샀다. 확성기가 지지직거리더니, 갑자기 요란한 폭스트롯이 울려 퍼졌다. 앨리스는 천막 버팀대에 붙여놓은 포스터를 봤다. 전쟁 후에 카페로 바뀐 부두의 옛 대형 극장에서 해리 그룸브리지와 오케스트라의 뮤지컬코미디 공연이 열리고 있었다.

"들어가볼까?" 앨리스가 제안했다.

"못 들어갈 거 없잖아, 누가 막는다고?" 에디가 친구들에게 물었다.

"그러다 마지막 기차 놓치면 어쩌려고, 이 계절에 해변에서 잘 수도 없는데." 샘이 말했다.

"꼭 그렇진 않아." 캐럴이 반박했다. "공연이 끝나고 역까지 걸어가는 데 30분이면 충분해. 많이 추워지기 시작하는데 춤추다 보면 몸도 따뜻해질 거고. 난 찬성이야. 게다가 크리스마스이브 전날의 멋진 추억으로 남지 않을까, 안 그래?"

남자 셋은 딱히 이견이 없었다. 샘은 빠르게 계산해봤다. 입장료는 2페니, 지금 돌아서면 친구들이 펍에서 저녁을 먹으려고 할 테니 공연을 보는 것이 더 경제적이었다.

실내는 이미 북적이고 있었고, 무대 앞으로 몰린 사람들이 몸을 흔들어대고 있었다. 앤턴이 앨리스의 손을 잡아끌며 에디를 캐럴의 품으로 떠밀었고, 샘은 두 커플을 보며 즐거워하다 무대에서 멀찍이 떨어졌다.

앤턴이 말한 대로 하루가 너무 빨리 지나갔다. 단원들이 관객을 향해 인사를 하자, 캐럴은 친구들에게 가야 할 시간이라고 알렸다. 그들은 빠르게 극장을 빠져나갔다.

미풍에 흔들리는 등불들이 이 겨울밤의 긴 부두를 밝혀주고 있는데, 그 모습이 흡사 결코 출항하지 않을, 환하게 불 밝힌 이국적인 여객선 같았다.

그들이 출구를 향해 가고 있을 때 점쟁이가 가판점에서 앨리스에게 미소를 활짝 지어 보였다.

"너에게 예정된 미래가 궁금한 적 없었어?" 앤턴이 물었다.

"아니, 전혀. 난 미래가 정해져 있다고 생각하지 않아." 앨리스가 대답했다.

"전쟁이 시작된 초기에 한 점쟁이가 내 남동생에게 예언을 했어. 거처를 옮기면 살아남을 거라고." 캐럴이 말했다. "동생은 그 말을 까맣게 잊고 있다가 군대에 들어갔어. 2주 후, 동생이 살던 건물에 독일군 폭탄이 떨어졌고, 주민들은 아무도 살아남지 못했지."

"네가 점쟁이의 능력에 대해 말할 줄이야!" 앨리스는 까칠하게 내뱉었다.

"런던이 독일군의 대공습을 받을 줄은 아무도 몰랐어." 캐럴이 응수했다.

"가서 네 미래에 대해 들어볼래?" 앤턴이 물었다.

"미쳤구나, 기차 타러 가야지."

"아직 45분 남았어, 공연이 예정보다 좀 일찍 끝나서. 시간 있으니까 한번 가봐! 돈은 내가 낼게."

"저 노파의 허튼소릴 듣고 싶은 마음은 추호도 없어."

"앨리스 그만 좀 괴롭혀." 샘이 끼어들었다. "겁먹은 거 안 보여?"

"너희들 나한테 왜 이래? 난 겁먹은 게 아니라 카드나 크리스털 볼로 치는 점 따위 믿지 않는다니까. 그리고 내 미래에 대해 뭐가 그렇게들 궁금한데?"

"여기 신사들 중 한 명이 너랑 연인 사이가 될지 은근히 알고 싶은가 보지, 뭐." 캐럴이 까발렸다.

앤턴과 에디가 놀란 얼굴로 돌아봤다. 얼떨결에 말해놓고 얼굴이 빨개진 캐럴은 어때, 족집게지? 하는 듯한 조소를 흘렸다.

"그럼 우리가 기차를 놓치지 않는지 그거나 가서 물어보든가. 어쨌든 지금 우리에게 딱 필요한 점괘이기도 하고." 샘이 회유했다. "게다가 엉터리인지 아닌지 바로 확인해볼 수 있으니 좋잖아."

"너희들이 뭐라고 놀려도 난 점을 믿어." 앤턴이 말했다. "네가 점을 보고 나오면 나도 바로 들어가서 볼게."

친구들이 앨리스를 둘러싸고 빤히 쳐다보고 있었다.

"너희들 진짜 어이없다." 앨리스는 친구들을 뚫고 나가면서 말했다.

"새가슴!" 샘이 내뱉었다.

앨리스가 홱 돌아봤다.

"그래, 좋아, 무슨 헛소리를 하나 들어보지 뭐. 기차 놓치고 싶어서 안달 난 애들이 넷이나 되는데. 그러고는 바로 집에 가자. 그럼 됐지?" 앨리스가 앤턴에게 손을 내밀면서 물었다. "2페니는 네가 줄 거지?"

앤턴이 호주머니를 뒤져서 동전 두 개를 꺼내주자 앨리스는 점쟁이를 향해 걸어갔다.

앨리스는 가판점에 다가갔고, 점쟁이는 연신 미소를 짓고 있었다. 바로 그 순간 하필 뺨을 할퀴고 지나가는 칼바람에 앨리스는 고개를 숙였는데 마치 노파의 시선을 피하는 것처럼 보였다. 어쩌면 샘의 말이 맞는지도 몰랐다. 그녀는 생각했던 것보다 점을 본다는 것 자체에 거부감을 느끼고 있었다.

점쟁이는 앨리스에게 걸상에 앉으라고 말했다. 커다란 눈과 깊디깊은 눈빛, 얼굴에서 떠나지 않는 미소가 마음을 사로잡았다. 작은 원탁에는 크리스털 볼도, 타로 카드도 없었고, 노파는 그저 앨리스의 손을 향해 군데군데 검버섯이 핀 큼직한 손을 내밀고 있을 뿐이었다. 노파의 손이 닿는 순간, 묘한 부드러움이 온몸으로 퍼지면서 앨리스는 오랫동안 가져보지 못한 행복감을 느꼈다.

"네 얼굴, 어딘가 낯이 익는데." 점쟁이가 휘파람을 불었다.

"아까부터 나를 보고 있었으니까요!"

"너는 내 능력을 믿지 않는구나, 그렇지?"

"나는 이성적인 사람이에요." 앨리스가 대답했다.

"거짓말, 너는 아티스트야. 독립적이고 의지가 강한 여성, 비록 겁에 질려 있지만."

"대체 오늘 밤엔 왜 다들 내가 겁에 질려 있기를 바라는 거죠?"

"나에게로 오는 네 얼굴에 두려움이 가득했으니까."

점쟁이가 앨리스의 눈을 이전보다 더 뚫어져라 쳐다봤다. 이제는 점쟁이의 얼굴이 앨리스의 얼굴에 바짝 다가와 있었다.

"내가 이 눈을 어디서 봤을까?"

"아마도 다른 생에서?" 앨리스가 냉소적으로 받아쳤다.

점쟁이는 당황한 듯이 얼른 표정을 바꿨다.

"용연향, 바닐라 향, 가죽 냄새." 앨리스가 나직한 소리로 말했다.

"뭐라고?"

"당신의 향수, 오리엔트에 대한 사랑. 나도 식별하는 것들이 있거든요." 앨리스가 건방진 어조로 말했다.

"특별한 재능이 있구나. 하지만 너한테는 훨씬 중요한 것이 있어. 네가 전혀 모르는 역사가 네 안에 있거든." 노파가 말했다.

"얼굴에서 떠나지 않는 그 미소, 타깃을 안심시키려는 거죠?" 앨리스가 비아냥거리듯 물었다.

"네가 왜 나한테 왔는지 알아, 무슨 흥미로운 얘기라도 들을까 해서." 점쟁이가 말했다.

"내 친구들이 한번 도전해보라고 하는 말 들은 거잖아요?"

"너는 쉽게 도전 같은 걸 하는 타입이 아니야. 그리고 네 친구들은 우리의 만남과 아무 상관이 없어."

"그럼 뭐랑 상관있는데요?"

"너에게 들러붙어서 잠 못 이루게 하는 고독."

"흥미로울 만한 거라곤 전혀 없네요. 진짜 나를 놀라게 할 만한 걸 말해보세요. 같이 있는 게 불쾌해서가 아니라 그럴듯한 말장난 같은 것도 없으면 이만 나는 기차나 타러 가고요."

"있지, 오히려 슬픈 얘기가 있지만, 흥미로운 건……."

점쟁이의 시선이 문득 앨리스가 아닌 먼 곳을 응시했다. 앨리스는 묘하게 버림받은 듯한 기분이 들었다.

"무슨 말을 하려다 만 거예요?" 앨리스가 물었다.

"진짜 흥미로운 이야기." 점쟁이는 정신을 가다듬고 말했다. "네 인생에서 가장 중요한 남자, 존재하는지조차 모르면서 오래전부터 네가 찾고 있는 남자, 그 남자가 방금 전에 바로 네 뒤를 지나갔어."

얼굴이 굳어진 앨리스는 뒤돌아보고 싶은 마음을 억제할 수 없었다. 그러나 뒤를 돌아보아도 멀찍이 떨어진 데서 이제는 가야 한다는 손짓을 보내는 친구들밖에 보이지 않았다.

"저들 중 한 명이에요?" 앨리스가 우물우물 말했다. "그 미스터리한 남자가 에디, 샘, 앤턴 중 누군데요? 당신의 대단한 점괘라는 게 그건가요?"

"앨리스, 내가 하는 말을 잘 들어, 네가 듣고 싶은 말이 아니라. 나는 분명히 말했어, 네 인생에서 가장 중요한 남자가 네 뒤를 지나갔다고. 지금은 여기 없어."

"그래서 그 백마 탄 왕자님이 지금은 어디 있는데요?"

"인내심이 필요해. 그 남자에게 이르려면 여섯 사람을 만나야 하니까."

"와우, 여섯 명이나, 그 밖에 다른 건 없어요?"

"아름다운 여행, 무엇보다도……. 언젠가는 알게 되겠지만, 때가 너무 늦을까 봐 네가 알아야 하는 것을 미리 말해준 거야. 너는 내가 방금 한 말을 한마디도 믿지 않으니 복채는 받지 않으마."

"아니요, 돈은 낼게요."

"쓸데없는 고집, 오늘 우리가 함께한 이 순간은 우정의 방문이었던 걸로 해두자. 너를 만나서 나는 행복했어, 앨리스, 예상치 못했는데. 너는 특별한 사람이야, 아무튼 네 역사는 그래."

"무슨 역사를 말하는 거예요?"

"이제는 시간도 없고, 더 말해봐야 믿지 않을 테니. 어서 가, 기차 놓치면 네 친구들한테 원망 듣잖아. 서둘러, 그리고 조심하렴. 곧 사고가 일어날 거니까. 그렇게 쳐다보지 마라, 방금 한 말은 점쟁이의 영역이 아니라 누구라도 할 수 있는 상식적인 말일 테니."

점쟁이는 단호하게 앨리스에게 나가라고 말했다. 앨리스는 노파를 잠시 쳐다봤고, 두 여자는 마지막으로 미소를 교환했다. 앨리스는 친구들에게 다가갔다.

"얼굴이 왜 그래? 점쟁이가 뭐랬는데?" 앤턴이 물었다.

"나중에. 얘기할 시간 없잖아!"

앨리스는 대답을 기다리지 않고 부두 입구를 향해 뛰었다.

"앨리스의 말이 맞아." 샘이 말했다. "진짜 서둘러야 해, 기차 출발 시간까지 20분도 안 남았어."

모두 달리기 시작했다. 해변에서 바람이 불어왔고 가랑비까지 내리고 있었다. 에디는 캐럴의 팔을 잡았다.

"조심해, 길이 미끄러워." 에디가 캐럴을 잡아끌면서 말했다.

그들은 산책로를 벗어나서 텅 빈 거리를 따라 달렸다. 도로를 비추는 가스가로등 불빛이 흐릿했다. 저 멀리 브라이튼역의 불빛이 보였다. 이제 10분도 남지 않았다. 에디가 길을 건너려는 순간 마차 한 대가 불쑥 나타났다.

"에디, 조심해!" 앤턴이 소리쳤다.

앨리스는 가까스로 에디의 소매를 잡아당겼다. 하마터면 마차가 그들을 덮칠 뻔했다. 말의 입김이 느껴질 정도로 바로 코앞이었고, 마부는 안간힘을 다해 브레이크를 걸었다.

"네가 나를 살렸네!" 놀란 에디가 딸꾹질을 했다.

"고맙다는 말은 나중에 하고 빨리 가자." 앨리스가 대꾸했다.

플랫폼에 도착한 그들은 랜턴을 흔드는 역장을 향해 소리쳤다. 역장이 첫 번째 칸 열차에 올라타라고 지시했다. 남자들은 여자들이 먼저 열차에 오를 수 있게 도와주었고, 앤턴이 발판을 딛고 올라서는 순간 열차가 움직였다. 문이 닫히기 직전 에디가 앤턴의 어깨를 잡아서 확 끌어당겼다.

"휴, 아슬아슬했어." 캐럴이 말했다. "에디, 너 때문에 심장이 멎을 뻔했잖아. 너 진짜 마차 바퀴에 깔릴 수도 있었다고."

"네가 앨리스만 하겠어? 봐, 하얗게 질려 있잖아." 에디가 말했다.

앨리스는 한마디도 하지 않고 좌석에 앉아서 차창 밖으로 멀어지는 도시를 바라보았다. 그녀는 생각에 잠겨 있었고, 조심하라던 점쟁이의 경고를 떠올리며 점점 더 창백해지고 있었다.

"이제 말해줄 거지?" 앤턴이 물었다. "너 때문에 하마터면 우리 모두 노숙할 뻔했는데."

"왜 나 때문이야? 싫다는 사람 강제로 등 떠민 너희들 때문이지." 앨리스가 퉁명스럽게 대꾸했다.

"시간이 꽤 걸렸는데, 점쟁이가 뭔가 놀라운 걸 알려준 거야?" 캐럴이 물었다.

"내가 이미 알고 있는 것 이상은 없었어. 내가 말했잖아, 점쟁이는 어리석은 속임수를 쓴다고. 예리한 관찰력, 최소한의 직관, 확신에 찬 목소리, 그거면 누구든 속일 수 있고, 뭐든 믿게 할 수 있어."

"근데 점쟁이가 뭐라고 했는지 너 아직 말 안 했어." 샘은 집요했다.

"다른 얘기 하자." 앤턴이 끼어들었다. "신나게 놀다가 집으로 돌아가는 길이잖아. 꼬치꼬치 캐물을 이유가 전혀 없다고 생각해. 미안해, 앨리스. 우리가 심했어, 너는 그럴 마음이 없었는데 우리가 좀⋯⋯."

"⋯⋯멍청했지. 내가 제일 멍청했고." 앨리스가 앤턴을 쳐다보면서 말을 이었다. "그건 그렇고 내가 진짜 알고 싶은 거

하나 물어볼게. 크리스마스이브에 너희들은 뭐 할 거야?"

캐럴은 크리스마스이브에는 늘 세인트 마웨스의 고향집에 갔다. 앤턴은 시내에 있는 부모님 댁에 가서 저녁을 먹었다. 에디는 누나 집에서 크리스마스 파티를 하기로 약속했는데, 몰래 집을 빠져나가기 힘든 매형의 부탁으로 산타클로스를 기다리는 조카들을 위해 누나에게조차 비밀로 하고 산타클로스 의상까지 이미 빌려놨었다. 샘은 서점 주인이 웨스트민스터 고아원의 아이들을 위해 계획한 크리스마스 파티에 가서 선물을 나눠주는 임무를 맡았다.

"앨리스, 너는?" 앤턴이 물었다.

"나…… 나도 파티에 초대받았어."

"어딘데?" 앤턴은 집요했다.

캐럴이 앤턴의 장딴지를 발로 걷어찼다. 그러고는 배고파 죽겠다면서 가방에서 비스킷 한 통을 꺼냈다. 그녀는 킷캣 비스킷을 친구들에게 나눠주며 우거지상으로 장딴지를 문지르고 있는 앤턴에게 눈을 흘겼다.

기차가 빅토리아역에 진입했다. 기관차의 매캐한 연기가 플랫폼에 가득 차 있었고, 계단 밑에서 올라오는 거리의 냄새까지 역하게 느껴졌다. 자욱한 안개가 그 일대를 집어삼키고 있었다. 주택가 굴뚝에서 온종일 연소된 석탄 가루, 텅스텐 램프 가로등 주위를 떠돌며 쓸쓸한 오렌지 불빛을 안개 속으로 분산시키는 먼지.

그들은 기차가 정차하길 기다렸다. 앨리스와 캐럴이 먼저 내렸다. 둘은 세 블록 떨어진 곳에서 살고 있었다.

"앨리스." 캐럴이 앨리스가 사는 주택 앞에 이르자 말했다. "생각이 바뀌면 파티 포기하고 세인트 마웨스에 와서 크리스마스 같이 보내자. 엄마가 너를 만나고 싶어 하거든. 편지에 네 얘기를 많이 했더니 너의 직업에 대해서 궁금한 게 많으셔."

"알잖아, 내 직업에 대해 해줄 말이 많지 않다는 거." 앨리스가 대꾸하면서 캐럴에게 고맙다고 말했다.

앨리스는 친구와 포옹한 뒤 주택 안으로 들어갔다.

머리 위에서 이웃집 남자가 집 안으로 들어가는 발소리가 들려왔다. 앨리스는 층계참에서 그와 마주치지 않으려고 가만히 서 있었다. 이야기를 나눌 기분이 아니었다.

***

어찌나 추운지 집에 들어왔는데도 런던의 거리보다 더 나을 것이 없었다. 앨리스는 코트를 입은 채로 장갑도 벗지 않았다. 그녀는 주전자에 물을 받아 버너 위에 올려놓고 나무 선반에서 티포트를 꺼냈지만 찻잎은 세 개뿐이었다. 작업대 위 작은 서랍장을 열고 말린 장미 꽃잎을 꺼냈다. 티포트에 꽃잎 몇 개를 잘게 부수어 넣고 끓는 물을 부었다. 그러고는 침대에 올라앉아서 전날 읽던 책을 읽기 시작했다.

갑자기, 방 안이 어둠으로 가득했다. 앨리스는 침대에서 일어나 통유리창 밖을 내다보았다. 온 동네가 어둠에 잠겨 있었다. 정전이 되면 새벽까지 전기가 들어오지 않는 일이 잦았다. 앨리스는 더듬더듬 양초를 찾다가 세면대 옆에서 갈색 몽

당 양초를 발견했지만, 지난주에 사용하고 남은 마지막 양초였던 것이 기억났다.

짧은 심지에 불을 붙여봤지만 불꽃이 가물거리다 피식 꺼졌다.

그날 밤, 앨리스는 바닷물과 낡은 회전목마, 물보라에 부식된 난간 냄새에 대한 노트를 적어놓고 싶었다. 그날 밤은 칠흑 같은 어둠 속에서 도저히 잠이 오지 않을 것 같았다. 그녀는 현관문 앞까지 가다가 망설였고, 될 대로 되라는 심정으로 한숨을 내쉬면서 이웃집 남자에게 한 번만 더 도움을 청하기 위해 층계참을 건너갔다.

달드리가 손에 양촛불을 들고 현관문을 열었다. 그는 순면 잠옷 바지에 터틀넥 스웨터, 파란색 실크 나이트가운을 걸치고 있었다. 양초 불빛 탓인지 그의 얼굴에는 묘한 빛이 어려 있었다.

"기다리고 있었어요, 미스 펜델버리."

"나를 기다리고 있었다고요?" 앨리스가 놀라서 물었다.

"정전이 됐을 때부터요. 나는 나이트가운을 입고 자지는 않아요. 자요, 당신이 부탁하러 온 거!" 달드리가 호주머니에서 양초 하나를 꺼내면서 말했다. "이게 필요해서 온 거 맞죠?"

"미안해요, 미스터 달드리." 앨리스는 시선을 피하면서 말했다. "진짜 잊지 않고 사놓을게요."

"그 말 못 믿겠는데요, 미스 펜델버리."

"앨리스라고 불러도 돼요."

"잘 자요, 미스 앨리스."

달드리는 현관문을 닫았고, 앨리스는 자신의 집으로 들어갔다. 잠시 후, 노크 소리가 들려왔다. 현관문을 열자 달드리가 성냥 한 통을 들고 서 있었다.

"이것도 없을 거 같아서요. 양초는 불을 붙여야 쓸모가 있는 물건이니까. 그런 얼굴로 쳐다보지 말아요, 나는 점쟁이가 아니에요. 성냥도 없을 것 같았고, 진짜 잠들고 싶어서 미리 선수 치는 거예요."

앨리스는 차를 끓이느라 마지막 성냥을 썼다는 말은 굳이 하지 않았다. 달드리는 심지에 불을 붙였고, 불꽃이 초를 태우며 살아나자 흡족한 듯 엷은 미소를 지었다.

"내가 뭐라고 했다고 그렇게 화가 났어요?" 달드리가 물었다.

"아니 왜 그런 말을?"

"갑자기 얼굴이 어두워져서요."

"우리 지금 어둠 속에 서 있거든요, 미스터 달드리."

"내가 당신을 앨리스라고 불러야 한다면 당신도 나를 내 이름, 이든으로 불러야겠죠."

"좋아요, 이든이라고 부를게요." 앨리스는 이웃집 남자에게 미소를 지어 보이며 말했다.

"당신이 뭐라고 하든, 분명히 화가 난 표정인데."

"그냥 피곤해서 그래요."

"그럼 이만 갈게요. 잘 자요, 미스 앨리스."

"잘 자요, 미스터 이든."

2

1950년 12월 24일, 일요일

앨리스는 장을 보러 나섰다. 동네 가게가 모두 문이 닫혀 있어서 그녀는 포토벨로 시장으로 가는 버스를 탔다.

그녀는 노점상 앞에서 걸음을 멈추고 진짜 파티 식사에 필요한 식재료를 사기로 했다. 싱싱한 달걀 세 개를 골랐고, 베이컨 앞에서 절약하겠다는 결심이 무너져 두 조각을 집었다. 조금 떨어진 곳의 제과점 진열대에 놓인 케이크를 둘러보다가 과일청을 얹은 브리오슈 한 개와 작은 꿀 한 병을 샀다.

오늘 저녁, 그녀는 좋아하는 책을 친구 삼아 침대에서 만찬을 즐길 생각이었다. 긴 밤을 보내고 난 뒤 아침이 되면 살아가는 기쁨을 되찾으리라. 잠이 부족할 때마다 우울했고, 지난 몇 주는 작업대에서 너무 많은 시간을 보냈다. 꽃집 진열창 안에 놓인 살짝 시든 장미꽃 한 다발이 그녀의 시선을 붙잡았다. 조금은 사치라는 생각이 들었지만, 그래도 크리스마

스였다. 게다가 잘 말리면 꽃잎을 사용할 수도 있겠지. 그녀
는 가게 안으로 들어갔고, 장미꽃을 2실링에 사 들고 뿌듯한
마음으로 나왔다. 그런 다음 잠시 길을 걷다가 향수 전문점
앞에서 또 멈춰 섰다. 문고리에는 '클로즈드'라고 쓴 팻말이
걸려 있었다. 그녀는 진열창에 얼굴을 바짝 대고 여러 향수들
사이에서 자신의 작품 중 하나를 알아봤다. 그러고는 마치 가
까운 사람에게 인사하듯 손을 흔들어준 다음 버스 정류장 쪽
으로 발길을 돌렸다.

앨리스는 집으로 돌아와 장 봐 온 물건들을 정리했고, 장미
는 꽃병에 담았다. 그녀는 공원으로 산책을 나갈 작정이었다.
계단을 내려가다 앞집 남자와 마주쳤는데, 그 남자 역시 장을
보고 들어오는 길인 것 같았다.

"크리스마스라서⋯⋯!" 달드리는 식료품이 잔뜩 담긴 바구
니를 약간 멋쩍어하면서 말했다.

"네, 크리스마스예요." 앨리스가 대꾸했다. "오늘 저녁에 손
님이 오나 봐요?" 그녀가 물었다.

"오, 천만에요! 난 축하 행사 같은 건 딱 질색이에요." 달드
리는 무슨 야한 얘기라도 하듯 속삭였다.

"가족이 있을 거 아니에요?"

"가족이 모이는 명절 얘기할 거면 하지 마요, 나는 그게 더
나쁘다고 생각하거든요. 즐거운 날이 될지 아닐지를 어떻게 미
리 결정하죠? 기분 좋은 날로 끝날지 누가 알 수 있을까요? 억
지로 행복해하는 거, 난 상당히 위선적이라고 생각해요."

"그래도 아이들이 있으면⋯⋯."

"내겐 자식도 없으니 즐거운 척해야 할 이유가 없죠. 아이들에게 산타클로스를 믿게 하려는 그 집착은 또 뭔지……. 크리스마스가 다가올 때마다 갖고 싶은 걸 말하라고 하는데 나는 졸렬하다고 생각해요. 언젠가는 아이들에게 진실을 말해줘야 하는데 무슨 소용이 있다고? 그것도 좀 잔인한 거 아닐까요. 늦된 아이들은 몇 주 전부터 착해 보이려고 조심하면서 빨간 옷 입은 뚱보 할아버지가 오길 손꼽아 기다리잖아요. 그러다 부모가 그 졸렬한 속임수를 털어놨을 때 아이들이 느낄 배신감은 또 어쩌려고. 더러는 속는 체하는 약은 아이들도 있겠지만 그 또한 잔인한 거죠. 당신은 가족들을 만날 예정인가요?"

"아니요."

"아, 그래요?"

"내겐 가족이 없거든요, 미스터 달드리."

"가족이 오지 않는 충분한 이유가 되네요."

앨리스는 이웃집 남자를 쳐다보다 웃음이 터졌다. 달드리의 뺨이 붉어졌다.

"방금 내가 한 말이 그렇게 끔찍하게 어색했어요?"

"아니요, 넘치게 상식적이었어요."

"내겐 가족이 있어요. 그러니까 내 말은 아버지, 어머니, 남자 형제와 여자 형제가 한 명씩, 그리고 개구쟁이 조카들도 있죠."

"크리스마스이브를 가족과 함께 안 보내나요?"

"네, 함께 보내지 않은 지는 좀 됐어요. 나는 가족들과 사이가 안 좋아요. 그들도 내가 나타나지 않는 걸 좋아하고요."

"그것도 집에 있을 충분한 이유가 되네요."

"나도 노력해보지 않은 건 아니에요. 하지만 가족이 모일 때마다 엉망이 되었죠. 아버지와 난 생각이 많이 다르거든요. 아버지는 내가 하는 일이 괴상망측하다고 생각하고, 나는 아버지가 하는 일이 끔찍하게 따분하다고 생각하죠. 요컨대, 우리는 서로를 참을 수 없어 해요. 아침 먹었어요?"

"내 아침과 당신 아버지가 무슨 관계가 있는 거죠, 미스터 달드리?"

"관계가 전혀 없죠."

"아침 안 먹었어요."

"길모퉁이 펍의 오트밀이 정말 맛있는데, 아주 실용적이지만 상당히 남성적이지 못한 이 장바구니를 집에 올려다 놓고 내려올 시간을 준다면 내가 펍으로 안내할게요."

"나는 하이드파크에 가려던 참이었어요." 앨리스가 대꾸했다.

"빈속으로, 이 추위에? 아주 안 좋은 생각이에요. 펍에 가서 간단하게 먹고, 빵을 조금 슬쩍해서 나랑 같이 갑시다, 하이드파크의 오리들에게 주러. 오리들과 크리스마스를 보낼 때의 장점은 굳이 산타클로스로 변장할 필요가 없다는 거죠."

앨리스는 이웃집 남자에게 미소를 지어 보였다.

"그러세요, 여기서 기다릴게요. 당신이 맛있다는 그 오트밀을 먹고 나서, 오리들의 크리스마스를 축하해주러 가요."

"잘 생각했어요." 달드리가 계단을 올라가면서 말했다. "1분이면 돼요."

얼마 후, 이웃집 남자가 나타났는데 숨이 헐떡대는 걸 최대한 감추려고 애를 썼다.

그들은 창가 테이블에 자리를 잡았다. 달드리는 앨리스를 위해 차를, 자신을 위해 커피를 주문했다. 종업원이 오트밀 두 접시를 가져왔다. 달드리는 빵을 요구했고, 빵이 담긴 바구니가 테이블에 놓이자 몇 조각을 재킷 주머니에 슬쩍 집어넣었다. 앨리스는 그 모습을 지켜보면서 재미있어했다.

"어떤 풍경을 그리나요?"

"완전히 무용한 것들만 그리죠. 풍경 화가들은 대개 농촌이나 바닷가, 들판과 숲속 풍경에 경탄하지만, 나는 교차로를 그려요."

"교차로요?"

"네, 맞아요, 교차하는 거리들. 세세하게 쪼개어서 보면 교차로가 얼마나 생동감 넘치는 곳인지 당신은 상상도 못 할 거예요. 뛰어가는 사람, 길 찾는 사람. 그리고 온갖 종류의 이동 수단이 교차로에서 만나죠. 마차, 자동차, 오토바이, 자전거. 보행자, 수레 끄는 맥주 배달원, 나란히 걷거나 엇갈려 지나가는 남녀, 또 서로 모른 체하거나 인사를 나누는 남자와 여자 들, 밀치고 가는 사람, 욕설을 퍼부으며 싸우는 사람들도 있고요. 교차로는 흥미진진한 곳이죠!"

"당신은 정말 재미있는 사람이네요, 미스터 달드리."

"그럴지도. 예를 들어, 개양귀비 들판은 아름답지만 한참 보고 있으면 몹시 권태롭죠. 거기서 어떤 생명 사고가 일어날 수 있을까요? 벌 두 마리가 초저공비행을 하다 충돌하는 사고 정도나 있을까. 어제는 트라팔가 광장에 이젤을 세웠어요. 거기서는 만족스러운 뷰포인트를 찾기가 쉽지 않은데, 북적이는 사람들 때문에 이리저리 옮겨 다니다 적당한 곳에 자리를 잡고 관찰을 시작했죠. 그때 갑자기 쏟아지는 소나기에 질겁한 한 여자가 아마도 공들여 틀어 올린 머리가 망가질까 걱정인지 무작정 차도로 뛰어들었어요. 달려오던 이두마차가 여자를 피하려고 급회전을 했고요. 마부의 순발력으로 여자는 다행히 위험을 면했지만, 마차에 실린 술통들이 차도 위로 굴러떨어졌고 반대 방향에서 오던 트램은 미처 피할 수가 없었어요. 그 충돌로 술통 한 개가 말 그대로 빵 터지면서 기네스 흑맥주가 포도 위로 콸콸 쏟아진 거예요. 그 와중에 목 축여보겠다고 길바닥에 엎드리는 남자도 둘이나 있었죠. 트램 운전사와 마부의 언쟁, 참견하는 행인들, 아수라장이 된 찻길에서 교통정리를 하는 경찰들, 혼란한 틈을 타 실속을 차리는 소매치기들, 자신의 부주의 때문에 일어난 소동이 창피해서 살금살금 도망치는 틀어 올린 머리의 여자."

"그걸 다 그렸어요?" 앨리스가 놀란 얼굴로 물었다.

"아니요, 지금은 교차로를 그리는 데 열중하고 있어요. 아직은 해야 할 작업이 많거든요. 하지만 전부 다 기억해두고 있죠, 내 교차로 그림에 꼭 필요한 요소들이라서."

"나는 길을 건너면서 그렇게 세세히 살펴볼 생각을 한 적이 없어요."

"주변에서 흔히 일어나지만, 거의 눈에 띄지 않는 사소한 사건들, 나는 그런 세세한 것들에 관심이 많죠. 사람들을 관찰하면서 많은 걸 배우거든요. 돌아보지 말고 내 말 들어봐요, 당신 뒤쪽 테이블에 노부인이 앉아 있어요. 아니, 그럴 게 아니라 자리를 바꿔 앉읍시다. 일어나요, 아무 일 없는 것처럼 자연스럽게."

앨리스는 시키는 대로 자리를 옮겨 앉았고, 달드리도 그녀가 앉았던 의자로 이동했다.

"이제 당신의 시야에 들어와 있는 노부인을 유심히 살피면서 보이는 걸 말해줘요."

"나이 지긋한 부인이 혼자서 점심을 먹고 있어요. 멋지게 차려입고 모자를 쓰고 있네요."

"더 자세히 살펴봐요, 또 뭐가 보여요?"

앨리스는 노부인을 관찰했다.

"특별한 건 없고, 냅킨으로 입을 닦고 있어요. 차라리 내가 못 보는 것이 뭔지 말해주는 게 낫겠어요, 노부인이 눈치챌 것 같은데."

"화장했죠? 아주 엷게 한 화장이지만 분을 발랐고, 마스카라와 빨간 립스틱도 살짝 바르고."

"네, 그래 보여요."

"이제 입술을 잘 봐요, 움직임이 없어요?"

"네, 아니, 약간 움직여요. 나이 든 분이시니 아마 틱 장애가 있는 건지도." 앨리스는 놀란 얼굴로 말했다.

"천만에! 저 부인은 과부고, 고인이 된 남편에게 말하고 있는 거예요. 점심을 혼자서 먹는 게 아닌 거죠, 마치 남편이 눈앞에 앉아 있는 것처럼 계속 말을 건네고 있어요. 남편이 세상을 떠났어도 여전히 삶의 일부이기 때문에 곱게 단장한 것이고요. 남편이 곁에 있다고 생각하는 거죠. 꽤 감동적이지 않아요? 고인이 됐지만 남편이란 존재에 끊임없이 새로운 의미를 부여하는 데 필요한 것이 사랑이라면 부인이 옳은 거예요. 존재하지 않는다고 마음에서도 떠난 건 아니니까요. 영혼에 약간의 판타지를 불어넣으면 고독은 사라지게 되죠. 좀 이따 계산할 때 부인은 돈 담아놓는 그릇을 테이블 맞은편 쪽으로 밀어놓을 거예요. 계산은 늘 남편이 했으니까. 그리고 여길 나가서 길을 건너기 전엔 잠시 서 있을 거고요, 언제나 남편이 먼저 횡단보도에 들어섰거든요. 나는 확신해요, 부인은 저녁마다 잠자리에 들기 전 남편에게 말을 건네고 아침에도 똑같이 좋은 하루 보내라는 인사를 나눌 거라고. 남편이 있는 곳에서."

"잠깐 사이에 그 모든 걸 상상했다고요?"

달드리가 앨리스에게 미소 짓는 순간, 후줄근한 차림의 노인이 술에 취해 비틀거리면서 레스토랑 안으로 들어섰고, 노부인에게 다가와 이제 그만 나가야 할 시간임을 알렸다. 노부인은 돈을 그릇에 담아놓고 일어나 경마장에서 오는 것이 틀림없을 술 취한 남편을 따라 레스토랑을 나갔다.

달드리는 등 뒤에서 일어난 장면을 전혀 보지 못했다.

"당신 말이 맞았어요." 앨리스는 능청스럽게 말했다. "노부인은 당신이 예상한 그대로 했어요. 돈 그릇을 테이블 맞은편 쪽으로 밀어놨고, 펍을 나가면서 아내가 나갈 수 있도록 문을 잡아주는 보이지 않는 남편에게 고마워하는 것 같았어요."

달드리는 뿌듯한 표정을 지었다. 그는 오트밀 한 스푼을 떠

먹고는 입을 닦고 앨리스를 쳐다보았다.

"오트밀은 어때요? 맛있죠?"

"당신은 점을 믿어요?" 앨리스가 물었다.

"뭐라고요?"

"미래를 예언하는 점을 믿느냐고요?"

"너무 막연한 질문인데." 달드리가 대답하면서 종업원에게 오트밀을 좀 더 달라는 손짓을 했다. "미래가 이미 정해져 있는 걸까요? 그런 생각으로 살면 너무 싱겁지 않겠어요? 인간은 누구나 저마다 자유의지를 갖고 살아가니까요! 점쟁이는 직관력이 남달리 뛰어난 사람일 뿐이라고 생각해요. 엉터리 사기꾼도 있지만 개중에는 믿을 만하다는 평판을 받는 사람도 있겠죠. 용한 점쟁이라면 우리가 갈망하는 것이 뭔지, 우리가 조만간 무엇을 하게 될지 내다볼 수 있지 않을까요? 그러니 무조건 믿지 않는다고 단정 지을 필요까지야 없겠죠. 우리 아버지를 예로 들어볼게요. 아버지는 시력이 아주 좋지만 아무것도 못 보는 데 반해, 어머니는 지독한 근시인데도 남편이 못 보는 많은 걸 보세요. 어머니는 내가 아주 어릴 적부터 화가가 될 걸 알았고, 자주 말씀하셨죠. 세상에서 가장 큰 미술관에 전시된 내 그림들이 보인다고요. 나는 5년간 그림을 한 점도 팔지 않았어요, 보시다시피 가난한 화가인 주제에. 이런, 너무 내 얘기만 했네요, 당신 질문에 대답도 하지 않고. 근데 왜 그런 질문을 하는 거예요?"

"어제 이상한 일이 있었는데, 이렇게 계속 신경 쓰일 줄 몰랐어요. 그 뒤로 떨쳐내지 못하고 있어요, 생활에 지장이 있을 정도예요."

"그럼 어제 무슨 일이 있었는지 그것부터 시작해요. 듣고
나서 내 생각을 말할게요."

앨리스가 이웃집 남자 쪽으로 몸을 숙이고는 브라이튼에
놀러갔다가 점쟁이를 만나서 듣게 된 예언에 대해 애기했다.

달드리는 한 번도 말을 끊지 않고 들어주었다. 그녀가 전날
점쟁이와 나눈 황당한 대화를 빠짐없이 애기하자, 달드리는
종업원에게 계산서를 달라고 하고는 바람을 쐬러 나가자고
제안했다.

그들은 펍을 나가서 걸었다.

"내가 제대로 이해한 건지 확인할게요." 달드리가 짐짓 난
감한 표정을 지으며 물었다. "그러니까 길에서 여섯 사람을
만나야 당신 인생의 남자를 만날 수 있다고 했단 말이죠?"

"정확히는 내 인생에서 가장 중요한 남자라고 했어요."

"그게 그 말이죠. 그런데 당신은 그 남자에 대해, 그 남자의
신원에 대해, 그 남자가 어디 있는지에 대해 아무 질문도 하
지 않았고요?"

"네, 점쟁이는 우리가 대화하고 있을 때 그 남자가 내 뒤를
지나갔다고만 했어요."

"그건 별 의미 없고요." 달드리는 생각에 잠긴 얼굴로 말을
이었다. "점쟁이가 여행에 대해 말했다고 했죠?"

"네, 진짜 어처구니가 없어요. 그 황당한 이야기를 당신에
게 하고 있는 내가 더 웃기네요."

"근데 당신의 표현대로 그 황당한 이야기 때문에 뜬눈으로

밤을 새웠군요."

"내가 그렇게 피곤해 보여요?"

"당신이 밤새도록 서성이는 소리가 들렸어요. 우리를 가르는 벽은 풀을 먹인 두꺼운 종이에 불과하거든요, 방음벽과는 거리가 먼."

"미안해요, 방해를 해서……."

"우리 둘 다 잠을 잘 수 있는 방법은 하나밖에 없어요. 오리들의 크리스마스는 내일로 미뤄야겠어요."

"왜요?" 앨리스가 묻는 순간 그들이 사는 주택 앞에 이르렀다.

"올라가서 스웨터와 따뜻한 머플러 두르고 내려와요. 좀 있다 여기서 봐요."

'진짜 희한한 날이네!' 앨리스는 계단을 올라가면서 속으로 말했다. 크리스마스이브가 생각했던 것과 전혀 다르게 흘러가고 있었다. 마주치기조차 꺼렸던 이웃집 남자와 같이 아침을 먹질 않나, 예정에도 없던 대화를 나누질 않나…… 또 터무니없고 황당하다고 생각한 그 이야기를 왜 그에게 털어놨을까?

앨리스는 서랍장을 열었다. 그가 스웨터를 입고 따뜻한 머플러를 두르고 내려오라고 말했지만, 그녀는 선뜻 옷을 고르지 못하고 망설이다가 몸매를 돋보이게 해주는 네이비블루 카디건과 니트 재킷을 선택했다.

앨리스는 거울에 비춰보며 머리를 가다듬었고, 화장을 고치려다가 그만두었다. 예의상 동행하는 산책일 뿐이었다.

그녀는 마침내 집을 나왔다. 하지만 거리로 내려왔을 땐 달드리가 보이지 않았다. 어쩌면 벌써 마음이 바뀐 건지도 모른다. 여하간 특이한 남자였다.

그때 클랙슨이 두 번 울리며 감색 오스틴10이 길가를 따라 멈춰 섰다. 달드리가 차에서 내려 조수석 문을 열어주었다.

"차가 있었어요?" 그녀가 놀란 얼굴로 물었다.

"방금 훔쳤어요."

"진짜예요?"

"그 점쟁이가 핑크 코끼리를 만나러 인도 펀자브의 골짜기로 가라고 했으면 당신은 그 말을 믿었을까요? 그리고 나는 차 있으면 안 되나요?"

"대놓고 놀려줘서 고맙네요. 놀란 건 미안하지만, 당신은 내가 아는 사람 중 유일하게 자동차를 가진 사람이에요."

"롤스로이스도 아니고 이까짓 중고차 가지고, 정차할 때마다 바로 알게 될 거예요. 난방은 안 되지만 임무는 훌륭히 수행한다고요. 나는 항상 교차로 부근 어딘가에 차를 세워두고 그림을 그리죠. 그래서 내 그림 속엔 늘 자동차가 등장해요, 일종의 의식이랄까."

"언젠가 그 그림들을 꼭 보여줘야 할 거예요." 앨리스는 차에 오르면서 말했다.

달드리는 알아들을 수 없는 말을 웅얼거렸고, 클러치가 약간 삐걱거렸지만 차는 도로를 질주했다.

"당신에게 관심이 있는 걸로 보이고 싶지 않지만, 어디 가는지는 말해줄 수 있죠?"

"우리가 어딜 가겠어요, 당연히 브라이튼이지!" 달드리가 대답했다.

"브라이튼? 왜요?"

"그 점쟁이에게 당신이 어제 물어봤어야 하는 질문을 하려고요."

"왜 그런 미친 짓을……."

"한 시간 반, 아니 도로가 빙판이라면 두 시간 후에 도착할 거예요. 그리고 나는 전혀 미친 짓이라고 생각하지 않아요. 우리는 해 지기 전엔 돌아올 거고, 설사 돌아오는 중에 밤이 되더라도 그릴 양쪽에 크롬 입힌 헤드라이트가 있으니…… 위험한 일은 전혀 없을 거예요."

"미스터 달드리, 과한 친절로 자꾸 나를 놀리시는데 그만 좀 할래요?"

"미스 펜델버리, 노력할게요. 약속은 하겠지만 그래도 불가능한 걸 요구하지는 말아요."

차는 램버스를 경유해 도시를 벗어나 크로이든까지 달렸다. 거기서 달드리는 앨리스에게 글러브박스에서 도로 지도를 꺼내어 남쪽 방향에 있는 브라이튼 로드를 찾아달라고 했다. 지도를 보면서 앨리스는 우회전한 후에 유턴하라고 말했다. 그러나 그녀가 지도를 거꾸로 들고 있는 바람에 여러 번 길을 잘못 들었고, 가까스로 지나가는 행인의 도움을 받아 바른길로 들어설 수 있었다.

달드리는 레드힐에서 휘발유를 가득 채운 다음 바퀴 상태를 점검하기 위해 차를 세웠다. 오스틴이 오른쪽으로 약간 기우는 느낌이 있었기 때문이다. 앨리스는 지도를 무릎에 올려놓은 채 차에서 내리지 않았다.

크롤리를 지나서부터는 속도를 줄여야 했다. 눈이 하얗게 쌓여 있는 데다 앞유리창은 성에로 뒤덮였고, 커브를 돌 때마다 차가 사정없이 미끄러졌다. 한 시간 후, 그들은 너무 추워서 대화를 나누는 것이 불가능했다. 히터를 최고 온도로 높였지만, 팬이 작아 보닛 밑으로 새어드는 찬 공기를 덥히기에는 역부족이었다. 그들은 '위트 클로슈' 모텔 커피숍에 들러 벽난로와 가장 가까운 자리에 앉아 몸을 녹이면서 뜨거운 차 한 잔을 마신 뒤에 다시 출발했다.

달드리는 브라이튼이 그리 멀지 않았다고 말했다. 하지만 두 시간이면 될 거라 장담했던 길은 런던을 출발한 뒤로 네 시간이 훌쩍 넘어가고 있었다.

마침내 목적지에 도착했을 때, 놀이공원은 파장 무렵이었다. 긴 부두는 거의 텅 비어 있고, 산책하던 몇몇 사람들마저 크리스마스 파티를 준비하러 집으로 돌아가고 있었다.

"그 점쟁이는 어디 있어요?" 달드리는 시간에 아랑곳없이 차에서 내리면서 물었다.

"점쟁이가 우리를 기다리고 있는 것도 아니고." 앨리스는 어깨를 주무르면서 대답했다.

"그렇게 비관적으로 말하지 말고 일단 가봅시다."

앨리스는 달드리를 매표소 쪽으로 데려갔지만 닫혀 있었다.

"잘됐네요, 공짜로 들어갈 수 있을 테니." 달드리가 말했다.

전날 저녁에 이상한 만남이 있었던 가판점 앞에서 앨리스는 마음이 불편해지며 갑작스러운 불안감에 목이 메었다. 그녀가 걸음을 떼지 못하자, 이를 눈치챈 달드리가 그녀를 마주보고 섰다.

"점쟁이는 당신과 같은 여성일 뿐이고, 나는…… 어쨌든 당신과 같은 사람인데 뭐가 불안해서 그래요. 걱정 말고 당신에게 걸린 마법을 푸는 데 필요한 일을 합시다."

"또 나를 놀리시는데 참 못됐네요."

"웃으라고 한 말이에요. 앨리스, 두려워하지 말고 그 미친 노파가 뭐라고 하는지 가서 들어봐요. 그리고 돌아가는 길엔 노파의 어이없는 말을 우리 둘이서 한껏 웃어주자고요. 우리는 피곤에 지친 상태로 런던에 도착할 테니 점쟁이고 뭐고 곯아떨어질 거예요. 그러니까 용기를 내요, 내가 여기서 당신을 기다리고 있을 테니까. 한 발짝도 움직이지 않고."

"고마워요, 당신 말이 맞아요. 내가 애처럼 굴었네요."

"그럼…… 됐어요, 빨리 가요. 그래도 한밤중이 되기 전에는 돌아가는 게 좋을 거예요, 내 차는 전조등이 하나밖에 작동하지 않거든요."

앨리스는 가판점을 향해 걸음을 떼었다. 앞문은 닫혔으나 한 줄기 빛이 덧문 틈으로 새어 나오고 있었다. 그녀는 옆으로 돌아가서 문을 두드렸다.

점쟁이는 앨리스를 보고 깜짝 놀랐다.

"여길 어떻게? 무슨 안 좋은 일이라도 생겼니?" 점쟁이가 물었다.

"아니에요." 앨리스가 대답했다.

"아니긴, 안색이 창백한데." 점쟁이가 말했다.

"추워서 그래요, 뼛속까지 얼어붙어서요."

"들어와 난로 옆에서 몸 좀 녹여요."

앨리스는 가판점 안으로 들어갔고, 난로 옆으로 다가가자 바닐라 향, 용연향, 가죽 냄새가 진동했다. 그녀가 장의자에 앉자 점쟁이는 옆에 앉아 두 손을 잡아주었다.

"그러니까 나를 만나러 다시 온 거로군."

"그게…… 지나가다가 불빛을 봤어요."

"넌 아주 매력적이야."

"당신은 누구신가요?" 앨리스가 물었다.

"이 부두의 장터 축제를 주관하는 측에서 존중해주는 점쟁이, 멀리서 찾아오는 사람들에게 미래를 예언해주는 점쟁이. 어제 네 눈에 비친 난 분명히 미친 노파에 지나지 않았을 텐데, 오늘 다시 온 걸 보니 생각이 바뀐 모양이로구나. 뭘 알고 싶은데?"

"우리가 얘기하는 동안에 내 뒤를 지나갔다는 남자는 누구인가요, 그리고 그 남자를 만나기 전에 내가 왜 여섯 명의 다른 사람을 만나야 하는 거죠?"

"미안하지만, 그 질문에는 답해줄 수가 없구나. 나는 내게 보이는 것을 말해주었을 뿐이야. 난 어떤 것도 지어낼 수 없고, 또 절대 그렇게 하지도 않아. 거짓말을 좋아하지 않으니까."

"거짓말은 나도 좋아하지 않아요." 앨리스가 응수했다.

"거짓말, 너는 우연히 내 가판점 앞을 지나간 게 아니잖아?"

앨리스는 인정한다는 듯이 고개를 끄덕였다.

"어제 당신은 내 이름을 불렀어요. 내가 이름을 말한 적이 없는데 어떻게 알고 있는 거죠?" 앨리스가 물었다.

"그럼 너는 어떻게 그 짧은 순간에 네가 맡은 모든 향의 이름을 말할 수 있는데?"

"그게 내 능력이죠. 나는 조향사니까요."

"그리고 나는 점쟁이지! 우리는 각자 자신의 분야에서 천부적인 재능을 갖고 있는 게지."

"내가 다시 온 건 그럴 만한 이유가 있어서예요. 사실, 어제 들은 이야기 때문에 혼란스러웠어요." 앨리스가 고백했다. "그래서 뜬눈으로 밤을 새웠고요, 당신 때문에."

"이해해, 네 입장이라면 나도 그랬을 테니까."

"진실을 말해주세요, 정말로 어제 그 모든 걸 본 거예요?"

"진실? 맙소사, 미래는 대리석에 새겨져 있는 게 아냐. 너의 미래는 너의 선택으로 이뤄지는 거니까."

"그럼 당신의 예언은 헛소리에 지나지 않은 건가요?"

"그럴 가능성이 많아 보인다는 거지, 확신이 아니라. 하지만 결정은 오직 네가 하는 거야."

"뭘 결정하는데요?"

"내가 보는 걸 말해달라고 할 게 아니라 나한테 질문을 해야지. 그리고 대답하기 전에 두 번 생각하고. 안다고 결과가 달라지는 건 아니지만."

"그럼 먼저 그 말이 진심이었는지 알고 싶어요."

"내가 어제 너한테 돈을 요구했니? 아니, 오늘만 해도 그래. 문을 두드린 건 너이지, 내가 불러서 온 게 아니잖니. 아까는 많이 불안하고 힘들어 보이더니 이젠 한결 나아진 것 같구나. 앨리스, 그만 집으로 돌아가, 그 편이 마음이 놓인다면. 너를 노리는 위험 같은 건 없어."

앨리스는 점쟁이를 빤히 쳐다보았다. 점쟁이는 더 이상 위압감을 주는 존재가 아니었다. 그와 반대로 함께 있으니 기분이 좋아졌고, 심지어는 노파의 걸쭉한 목소리마저 마음을 누그러지게 해주었다. 더 알아내야 했다. 이러려고 이 먼 길을 달려온 게 아니었다. 그렇다고 점쟁이에게 대들어 기분을 상하게 하려고 온 것도 아니었다. 앨리스는 태도를 바꾸고 점쟁이에게 두 손을 내밀었다.

"좋아요, 보이는 것을 말해주세요. 당신 말대로 믿든 안 믿든 결정은 오직 내가 하는 거니까요."

"확실하니?"

"일요일마다 엄마는 나를 데리고 교회에 갔어요. 우리 동네 교회는 겨울이면 지독하게 추웠죠. 얼어붙을 듯 추운 교회에서 나는 본 적도 없고 아무도 너그럽게 봐주지 않는 신에게 몇 시간씩 기도하는 데 이골이 났거든요. 그래서 나는 당신이 하는 말을 몇 분이든 들을 수 있다고 생각해요."

"네 부모님이 전쟁에서 살아남지 못한 건 가슴 아픈 일이야." 점쟁이가 앨리스의 말을 끊으면서 말했다.

"그걸 어떻게 알았어요?"

"쉿." 점쟁이가 집게손가락을 앨리스의 입술에 대면서 말했다. "들으려고 여기 왔다고 하더니 말뿐이었구나."

점쟁이가 앨리스의 두 손을 손바닥이 보이게 뒤집었다.

"앨리스, 네 안에는 두 개의 인생이 있단다. 네가 아는 인생과 오래전부터 너를 기다리고 있는 인생. 이 두 인생에는 공통점이 전혀 없어. 내가 어제 말한 남자는 그 다른 인생길 어딘가에 있고, 지금 네 인생에는 결코 존재하지 않을 거야. 그를 만나러 여행을 떠나더라도 만남은 아주 긴 여행 끝에 이뤄질 거란다. 그리고 그 여행 중에 네가 믿고 있던 모든 것이 전혀 사실이 아니라는 걸 알게 될 거다."

"그런 얘기는 아무 의미 없어요." 앨리스가 무시해버렸다.

"그럴지도 모르지. 나는 장터 축제를 따라 돌아다니는 한낱 떠돌이 점쟁이에 불과하니까."

"여행은 어디로 가라는 거예요?"

"네가 온 곳으로, 너의 역사를 향해."

"나는 런던에서 왔고, 오늘 밤 돌아갈 거예요."

"내 말은 네가 태어난 땅으로 가라는 거야."

"그러니까요, 나는 런던, 홀본에서 태어났어요."

"아니, 내 말을 믿어." 점쟁이가 미소를 지으면서 대답했다.

"아무려면 내 어머니가 나를 어디서 낳았는지도 모를까 봐요!"

"너는 더 먼 남쪽에서 태어났고, 점쟁이가 아니라도 그건 알 수 있어. 네 이목구비가 증명해주거든."

"반박해서 죄송한데, 내 조상들은 북쪽 태생이에요. 어머니 쪽은 버밍엄이고, 아버지 쪽은 요크셔고요."

"네 부모님은 오리엔트 태생이야." 점쟁이가 속삭였다. "넌 지금은 존재하지 않는 제국에서, 수천 킬로미터 떨어진 아주 오래된 나라에서 왔어. 네 몸속에 흐르는 피의 원천은 흑해와 카스피해 사이 어딘가에 있고. 거울을 잘 보렴, 네가 직접 확인할 수 있을 거야."

"말도 안 되는 소리예요!" 앨리스는 어이없어했다.

"다시 말하는데, 앨리스, 그 여행을 시작하려면 먼저 몇 가지 사실을 받아들이겠다는 각오가 있어야 해. 그런데 네 반응을 보니 준비가 되어 있지 않은 것 같구나. 그냥 런던에서 쭉 사는 편이 낫겠어."

"이대로는 못 가요, 간밤에 뜬눈으로 밤을 새웠다고요! 나는 당신이 돌팔이라는 걸 확인한 뒤에 런던으로 돌아갈 거예요."

점쟁이가 정색을 하고 앨리스를 응시했다.

"용서하세요, 죄송해요." 앨리스는 얼른 말했다. "무례하게 굴 생각은 아니었어요."

점쟁이가 앨리스의 손을 놓고 일어났다.

"집으로 돌아가. 그리고 내가 한 말은 다 잊어. 미안한 건 나야. 나는 헛소리나 늘어놓으며 남의 약점을 들춰내는 미친 늙은이에 불과하다는 게 바로 진실일 테니. 미래를 예언해주고 싶은 나머지 내 발등을 내가 찍은 꼴이구나. 아무 걱정 말고 네 인생을 살렴. 너는 아름다운 여성이니까 점쟁이의 예언 따윈 필요 없이 네 취향에 맞는 남자를 만나게 될 거다."

점쟁이가 가판점의 문 쪽으로 갔지만, 앨리스는 움직이지 않았다.

"아까보다는 더 진심으로 말하고 있다는 생각이 들어요. 좋아요, 받아들일게요." 앨리스가 말했다. "게임이라고 생각하면 못 할 것도 없죠. 당신의 예언을 진지하게 받아들인다고 치고, 내가 어디서부터 시작해야 할까요?"

"피곤하게 하는구나. 마지막으로 다시 한번 말하는데 난 너에게 아무 예언도 하지 않았어. 다만 머리에 떠오르는 걸 말할 뿐이니까, 시간 낭비할 필요 없다. 크리스마스이브인데, 즐겁게 보내야지?"

"피곤하게 구는 사람 내쫓으려고 자신을 비하할 필요까지는 없어요. 대답을 듣는 즉시 가겠다고 약속할게요."

점쟁이는 가판점 문에 걸린 비잔틴 이콘을 쳐다보면서 거의 지워진 성인의 얼굴을 어루만지다 앨리스 쪽으로 고개를 돌렸다. 점쟁이의 표정은 확 달라져 있었다.

"이스탄불에 가면 너를 다음 단계로 인도해줄 누군가를 만나게 될 거야. 하지만 절대 잊지 마, 끝까지 찾아다니다 보면 네가 아는 사실은 남지 않게 된다는 걸. 이제 그만 나가, 내가 몹시 피곤하구나."

점쟁이가 문을 열었다. 차가운 겨울바람이 가판점 안으로 몰려들어 왔다. 앨리스는 코트를 여미고 주머니에서 지갑을 꺼냈지만, 점쟁이는 돈을 거절했다. 앨리스는 머플러를 두르고 노파에게 인사했다.

거리는 텅 비어 있었고, 바람에 살랑살랑 흔들리는 등불들이 묘한 멜로디를 연출하고 있었다.

맞은편에서 헤드라이트 하나가 깜박였다. 오스틴의 앞유리창 너머로 손을 흔드는 달드리가 보였다. 그녀는 추위를 뚫고 그를 향해 뛰었다.

***

"슬슬 걱정이 돼서 당신을 데리러 가야겠다고 생각하던 참이었어요. 이 추위에 당신을 한데서 기다리게 할 수는 없고." 달드리가 구시렁거렸다.

"밤중에 달리게 됐네요." 앨리스가 하늘을 쳐다보면서 말했다.

"당신이 가판점 안에서 꽤 오래 있었잖아요." 달드리는 시동을 걸면서 말했다.

"시간이 이렇게 흐른 줄은 몰랐어요."

"난 알고 있었지만 그만한 가치가 있었기를 바랄게요."

앨리스는 뒷좌석에 둔 도로 지도를 집어 무릎 위에 올려놓았다. 달드리는 런던으로 돌아가려면 지도를 반대 방향으로 봐달라고 부탁했다. 그는 액셀을 밟았고 차가 뒤로 미끄러졌다.

"크리스마스이브를 재미있게 보내네요, 그렇죠?" 앨리스가 미안해하면서 말했다.

"따분하게 라디오 앞에서 보내는 것보다는 훨씬 재미있잖아요. 게다가 도로 사정이 아주 나쁘지만 않다면 도착해서 저녁은 먹을 수 있을 거예요. 자정이 되려면 아직 멀었으니까."

"런던도 아직 멀었고요." 앨리스가 한숨을 내쉬었다.

"오래 애태울 거예요? 이번에는 결론이 났어요? 이제는 그 노파로 인한 불안에서 벗어난 건가요?"

"아니요." 앨리스가 대답했다.

달드리가 차창을 조금 내렸다.

"담배 한 대 피워도 될까요?"

"나한테도 한 대 준다면."

"담배 피워요?"

"아뇨." 앨리스가 대답했다. "하지만 오늘 밤엔 안 될 거 없잖아요?"

달드리는 레인코트 주머니에서 엠버시 한 갑을 꺼냈다.

"잠깐만 핸들 좀 잡고 있어요." 그가 앨리스에게 말했다. "운전할 줄 알아요?"

"아니요." 그녀가 핸들을 잡으려고 몸을 숙이는 사이 달드리는 담배 두 개비를 입술에 물었다.

"바퀴가 도로와 일직선이 되게 유지하고 있어요."

달드리는 라이터를 켰고, 다른 손으로는 갓길 쪽으로 이탈하는 오스틴의 경로를 바로잡은 다음 앨리스에게 담배를 건넸다.

"그러니까 우린 실패한 거군요." 그가 말했다. "어제보다 훨씬 혼란스러워하는 당신을 보니."

"내가 점쟁이의 말에 지나치게 신경을 썼나 봐요. 아마 피곤해서 그랬던 게 틀림없어요. 요 며칠 잠을 충분히 못 자서 지쳐 있었거든요. 그리고 생각했던 것보다 더 미친 여자였어요."

앨리스는 담배 한 모금을 빨아들이다가 기침을 했다. 달드리는 그녀의 손가락에서 담배를 빼앗아 차창 밖으로 던졌다.

"그럼 눈 좀 붙여요. 도착하면 깨워줄게요."

앨리스는 차창에 머리를 기댔고, 눈꺼풀이 무거워지는 걸 느꼈다.

달드리는 잠든 앨리스를 잠시 쳐다보다 도로에 집중했다.

**

달드리는 인도를 따라 차를 세우고 엔진을 끈 다음, 앨리스를 어떻게 깨울까 생각했다. 말을 하면 그녀가 소스라치게 놀랄 테고, 어깨에 손을 대자니 매너 없는 행동이 될 것 같고. 헛기침 정도가 적당할 텐데, 오는 동안 차를 정지시킬 때마다 삐걱거리는 소리가 나는데도 세상모르고 곤히 잠들어 있는 걸 보니 그녀를 깨우려면 기침 소리를 크게 내야 할 터였다.

"여기서 밤을 보내면 얼어 죽을 텐데요." 앨리스가 한쪽 눈을 뜨면서 나직한 목소리로 말했다.

이번에는 달드리가 소스라치게 놀랐다.

그들이 사는 층에 이르자, 달드리와 앨리스는 무슨 말을 할지 몰라서 잠자코 서 있었다. 앨리스가 먼저 말했다.

"열한 시밖에 안 됐네요."

"그러게요, 열한 시가 막 지났네요." 달드리가 대꾸했다.

"오늘 아침에 시장에서 뭘 샀어요?" 앨리스가 물었다.

"햄과 피클 한 병, 붉은강낭콩, 체스터 치즈 한 조각이요. 당신은요?"

"달걀과 베이컨, 브리오슈와 꿀이요."

"와우, 제대로 된 파티를 즐길 수 있겠군요!" 달드리가 외쳤다. "배고파 죽을 지경인데."

"아침 식사에 초대해주었고, 휘발유 값도 들었는데 아직 고맙다는 말도 못 했네요. 이번에는 내가 초대할게요."

"기꺼이 초대에 응할게요, 나 일주일 내내 시간 있어요."

"이든, 나는 오늘 밤을 말하는 건데요."

"잘됐네요, 오늘 밤도 시간 있어요."

"그럴 줄 알았어요."

"하긴 벽을 사이에 두고 각자 크리스마스 파티를 하는 것도 좀 웃기죠."

"그래서 오믈렛을 준비하려고요."

"아주 좋은 생각이에요." 달드리가 말했다. "레인코트는 집에 두고 다시 올게요."

앨리스는 트렁크를 방 한가운데로 옮기고 양쪽에 두툼한 방석을 깔아놓은 다음 식탁보를 씌웠고, 버너를 켜고 두 사람을 위한 식기를 준비했다. 그리고 침대에 올라서서 통유리창을 열고, 겨울이면 창턱에 내놓아 보관하는 버터와 달걀 통을 들여왔다.

잠시 후, 달드리가 문을 두드렸다. 그는 재킷에 플란넬 바지 차림으로 장바구니를 들고 들어왔다.

"꽃다발이라도 가져왔어야 하는데 이 시간에 꽃을 살 수도 없어서 아침에 장 본 거 다 들고 왔어요. 오믈렛이랑 먹으면 훌륭할 거예요."

달드리는 장바구니에선 와인 한 병을, 호주머니에선 오프너를 꺼냈다.

"그래도 크리스마스라고 그냥 넘어가진 않게 되네요."

식사를 나누며 달드리는 어릴 적의 기억 몇 가지를 꺼내었다. 가족과의 불화, 취미도 사고방식도 성격도 전혀 다른 남자와 정략결혼한 어머니의 고통스러운 삶, 머리도 나쁘면서 그저 아버지의 사업을 혼자 물려받을 욕심에 동생을 가족에게서 떼어놓기 위해 온갖 짓을 벌인 비열한 형에 대해 말했다. 달드리는 여러 번 앨리스에게 지루하지 않느냐고 물었고, 그때마다 앨리스는 그 반대라고 대답하면서 흥미로운 가족의 초상이라고 생각했다.

"당신의 어린 시절은 어땠어요?" 달드리가 물었다.

"즐거웠어요." 앨리스는 대답했다. "외동딸이라서 오빠나 언니가 없는 것이 아쉽지 않았다고는 말 못 하겠지만요. 형제 있는 친구들을 보면 몹시 부러웠거든요. 하지만 부모님의 관심 속에 유복하게 자랐어요."

"아버지는 무슨 일을 하셨어요?" 달드리가 물었다.

"아버지는 약사였고, 여가 시간에는 연구를 하셨죠. 약용 식물의 효능에 열중하셨고, 세계 도처에서 약초를 들여왔어요. 어머니도 아버지와 함께 일하셨어요, 캠퍼스 커플이었거든요. 돈방석에 앉은 부자는 아니었지만, 약국은 아주 잘됐어요. 부모님은 사랑이 깊었고, 집에서는 늘 웃음소리가 끊이지 않았죠."

"운이 좋은 사람이네요."

"네, 인정해요. 사랑을 많이 받고 자라서 이루기 힘든 이상적인 직업을 갈망하게 되었나 봐요."

앨리스가 일어나서 접시를 개수대로 가져가자, 달드리도 남은 음식을 먹어치우고 식기를 들고 왔다. 그는 작업대 앞에 멈춰 서서 작은 테라코타 단지들과 잔뜩 꽂혀 있는 시향지들, 선반에 분류하여 옹기종기 배열해놓은 조그마한 병들을 유심히 살폈다.

"오른쪽에 있는 것들은 앱솔루트라고 하는데, 콘크리트나 레지노이드*에서 얻는 것들이죠. 나는 이것들을 조합하는 작업을 해요."

"화학 전공인가요, 당신 아버지처럼?" 달드리가 뜻밖이라는 얼굴로 물었다.

"앱솔루트란 식물의 다양한 부분에서 추출되는 천연향료를 말하는 것이고, 콘크리트란 장미, 재스민, 라일락 같은 식물에서 향기 성분을 추출한 향료죠. 당신이 흥미로워하는 이 테이블은 '오르간'이라고 불리는 조향대고요. 조향사와 음악가가 사용하는 어휘는 공통된 것이 많아요. 우리도 오르간, 노트와 어코드라는 말을 쓰거든요. 약사인 아버지를 둔 나는 조향사예요. 향료들을 조합해서 새로운 향을 만들려고 노력하죠."

---

*   송진이나 식물, 꽃에서 채취한 반고체 추출물로, 끈적이고 달콤한 느낌을 준다.

"아주 독창적인 직업이네요! 이미 만든 향수도 있어요? 내 말은, 시중에 판매되는 향수가 있냐는 뜻이에요. 내가 알 만 한 것도 있을까요?"

"네, 있어요." 앨리스가 웃음기 어린 목소리로 대답했다. "아직 소문이 안 나서 그렇지, 런던의 몇몇 향수 전문점 진열 장에서 내가 만든 향수 한두 개 정도는 발견할 수 있을 거예 요."

"자신의 작품이 진열돼 있는 걸 보면 경이로울 것 같아요. 당신이 만든 향수를 뿌린 덕분에 한 여자를 유혹하는 데 성 공한 남자가 있을지도 모르고요."

이번에는 앨리스가 깔깔대고 웃었다.

"기대를 저버려서 미안하지만, 지금까지는 여성 향수만 만 들었는데 당신이 방금 좋은 아이디어를 줬어요. 후추 향과 삼 나무, 쇠풀 같은 남성적인 나무 향이 나는 걸 연구해봐야겠네 요. 농담 아니고 진짜 생각해볼게요."

앨리스는 브리오슈를 반으로 잘랐다.

"이 디저트까지 먹고서 그만 당신을 보내드릴게요. 멋진 밤 을 보내고 있지만, 졸음이 밀려오네요."

"나도 그래요." 달드리가 하품을 하면서 말했다. "돌아오는 길에 눈이 많이 내려서 신경을 너무 썼더니."

"고마워요." 앨리스가 달드리의 접시에 브리오슈 한 조각을 덜어주면서 말했다.

"고마운 건 나예요, 브리오슈 먹은 지 꽤 오래됐거든요."

"브라이튼까지 동행해줘서 고마워요, 정말 친절했어요."

달드리는 통유리창을 바라보았다.

"낮에는 방 안에 햇빛이 굉장하겠네요."

"네, 그래요, 언제 차 마시러 와서 직접 확인해봐요."

달드리는 브리오슈를 남은 부스러기까지 먹어치우고 나서 일어났고, 앨리스는 현관문까지 배웅했다.

"집이 코앞이라 좋네요." 그가 층계참에서 말했다.

"그러게요."

"메리 크리스마스, 미스 펜델버리."

"메리 크리스마스, 미스터 달드리."

3

통유리창이 성에로 덮였고, 눈이 도시를 점령하고 있었다. 앨리스는 밖을 내다보려고 침대에서 일어났다. 유리창을 조금 열었다가 추위에 몸이 얼어붙는 것 같아서 바로 닫았다.

그녀는 아직 잠에 취한 몽롱한 눈빛으로 비틀비틀 걸어가 버너에 주전자를 올렸다. 고맙게도 달드리가 선반 위에 성냥한 통을 두고 갔다. 그녀는 지난밤의 조촐한 파티를 떠올리며 미소를 지었다.

앨리스는 일을 시작할 의욕이 없었다. 찾아갈 가족이 없는 크리스마스 날, 그녀는 공원으로 산책을 나가기로 했다.

그녀는 옷을 따뜻하게 입고 살금살금 집을 나섰다. 빅토리아 양식의 주택은 고요했다. 달드리는 아직 잠에 빠져 있는 게 틀림없었다.

얼룩 하나 없이 새하얀 거리에 그녀는 매혹되었다. 눈이 도시의 온갖 더러움을 덮어버리는 능력을 발휘하면서 가장 슬픈 동네들조차 한겨울의 아름다움을 찾았다.

트램이 오고 있었다. 앨리스는 교차로를 향해 뛰어가 트램에 올랐고, 운전사에게서 표를 사서 맨 뒤쪽 장의자에 앉았다.

30분 후, 그녀는 퀸즈 게이트를 통해 하이드파크로 들어갔고, 대각선으로 난 산책로를 따라 켄싱턴 궁전 쪽으로 올라갔다. 그녀는 작은 호수 앞에서 걸음을 멈췄다. 먹이를 기대한 오리들이 시꺼먼 수면을 미끄러져 그녀를 향해 줄달음치고 있었다. 아무것도 줄 것이 없었던 앨리스는 미안한 마음이었다. 호수 건너편에서는 벤치에 앉은 한 남자가 손을 흔들며 자리에서 일어났다. 점점 더 커지는 몸짓, 그쪽으로 오라는 표시였다. 오리들이 앨리스에게서 남자 쪽으로 방향을 돌려 전속력으로 몰려갔다. 앨리스는 둑을 따라 걸으며 오리들에게 먹이를 주려고 쭈그려 앉은 남자에게 다가갔다.

"달드리? 여기서 당신을 만나다니 놀랍네요, 날 뒤쫓아 온 거예요?"

"놀라운 건 낯선 남자의 손짓에 당신이 달려왔다는 사실이죠. 그리고 나는 당신보다 먼저 여기 와 있었는데, 어떻게 내가 당신을 뒤쫓아 올 수 있는 거죠?"

"여기서 뭐 하는 거예요?" 앨리스가 물었다.

"오리들의 크리스마스, 잊었어요? 바람 쐬러 나가다 펍에서 슬쩍한 빵을 코트 주머니에서 발견했고, 그래서 오리들에게 먹이도 줄 겸 산책하러 왔죠. 그러는 당신은 여긴 무슨 일로?"

"내가 좋아하는 곳이에요."

달드리는 빵을 반으로 나누어 앨리스에게 주었다.

"브라이튼까지 갔다 왔는데 별 도움이 안 됐나 봐요." 달드리가 말했다.

앨리스는 대답도 없이 오리에게 빵을 떼어주는 일에 열중했다.

"밤중에 왔다 갔다 하는 소리가 또 들리던데, 잠을 못 잔 건가요? 많이 피곤해 보였는데."

"잠들었다가 얼마 안 돼서 깼어요. 굳이 말하자면 악몽 때문에."

달드리가 빵을 다 던져주자 앨리스도 남은 걸 던져주었고, 그가 일어나서 앨리스의 손을 잡아주었다.

"그 점쟁이가 어제 뭐라고 했는지 왜 말 안 해줘요?"

하이드파크의 눈 쌓인 산책로에는 사람이 별로 없었다. 앨리스는 점쟁이와 나눈 대화를 자세히 이야기하면서 노파가 자신이 사기꾼임을 시인하는 말까지 했다고 덧붙였다.

"뜻밖의 태세 전환이네요. 그래도 점쟁이가 스스로 돌팔이라고 인정했으니 됐는데 왜 아직도 그래요?"

"바로 그 점 때문에 점쟁이를 믿기 시작했으니까요. 하지만 나는 아주 이성적인 사람이고 만약 내 친한 친구에게 그런 말을 들었다면 대놓고 무시해버렸을 거예요."

"친구 얘기로 빠지지 말고 본론에 집중합시다. 어떤 말이 당신을 혼란스럽게 했는데요?"

"내 입장이 되어봐요, 점쟁이가 해준 모든 말이 얼마나 충

70

격적이었을지."

"점쟁이가 이스탄불에 가라고 했단 말이죠? 정말 생뚱맞네요! 그 말이 사실인지 확인하려면 이스탄불에 가야 하는 건가."

"진짜 생뚱맞아요. 당신의 오스틴에 태워서 나를 이스탄불로 데려다줄래요?"

"그건 엄청 겁나는데, 오스틴의 행동반경을 넘어서는 거리라서요. 말이 그렇다는 거예요."

그들은 산책로를 오르는 한 커플과 마주쳤다. 달드리는 입을 다문 채 커플이 멀어지길 기다렸다가 다시 말을 이었다.

"그 이야기에서 당신을 혼란스럽게 한 점이 무엇인지 내가 한번 말해볼게요. 그 여행 끝에 당신 인생의 남자가 기다리고 있다는 예언 때문이에요. 당신을 비난하는 게 아니라 어떻게 보면 굉장히 로맨틱하고 신비로운 얘기라서 하는 말이에요."

"나를 심란하게 하는 건." 앨리스가 퉁명스럽게 대꾸했다. "점쟁이가 아주 자신 있게 내가 그쪽에서 태어났다고 주장한다는 거예요."

"호적을 조회해보면 바로 확인할 수 있잖아요."

"열 살 때 어머니랑 홀본 보건소 앞을 지나갔던 기억이 있는데 내가 태어난 곳이라고 하셨던 말이 아직도 생생하거든요."

"그럼 다 잊어요! 당신을 브라이튼으로 데려가지 말았어야 했어요. 잘한 일인 줄 알았는데 오히려 역효과가 났네요. 내가 괜히 부추겨가지고 별것도 아닌 일이 더 커져버렸으니."

"일을 다시 시작할 때인데, 내가 이렇게 나태한 적은 거의 없었거든요."

"왜 일을 못 하는데요?"

"어제 감기에 걸릴 것 같은 불길한 예감이 들더니 진짜 걸려버렸어요. 심한 건 아니지만, 조향사라는 직업에 감기는 치명타죠."

"감기는 치료를 받아도 일주일이 걸려야 낫고, 아무 치료를 받지 않아도 일주일이면 낫는다는 말이 있어요." 달드리는 시큰둥하게 대꾸했다. "나는 당신이 아픔을 참으려고 할까 봐 그게 더 걱정이에요. 감기에 걸렸으니 집에 가서 몸을 따뜻하게 하는 것이 좋겠어요. 프린스즈 게이트 앞에 주차해놨어요, 이 길 끝에. 데려다줄게요."

오스틴의 시동이 걸리지 않았다. 달드리는 차를 밀 테니까 앨리스에게 운전석에 앉으라고 했다. 차가 움직이면 클러치 페달에서 발을 떼면 된다고 말했다.

"어렵지 않으니까 해봐요." 달드리가 안심시켰다. "왼발과 오른발로 동시에 클러치와 브레이크 페달을 밟은 상태에서 시동이 걸리면 두 발을 떼고 바퀴가 도로와 일직선이 되도록 유지해요."

"되게 복잡한데!" 앨리스가 항의했다.

눈 위에서 차바퀴가 헛돌았고, 달드리는 미끄러지며 차도에 벌렁 자빠졌다. 운전대를 잡은 앨리스는 백미러로 그 장면을 지켜보면서 웃음이 터졌다. 기분이 한결 좋아진 김에 앨리스는 시동 키를 돌렸고, 엔진이 쿨럭거리다 차가 출발했다. 그녀는 깔깔대고 웃었다.

"당신 아버지가 약사였던 거 확실해요, 엔지니어였던 게 아니라?" 달드리가 조수석에 앉으면서 물었다.

그의 외투에는 눈이 잔뜩 묻어 있고, 얼굴도 꼴이 말이 아니었다.

"미안해요, 웃으면 안 되는데 참을 수가 없어서." 앨리스가 활짝 웃는 얼굴로 말했다.

"갑시다." 달드리는 심드렁했다. "이놈의 차가 당신을 받아들인 것 같으니까 이제 차도로 들어가요. 액셀 밟을 때도 당신에게 복종하는지 어디 봅시다."

"운전해본 적 없다니까요." 앨리스는 여전히 웃으면서 대꾸했다.

"처음부터 잘하는 사람은 없으니까." 달드리는 태연한 체하면서 말했다. "브레이크와 클러치를 밟은 상태에서 시동이 걸리면 두 발을 서서히 떼고 액셀을 살짝 밟아요."

바퀴가 빙판 쪽으로 밀리고 있었다. 앨리스는 핸들을 꽉 잡은 채 능숙하게 차가 일직선이 되도록 조종해서 조수석에 앉은 남자를 놀라게 했다.

크리스마스 아침나절이 끝나갈 무렵이라 거리는 무척 한산했고, 앨리스는 달드리의 조언을 주의 깊게 들으면서 운전했다. 그녀는 몇 번 급브레이크를 밟다가 두 번 시동을 꺼뜨린 걸 빼고는 집 앞까지 무사히 도착하는 데 성공했다.

"놀라운 경험이었어요." 앨리스가 시동을 끄면서 말했다.

"운전 재미있네요."

"잘됐네요, 이번 주에 한 번 더 운전할 기회를 줄게요, 정말 재미있었다면."

"그러면 나야 너무 좋죠."

달드리와 앨리스는 층계참에서 인사를 나눴다. 앨리스는 열이 나는 거 같아 쉬는 게 좋겠다는 생각이 들었다. 그녀는 달드리에게 고맙다고 말한 뒤 집으로 들어갔고, 코트를 벗어서 침대 위에 펼쳐놓고는 이불 속으로 들어갔다.

***

더운 바람이 공기 중에 떠도는 미세먼지를 휘젓고 있다. 오르막 흙길, 그 꼭대기에 다른 동네로 내려가는 긴 계단이 있다.

앨리스는 사방을 두리번거리면서 맨발로 전진한다. 알록달록한 작은 상점들은 모두 셔터가 내려져 있다.

멀리서 그녀를 부르는 목소리. 계단 꼭대기에서 한 여인이 서두르라는 손짓을 보낸다. 마치 위험이 닥쳐오고 있다는 듯이.

앨리스는 여인을 향해 뛰었지만, 여인은 도망치듯 사라져버렸다. 등 뒤에서는 고함 소리와 비명 소리, 아우성이 일고 있다. 앨리스가 계단을 향해 뛰어가자 여인이 계단 밑에서 기다리고 있다가 더는 다가오지 못하게 한다. 여인은 그녀에게 사랑을 맹세하고 작별 인사를 한다.

여인이 멀어져갈수록 점점 더 아주 작아지는 실루엣이 앨리스의 마음속에서는 점점 더 아주 커지고 있다.

앨리스가 여인을 향해 돌진하는 순간, 발밑 계단에 균열이 생기더니 반으로 쩍 갈라지면서 등 뒤에서 울리는 굉음에 귀가 먹먹해진다. 앨리스는 고개를 든다. 붉은 태양빛에 살갗이 화끈거리고, 몸에서는 땀이, 입술에서는 소금기가, 머리카락에서는 흙이 느껴진다. 구름 같은 먼지 회오리가 일면서 숨 쉬는 것조차 힘이 든다.

몇 미터 떨어진 곳에서 가슴을 에는 듯한 탄식과 신음, 알아들을 수 없는 중얼거림이 들려온다. 앨리스는 목이 메고 숨이 턱 막힌다.

손 하나가 우악스럽게 팔을 잡더니 발밑에서 긴 계단이 무너져 내리는 찰나, 그녀를 번쩍 들어올린다.

앨리스는 비명을 지르고 안간힘을 다해 버둥거리지만, 그녀를 움켜잡은 사람은 힘이 너무 세다. 그녀는 버텨봐야 소용없다는 걸 느끼면서 의식을 잃는다. 머리 위 하늘은 거대하고 붉었다.

***

앨리스는 눈을 다시 떴고, 눈 덮인 하얀 통유리창 때문에 눈이 부셨다. 몸이 덜덜 떨리고, 열이 나서 이마는 불덩이였다. 그녀는 더듬더듬 머리맡 탁자에 있는 컵을 찾아서 물을 한 모금 넘기다 발작적인 기침을 했다. 기력이 없었다. 뼛속까지 얼어붙는 이 추위를 버티려면 일어나서 이불을 하나 더 가져와야 하는데……. 일어나려고 했지만 몸이 움직여지지 않았고, 다시 잠에 빠져들었다.

***

그녀의 이름을 속삭이는 소리가 들렸다. 귀에 익은 목소리가 그녀를 달래주려 애쓰고 있었다.

그녀는 벽장 안에 숨어 무릎 사이에 머리를 파묻고 몸을 웅크렸다. 손 하나가 입을 막고 있어서 그녀는 아무 말도 할 수 없었다. 울고 싶었지만 그녀를 품에 끌어안은 여인은 조용히 하라고 그녀에게 당부했다.

주먹으로 문을 두드리는 소리가 들렸다. 소리는 점점 더 거칠어졌고, 급기야는 문을 발로 차는 것 같았다. 발소리, 누군가가 들어왔다. 작은 벽장 안에 숨은 앨리스는 여전히 숨죽인 채였고, 마침내는 점점 숨이 멎는 듯한 느낌이 들었다.

***

"앨리스, 일어나요!"

달드리는 침대로 다가가서 그녀의 이마에 손을 얹었다.

"맙소사, 펄펄 끓잖아."

달드리는 앨리스의 몸을 일으켜 베개를 바로 놓아주고 바른 자세로 눕혔다.

"의사를 부를게요."

그는 얼마 후 앨리스의 머리맡으로 돌아왔다.

"감기보다 훨씬 심각한 건 아닌가 걱정되네요. 의사가 곧 올 테니 가만히 누워 있어요. 내가 당신 곁에 있으니까 걱정

76

말고요."

달드리는 침대 발치에 앉아서 약속한 대로 곁을 지켰다. 한시간 후 의사가 도착했다. 의사는 앨리스를 살펴보고, 맥박을 재고, 심장박동과 숨 쉬는 소리를 주의 깊게 들었다.

"증세가 심한 걸 보니 독감일 가능성이 큽니다. 몸을 따뜻하게 해주고 땀을 내야 합니다. 미지근하고 약간 달콤한 물과 차를 조금씩 마시게 하세요, 가능한 한 자주." 의사가 달드리에게 말했다.

의사는 달드리에게 아스피린을 주었다.

"열이 떨어져야 하는데 내일까지 차도가 없으면 병원으로 데려오세요."

달드리는 의사에게 왕진비를 지불하고 크리스마스인데 와주어 고맙다고 인사했다. 그는 자신의 집으로 돌아가 두꺼운 담요 두 개를 가져오더니 그중 하나를 앨리스에게 덮어주었다. 그리고 작업대 앞에 놓인 안락의자를 방 가운데에 끌어다 놓고 앉아서 밤을 새웠다.

"당신의 시끄러운 친구들 때문에 잠을 못 자는 편이 더 나았네요. 그땐 적어도 내 침대에는 누워 있었으니까 말이죠." 달드리가 구시렁거렸다.

***

방에서 나던 소리가 멈췄다. 앨리스는 숨어 있던 벽장문을 밀고 나간다. 집은 고요하고 아무도 없다. 가구들이 엎어져 있고,

침대는 부서져 있었다. 바닥에 내동댕이쳐진 깨진 액자, 앨리스는 조심스럽게 유리 파편을 걷어내고 그림을 머리맡 탁자에 다시 올려놓는다. 묵화 속에서 미소 짓는 두 얼굴. 열린 창문으로 들어오는 따뜻한 바람에 나부끼는 커튼. 앨리스는 다가가지만 창틀이 너무 높아서 건너편 거리를 내다보려면 걸상이 필요하다. 그녀는 걸상에 올라섰고 강렬한 햇빛에 눈을 찡그린다.

보도에서 한 남자가 그녀를 쳐다보며 미소 짓는데, 사랑이 가득 담긴 따뜻한 얼굴이다. 그녀는 무한한 사랑으로 그 남자를 사랑한다. 그를 늘 그렇게 사랑했고, 오래전부터 알고 있는 남자였다. 그녀는 그에게 달려가서 품에 안기고 싶다. 남자의 이름을 소리쳐 붙잡고 싶지만, 목소리가 나오지 않는다. 그래서 앨리스는 손짓을 보냈고, 남자는 답례로 모자를 흔들어주고는 사라지기 전 그녀에게 미소를 보낸다.

***

앨리스는 다시 눈을 떴다. 달드리가 그녀를 부축하면서 컵을 입술에 대주며 물을 조금씩 천천히 마시라고 말했다.

"그를 봤어요." 앨리스가 중얼거렸다. "거기 있었어요."

"의사가 왔다 갔어요." 달드리가 말했다. "일요일이고 크리스마스였는데, 좋은 의사였어요."

"의사가 아니었어요."

"하지만 생긴 게 딱 의사였는데."

"거기서 나를 기다리는 남자를 봤어요."

"잘됐네요." 달드리가 말했다. "하지만 그 얘긴 병이 다 나으면 다시 합시다. 지금은 푹 쉬어요. 그래도 열이 좀 떨어진 것 같아서 다행이네요."

"내가 상상한 것보다 훨씬 미남이에요."

"그럴 줄 알았어요. 아, 나도 독감에 걸려야겠네, 에스더 윌리엄스가 나를 만나러 올지도 모르는데……. 〈나를 무도회로 데려가주오〉에 나온 고혹적인 그 미모에 홀딱 반했었는데."

"네." 앨리스가 헛소리를 중얼거렸다. "그가 나를 무도회로 데려갈 거예요."

"정말 잘됐네요, 그동안은 내가 좀 편히 자도 되겠어요."

"그를 찾으러 떠나야겠어요." 앨리스가 눈을 감은 채 나직한 목소리로 말했다. "그곳으로 가야 해요. 그를 찾아야만 해요."

"아주 좋은 생각이에요! 그래도 며칠은 기다려야 할 거예요. 당신의 몸 상태에 대한 확신도 없고, 벼락같은 사랑은 어쨌거나 상호적인 거라서."

앨리스는 이내 잠들었다. 달드리는 한숨을 내쉬며 다시 안락의자에 자리를 잡았다. 새벽 네 시였다. 불편한 자세 탓에 등도 아프고 목덜미도 뻐근했지만, 앨리스는 혈색이 돌아오는 것 같았다. 다행히 그녀는 아스피린 덕분에 열이 떨어지고 있었다. 달드리는 전등을 끄며 잠이 오게 해달라고 기도했다.

***

끈질기게 괴롭히는 코 고는 소리에 앨리스는 잠에서 깨어났다. 몸살 기운은 여전하지만, 오한이 사라지고 몸은 따뜻했다.

그녀는 눈을 다시 떴고 안락의자에 주저앉은 채로 잠든 이웃집 남자와, 그 발치에 떨어져 있는 담요를 발견했다. 앨리스는 숨을 쉴 때마다 올라갔다 내려갔다 하는 달드리의 오른쪽 눈썹을 신기하다는 듯이 쳐다보았다. 그러다 이웃집 남자가 밤새 자신을 지켜줬다는 사실을 알아차리고는 당혹스러움을 느꼈다. 그녀는 담요를 몸에 두르고 살금살금 버너 앞으로 갔고, 소리가 나지 않게 조심하면서 차를 준비했다. 코 고는 소리는 더욱 커졌고 어찌나 요란한지 본인의 수면에 방해가 될 정도였다. 달드리는 옆으로 몸을 돌리다 마룻바닥 위로 벌렁 미끄러졌다.

"거기서 뭐 해요?" 달드리가 하품을 하면서 물었다.

"차 좀 마시려고요." 앨리스는 찻잔에 차를 따르면서 대답했다.

달드리가 일어나 기지개를 켜고 옆구리를 주물렀다.

"당장 가서 누워요."

"한결 좋아졌어요."

"우리 누나가 생각나네요. 칭찬 아니에요, 고집스럽고 태평한 게 꼭 닮았다는 말이니까. 기운 좀 났다고 그렇게 바로 춥게 있다니, 잔말 말고 침대로 가요! 차는 내가 가져다줄 테니까. 아, 물론 내 팔이 협조를 해준다면. 온몸에 쥐가 나서 죽겠더니 이젠 척추가 욱신거려서."

"나 때문에 그렇게 고생하다니 미안해요." 앨리스는 달드리가 시키는 대로 했다.

그녀는 침대에 앉아서 달드리가 무릎 위에 내려놓은 쟁반을 받았다.

"입맛은 있어요?"

"아뇨, 전혀 없어요."

"그래도 먹어요, 그래야 하니까." 달드리가 말하면서 현관문을 열고 나갔다.

그는 층계참을 건너갔다가 철제 쿠키 상자 하나를 들고 돌아왔다.

"진짜 쇼트브레드예요?" 그녀가 물었다. "언제 먹었는지 기억도 안 나는데."

"그럴걸요, 수제 쿠키니까." 달드리는 쿠키 하나를 찻잔에 담그면서 자랑스럽게 말했다.

"맛있어 보이네요." 앨리스가 말했다.

"당연하죠! 내가 직접 만든 건데."

"미치겠네……."

"내 쇼트브레드가 왜 당신을 미치게 해요?" 달드리가 버럭했다.

"……어린 시절을 떠올리게 하는 맛이 있잖아요. 엄마는 일요일마다 쇼트브레드를 만드셨고, 숙제를 마치고 난 뒤 저녁이면 뜨거운 코코아랑 먹었거든요. 당시에는 별로 좋아하지 않아서 엄마 모르게 유리컵 바닥에 쿠키가 녹게 놔두기도 했지만요. 나중에 전쟁이 일어나서 지하 방공호에 들어가 사이렌이 그치길 기다리는데, 쇼트브레드가 그렇게 그리울 수 없는 거예요. 가까운 곳에 떨어지는 폭탄 때문에 흔들리는 방공

호에서 쇼트브레드 먹는 꿈을 꿀 정도로."

"내겐 어머니와 그렇게 친밀했던 행복한 순간이 전혀 없었어요." 달드리가 말했다. "내 쇼트브레드가 당신 기억 속의 맛과 같을 거라 자신할 순 없지만, 당신 입맛에 맞는다면 좋겠네요."

"한 개 더 달라고 해도 될까요?" 앨리스가 물었다.

"꿈 얘기가 나와서 하는 말인데, 간밤에 악몽을 꾸는 것 같던데요." 달드리가 말했다.

"알아요, 기억나요. 과거에서 튀어나온 어느 골목길을 맨발로 걷고 있었어요."

"꿈속에서는 시간 개념이 없지 않나."

"낯선 곳이 아니라는 느낌이 들었다는 뜻이에요."

"어쩌면 감각을 통해 만나는 무의식적 기억일지도. 꿈속에서는 모든 게 뒤죽박죽이죠."

"끔찍한 혼돈이었어요, 달드리, 독일군의 V1로켓탄이 쏟아질 때보다 훨씬 더 두려웠어요."

"꿈속에서 독일군도 나왔어요?"

"아니, 난 어딘가에 숨어 있었어요. 쫓기고 있었고, 누군가가 나를 해치려고 했어요. 그때 그가 나타나면서 두려움이 사라졌고, 더는 아무 일도 일어나지 않을 거란 느낌이 들었어요."

"그때 나타난 사람이 누군데요?"

"그 남자가 거리에서 나를 보고 미소를 지었어요. 그러고는 모자를 들어 인사를 한 뒤 떠났고요."

"당신의 말에서 혼란스러웠던 감정이 고스란히 전해지네요."

앨리스는 한숨을 내쉬었다.

"당신이야말로 집에 가서 쉬어야겠어요, 달드리, 얼굴이 창백해요."

"환자는 당신이지만, 안락의자가 아주 불편했다는 건 인정하죠."

그때 노크 소리가 났다. 달드리가 현관문을 열자 캐럴이 큼직한 라탄 바구니를 들고 층계참에 서 있었다.

"여기서 뭐 하시는 거예요? 설마 앨리스가 혼자 있을 때에도 당신을 방해한다고 말하는 건 아니겠죠?" 캐럴이 방으로 들어서면서 물었다.

그녀는 침대에 누워 있는 친구를 보고 깜짝 놀랐다.

"당신 친구가 심한 독감에 걸려서요." 무안해진 달드리가 구겨진 재킷을 펴면서 대답했다.

"그럼 때마침 내가 잘 왔네요. 이제 돌아가셔도 돼요. 나는 간호사니까, 이제 앨리스는 전문가의 손에 맡겨진 셈이니 염려 마시고요."

캐럴은 달드리를 빨리 내보내려고 현관문까지 배웅했다.

"그만 가보세요, 앨리스는 휴식이 필요하고 지금부터는 내가 돌볼 거니까요."

"이든?" 앨리스가 침대에서 그를 불렀다.

달드리는 캐럴의 어깨 너머로 앨리스를 보기 위해 까치발을 했다.

"여러모로 고마워요." 앨리스가 말했다.

딜드리는 억지 미소를 지어 보이면서 물러갔다.

현관문이 닫히자, 캐럴이 침대로 다가가 앨리스의 이마에 손을 얹었고, 목을 만져보고 혀를 내밀어보라고 했다.

"아직 열이 좀 있네. 시골집에서 너 주려고 맛있는 거 잔뜩 싸 가지고 왔는데. 신선한 달걀, 우유, 잼, 엄마가 어제 만든 브리오슈. 많이 아파?"

"네가 나타나는 순간부터 폭풍 속에 있는 거 같아."

"'여러모로 고마워요, 이든'이라." 캐럴이 애교 섞인 목소리로 앨리스를 흉내 내며 주전자에 물을 채웠다. "지난주에 우리가 와서 저녁 먹고 간 뒤로 둘 사이가 급진전한 거 같은데, 그만 이실직고하지 그래?"

"바보 같은 소리 하고 있네. 괜히 넘겨짚지 마."

"넘겨짚기는, 나는 그저 확인하는 것뿐이야."

"우리는 이웃일 뿐 다른 건 없어, 전혀."

"지난 주말만 해도 그 남자는 너를 '미스 펜델버리'라고 불렀고, 너는 '파티 깽판 치는 미스터 까칠'이라고 했어. 무슨 일이 있지 않고서야 갑자기 이렇게 가까워질 수는 없지."

앨리스는 입을 다물었다. 캐럴이 주전자를 든 채로 친구를 관찰하고 있었다.

"무슨 일이 있었기에 그 정도로 가까워졌는데?"

"같이 브라이튼에 갔었어." 앨리스는 한숨을 쉬면서 말했다.

"크리스마스 파티에 초대받았다더니 그 남자였어? 네 말이 맞다, 내가 바보였네! 네가 남자애들을 속이려고 지어낸 말이라고 생각했으니. 이웃집 남자와 바닷가로 놀러간 것도 모르고 나는 집에서 크리스마스를 보내는 내내 너를 런던에 혼자 두고 온 걸 후회했어, 강제로라도 데려올걸 하고 자책하면서. 나 진짜 한심한 바보 맞네."

캐럴은 침대 옆 걸상에 찻잔을 내려놓았다.

"그리고 가구 좀 사라, 머리맡 탁자 정도는 번듯한 걸로 마련해도 되잖아? 아니, 가만있어 봐, 얘 봐라." 캐럴이 흥분해서 말을 이었다. "설마 지난번에 이웃집 남자가 불쑥 들이닥쳤던 것도 우리를 내보내고 둘이서 저녁 시간 보내려고 꾸민 수작 아니야?"

"캐럴!" 앨리스가 이웃집과 공유하는 경계벽을 가리키면서 속삭였다. "입 다물고 앉아! 지독한 독감에 걸린 사람보다 네가 더 쓰러질 것 같은 얼굴이니까."

"독감은 무슨! 그냥 심한 감기에 걸린 거 가지고." 핀잔만 듣는 것에 성질이 난 캐럴이 받아쳤다.

"계획된 일이 아니었고, 나를 위해 친절을 베풀어준 거야. 그렇게 의심하는 눈으로 쳐다보지 마, 달드리와 나는 서로 예의를 지키는 이웃 사이라는 것 외에 다른 건 없으니까. 내 스타일의 남자도 아니고."

"브라이튼에는 또 왜 갔는데?"

"피곤하니까 나 좀 쉬게 해줘." 앨리스가 부탁했다.

"걱정하는 건데 당황하는 걸 보니 더 수상하네."

"바보 같은 말 그만하고 그 브리오슈나 좀 먹게 해줘." 앨리스는 말하다가 재채기를 했다.

"이봐, 심한 감기라니까."

"다 떨쳐버리고 빨리 작업 시작해야 하는데." 앨리스가 침대에서 몸을 일으키면서 말했다. "아무것도 못 하고 누워 있으니까 미치겠어."

"너는 털고 일어날 거야. 코가 막혀서 족히 일주일은 쉬어야겠지만 그건 몰래 브라이튼에 다녀온 대가를 치르는 거고. 그만 뜸 들이고 실토하시지, 거기 가서 뭘 했는데?"

앨리스가 점쟁이에게서 들은 얘기를 할수록 캐럴은 더 아연실색하는 것 같았다.

"맙소사, 나라도 공포에 질렸을 거야. 그런 소릴 듣고 왔으니 앓아눕고도 남지."

"진짜 어이가 없어." 앨리스는 어깨를 으쓱하면서 대꾸했다.

"앨리스, 진짜 해괴하다, 그냥 허튼소리일 뿐이야. 근데 '네가 믿고 있던 모든 것이 전혀 사실이 아니다'라는 말은 또 무슨 뜻일까? 아무튼 그런 바보 같은 소릴 듣자고 수십 킬로미터를 달릴 만큼 각별하게 신경 써주는 이웃집 남자가 있질 않나, 너와 드라이브하기 위해서라면 그보다 더한 것도 마다하지 않을 남자가 내가 아는 사람만 몇 명은 될 거야. 인생 참 불공평하다, 나는 사랑이 남아돌아도 나눠줄 남자조차 없는데 남자들은 너만 좋아해."

"남자들이라니? 나는 아침부터 저녁까지 혼자고, 밤에는 더더욱 혼자야."

"앤턴에 대해 또 말해야 해? 네가 혼자인 건 순전히 네 탓이야. 넌 즐길 줄 모르는 이상주의자니까. 어쩌면 네가 옳은 걸지도 모르지. 나는 회전목마에서 첫 키스를 경험하고 싶었는데." 캐럴이 쓸쓸한 목소리로 말했다. "가야겠다, 병원에 늦겠어. 이웃집 남자가 다시 오면 무엇보다 두 사람을 방해하고 싶지 않아서."

"그만 좀 해, 우리 아무 사이도 아니라고 했잖아."

"알아, 네 스타일의 남자가 아니라는 거. 게다가 이제는 백마 탄 왕자님이 머나먼 어딘가에서 너를 기다리고 있다는데…… 바캉스 때 그 남자를 찾으러 떠나면 되잖아. 돈만 있으면 내가 기꺼이 동행해줄 텐데. 너를 놀리는 게 아니라 여자들끼리 하는 여행, 진한 연애를 하게 될지도 모르고……. 튀르키예는 날씨가 따뜻하고, 남자들도 구릿빛 피부라더라."

앨리스는 잠들어 있었다. 캐럴은 안락의자 발치에 놓인 담요를 집어서 앨리스에게 덮어주었다.

"잘 자, 친구야." 캐럴이 속삭였다. "내가 성격이 못되고 질투심이 많아서 그래. 하지만 넌 나의 절친이고 너를 누구보다 사랑해. 당직 끝내고 내일 다시 올게. 곧 회복될 거야."

캐럴은 코트를 입고 살금살금 나갔다. 그녀는 장을 보러 나가는 달드리와 층계참에서 마주쳤다. 그들은 같이 계단을 내려갔다. 거리로 나오자, 캐럴이 달드리를 향해 돌아서서 말했다.

"앨리스는 곧 괜찮아질 거예요."

"좋은 소식이네요."

"내 친구 돌봐줘서 고마워요."

"별것도 아닌데요." 달드리가 대꾸했다. "이웃 사이에……."

"또 봐요, 미스터 달드리."

"마지막으로 한마디만 할게요. 혹시 몰라서 참고삼아 말하는데 그녀도 내 스타일 아니에요, 전혀!"

그렇게 말하고 달드리는 캐럴에게 인사도 없이 사라졌다.

4

한없이 길게 느껴지는 일주일이 흘렀다. 이제 열은 내렸지만, 앨리스는 작업을 다시 시작할 수 없었고, 음식 맛도 거의 느껴지지 않았다. 달드리는 그렇게 나간 뒤로 모습을 드러내지 않았다. 앨리스가 여러 번 그의 집 현관문을 두드렸지만, 변함없이 조용했다.

캐럴은 당직 때마다 병원 대기실에서 슬쩍한 신문과 간식거리를 가지고서 찾아왔다. 어느 날 저녁은 추운 날씨에 세 블록이나 더 걸어야 하는 집으로 가기가 너무 피곤해서, 앨리스의 집에 들러 자고 가기도 했다.

캐럴은 앨리스와 침대를 같이 썼고, 한밤중에는 요 며칠 계속해서 악몽에 시달리는 친구를 흔들어서 깨워야 했다.

토요일, 앨리스가 드디어 작업대 앞에 있게 된 걸 기뻐하고 있을 때 층계참에서 발소리가 들렸다. 그녀는 안락의자를 밀어내고 현관문으로 뛰어갔다. 달드리가 작은 가방을 들고 집으로 들어가려는 중이었다.

"안녕, 앨리스." 그는 돌아보지 않고 말했다.

달드리는 자물쇠에 열쇠를 넣고 돌리다가 잠시 머뭇거렸다.

"미안해요, 당신을 들여다볼 수가 없었어요. 며칠 집을 비워야 했거든요." 그는 여전히 등진 채로 덧붙였다.

"사과할 필요 없어요, 며칠 못 봐서 단지 걱정이 된 것뿐이니까요."

"갑자기 여행 가느라고 당신에게 쪽지를 남길 수 없었어요, 아니 남기지 않았어요." 그는 현관문에 얼굴을 대고 말했다.

"왜 나를 안 봐요?" 앨리스가 물었다.

천천히 돌아선 달드리의 안색은 창백했고 사흘은 면도하지 않은 듯 턱수염이 거뭇거뭇했으며, 눈가에는 다크서클이, 충혈된 눈엔 물기가 어려 있었다.

"무슨 안 좋은 일 있어요?" 앨리스가 걱정스러운 얼굴로 물었다.

"아니, 나는 괜찮은데." 달드리가 대답했다. "지난 월요일 아버지가 깨어나지 않겠다는 유감스러운 생각을 하셨어요. 사흘 전에 장례를 치렀고요."

"들어와요." 앨리스가 말했다. "차 한잔 줄게요."

달드리는 가방을 내려놓고 앨리스를 따라 들어왔다. 그는 안락의자에 앉으면서 얼굴이 일그러졌다. 그녀는 달드리 맞은편에 걸상을 놓고 앉았다.

달드리는 멍한 눈으로 통유리창을 응시했다. 그녀는 그의 침묵을 존중해주면서 그렇게 거의 한 시간을 아무 말도 하지 않았다. 이윽고 달드리가 한숨을 내쉬면서 일어났다.

"고마워요, 이런 시간이 필요했는데. 이제 내 집에 가서 샤워하고 누워야겠어요."

"침대로 가기 전에 와서 저녁 먹어요. 내가 오믈렛 준비할게요."

"별로 배고프지 않아요." 달드리가 대꾸했다.

"그래도 먹어요, 그래야 하니까." 앨리스가 응수했다.

달드리는 얼마 후, 터틀넥 스웨터에 플란넬 바지 차림으로 돌아왔다. 헝클어진 머리와 눈가에 내려앉은 다크서클은 여전했다.

"미안해요, 이런 몰골이라서." 달드리가 말했다. "부모님 집에 면도기를 두고 왔는데 나가서 사 오기에는 좀 늦은 시간이라……."

"수염이 잘 어울리는걸요." 앨리스가 달드리를 맞이하면서 대꾸했다.

그들은 트렁크 식탁에서 저녁을 먹었고, 앨리스는 진 한 병을 땄다. 달드리는 술은 기꺼이 마셨지만, 입맛이 전혀 없었다. 호기심에 겨우 오믈렛을 조금 먹었을 뿐이었다.

"다짐했었어요." 달드리가 침묵을 깨고 말했다. "언젠가는 남자 대 남자로 아버지와 대화하겠다고. 내가 선택한 인생을 사는 거라고 아버지에게 설명하겠다고요. 나는 아버지의 인생을 비판한 적이 없어요, 할 말은 많았지만요. 아버지도 그래줄 거라고 기대했고요."

"비록 아버지가 말을 하진 않았지만 속으로는 낭신을 응원하고 있었을 거라 확신해요."

"당신이 내 아버지를 몰라서 하는 말이에요." 달드리는 한숨을 내쉬었다.

"당신이 어떻게 생각하든, 당신은 그 아버지의 아들이에요."

"40년 동안 아버지의 부재를 괴로워하다 결심한 거였어요. 근데 이상하게도 아버지가 떠난 지금이 훨씬 힘드네요."

"알아요." 앨리스는 나직하게 말했다.

"어제저녁, 아버지의 서재에 들어갔어요. 아버지 책상 서랍을 뒤지고 있는데 그때 어머니가 불쑥 들어오시는 거예요. 어머니는 내가 아버지의 유서를 찾는 거라고 생각했고, 나는 아버지가 물려주는 유산 따윈 관심 없으니 그딴 걱정일랑 말고 형과 누나에게나 신경 쓰라고 말했어요. 내가 찾고 싶은 것은 단 하나, 아버지가 내게 남긴 편지라고요. 그러자 어머니는 나를 품에 안아주면서 말했죠. '가여운 녀석, 아버지는 네게 편지를 쓰지 않았어.' 아버지의 관이 땅속으로 들어갈 때도 눈물조차 나지 않았어요. 열 살 무렵의 여름, 나무에서 떨어져 무릎이 심하게 깨진 뒤로 나는 울어본 적이 없어요. 그런데 오늘 아침, 내가 자랐던 집의 모습이 백미러에서 완전히 사라지는 순간, 눈물을 참을 수 없는 거예요. 길가에 차를 세워야 했죠, 앞이 보이지 않았거든요. 차 안에서 어린애처럼 엉엉 울고 있는 내 모습이 스스로도 얼마나 어이가 없던지."

"다시 어린아이가 된 거죠, 달드리, 아버지를 땅에 묻었으니까."

"재미있는 말이네요. 내가 피아니스트였다면, 아버지는 아마도 나를 자랑스러워했을 거고, 어쩌면 내 연주를 들으러 왔겠죠. 하지만 그림은 아버지의 관심 밖이었어요. 아버지에게 화가는 직업이 아니라 취미 삼아 하는 소일거리에 불과했으니까. 아무튼 아버지의 죽음은 온가족이 한자리에 모이는 기회를 주긴 했어요."

"아버지 초상화를 그려보는 건 어때요. 그리고 집으로 가져가서 적당한 곳에, 가령 아버지의 서재에 걸어놓는다면요. 아버지가 계신 곳에서 감동할 거라고 확신해요."

달드리는 웃음을 터뜨렸다.

"어떻게 그런 끔찍한 생각을! 어머니에게 그런 고약한 짓을 할 정도로 나는 잔인하지 않아요. 넋두리는 여기까지. 넘치는 대접을 받았네요. 당신의 오믈렛은 맛있었고, 내가 좀 지나치게 많이 마신 진은 최고였어요. 이제 당신도 회복됐으니, 컨디션이 좋아지면 운전 가르쳐줄게요."

"기꺼이." 앨리스가 대답했다.

달드리는 인사를 했고, 평소 반듯하던 등이 유달리 구부정해 보였다. 주춤거리며 층계참으로 나가던 그가 다시 들어와서 술병을 들고 나갔다.

앨리스는 달드리가 나가자마자 바로 잠자리에 들었고, 피곤이 밀려와 금세 잠들었다.

***

"가자." 목소리가 속삭였다. "여길 떠나야 해."

문이 열리고, 빛이라곤 없는 어둠 속 골목길에는 등불도 꺼져 있고 덧문들도 모두 닫혀 있다. 한 여인이 그녀의 손을 잡아끈다. 두 여자는 행여 달빛이 비쳐 그림자로라도 발각될까 주변을 살피면서 살금살금 텅 빈 거리를 따라 걸어간다. 가방은 그리 무겁지 않다. 간단한 소지품만 들어 있는 검은색 작은 가방. 두 여자는 긴 계단 꼭대기에 이른다. 거기서는 도시 전체가 내려다보인다. 저 멀리 큰 불길이 하늘을 붉게 물들이고 있다. 목소리가 말한다. "동네 하나가 불타고 있어. 놈들은 미쳤어. 내려가자. 저 밑으로 가면 안전할 거야. 나는 확신해, 그들이 우리를 지켜줄 거라고. 나를 따라오렴, 내 사랑."

앨리스는 이토록 무서운 적이 없었다. 발은 찢어져서 통증이 밀려오고, 집이 아수라장이 되는 바람에 신발도 찾지 못해서 맨발이다. 한 대문 문간에서 실루엣이 나타난다. 노인이 그들을 쳐다보면서 되돌아가라는 손짓을 하더니 무장한 젊은이들이 매복해 있는 바리케이드를 손가락으로 가리킨다.

여인이 망설이다 돌아선다. 여인은 아기를 목도리에 싸서 어깨에 비스듬히 둘러메고 있다. 그녀는 아기의 머리를 쓰다듬으면서 달랜다. 미친 도주가 다시 시작된다.

가파른 길에 낸 계단 열 개를 올라 비탈진 꼭대기에 이른다. 두 여자가 분수대를 지나쳐 가는데, 맑은 물이 위안을 준다. 오른쪽으로 난 긴 성벽에 문 하나가 반쯤 열려 있다. 여인이 아는 곳인

듯하고, 앨리스는 그녀를 따라간다. 두 여자는 버려진 정원을 가로지른다. 무성하게 자란 수풀은 꿈쩍 않는데, 엉겅퀴가 마치 붙잡으려는 듯 앨리스의 다리를 할퀸다. 앨리스는 비명을 지르다 이내 숨이 막힌다.

잠든 과수원 깊숙한 곳에 무너진 교회의 정면이 보이고, 두 여자는 제단 뒤쪽을 가로지른다. 폐허가 된 교회, 불에 타 나뒹구는 의자들. 앨리스는 고개를 들어 다른 세기, 흔적조차 지워진 아득한 시대의 역사를 이야기하는 반구형 천장의 모자이크를 발견한다. 조금 떨어진 곳의 빛바랜 그리스도의 얼굴은 마치 그녀를 바라보는 것 같다. 그때 문 하나가 열리고, 앨리스는 안으로 들어간다. 그 안에는 자기를 씌운 거대한 무덤이 중앙에 외로이 서 있다. 두 여자는 조용히 무덤을 지나쳐 오래된 탈의실로 발걸음을 돌린다. 불에 탄 돌의 매캐한 냄새가 흘러오고, 여기엔 백리 향과 캐러웨이 향이 섞여 있다. 앨리스는 식물의 이름도 모를 때였지만, 그 풀들의 향을 이미 알고 있다. 집 뒤 공터에서 많이 자라던 풀, 그녀에게는 낯설지 않은 향이다. 향들이 섞여 바람에 실려와도 앨리스는 그것들을 구별할 수 있다.

시커멓게 탄 교회는 이제 추억일 뿐이다. 그녀를 잡아끄는 여인이 철책을 넘게 했고, 두 여자는 이제 다른 골목길로 뛰어간다. 앨리스는 힘이 빠져 다리가 풀리고, 그녀의 손을 잡은 여인도 맥없이 손을 놓아버린다. 앨리스는 길바닥에 주저앉았고, 여인은 뒤도 돌아보지 않고 멀어져간다.

세찬 비가 쏟아지기 시작한다. 앨리스는 도와달라고 소리치지만, 빗소리에 가려지고 만다. 이내 실루엣이 무심히 사라지고 홀로 남은 앨리스는 겁에 질린 얼굴로 꿇어앉아 있다. 그녀는 죽어가는 마지막 순간처럼 긴 신음을 내뱉는다.

＊＊＊

우박비가 통유리창을 때리고 있었다. 앨리스는 가쁘게 숨을 몰아쉬며 침대에서 몸을 일으키고 머리맡 램프 스위치를 눌렀다. 불이 켜지자, 그녀는 친숙한 사물들 하나하나를 훑어보았다.

그녀는 두 주먹으로 침대를 내리쳤다. 밤마다 그녀를 위협하는 똑같은 악몽에 시달리는 것에 새삼 화가 났다. 그녀는 일어나 작업대 앞으로 갔다가 집 뒤편으로 난 창문을 열고 심호흡을 했다. 달드리의 집에 불이 켜져 있었고, 보이지는 않아도 이웃집 남자의 존재가 마음의 위안이 되었다. 내일은 캐럴을 찾아가 조언을 구할 작정이었다. 잠들게 해주는 약이 분명히 있을 터였다. 가상의 공포에 시달리지 않는 밤, 낯선 거리에서 미친 듯 도망쳐 다니지 않는 밤, 온전히 평온한 밤. 앨리스가 바라는 건 그게 전부였다.

＊＊＊

앨리스는 며칠째 작업대 앞에서 시간을 보냈다. 저녁마다 가능한 한 잠자리에 드는 시간을 늦추면서, 해가 지는 순간부터 엄습해오는 두려움에 맞서듯 잠과 싸웠다. 그녀는 밤마다 비에 젖은 골목길, 그 길바닥에 주저앉는 것으로 끝나는 똑같은 악몽에 시달리고 있었다.

점심시간에 앨리스는 캐럴을 찾아갔다.

그녀는 병원 안내데스크에 이름을 말한 다음 캐럴을 불러달라고 부탁했다. 그리고 로비에서 반시간가량 기다렸다. 사이렌을 울리며 속속 도착하는 앰뷸런스에서 들것이 내려지고 있었다. 아이를 살려달라고 애원하는 어머니, 환자들이 대기하는 장의자 사이를 왔다 갔다 하며 서성이는 노인, 눈두덩이 찢어져서 피가 나고 안색이 창백한데도 그녀에게 미소를 지어 보이는 젊은 남자, 고통스러운 듯 손으로 옆구리를 잡고 있는 오십 대 남자. 어딘가 아프거나 다쳐서 온 사람들 속에서 앨리스는 갑자기 죄책감을 느꼈다. 이런 병자들 속에서 매일 부대끼는 친구의 일상에 비하면 악몽에 시달리는 자신의 밤은 아무것도 아니었다. 캐럴은 휠체어를 밀면서 나타났는데, 바퀴가 리놀륨 바닥에 마찰되면서 뽀드득 소리를 내고 있었다.

"네가 여기 웬일이야?" 캐럴이 앨리스를 발견하고 물었다. "어디 아파?"

"너 데리고 나가서 점심 먹으려고."

"와우, 이런 서프라이즈도 있네. 이분 모셔다 놓고 올게." 캐럴이 환자를 가리키면서 말했다. "안내데스크, 뭐야. 나한테 알려주지도 않고. 오래 기다렸어?"

캐럴은 동료 간호사에게 휠체어 환자를 인계한 다음 가운을 벗었고, 사물함에서 코트와 머플러를 꺼내 들고는 서둘러서 친구에게로 돌아왔다. 그녀는 앨리스를 병원 밖으로 데리고 나갔다.

"가자." 캐럴이 말했다. "길모퉁이에 펍이 있어. 이 동네에서는 그나마 먹을 만한 곳이야. 우리 구내식당에 비하면 레스토랑급이지."

"기다리는 환자들은 어쩌고?"

"병원 로비는 매일 스물네 시간 환자들로 넘쳐나. 신이 괜히 나한테 위를 줬겠어? 환자들을 간호하려면 끼니는 챙겨먹으라는 거지. 점심 먹으러 가자."

펍은 손님이 바글바글했다. 캐럴이 바에 있는 식당 주인에게 끼를 부리는 듯한 미소를 건네자, 주인이 안쪽 깊숙한 곳에 있는 테이블을 가리켰다. 두 여자는 손님들을 지나쳐서 안으로 들어갔다.

"사귀는 사이야?" 앨리스가 의자에 앉으며 물었다.

"작년 여름에 아주 중요한 부위에 큰 종기가 나서 치료해 줬더니 그 뒤로 나를 극진히 대해줘." 캐럴이 웃으면서 대답했다.

"나는 상상도 못 했어, 네가 이 정도로……."

"……글래머러스하다고?" 캐럴이 받아쳤다.

"……고달픈지 몰랐다고." 앨리스가 말했다.

"나는 내 일이 좋아, 비록 힘들어 죽을 것 같은 날도 있지만. 나는 환자들에게 붕대를 감아주면서 하루를 보내. 엄마가 몹시 걱정하면서 속상한 얼굴을 할수록 내 사명감은 점점 커지고 있어. 그건 그렇고 여기까지 무슨 일이야? 새로운 영감을 줄 향을 찾으러 응급실에 온 건 아닐 테고."

"너랑 점심 먹으러 왔는데, 다른 이유가 있어야 해?"

"환자의 신체적 상처를 치료해주는 데 그치지 않고 정신적인 상처까지 들여다보는 것이 훌륭한 간호사거든."

"나는 네 환자가 아냐."

"그렇지만 로비에서 넌 환자로 보였어. 무슨 일인데, 앨리스?"

"메뉴 안 봐?"

"메뉴는 무슨." 캐럴이 앨리스의 손에서 메뉴판을 빼앗았다. "선택 가능한 메뉴라곤 오늘의 요리밖에 없어. 그게 제일 빨리 나오니까."

웨이터가 양고기 스튜 두 접시를 가져왔다.

"알아." 캐럴이 말했다. "맛있어 보이지 않는다는 거. 그래도 제법 먹을 만해."

앨리스는 스튜 소스에서 채소와 고기 조각을 골라냈다.

"무슨 일인지 나한테 털어놓고 나면 식욕이 생길 텐데." 캐럴이 음식물이 가득한 입으로 말했다.

앨리스는 감자 한 조각을 포크로 찍어서 입으로 가져가다 비위가 상하는 표정을 지었다.

"오케이." 캐럴이 말했다. "일방적으로 주문하다니 내가 오만했네. 그래도 이따가 트램 타고 돌아가면서 후회할 텐데, 스튜를 입에 대지도 않고 반나절을 허비한 걸. 계산도 네가 하면서. 앨리스, 무슨 일인지 빨리 말해, 속 터져 죽겠으니까."

앨리스는 브라이튼을 다녀온 뒤로 밤마다 악몽에 시달리고, 그로 인해 온종일 불쾌한 기분을 떨칠 수 없다고 말했다.

캐럴은 주의 깊게 들었다.

"너한테 얘기 하나 해줘야겠다." 캐럴이 말했다. "런던에 첫 번째 폭탄이 떨어지던 날 저녁, 나는 당직이었어. 부상자들이 들이닥쳤는데, 대부분 화상을 입고 제 발로 병원을 찾아온 사람들이었지. 대피소로 피한 직원들도 있었지만, 대다수 의료진은 자리를 지키고 있었어. 내가 병원에 있었던 건 무슨 영웅주의 때문이 아니라 비겁해서야. 밖으로 나가기 두려웠거든, 거리에 나가면 타 죽을까 봐. 한 시간쯤 지나자, 병원을 찾는 부상자들이 뜸해지더니 거의 들어오지 않더라고. 그러자 내가 속한 부서의 주임 의사인 터너가 우리를 불러 모아서는 뭐라는지 알아? 수녀의 가슴도 설레게 할 정도로 잘생긴 의사가 이렇게 말하는 거야. '부상자들이 더 이상 병원에 오지 않는다는 건 잔해 더미에 깔려 있다는 뜻이므로 우리가 찾아 나서야 합니다.' 모두 질겁한 얼굴로 쳐다보자, 의사가 덧붙였어. '강요하는 것은 아닙니다. 용기 있는 분들은 들것을 들고 거리로 나갑시다. 이제부터 살려야 할 목숨은 이 병원 안보다 밖에 더 많으니까요.'"

"그래서 너도 나갔어?" 앨리스가 물었다.

"나는 한 발 한 발 뒷걸음쳤고, 제발 터너 의사와 눈이 마주치지 않게 해달라고, 제발 알아채지 못하게 해달라고 빌면서 검사실까지 도망쳤어, 들키지 않고. 나는 두 시간 동안 벽장 안에 숨어 있었지. 그 표정 뭐야? 계속 그런 얼굴로 쳐다보면 그냥 나간다. 아무튼 나는 벽장 안에 쭈그리고 앉아서 눈을 감았고, 어디론가 사라지고 싶었어. 그러다 결론을 내렸지, 내가 있어야 할 곳은 병원이 아니라, 세인트 마웨스의 부모님 집과 내 방이라고. 그리고 주위에서 비명을 질러대는 이들은 끔찍한 '인형'일 뿐이라고, 내일 당장 간호사고 뭐고 다 때려치우겠다고."

"자책할 거 없어, 캐럴, 내가 너였다면 훨씬 용기를 내지 못했을 거야."

"아니, 너였다면 용기를 냈을 거야! 이튿날, 살아 있다는 사실이 부끄러웠지만 병원으로 돌아갔어. 그렇게 나흘을 터너 의사의 눈에 띄지 않으려고 요리조리 피해 다녔지. 근데 무슨 운명의 장난인지, 하필이면 내가 절단 환자의 수술실에 배정된 거야."

"터너가 집도하는 수술이었구나?"

"맞아! 그것만으로는 부족하다는 듯 수술 준비실에 그 의사와 둘만 있게 된 거야. 어쩌겠어, 손을 씻는 동안 의사에게 고백했지. 도망쳤고 벽장 안에 숨어서 청승을 떨고 있었다고, 그래서 나 자신이 부끄럽다고."

"그랬더니 의사가 뭐래?"

"의사는 수술 장갑을 끼워달라고 하면서 말했어. '인간이기에 두려운 거예요. 나는 수술 전에 두렵지 않을 것 같아요? 그렇게 생각한다면 내가 직업을 잘못 선택한 거죠, 코미디언이 됐어야 했는데.'"

캐럴은 자신의 빈 접시와 앨리스의 접시를 바꾸었다.

"이윽고 의사가 마스크를 쓰고 수술실에 들어갔어, 두려움을 밖에다 두고. 그때 그 의사에게 홀딱 반했지만, 애석하게도 기혼자였고, 아내에게 충실한 남자였어. 그리고 사흘 후, 또다시 런던은 폭격을 당했지. 나는 장갑도 마스크도 없이, 의료진과 함께 거리로 나갔어. 지금 너와의 거리보다 더 가까운 데서 불길이 치솟는데도 잔해 더미를 파헤치고 다녔지. 얼마나 무서웠는지 그날 밤 폐허 속에서 나도 모르게 오줌을 지릴 정도였어. 친구야, 이제부터 내 말 잘 들어. 브라이튼에서 크리스마스이브를 보낸 뒤로 너는 더 이상 예전의 네가 아니야. 네 안에서 너를 괴롭히는 무언가, 보이지 않는 작은 불씨들이지만 밤에는 불을 일으키는 거야. 그러니까 너도 나처럼 벽장에서 뛰쳐나와. 나는 두려움을 억누르면서 런던 거리를 뛰어다녔어. 벽장 안에 웅크린 채 미쳐가고 있다고 생각하는 것보다는 뛰쳐나가는 게 더 견딜 만하더라고."

"내가 어떻게 하길 바라는 거야?"

"넌 고독에 사무쳐 있어. 넌 대단한 사랑을 갈망하면서도 사랑에 빠지는 걸 너무 두려워해. 누군가에게 얽매이고 종속된다고 생각하면 덜컥 겁이 나니까. 앤턴 얘기는 또 안 해도 되지? 허풍이든 아니든 그 점쟁이가 예언했잖아, 네 인생의 남자가 어느 먼 나라에서 너를 기다리고 있다고. 그럼 거길 가야지! 너 저축해놓은 돈 있잖아, 모자라면 빌려서라도 여행을 떠나. 가서 너를 기다리고 있는 남자를 직접 찾으라고. 설사 그 남자를 만나지 못하더라도 확인은 했으니 마음은 홀가분하겠지, 미련 따위도 없을 테고."

"튀르키예를 어떻게 가는데?"

"아, 이런 공주님을 봤나. 나는 간호사지 여행사 직원이 아냐. 나 지금 들어가봐야 해. 진료비 청구는 안 할 테니 밥값은 네가 계산해."

캐럴이 일어나 코트를 입은 다음 친구와 포옹하고 나서 자리를 떠났다. 앨리스는 쫓아가서 펍을 나가는 캐럴을 붙잡았다.

"진심이야? 방금 한 말, 진짜 그렇게 생각해?"

"그럼 나의 부끄러운 과거를 너한테 왜 털어놨겠어? 찬바람 쐬지 말고 얼른 안으로 들어가. 며칠 전만 해도 환자였다는 사실을 잊지 말고. 돌봐줘야 할 다른 환자들이 있어서 더는 너한테 시간을 내줄 수가 없거든. 어서 들어가."

캐럴은 병원을 향해 뛰어갔다.

앨리스는 테이블로 돌아가서 캐럴이 차지했던 의자에 앉았고, 웨이터를 불러 미소를 지으며 맥주 한 잔과…… 오늘의 요리를 주문했다.

***

교통이 혼잡했다. 마차, 오토바이, 소형 트럭, 자동차 들이 교차로에서 신호 대기 중이었다. 달드리가 본다면 좋아했을 텐데. 트램이 멈춰 섰고 앨리스는 창밖을 바라보았다. 작은 식료품점과 문 닫힌 골동품점 사이에 한 여행사의 쇼윈도가 보였다. 그녀가 여행사를 쳐다보면서 생각에 잠긴 사이, 트램이 다시 출발했다.

앨리스는 다음 정거장에서 내렸고 오던 방향으로 되돌아 갔다. 그녀는 몇 걸음 가다가 돌아서서 머뭇거렸고, 이내 여행사 방향으로 걸음을 옮겼다. 몇 분 후, 그녀는 '쿡 슬리핑 카'라는 간판이 걸린 여행사 대리점의 문을 밀고 들어갔다.

앨리스는 입구에 놓인, 홍보용 팸플릿이 잔뜩 꽂힌 회전식 진열대 앞에 멈춰 섰다. 프랑스, 에스파냐, 스위스, 이탈리아, 이집트, 그리스. 죄다 한번쯤 가보고 싶던 나라들이었다. 점장이 자리에서 일어나 그녀를 맞아주었다.

"여행을 계획하고 있으신가요?" 점장이 물었다.

"아니요." 앨리스가 대답했다. "그냥 호기심에 들어와봤어요."

"신혼여행을 떠날 예정이시라면 베네치아를 추천할게요. 봄에 가면 정말 아름다운 도시죠. 아니면 에스파냐도 좋고요. 마드리드, 세비야, 또 지중해 연안으로 떠나는 분들도 점점 늘고 있는데 아주 만족해서 돌아오시거든요."

"결혼 계획은 없는데요." 앨리스는 점장에게 미소를 지어 보이면서 대답했다.

"혼자 여행하지 말란 법은 없지요. 누구에게나 휴가를 즐길 권리는 있으니까요. 혼자 여행하는 여성분에게는 스위스를 추천해드리는데, 제네바와 호수, 평온하고 아름다운 곳이죠."

"혹시 튀르키예와 관련된 카탈로그가 있을까요?" 앨리스가 조심스럽게 물었다.

"이스탄불, 좋은 선택이십니다. 언젠가는 꼭 가보고 싶은 도시죠. 성소피아 대성당, 보스포루스 해협……. 잠시만 기다리세요, 가이드북이 어디 있을 텐데, 정리가 좀 안 되어서요."

점장이 수납장 쪽으로 몸을 숙이고 서랍을 하나씩 열어봤다.

"아, 카탈로그가 여기 있었네요. 관심 있으시면 관광 가이드북도 있는데, 이건 빌려드리는 거니까 반드시 돌려주셔야 합니다."

"카탈로그로 충분해요." 앨리스는 점장에게 고맙다고 말했다.

"그냥 둘 다 가져가세요." 점장이 가이드북을 앨리스에게 내밀면서 말했다.

점장이 앨리스를 출입문까지 배웅하면서 언제든 시간 날 때 들러달라고 말했다. 앨리스는 점장에게 인사를 한 뒤 트램 정거장으로 향했다.

진눈깨비가 내리고 있었다. 열차의 창문이 닫혀 있는데도 찬 공기가 새어 들어왔다. 앨리스는 가방에서 카탈로그와 가이드북을 꺼내 훑어보았고, 코발트빛 하늘과 작열하는 태양의 이국적인 풍경을 보며 온기를 느꼈다.

주택 앞에 도착한 앨리스는 코트 주머니를 뒤졌지만 열쇠가 없었다. 그녀는 가슴이 철렁했고, 쭈그리고 앉아 입구 바닥에다 가방에 든 것을 쏟아냈다. 잡동사니 속에서 열쇠 꾸러미가 보였다. 그녀는 열쇠 꾸러미를 집어 들고, 서둘러서 소지품들을 가방에 도로 쑤셔 담고는 계단을 올라갔다.

한 시간 뒤, 이번에는 달드리가 귀가했다. 로비 바닥에 떨어져 있는 여행 카탈로그가 눈에 들어왔다. 그는 카탈로그를 주워 들고 미소를 지었다.

***

　현관문을 가볍게 두드리는 소리가 났다. 앨리스는 고개를 들고, 연필을 내려놓고 문을 열어주러 갔다. 달드리가 한 손에는 와인 한 병을, 다른 손에는 유리잔 두 개를 들고 서 있었다.

　"들어가도 될까요?" 달드리가 물었다.

　"물론이죠." 앨리스가 옆으로 비켜서며 대답했다.

　달드리는 트렁크 앞에 자리를 잡고 유리잔을 내려놓은 다음 와인을 가득 따랐다. 그러고는 와인 한 잔을 앨리스에게 내밀며 잔을 부딪쳤다.

　"축하할 일이라도 있나요?" 앨리스가 물었다.

　"어떤 의미에서는." 달드리가 대답했다. "내가 방금 그림 한 점을 5만 파운드 스털링에 팔았거든요."

　앨리스는 눈이 동그래져서 잔을 내려놨다.

　"당신 그림이 그렇게 비싼 줄은 몰랐어요." 그녀가 몹시 놀란 얼굴로 말했다. "언제 한번 볼 수 있을까요, 그냥 보는 것도 엄두를 못 내기 전에?"

　"아마도." 달드리는 와인을 한 잔 더 따르면서 대답했다.

　"적어도 당신의 그림을 사는 수집가들은 인심이 후한 사람들이라고 말할 수 있겠네요."

　"내 작품에 대한 좋은 말로는 안 들리지만, 칭찬으로 들을게요."

　"그림 한 점을 그 가격에 팔았다는 게 진짜예요?"

　"당연히 아니죠." 달드리가 대답했다. "나는 아무것도 팔지 않았으니까. 내가 말한 5만 파운드는 아버지로부터 받은 유산이에요. 오늘 오후에 공증인에게 연락이 와서 다녀오는 길이거든요. 아버지한테 내가 그만한 가치가 있는 줄은 몰랐어요, 그보다는 훨씬 적을 거라고 생각했는데."

이 말을 하는 달드리의 눈빛에 슬픔이 일렁였다.

"웃기는 건 이 돈으로 뭘 할지 아무 생각이 없다는 거예요. 이 집을 내가 사버리는 건 어떨까요?" 달드리가 밝은 얼굴로 물었다. "내가 오랜 세월 꿈꿔온 통유리창 아래 눌러앉을 수 있잖아요. 이 창으로 쏟아지는 햇빛 덕분에 누군가를 감동시킬 작품을 그릴 수 있을지도 모르는데……."

"팔고 싶어도 팔 수 있는 게 아니잖아요. 난 임차인에 불과하니까요! 그리고 나는 어디서 살라고요?" 앨리스가 응수했다.

"여행!" 달드리가 외쳤다. "아, 기가 막힌 생각이네."

"안 될 거 없잖아요, 당신이야 마음 가는 대로 떠나면 되는데? 파리의 아름다운 교차로, 탕헤르의 십자로, 암스테르담 운하 위에 걸린 예쁜 다리……. 당신에게 영감을 줄 교차로는 세계 곳곳에 널려 있는데."

"보스포루스 해협도 있고요. 그렇지 않아도 여객선 그리는 것이 내 꿈이었는데. 피커딜리*에는 배가 없는 게 분명하고……."

앨리스는 잔을 내려놓고 달드리를 빤히 쳐다봤다.

"왜요?" 달드리가 짐짓 놀라는 얼굴을 했다. "빈정대는 걸 당신만 할 수 있는 건 아니에요. 나한테도 그럴 권리 있는 거 아닌가?"

"여행 운운하면서 어떻게 대놓고 나를 놀릴 수 있죠, 친애하는 이웃님?"

달드리는 재킷 주머니에서 카탈로그를 꺼내 트렁크에 내려놨다.

"들어오다가 계단 곁에서 발견했어요. 처음에는 우리 아래층 이웃의 것인 줄 알았는데, 태플턴 부인은 내가 아는 사람 중에 가장 집에만 틀어박혀 있는 사람이에요. 토요일에 블록 끝으로 장 보러 가는 걸 제외하면 집 밖을 나서지 않으니까요."

"달드리, 초저녁치고는 꽤 마신 거 같은데 그만 집으로 돌아가는 게 좋겠어요. 나는 받은 유산이 없으니 여행 같은 건 꿈도 못 꾸고, 계속 월세 내고 살려면 일해야 하는 사람이라서요."

"당신의 향수 중 하나가 시판되고 있으니 정기적으로 들어오는 수입이 있을 거라고 생각했는데요."

"정기적이긴 하지만 영원한 건 아니죠. 유행은 지나가는 거라서 계속 새로운 향수를 만들어야 해요. 당신이 불쑥 찾아오기 전까지도 나는 작업 중이었고요."

"당신 인생의 남자가 거기서 기다리고 있다잖아요." 달드리가 손가락으로 카탈로그를 가리키며 말했다. "그 남자는 이제 밤에 안 나타나요?"

"네, 안 나타나요!" 앨리스가 까칠하게 대꾸했다.

"그런데 왜 새벽 세 시에 끔찍한 비명을 질러서 나를 깨웠어요? 하마터면 침대에서 떨어질 뻔했다고요."

"침대로 가다가 이 빌어먹을 트렁크에 발을 찧었어요. 밤늦게까지 작업하다 눈이 침침해져서요."

"게다가 거짓말까지!" 달드리가 말했다. "날 귀찮아하는 것 같으니 이제 그만 꺼져줄게요."

달드리가 일어나서 나가는 척 한 걸음 떼었다가 바로 돌아왔다.

"아드리엔 볼랑 이야기 알아요?"

"아뇨, 아드리엔이라는 사람은 전혀 모르는데요." 앨리스는 대놓고 짜증스러운 말투로 대답했다.

"비행기, 정확히는 코드롱이란 복엽기를 직접 조종해서 안데스산맥 횡단을 시도한 최초의 여성이었죠."

"아주 용감한 여성이네요."

여전히 침울해 있는 앨리스를 보면서, 달드리는 안락의자에 앉아 자신의 잔에 와인을 가득 따랐다.

"가장 놀라운 건 그녀의 용기 있는 행동이 아니라, 그녀가 비행을 떠나기 몇 달 전에 일어난 일이에요."

"당신이 얘기를 끝내기 전에는 내가 잘 수 없다는 걸 뻔히 알면서도 아주 자세히, 시시콜콜 얘기해줄 작정이죠?"

"맞아요!"

앨리스는 어이없다는 듯한 표정을 지었다. 이날 저녁, 이웃집 남자는 정신이 좀 나간 것 같아서 대화하기가 불편하긴 했지만, 그녀가 앓아누웠을 때 극진히 보살펴주었던 일을 떠올리며 꾹 참고 귀를 기울였다.

"아드리엔은 아르헨티나로 출발했어요. 코드롱 복엽기를 만든 회사 소속의 조종사로서 회의에 참석해, 남미 사람들에게 프랑스 비행기의 성능을 홍보하고 시범 비행을 해야 하는 임무가 있었으니까요. 그녀의 비행 경력이 고작 40시간이었다는 걸 생각하면 무모한 일이었죠. 그런데 아드리엔이 아르헨티나에 도착하기도 전에 회사 측에서 광고를 내보내면서 그녀가 안데스산맥 횡단 시범 비행을 할 거란 소문이 퍼진 거예요. 아르헨티나로 출발하기 전에 아드리엔은 분명히 경고했거든요. 코드롱 회사가 내놓은 G3로는 그런 위험을 무릅쓰지 않겠다고. 더 높이 비행할 수 있도록 성능이 강화된 비행기를 배편으로 보내준다면 시험 비행을 고려해보겠다고 했고, 회사 측에서도 알겠다고 약속했고요. 그런데 그녀가 아르헨티나에 도착한 날 저녁, 기자들이 운집해 있었던 거죠. 그녀는 열렬한 환영을 받았고, 다음 날 조간신문에는 이런 기사가 났어요. '아드리엔 볼랑, 안데스산맥 횡단 비행을 위해 아르헨티나에 도착하다.' 깜짝 놀란 정비사가 아드리엔에게 기사 내용이 사실인지 빨리 확인한 다음 취소시키라고 말했죠. 그녀는 코드롱 회사에 전보를 보냈고, 약속한 비행기를 보내는 것이 불가능하다는 답신을 받았어요. 부에노스아이레스에 거주하는 프랑스인들도 그녀에게 미친 짓을 취소하라며 반대했고요. 여자 혼자 그렇게 위험한 비행을 하는 것은 자살행위이며, 기어이 감행한다면 프랑스에 누를 끼치는 결과가 될 거란 비난이 쏟아졌죠. 고심 끝에 그녀는 비행에 도전하겠다고 공식적으로 선언한 뒤, 호텔 방에 칩거하며 누구도 만나길 거부했어요. 자살행위나 다름없는 그 비행 준비에 집중하기 위해서.

얼마 후, G3비행기가 철도를 이용해 이륙 장소인 멘도사로 운송되고 있을 때 노크 소리가 났어요. 화가 난 아드리엔은 누가 방해를 하는지 쫓아버릴 작정으로 문을 열었죠. 근데 앳돼 보이는 한 여자가 수줍은 얼굴로 자신을 점쟁이라고 소개하면서 아주 중요한 걸 알려주러 왔다는 거예요. 아드리엔은 망설이다가 점쟁이를 방에 들였어요. 남아메리카에서는 점술이 아주 중요해서 어떤 결정을 내리기 전에 점쟁이에게 문의한다고 하더군요. 그래서 나도 좀 조사해보니 실제로 당시 뉴욕에서는 결혼이나 이직 또는 이사를 앞두고 정신분석가를 찾아 문의하는 것이 유행이더군요. 각 사회마다 일종의 신탁소 같은 것이 있다고 봐야겠죠. 요컨대, 1920년의 부에노스아이레스에서 그토록 위험천만한 비행을 감행하며 점쟁이에게 문의도 하지 않는 것은, 사제를 통해 신의 가호를 빌지 않고 전쟁에 나가는 것만큼이나 상상도 할 수 없는 일이었을 거예요. 프랑스 출신의 아드리엔이 점술을 믿었는지 안 믿었는지는 알 길이 없지만, 여러모로 아주 중요한 일인 만큼 도움되는 것이 있다면 지푸라기라도 잡고 싶은 심정이었을 거예요. 그녀는 담배에 불을 붙이고 앳된 점쟁이에게 시간을 내주겠다고 했죠. 점쟁이는 이렇게 예언했어요. 한 가지만 지킨다면 시범 비행에서 난관을 극복하고 살아서 돌아올 거라고."

"그게 뭐였는데요?" 달드리의 이야기에 빠진 앨리스가 물었다.

"더 들어봐요. 점쟁이가 도무지 믿기지 않는 이야기를 하는 거예요. 큰 골짜기 상공을 비행하다 보면 어느 순간 호수가 나타날 텐데, 색과 모양이 석화처럼 생겨서 알아볼 수 있을 거라고요. 안데스산맥 중앙에 펼쳐진 골짜기에서 만나게 되는 석화 형상의 호수는 바로 알아볼 수 있을 거다, 얼어붙은 호수 왼쪽 하늘은 먹구름에 가려진 반면, 오른쪽 하늘은 파랗게 개어 있어서 조종사라면 누구든 상식적으로 오른쪽 하늘 길을 택하겠지만, 그건 결코 좋은 선택이 아니라고 점쟁이는 경고했지요. 더 쉬워 보이는 길의 꾐에 빠지면 깎아지른 산봉우리를 만나게 되니 목숨을 버리는 행위라면서. 따라서 호수에서 수직 상승하여 반드시 먹구름 쪽으로 날아가야 한다고, 구름이 아무리 시커멓다고 할지라도. 아드리엔은 말도 안 되는 제안이라고 생각했어요. 어떤 조종사가 죽을 것이 뻔히 보이는 길을 택하겠어요? 코드롱 G3의 날개는 악천후를 당해내지 못하고 산산조각이 나고 말 테니까요. 아드리엔은 점쟁이에게 물었어요. 안데스산맥의 봉우리들을 그렇게 잘 아는 이유가 혹시 그곳에서 살아본 적이 있어서냐고. 젊은 여자는 수줍은 듯이 가본 적이 없다고 대답하더니 더는 아무 말도 하지 않고 물러갔어요.

며칠 후, 아드리엔은 호텔을 나와 멘도사로 출발했어요. 멘도사행 기차가 1200킬로미터를 달리는 동안, 그녀는 앳된 점쟁이와의 짧은 만남을 까맣게 잊어버렸죠. 그녀는 그 말도 안 되는 예언 말고도 생각할 게 많았으니까요. 하긴 비행기는 상승 한도라는 것이 있다는 사실도, 그리고 G3가 상승할 수 있는 최대 높이가 얼마나 되는지도 모르는 여자의 말을 어떻게 믿겠어요?"

달드리는 이야기를 중단하고 턱을 문지르면서 손목시계를 바라보았다.

"맙소사, 시간이 이렇게 많이 흘렀는지 몰랐네. 미안해요, 앨리스. 또 내가 당신의 친절을 남용했군요."

달드리는 안락의자에서 일어나려고 했지만, 앨리스가 못 가게 팔을 잡아당겼다.

"더 듣고 싶어서 붙잡는 거라면, 뭐!" 달드리는 앨리스의 반응에 미소를 지었다. "지난번에 마셨던 술 좋던데, 한 방울도 안 남았어요?"

"당신이 병째 가져갔잖아요."

"아, 애석하군요. 근데 딱 한 병밖에 없었나요?"

앨리스는 진 한 병을 들고 와서 달드리에게 따라주었다.

"어디까지 했죠?" 두 잔을 거의 단숨에 비운 뒤, 달드리는 다시 말을 시작했다. "멘도사에 도착한 아드리엔은 G3복엽기가 기다리고 있는 로스 타마린도스 비행장으로 갔어요. 4월 1일, 디데이. 아드리엔은 활주로를 따라 비행기를 정렬했어요. 그녀는 웃음기 없는 덤덤한 얼굴로 이륙했는데 깜빡 잊고 비행지도를 챙기지 않은 거예요.

그녀는 기수를 북서쪽으로 돌렸고, 비행기가 힘겹게 상승하고 있었는데 정면엔 안데스산맥의 눈 덮인 봉우리가 우뚝 솟아 있었죠.

협곡 상공을 날아가는 순간, 날개 밑으로 석화 형상의 호수가 보였어요. 아드리엔이 직접 버터를 먹인 신문지로 만든 장갑 속의 손가락들은 이미 감각이 없었고, 비행복 역시 고도를 견디기에는 너무 얇아서 몸도 얼어붙었지요. 하지만 그녀는 두려움 속에서 지평선을 응시했고, 골짜기 오른쪽은 열려 있는 반면에 왼쪽은 막혀 있는 것 같았어요. 당장 결정을 내려야 하는 그 순간, 무엇이 아드리엔으로 하여금 어느 날 저녁 부에노스아이레스의 호텔 방으로 찾아온 앳된 점쟁이의 예언을 믿게 한 걸까요? 그녀는 먹구름 속으로 진입해 고도를 높이면서 기수를 유지하기 위해 안간힘을 다했죠. 얼마 후, 하늘이 밝아지더니 정면에 언덕과 함께 해발 4000미터 고지에 서 있는 그리스도상이 나타났어요. 그녀는 상승 한도 이상으로 고도를 높였고 비행기는 잘 버텨냈어요.

세 시간 이상 비행은 계속되었고, 날아가는 방향으로 흘러가는 물줄기에 이어 평원과, 저 멀리 대도시가 보였어요. 칠레의 산티아고와 비행장, 팡파르가 그녀를 기다리고 있었죠. 그녀가 해낸 거예요. 추위에 곱은 손가락과 피로 얼룩진 얼굴, 고도 때문에 퉁퉁 부어오른 뺨이었지만, 그녀는 무사히 착륙했고, 기적 같은 성공을 축하하며 펄럭이는 프랑스, 아르헨티나, 칠레 세 나라의 국기들 앞에 비행기를 정지시켰어요. 모두가 기적이라고 외쳤고, 아드리엔과 그녀의 훌륭한 정비사 뒤페리에는 진정한 업적을 달성했죠."

"근데 이 얘긴 왜 하는 거예요, 달드리?"

"말을 많이 했더니 입이 마르네요."

앨리스는 달드리의 잔에 술을 따라주었다.

"내 질문에 대답해요." 그녀가 물처럼 술을 퍼 마시는 달드리를 빤히 쳐다보며 말했다.

"이 이야기를 하는 이유는 당신도 길에서 점쟁이를 만났기 때문이고, 점쟁이가 런던에서 찾고 있는 것을 튀르키예에서 찾으라고 말했고, 그러려면 먼저 여섯 명의 사람을 만나야 한다고 예언했기 때문이에요. 그리고 내가 그 여섯 명 가운데 첫 번째 사람으로서 어떤 임무를 부여받은 느낌이 들어서죠. 내가 안데스산맥을 넘어가게 도와주는 훌륭한 정비사 뒤페리에가 되어줄게요." 달드리가 약간은 혀가 꼬부라진 소리로 말했다. "내가 당신을 두 번째 사람에게 인도할게요. 그러면 예언대로 두 번째 사람이 세 번째 고리가 될 사람에게 인도해줄 테고. 당신의 친구로서 일생일대의 보람된 일을 할 수 있도록 내게 기회를 달라는 거예요."

"말만으로도 너무 고맙네요." 앨리스는 황당한 얼굴로 말했다. "하지만 나는 비행사도, 아드리엔 볼랑도 아니에요."

"그렇지만 당신은 밤마다 악몽에 시달리고 있잖아요. 그러니까 그 예언을 믿고 여행 계획을 세워봐요."

"받아들일 수 없어요." 앨리스가 중얼거렸다.

"그래도 생각해봐요."

"불가능한 일이에요, 그럴 돈도 없고요, 나중에도 결코 갚지 못할 거예요."

"그걸 어떻게 알아요? 내가 정비사로 탐탁지 않겠지만 그래도 크게 후회할 텐데. 지난번에 차 시동이 걸리지 않은 건 내 잘못이 아니니까, 당신의 코드롱이 되어줄게요. 누가 알겠어요, 당신이 이스탄불에서 만난 향에서 영감을 얻어 새로운 향수를 만들게 될지. 그 향수가 대박이 난다고 상상해봅시다. 그러면 동업자로서 미력하게나마 성공에 기여한 대가를 내게 나눠주면 되잖아요. 몇 퍼센트를 줄지는 당신이 결정하고요. 그리고 공평한 계약을 위해, 혹시라도 내가 그린 이스탄불의 교차로가 미술관에 걸릴 정도로 대작이 된다면, 내 그림들이 갤러리에 걸리게 된다면 나도 당신에게 대가를 치를게요."

"취했어요, 달드리, 전혀 의미 없는 말이었지만 거의 넘어갈 뻔했어요."

"그럼 용기를 내봐요. 겁먹은 아이처럼 밤을 두려워하면서 집 안에 틀어박혀 있지 말고 부딪쳐보라고요! 여행 갑시다! 준비는 내가 다 할 거고, 우리는 일주일 이내에 런던을 떠날 수 있어요. 오늘 밤 생각할 시간을 줄 테니 내일 다시 얘기해요."

달드리가 일어나더니 두 팔을 벌려 그녀를 꽉 끌어안았다.

"잘 자요." 자신도 모르게 나온 돌발적인 행동이 무안했는지 달드리가 뒷걸음치면서 말했다.

앨리스는 똑바로 걷지 못하고 비틀거리는 달드리를 층계참까지 배웅했다. 그들은 손짓으로 인사를 나누고는, 각자 현관문을 닫았다.

5

또다시, 악몽은 변함없이 한밤의 약속을 지켰다. 눈을 뜬 앨리스는 몸이 녹초가 되어 있음을 느꼈다. 그녀는 담요를 몸에 두르고 아침 준비를 했다. 그러고는 전날 저녁 달드리가 차지했던 안락의자에 앉아 트렁크 위에 놓인 카탈로그를 힐끔 쳐다봤다. 성소피아 대성당 사진이 표지를 장식하고 있었다.

오스만 로즈, 오렌지 꽃, 재스민. 페이지를 넘기고 있을 뿐인데, 각각의 향이 느껴지는 듯했다. 그녀는 그랜드 바자의 골목길에서 향신료 진열대를 기웃거리며 로즈마리, 사프란, 계피의 은은한 향을 맡고 있는 자신의 모습을 상상했고, 상상만으로도 감각들이 되살아나는 것 같았다. 그녀는 한숨을 내쉬면서 카탈로그를 내려놨다. 갑자기 차 맛이 밋밋하게 느껴졌다. 서둘러 옷을 갈아입은 그녀는 밖으로 나가 이웃집 문을 두드렸다. 파자마에 나이트가운을 걸친 달드리가 문을 열면서 하품을 참았다.

"혹시 모를까 봐서 말하는데, 좀 이른 아침에 찾아온 거 아니에요?" 달드리가 눈을 비비면서 물었다.

"일곱 시예요."

"그러니까요, 두 시간 후에 봅시다." 달드리는 그렇게 말하고 문을 닫았다.

앨리스는 다시 문을 두드렸다.

"또 뭐요?" 달드리가 문을 열고 물었다.

"10퍼센트." 앨리스가 말했다.

"뭐가요?"

"튀르키예에서 내가 독창적인 향수의 공식을 찾는다면 수익의 10퍼센트를 주겠다고요."

달드리는 앨리스를 멀뚱히 바라보았다.

"20퍼센트!" 그가 대답하면서 문을 닫으려고 하자 앨리스가 재빨리 제안했다.

"15퍼센트."

"비즈니스의 달인이네요." 달드리가 말했다.

"받을지 말지 선택해요."

"그럼 내 그림은?" 달드리가 물었다.

"그건 당신이 원하는 대로."

"모욕적으로 들리는데."

"그럼 나랑 똑같이, 당신이 거기서 그리는 모든 그림에 대한 수익의 15퍼센트로 합시다. 돌아온 뒤에 그린 것도 똑같이 15퍼센트, 우리의 여행에서 영감을 받고 그린 작품이라면."

"이봐, 비즈니스의 달인이라니까!"

"아부는 사절이에요, 안 넘어가니까! 그럼 들어가서 마저 자고 완전히 잠을 깨면 집으로 와요, 내가 아직 예스라고 대답하지 않은 여행 계획에 관해 의논하려고요. 면도도 좀 하고요!"

"수염이 내게 잘 어울린다고 생각하거든요!" 달드리가 말했다.

"그럼 제대로 기르시든가요, 어정쩡하잖아요. 우리가 동업자가 된다면 난 당신이 어디에 내놓아도 부끄럽지 않은 용모라면 좋겠어요."

달드리는 턱을 손으로 쓸었다.

"수염이 있는 게 나아요, 없는 게 나아요?"

"여자는 선택 장애가 있다고들 하죠." 앨리스는 그렇게 대답하고 자신의 집을 향해 돌아섰다.

달드리는 정오가 되어 앨리스의 집에 나타났다. 양복 차림에 머리는 단정했고, 향수까지 뿌렸지만 면도는 하지 않았다. 달드리가 불쑥 수염 문제는 여행을 떠나는 날까지 고민해볼 거라고 선수 치는 것으로 앨리스의 입을 막았다. 그러고는 여행에 대한 논의는 중립 지역에서 진행하기 위해 펍으로 초대하겠다고 말했다. 길모퉁이에 이르자, 달드리가 차를 세워둔 곳으로 그녀를 데려갔다.

"점심 먹자면서요?"

"먹어야죠." 달드리가 대답했다. "하지만 식탁보, 식기 세트를 제대로 갖춰놓은 진짜 레스토랑에서 일품요리를 먹으려고 요."

"그럼 그렇다고 말했어야죠?"

"당신 놀라게 하려고요. 당신은 또 뭐라고 할 테고, 나는 질 좋은 고기를 먹고 싶은데 어떡해요."

달드리는 차문을 열어준 다음 그녀를 운전석에 앉게 했다.

"이건 그리 좋은 생각이 아닌 것 같은데요." 그녀가 말했다. "지난번에는 도로가 한산했으니까……."

"약속했잖아요, 운전 가르쳐주겠다고. 내가 약속은 꼭 지키는 사람이거든요. 또 혹시 모르잖아요, 튀르키예에서 운전해야 할 일이 생길지. 나는 혼자서만 운전하는 걸 원치 않아요. 이제 문 닫고 내가 앉을 때까지 기다렸다가 시동 걸어요."

달드리가 조수석에 앉았다. 앨리스는 그의 지시를 따르다가도 회전하라고 하면 바로 차를 정지시키고 다른 차가 없는지 도로를 살피는 바람에 달드리의 부아를 돋웠다.

"이 속도로 갈 바엔 차라리 걸어가는 편이 더 빠르겠네! 내가 점심 초대를 한 거지 저녁은 아니었는데요."

"계속 화내면서 짜증 부릴 거면 차라리 당신이 직접 운전하지 그래요, 나는 최선을 다하고 있다고요!"

"액셀을 좀 더 세게 밟으면서 계속 달려요."

얼마 지나지 않아, 달드리는 앨리스에게 인도를 따라 차를 세우라고 했다. 그들은 마침내 도착했다. 대리 주차원이 뛰어오다가 운전대를 잡은 사람이 여자라는 걸 알고는 운전석 쪽으로 가서 앨리스가 내리도록 문을 열어주었다.

"나를 어디로 데려온 거예요?" 이런 대접을 받는 것이 불편한 앨리스가 물었다.

"레스토랑!" 달드리가 속삭였다.

앨리스는 우아한 실내 분위기에 홀렸다. 홀의 벽면을 장식하는 무늬목재, 이집트산 면 식탁보를 씌워 정렬해놓은 테이블들, 생전 처음 보는 은제 식기 세트. 웨이터가 그들을 알코브로 안내했고, 앨리스를 장의자에 앉게 했다. 웨이터가 물러가자, 지배인이 메뉴판을 들고 소믈리에와 함께 나타났다. 달드리는 소믈리에가 추천할 겨를도 없이 1929년산 샤토마르고를 주문했다.

"또 왜요?" 달드리는 소믈리에가 물러간 뒤에 물었다. "화가 난 얼굴인데."

"네, 화났어요!" 앨리스는 다른 손님들의 주의를 끌지 않으려고 소곤소곤 말했다.

"이해를 못 하겠네요, 런던에서 가장 유명한 레스토랑 중 한 곳에 데려와서 아주 귀한 고급 와인을 대접하겠다는데, 그것도 작황이 특별히 좋아서 신화적인 해라 불리는 1929년산 와인을……."

"그러니까 미리 알려줬으면 좋잖아요. 당신은 하얗다 못해 파리해 보일 만큼 새하얀 셔츠에 양복 차림으로 쫙 빼입었는데 내 꼴 좀 봐요. 동네 카페로 레모네이드 한잔 얻어 마시려고 따라 나온 아줌마 같다고요. 계획에 대해 미리 알려주는 매너를 보였다면, 최소한 화장이라도 했을 거 아니에요. 나를 보고 손님들이 뭐라고 하겠……."

"당신처럼 매혹적인 여성이 초대를 받아준 것만으로도 감지덕지인 사람한테 무슨 그런 말을. 당신은 눈길만 줘도 남자들의 관심을 독차지할 수 있는데 어떤 인간이 시간 낭비하면서 당신 옷차림을 보고 있겠어요? 그런 걱정 같은 건 접어두고 제발 맛이나 음미해봐요."

앨리스는 의혹의 눈길로 달드리를 쳐다봤다. 그녀는 와인 맛을 봤고, 입안에 남는 부드러운 맛에 취했다.

"나한테 작업 거는 거 아니죠, 달드리?" 달드리는 숨이 멎을 뻔했다.

"그런 남자가 당신 인생의 남자를 찾아 떠나는 여행에 동행하겠다는 제안을 해요? 집적대는 방법치고는 너무 웃긴다고 생각하지 않아요? 이제 동업자가 될 텐데 서로에게 정직해집시다. 알잖아요, 우리 둘 다 서로의 스타일이 아니라는 거. 그래서 딴마음 없이 이런 제안을 할 수 있는 거고요. 그러니까 거의……."

"거의 뭐요?"

"바로 이런 이야기를 하기 위해 당신과 점심을 먹고 싶었던 거예요. 동업에 관한 마지막 세부 사항을 조율하기 위해서."

"수익에 대한 지분은 합의한 걸로 알았는데요?"

"네, 했죠. 근데 당신에게 한 가지 부탁할 게 있어요."

"말해봐요"

달드리가 앨리스의 잔에 와인을 더 따라주며 권했다.

"그 점쟁이의 예언이 사실로 판명 나면, 나는 당신을 인생의 남자에게 인도해주는 여섯 명 중 첫 번째 사람이 되는 거잖아요. 약속한 대로, 나는 당신이 두 번째 사람을 찾을 때까지 동행할 거고, 그 사람을 찾으면, 나는 찾을 거라고 확신하기 때문에, 그럼 내 임무는 끝나는 거예요."

"그래서요?"

"당신은 툭하면 내 말을 끊는 게 버릇이군요! 지금 말할 참이었는데. 일단 임무를 완수하면 나는 런던으로 돌아오고, 당신은 당신의 여행을 계속하는 거죠. 그리고 그 대단한 만남이 이뤄지는 순간에는 내가 빠지는 게 맞고요, 적어도 눈치코치 없는 바보는 아니니까요! 물론, 우리의 협약에 따라 당신의 여행이 끝날 때까지 경비는 내가 댈 거예요."

"그 돈 다 갚으려면 아마 나는 죽는 날까지 당신을 위해 일해야 할 거예요."

"유치하게 왜 그래요? 돈 얘기 하는 거 아닌데."

"그럼 뭐에 대해 말하는 건데요?"

"마지막 세부 사항을 조율해야 한다고……."

"그러니까 그게 뭐냐고요!"

"당신이 집을 비우는 동안, 그 기간이 얼마가 되었든, 매일 당신의 집 통유리창 아래에서 작업할 수 있게 허락해줘요. 빈 집으로 두느니 그게 낫잖아요. 관리는 잘하겠다고 약속할게요, 그러면 당신이나 나나 손해 보는 일은 아닐 텐데."

앨리스는 달드리를 빤히 쳐다보았다.

"런던에서 수천 킬로미터 떨어진 곳으로 데려가서 그 멀고 먼 땅에다 나를 내버리려는 건 아니죠? 여유롭게 내 집 통유리창 아래에서 그림 그리기 위해서?"

이번에는 달드리가 앨리스를 빤히 쳐다봤다.

"눈은 아름답지만 머릿속은 영 아니네요."

"오케이." 앨리스가 말했다. "단 조건이 있어요, 두 번째 사람을 만나더라도 그 모험을 계속해도 괜찮다고 납득할 만한 이유가 있어야 해요."

"그거야 당연하죠!" 달드리가 외치면서 술잔을 들었다. "그럼 건배합시다. 협상이 타결됐으니까."

"건배는 나중에." 앨리스가 응수했다. "아직은 모르니까요, 내가 생각이 바뀔 수도 있고. 너무 성급한 느낌도 있고요."

"나는 오늘 오후에 돈을 찾으러 갈 거고, 현지에서 우리가 묵을 숙소도 알아볼 거예요."

달드리는 술잔을 도로 내려놓고 앨리스에게 미소를 지었다.

"즐거워 보이네요, 이런 모습이 당신에게 잘 어울려요."

"와인 때문에." 앨리스가 중얼거리듯 말했다. "고마워요, 달드리."

"칭찬으로 한 말은 아닌데요."

"그래서 고맙다는 게 아니라, 나를 위해 베풀어준 이 모든 것이 너무 고마워서 하는 말이에요. 이스탄불에 가면 밤이고 낮이고 열심히 작업해서 당신을 행복한 투자자로 만들어줄 향수를 제조할 테니 안심해요. 실망시키지 않겠다고 약속할게요……."

"아무 말이나 막 던지는군요. 회색 풍경의 런던을 떠나는 일이 나도 당신만큼이나 기쁘거든요. 며칠 후 우리는 뜨거운 햇살 아래 있을 거예요. 그리고 당신 뒤쪽 거울에 비친 내 창백한 얼굴을 보면, 결코 공연한 낭비는 아닐 거라 생각하고요."

이번에는 앨리스가 몸을 돌리고 거울을 봤다. 앨리스는 그녀를 살피는 거울 속의 달드리에게 동조하는 표정을 지어 보였다. 여행에 대한 기대 때문에 도취해 있기도 했지만, 이번만은 취기를 만끽하기로 했다. 그녀는 여전히 거울 속의 달드리를 응시하면서 방금 내린 결정을 친구들에게 뭐라고 알리는 게 좋을지 조언을 구했다. 달드리는 행복해지기 위한 결정을 내렸다고 말하라고, 진정한 친구라면 그녀를 응원해줄 거라고 말했다.

달드리는 디저트를 생략하고 밖으로 나가 좀 걷자고 제안했다.

앨리스는 산책하면서 줄곧 캐럴, 에디, 샘, 특히 앤턴을 생각했다. 친구들은 어떤 반응을 보일까? 친구들을 저녁 식사에 초대해야겠다고 생각했다. 평소보다 더 많이 술을 마시게 하고 밤이 되길 기다렸다가 알코올의 힘을 빌려 계획에 대해 말하면 될 터였다.

그녀는 공중전화 부스를 발견했고, 달드리에게 잠깐 기다려달라고 말했다.

네 통의 전화를 하고 나자, 앨리스는 긴 여행의 첫걸음을 내디딘 기분이 들었다. 결정을 내린 이상 그녀는 이제 물러서지 않으리라는 걸 알고 있었다. 그녀는 가로등에 기댄 채 담배를 피우는 달드리에게 다가갔다. 그러고는 달드리의 팔을 잡고 빙글빙글 돌았다.

"가능한 한 빨리 떠나요, 우리. 겨울, 런던, 매너리즘에 빠진 내 삶에서 도망치고 싶어요. 내일이라도 당장 떠났으면 좋겠어요. 성소피아 대성당을 구경하고, 그랜드 바자의 골목길을 다니며 그 향에 취하고, 보스포루스 해협을 둘러보고, 서양과 동양이 만나는 교차로의 행인들을 스케치하는 당신을 보고 싶어요. 더 이상 두렵지 않고 행복해요, 달드리, 행복해요, 아주 많이."

"좀 취한 건 아닌지 의심스럽지만 즐거워하는 모습을 보니 좋군요. 친애하는 이웃님, 당신을 유혹하려고 하는 말이 아니라 진심이에요. 그리고 당신은 택시 타고 먼저 들어가요, 나는 여행사로 가야 해서. 아, 참, 여권은 있어요?"

앨리스는 잘못을 저지른 소녀처럼 고개를 가로저었다.

"아버지와 아주 가까운 친구 중 한 분이 외무부 고위직이에요. 그분에게 전화해서 부탁하면 수속이 빨라질 거라고 확신해요. 하지만 계획을 바꿔야겠네요, 여권에 필요한 증명사진부터 찍으러 갑시다. 여행사와 약속해놨기 때문에 운전은 내가 할게요."

앨리스와 달드리는 근처 사진관에 들어갔다. 그녀가 거울 앞에서 세 번째로 머리를 매만지자, 달드리가 잔소리를 했다. 여권을 들춰볼 사람은 스탬프 찍어주는 튀르키예 세관원뿐이며, 머리칼 몇 가닥 삐져나왔다고 크게 문제가 될 가능성은 없다면서. 앨리스는 마침내 사진사의 걸상에 앉았다.

달드리는 사진관에 구비해놓은 최신형 카메라에 매료되었

다. 사진사는 카메라 홀더에서 필름을 뺐고, 몇 분 후, 앨리스는 자신의 얼굴이 찍힌 사진 넉 장을 받았다. 이어서 달드리가 걸상에 앉을 차례였다. 그는 행복한 미소를 지으면서 숨을 참았다.

그들은 필요한 서류를 준비했고, 세인트 제임스에 있는 시청 여권과로 갔다. 담당자 앞에 앉은 달드리는 제때에 출발하지 못할 경우 사업에 중대한 차질이 생길까 걱정이라면서 빨리 떠나야 한다고 말했다. 앨리스는 달드리의 뻔뻔한 배짱에 무척 놀랐다. 달드리는 정부 고위급 인사가 친척인데 조심하는 차원에서 이름을 밝히지는 않겠다고 말했고, 담당자는 신속히 처리할 것을 약속했다. 달드리는 고맙다고 인사를 한 뒤 앨리스가 산통을 깰까 봐 출구 쪽으로 밀고 나갔다.

"이 세상에 당신을 말릴 수 있는 사람은 아무도 없을 거 같네요." 앨리스가 거리로 나오면서 말했다.

"있죠, 당신! 나는 진땀을 흘리고 있는데 당신은 당장이라도 깽판 칠 것 같은 얼굴이던데."

"미안해요, 며칠 이내로 이스탄불에 가지 않으면 마치 회복세에 있는 영국 경제가 다시 휘청할 것처럼 말하는데 웃음이 터질 거 같아서요."

"공무원의 하루는 굉장히 단조롭단 말이죠. 나 덕분에 그 직원은 아주 중대한 임무에 기여했다는 자긍심을 갖게 될 텐데, 내가 호의를 베푼 거죠."

"누가 뭐래요. 하여튼 배짱 하나만은 진짜 대단하네요."

"그 말에는 동의해요!"

달드리는 시청을 나가면서 보초를 서는 경찰에게 인사하고 앨리스를 오스틴에 태웠다.

"당신을 데려다주고 나는 여행사로 갈 거예요."

오스틴이 런던의 거리를 달리고 있었다.

"오늘 저녁." 앨리스가 말했다. "길모퉁이 펍에서 내 친구들을 만날 거예요. 당신도 참석할래요?"

"나는 빠질게요." 달드리가 대답했다. "이스탄불에 가면 지겨워도 나를 계속 보는 것 말고는 다른 선택이 없을 텐데."

앨리스는 고집하지 않았고, 달드리는 그녀를 주택 앞에 내려주었다.

***

저녁이 기다려졌다. 앨리스는 작업에 열중했지만 집중이 안 되어 어떤 공식도 기록할 수 없었다. 그녀는 장미 에센스 병에 시향지 하나를 담가놓았다. 그리고 그녀의 생각은 근사한 오리엔트 정원을 향해 날아가고 있었다. 그때 갑자기, 피아노 선율이 들려왔다. 앞집에서 나는 소리가 분명했다. 그녀는 확인하고 싶어서 방 안을 가로질렀지만, 현관문을 열자마자 피아노 선율이 멈췄고, 빅토리아 양식의 주택은 다시 고요해졌다.

***

앨리스가 펍의 문을 밀고 들어갔을 때 벌써 도착한 친구들
은 이야기가 한창이었다. 앤턴이 가장 먼저 그녀가 들어오는
걸 보았다. 그녀는 머리를 매만지고 나서 친구들에게 다가갔
다. 에디와 샘은 보는 둥 마는 둥 했다. 앤턴이 일어나 앨리스
에게 의자를 빼주고는 다시 대화에 끼어들었다.

캐럴은 앨리스를 빤히 쳐다보다 무슨 일이 있느냐고 속삭
였다.

"무슨 말이야?" 앨리스가 나직한 목소리로 물었다.

"너 무슨 일 있냐고." 세 남자가 클레멘트 애틀리 수상의 정
부에 대해 신랄한 언쟁을 벌이는 사이 캐럴이 대답했다.

에디는 처칠의 복귀를 간절히 바랐고, 처칠의 반대파를 열
렬히 지지하는 샘은 전쟁을 고집하는 처칠이 다음 선거에서
승리할 경우 영국에서 중산층은 사라지고 말 거라고 장담했
다. 앨리스도 대화에 끼어들고 싶었지만, 캐럴에게 대답부터
해야 될 것 같았다.

"특별한 일이랄 건 전혀 없었는데."

"거짓말! 어딘가 달라졌어, 네 얼굴에 쓰여 있다니까."

"또 아무 말이나 막 던진다!" 앨리스가 잘라 말했다.

"이렇게 밝아 보이는 얼굴 본 지 진짜 오랜만이야. 너 누구
만나지?"

앨리스가 깔깔대고 웃자, 친구들이 대화를 멈췄다.

"너 진짜 어딘가 달라 보여." 앤턴이 말했다.

"뭐야, 너희들? 쓸데없는 소리 집어치우고 맥주나 시켜줘, 나 목말라."

앤턴이 바에 가면서 샘과 에디에게 따라오라고 했다. 맥주 잔은 다섯 개인데 손이 두 개밖에 없다면서.

앨리스와 둘만 남게 되자, 기다렸다는 듯이 캐럴이 질문을 계속했다.

"누군데? 나한테는 말해줘도 되잖아."

"아무도 안 만났어. 하지만 조만간 그런 일이 불가능한 건 아니겠지."

"곧 누군가를 만날지 그걸 네가 어떻게 알아? 네가 점쟁이야?"

"아니, 하지만 너희들이 강제로 떠밀어서 만났던 점쟁이의 말을 믿어보기로 했어."

캐럴이 흥분해서 앨리스의 두 손을 꼭 잡았다.

"떠나는구나, 그래? 그 여행 가려고?"

앨리스는 고개를 끄덕이면서 눈짓으로 돌아오는 남자 셋을 가리켰다. 캐럴이 벌떡 일어나 여자끼리 할 얘기가 있고 끝나면 알려줄 테니 스탠드바에 돌아가 있으라고 말했다. 황당하게 쫓겨난 남자 셋은 동시에 어깨를 으쓱하며 발길을 돌렸다.

"언제 떠나는데?" 앨리스보다 더 흥분한 캐럴이 물었다.

"아직은 잘 모르겠지만, 아마도 몇 주 이내에."

"그렇게 빨리?"

"우리 여권이 나오는 대로. 오후에 여권 신청하고 왔거든."

"우리? 같이 가는 사람이 있어?"

앨리스는 얼굴이 빨개져서 이웃집 남자와 맺은 협약을 캐럴에게 털어놨다.

"혹시 그 남자가 너한테 마음이 있어서 꾸민 일 아냐?"

"달드리가? 에이, 아니야! 실은 나도 대놓고 너랑 똑같이 물어봤거든."

"네가 그렇게 대담하다고?"

"대화 중에 문득 그런 생각이 들더라고, 그래서 한번 떠봤다가 핀잔만 들었어. 바보가 아니고서야 마음에 드는 여자가 인생의 남자를 찾아 떠난다는데 어떻게 그 여행에 동행하겠냐면서."

"그건 또 그러네." 캐럴이 말했다. "그럼 그의 관심은 진짜 네 향수에 투자하는 건가? 네 재능에 대한 믿음이 있는 모양이네."

"분명히 너보다는 더! 원치 않게 상속받게 된 돈을 여행하는 데 써버리고 싶거나, 아니면 순전히 통유리창이 있는 내 집에서 그림을 그리고 싶거나. 둘 중에 뭐가 그에게 더 동기 부여가 됐는지는 모르겠지만, 아무튼 오래전부터 꿈꿔온 거 같았어. 그래서 내가 없는 동안 집을 맡기겠다고 약속했어. 그가 나보다는 먼저 런던으로 돌아올 거니까."

"그렇게 오래 떠나 있으려고?" 캐럴이 섭섭한 얼굴로 물었다.

"모르겠어."

"앨리스, 찬물 끼얹으려는 건 아닌데. 먼저 부추긴 사람도 나였고. 하지만 막상 일이 이렇게 구체화되니까 덜컥 겁이

나. 점쟁이가 인생의 남자를 예언해줬다고 그렇게 멀리 떠난다는 것이 미친 짓 같기도 하고."

"그래서 떠나는 건 아니야. 그 정도로 내가 절망적인 상태도 아니고. 다만, 벌써 몇 달째 향수를 만들지 못하고 작업대를 맴돌기만 해. 이 도시, 이 생활에 숨이 막혀. 먼바다의 공기를 마시고, 새로운 향기와 이국적인 풍경에 취하고 싶어."

"편지 쓸 거지?"

"그럼, 네가 날 부러워할 절호의 기회인데 그걸 놓칠 수야 없지!"

"그동안 쟤들 셋은 내가 다 접수할 거니까 그런 줄 알아!" 캐럴이 응수했다.

"여기 없다고 내가 쟤들의 머릿속을 훨씬 더 차지하지 않는다고 누가 그래? 그리우면 욕망이 더 커진다는 말 못 들어봤어?"

"응, 그렇게 멍청한 말은 들어본 적 없어. 네가 쟤들의 주요 관심사라고 느낀 적도 전혀 없고. 떠난다는 건 언제 말하려고?"

앨리스는 내일 집에서 저녁 식사를 준비하겠다고 말했다. 하지만 캐럴은 친구들 중 누구와 약혼한 사이도 아닌데 자세히 얘기할 필요도 없고, 허락받을 일도 아니라고 말했다.

"뭘 허락받아?" 앤턴이 장의자에 앉으면서 물었다.

"비밀 문서보관소 방문하려면 허락받아야 한다고." 캐럴은 재빨리 대답했지만, 어떻게 이런 말이 툭 튀어나왔는지 자기가 생각해도 어이가 없었다.

"문서보관소?" 앤턴이 물었다.

샘과 에디도 와서 자리에 앉았다. 5인방이 다 모였다. 앨리스는 앤턴에게 눈길을 멈추고 튀르키예에 가기로 결정했다고 알렸다.

긴 침묵이 흘렀다.

에디와 샘, 앤턴이 입을 멍하니 벌린 채 앨리스를 뚫어져라 쳐다봤다. 앨리스가 아무 말도 못하고 있자, 캐럴이 주먹으로 테이블을 내려치며 말했다.

"앨리스가 죽으러 간다고 말한 것도 아니고 여행을 떠난다는데, 왜들 그래?"

"너는 알고 있었어?" 앤턴이 캐럴에게 물었다.

"15분 전에." 캐럴이 친구들에게 인상을 팍 쓰면서 대답했다. "미안하다, 너희들에게 전보 칠 시간은 없었어."

"얼마 동안?" 앤턴이 물었다.

"그건 앨리스도 모르지." 캐럴이 대답했다.

"혼자서 그렇게 멀리 떠난다고?" 샘이 물었다. "신중하게 생각하고 결정한 거야?"

"이웃집 남자랑 같이 가, 지난번에 시끄럽다고 쳐들어왔던 그 까칠남." 캐럴이 말했다.

"그 작자랑 떠난다고? 둘이 무슨 사인데?" 앤턴이 물었다.

"그런 거 아니고." 캐럴이 대답했다. "동업하기로 했으니까 일종의 비즈니스 여행이라고 할까. 앨리스는 새로운 향수를 만드는 데 필요한 걸 찾으러 이스탄불에 가는 거야. 여행 경비에 출자하면 훗날 앨리스의 회사 주주가 될지도 모르는데,

너희도 마음 있으면 주저하지 마! 몇 년 후 펜델버리 합자회사 이사회에서 주주권을 행사하게 될지 누가 알겠어."

"잠깐." 잠자코 듣고만 있던 에디가 물었다. "다국적 기업의 대표가 될 때까지는 앨리스가 직접 대답해도 되잖아, 벌써부터 너를 통해서 말해야 해?"

앨리스는 미소를 지으면서 앤턴의 뺨을 어루만졌다.

"진짜 비즈니스 여행이야. 너희는 친구들이니까 내가 떠나지 말아야 할 이유만 찾지 말고 금요일 저녁에 집으로 와서 내 출발을 축하해줘."

"그렇게 빨리 떠나?" 앤턴이 물었다.

"날짜는 아직 정해지지 않았어." 캐럴이 대답했다. "하지만……."

"우리의 여권이 나오는 대로 떠날 거야." 이번에는 앨리스가 캐럴의 말을 끊었다. "좀 이르지만 요란한 작별 인사를 피하고 싶어서. 내일, 겨우 하루 지났는데 그리우면 너희들 보러 갈지도 몰라."

그렇게 모임은 끝났다. 남자들은 축하해줄 마음이 없었다. 그들은 펍 앞에서 작별 인사를 했다. 앤턴이 앨리스를 멀찍이 데려갔다.

"편지 할게, 매주 보내겠다고 약속해." 앨리스는 앤턴이 말하기 전에 선수를 쳤다.

"내 나라에서 못 찾는 걸 거기 가면 찾을 수는 있고?"

"돌아와서 말해줄게."

"네가 돌아온다면."

"앤턴, 이 여행은 오직 일 때문에 가는 게 아니야. 나한테 꼭 필요한 시간이야, 이해하지?"

"아니, 이해는 안 되지만, 이제부터 깊이 생각해볼게. 앨리스, 즐거운 여행이 되길 바라. 건강 조심하고. 편지는 네가 정말 마음이 동할 때만 써서 보내줘."

앤턴은 돌아섰고 코트 주머니에 두 손을 찔러 넣은 채 고개를 폭 숙이고 떠났다.

이날 밤, 남자 세 명은 앨리스와 캐럴을 바래다주지 않았다. 두 여자는 한마디도 하지 않고 함께 걸었다.

집에 들어온 앨리스는 전등을 켜지 않았다. 그녀는 옷을 다 벗고 이불 속으로 들어갔고 통유리창 너머에서 빛나는 초승 달을 바라보면서 중얼거렸다. 초승달, 튀르키예 국기에 그려 져 있는 달과 거의 비슷한 달이네.

***

금요일 오후 늦게, 달드리가 앨리스의 집 현관문을 두드렸다. 그는 자랑스럽게 여권 두 개를 흔들어 보이면서 들어왔다.

"짠! 이제 우리가 외국 가는 데는 법적으로 아무 문제 없어요!"

"벌써요?" 앨리스가 물었다.

"비자도 받았어요! 내가 고위층에 연줄이 있다고 했잖아 요? 오늘 아침에 가서 여권을 받았고, 곧바로 여행사에 들러 서 몇 가지 세부 사항을 점검하고 오는 길이에요. 월요일에 출발할 거니까 그날 아침 여덟 시에 내려와요."

달드리는 작업대 위에 앨리스의 여권을 놓고 바로 나갔다.

그녀는 공상에 빠진 얼굴로 여권을 넘겨보다 여행 가방 위에 올려놓았다.

***

저녁 파티를 하는 동안 친구들의 얼굴은 나쁘지 않아 보였지만, 속마음까지 그런 건 아니었다. 앤턴은 약속을 어기고 끝내 나타나지 않았다. 앨리스가 출발 날짜를 말한 뒤로 분위기는 썰렁해졌다. 자정도 안 됐는데 에디와 캐럴, 샘이 집에 가겠다면서 일어났다.

그들은 서로 끌어안았고, 길게 포옹하면서 여러 번 작별 인사를 나눴다. 앨리스는 자주 편지를 쓰고, 이스탄불의 바자에서 기념품을 많이 사 오겠다고 약속했다. 현관문을 나서던 캐럴은 눈물을 글썽이면서 남자 셋을 친가족처럼 돌보고, 앤턴은 잘 설득할 테니 걱정 말라고 말했다.

앨리스는 계단이 조용해질 때까지 층계참에 서 있다가 가슴이 뭉클하고 울컥해져서 집으로 들어갔다.

6

월요일 아침 여덟 시, 앨리스는 여행 가방을 들고 마지막으로 집 안을 훑어본 뒤 현관문을 잠갔다. 그녀는 들뜬 마음으로 층계를 내려갔고, 달드리는 이미 택시 안에서 그녀를 기다리고 있었다.

블랙캡 택시 기사가 그녀의 가방을 받아서 조수석에 실어주었다. 앨리스는 뒷좌석에 올랐고, 옆에 앉은 달드리가 그녀에게 인사하고 나서 택시 기사에게 하몬드워스 방향으로 가자고 말했다.

"기차역으로 가는 거 아니에요?" 앨리스가 의아한 얼굴로 물었다.

"네." 달드리는 짤막하게 대답했다.

"근데 하몬드워스는 왜?"

"비행장이 거기 있으니까요. 당신을 놀라게 해주려고 말 안

했는데, 우리는 날아갈 거예요. 그게 기차보다 훨씬 빨리 이스탄불에 도착하니까."

"어떻게 날아서 가요?" 앨리스가 물었다.

"하이드파크에서 오리 두 마리 훔쳐 왔죠. 농담이고, 당연히 비행기를 타고 가는 거죠! 당신도 비행기는 처음이죠? 고도 7000미터 상공에서 시속 250킬로미터로 날아간다는데 상상이 되나요?"

도심을 빠져나온 택시가 들판을 달리고 있었고, 앨리스는 획획 지나가는 방목장을 바라보면서 지금이라도 오랫동안 비행기를 타고 가야 하는 여행을 접는 것이 낫지 않을까 생각했다.

"생각해봐요." 달드리가 흥분된 어조로 말했다. "파리를 경유해 빈에서 하룻밤을 보내면 내일은 이스탄불에 있는 거예요, 일주일 후에 도착하는 게 아니라."

"이렇게 서두를 필요 없잖아요." 앨리스가 지적했다.

"비행기 탄다고 생각하니까 무서워서 그래요?"

"비행기를 타본 적이 없으니 그건 아직 모르겠고요."

런던 공항은 한창 공사 중이었다. 활주로 셋은 이미 개통되었고, 트랙터들이 활주로 세 개를 더 늘리는 작업을 하고 있었다. 영국 항공 BOAC, 네덜란드 항공 KLM, 브리티시 사우스 아메리칸 항공, 아이리시 에어라인, 에어프랑스, 벨기에 항공 사베나 등 여러 국가의 항공사들이 나란히 천막을 쳐놓았고, 골함석으로 지은 가건물들을 터미널로 사용하고 있었다. 비행장 중앙에는 첫 번째 건물이 건축 중이었는데, 완공

되면 런던 공항은 군사 시설의 태를 벗고 민간 시설다운 풍모를 갖출 터였다.

계류장에는 영국 공군 비행기들과 민간 비행기들이 비스듬한 평행으로 정렬해 있었다.

택시가 철책 앞에 섰다. 달드리는 가방 두 개를 들고 앨리스를 에어프랑스 텐트로 데려갔다. 그는 탑승 수속 데스크에 비행기 표를 제출했다. 항공사 직원이 정중하게 인사를 건네며 달드리에게 탑승권 두 장을 내주었고 짐꾼을 불러주었다.

"비행기는 예정된 시간에 출발할 겁니다. 곧 승객들에게 알릴 건데 지금 바로 세관 확인 스탬프를 받고 싶으시다면 짐꾼의 안내를 받으십시오."

달드리와 앨리스는 수속을 마친 뒤 벤치에 앉았다. 비행기가 이륙할 때마다 귀를 멍하게 하는 엔진 소리 때문에 대화를 이어가기 힘들었다.

"그래도 겁이 좀 나네요." 엔진 소리가 잠시 멈춘 사이에 앨리스가 고백했다.

"탑승하면 덜 시끄러울 거예요. 그리고 자동차보다 비행기가 훨씬 안전하니까 안심해요. 일단 이륙하면 눈앞에 펼쳐지는 풍광을 보며 기뻐할 거라고 확신해요. 식사도 제공된다는 거 알아요?"

"프랑스를 경유한다고 했죠?" 앨리스가 물었다.

"파리에서요. 하지만 비행기 갈아타는 시간밖에 없어서 애석하게도 시내 관광은 못 해요."

항공사 직원이 두 사람을 데리러 왔고 다른 승객들과 함께 계류장으로 인도했다.

앨리스는 어마어마하게 큰 비행기를 발견했고, 기체 뒷문 쪽으로 올라가는 트랩을 보았다. 맨 위 계단에서 단정한 제복 차림의 승무원이 승객들을 맞아주고 있었다. 승무원의 미소에 앨리스는 안심이 되었다. 승무원이란 직업은 정말 대단하다고 생각하면서 앨리스는 더글러스 DC-4 여객기 안으로 들어갔다.

기내는 앨리스가 상상했던 것보다 훨씬 넓었다. 좌석은 집에 있는 안락의자 못지않게 편안했고, 안전벨트가 장착되어 있었다. 승무원이 안전벨트를 채우는 방법과 비상시에 푸는 방법을 보여주었다.

"비상시라면 어떤 상황을 말하는 거죠?" 앨리스가 겁먹은 얼굴로 물었다.

"저도 몰라요." 승무원이 활짝 미소를 지으면서 대답했다. "경험해본 적이 없어서요. 안심하세요, 아무 일 없이 무사히 도착할 테니까요. 저는 매일 비행을 하지만 불안하지 않거든요."

뒷문이 닫혔다. 기장이 승객들에게 일일이 인사한 뒤 조종실로 돌아가는 사이, 부기장은 기체 점검 사항을 확인하고 있었다. 엔진이 연속적인 폭음을 냈고, 양쪽 날개에서 불꽃이 번쩍이더니 귀를 멍하게 하는 요란한 소리와 함께 프로펠러가 회전했다. 이윽고 프로펠러 날개가 보이지 않을 정도로 회전 속도가 빨라졌다.

앨리스는 좌석에 몸을 파묻고 팔걸이를 어찌나 세게 잡았는지 손톱 자국이 날 정도였다.

　기체가 흔들리더니 바퀴 고정핀이 빠지고 비행기는 어느새 활주로를 따라 전진하고 있었다. 두 번째 열에 앉은 앨리스는 조종실과 관제탑 사이에 오가는 대화가 고스란히 들렸다. 무선전신기사는 항공관제사의 지시를 듣고 조종사들에게 전했고, 기장이 메시지를 접수했다고 영어로 알리는데 앨리스는 도저히 알아들을 수 없었다.

　"억양이 너무 세서 뭐라고 하는지 전혀 못 알아듣겠어요." 앨리스가 달드리에게 말했다.

　"한마디 하자면, 훌륭한 조종사냐 아니냐 그게 중요한 거지, 외국어 실력이 아니에요. 긴장 풀고 바깥을 내다보면서 아드리엔 볼랑을 생각해요. 우리는 지금 아드리엔이 조종했던 것과는 비교조차 할 수 없는 훌륭한 조건의 비행기를 타고 날아가는 거니까."

　"제발 그랬으면 좋겠네요!" 앨리스는 몸을 더 움츠리면서 말했다.

　DC-4는 이륙을 위해 정렬하고 있었다. 엔진 두 개가 동력을 얻으면서 기체는 더욱 심하게 흔들렸다. 기장이 브레이크를 풀자 비행기가 속도를 냈다.

　앨리스는 얼굴을 창문에 딱 붙이고 있었다. 휙휙 지나가는 공항 시설물들을 보면서 그녀는 갑자기 한 번도 경험해본 적 없는 묘한 감정을 느꼈다. 바퀴들이 지면을 벗어나면서 바람에 기체가 흔들리더니 천천히 올라가고 있었다. 활주로가 점점 작아지다가 영국의 농촌으로 풍경이 바뀌었다. 비행기가 상승하면서 저 멀리 보이던 농가들이 성냥갑처럼 작아졌다.

"진짜 매직이네요." 앨리스가 말했다. "구름을 통과할 수 있을까요?"

"그러길 바라야죠." 달드리는 신문을 펼치며 대답했다.

또다시 풍광이 평야에서 바다로 바뀌었다. 드넓은 푸른 바다, 물마루를 솟구치며 쉼 없이 넘실대는 파도가 선명하게 내려다보였다.

기장이 잠시 후면 프랑스 해안이 보일 거라고 알렸다.

비행은 두 시간이 채 걸리지 않았다. 비행기가 파리에 가까워지고 있었고, 앨리스는 저 멀리 에펠탑이 보이자 흥분을 감추지 못했다.

오를리 공항에서는 대기 시간이 짧았다. 항공사 직원이 앨리스와 달드리를 환승 비행기의 계류장으로 안내했다. 앨리스는 달드리가 하는 말을 한마디도 듣지 않고 환승한 비행기가 이륙하기만 기다렸다.

파리에서 빈으로 향하는 에어프랑스 비행기는 런던발 비행기보다 훨씬 요동이 심했다. 앨리스는 이제 비행기가 난기류를 통과할 때마다 좌석에서 몸이 들썩거리는 걸 즐기고 있었다. 달드리는 어딘가 불편해 보였다. 그는 푸짐하게 차려진 기내식을 먹은 뒤 담배에 불을 붙이면서 앨리스에게도 한 개비를 내밀었지만 그녀는 거절했다. 잡지를 들춰보던 앨리스는 최신 파리 패션 컬렉션을 발견하고 공상에 잠겼다. 그녀는 달드리에게 이런 순간을 경험하게 될 줄은 상상도 못했고, 이렇게 행복한 적이 없었다면서 몇 번이나 고마움을 표시했다.

달드리는 그렇다니 기쁘다면서 조금이라도 눈을 붙이라고 대꾸했다. 오늘은 빈에서 저녁을 먹을 거라는 말과 함께.

오스트리아는 눈으로 덮여 있었다. 앨리스는 광활한 눈 더미가 대지를 끝없이 달려가는 것 같은 아름다운 풍광에 홀렸다. 달드리는 비행하는 내내 잠을 잤고, DC-4 비행기가 착륙할 무렵 눈을 떴다.

"제발 나 코 안 곯았다고 말해줘요." 달드리가 말했다.

"엔진 소리보다는 크지 않았어요." 앨리스가 미소를 지으며 대꾸했다.

바퀴들이 활주로에 닿았다. 기체가 격납고 앞에 정렬하자 트랩이 세워졌고 승객들이 내리기 시작했다.

그들을 태운 택시가 도심으로 들어서고 있었다. 달드리는 택시 기사에게 자허 호텔로 가달라고 말했다. 헬덴플라츠에 접근하고 있을 때, 소형 트럭 한 대가 빙판에서 미끄러지더니 찻길을 가로지르다 모로 자빠졌다.

택시 기사는 가까스로 충돌을 피했지만, 운전석에서 간신히 빠져나오는 트럭 기사를 도와주려고 행인들이 뛰어드는 바람에 교통이 마비되었다. 달드리가 손목시계를 힐끔 쳐다보면서 계속 투덜거렸다. "이러면 너무 늦게 도착하는데."

앨리스는 어이없다는 듯한 눈길을 던지며 말했다.

"하마터면 사고가 날 뻔했는데 지금 시간 타령 하고 있을 때예요?"

앨리스의 핀잔에도 아랑곳없이 달드리는 택시 기사에게

이 아수라장을 빠져나갈 무슨 방법이 없겠느냐고 물었다. 영어를 모르는 택시 기사는 눈치껏 어깨를 으쓱하면서 눈앞에 벌어진 사고 현장을 가리켰다.

"너무 늦게 도착하는데." 달드리가 같은 말을 또 내뱉었다.

"대체 어디를 너무 늦게 도착한다는 건데요?" 앨리스가 퉁명스럽게 물었다.

"때가 되면 알게 돼요, 밤새도록 여기 붙잡혀 있지만 않는다면."

앨리스가 택시 문을 열고는 아무 말도 없이 내렸다.

"또 삐진 거예요?" 달드리는 차창 밖으로 머리를 내밀고 소리쳤다.

"참 뻔뻔하기는! 계속 불평이나 하고 있어요, 뭐 때문에 그렇게 안달복달인지 말해주지도 않으면서."

"말해줄 수 없으니까 그러죠!"

"그럼 말해주면 되잖아요, 다시 탈 테니까!"

"앨리스, 어린애처럼 굴지 말고 얼른 타요. 이 사고로도 이미 충분한데, 감기라도 걸려서 당신까지 상황을 더 복잡하게 만들 필요는 없잖아요. 운도 지지리도 없지, 빌어먹을 트럭이 하필이면 우리 눈앞에서 전복되다니."

"무슨 상황이요?" 앨리스는 두 손을 허리춤에 올리고 째려보면서 물었다.

"여기에 발이 묶여 꼼짝도 못 하고 있는 이 상황이요. 지금쯤은 이미 호텔에 도착해서 옷을 갈아입고 있어야 하는데."

"뭐, 무도회라도 가려는가 보죠?" 앨리스가 비아냥대는 말투로 물었다.

"거의 비슷해요!" 달드리가 대답했다. "그래도 더는 말 안 해줄 거예요. 어서 타요, 서서히 풀리는 것 같은데."

"사고 현장은 택시 안에 있는 당신보다 내가 더 잘 보이거든요. 게다가 그럴 기미라곤 전혀 없는데 무슨. 근데 우리 자허 호텔에 간다고 했죠?"

"맞아요, 왜요?"

"내가 서 있는 이 자리에서 호텔 간판이 보이거든요, 투덜이 씨. 걸어서 5분이면 갈 수 있을 거 같아요."

달드리는 민망해진 얼굴로 앨리스를 쳐다봤다. 택시 요금은 항공사에서 계산하는 것으로 계약되어 있기 때문에 그는 택시에서 내렸고, 트렁크에서 가방 두 개를 꺼낸 다음 앨리스에게 따라오라고 했다.

길이 미끄럽거나 말거나 달드리는 빠르게 걸었다.

"그러다 넘어져서 얼굴 깨지겠어요." 앨리스가 달드리의 소매를 붙잡으면서 말했다. "도대체 무슨 일인데 그렇게 급해요?"

"그걸 말하면 서프라이즈가 아니죠. 빨리 갑시다. 저기 호텔 포치가 보이네요. 한 삼백 보만 걸으면 되겠어요."

호텔 도어맨이 와서 가방을 받아주고 문을 열어주었다.

앨리스는 로비 중앙 천장에 길게 늘어뜨린 대형 크리스털 샹들리에에 눈이 휘둥그레졌다. 달드리는 방 두 개를 예약했었고, 숙박부를 작성하고 컨시어지에게서 키를 받았다. 달드리는 프런트 데스크 벽면에 걸린 괘종시계를 보면서 얼굴을 찌푸렸다.

"아, 진짜 너무 늦었네!"

"또 그 소리!" 앨리스가 쏘아붙였다.

"할 수 없지, 이대로 갑시다. 코트를 입고 있으면 알아차리지 못할 거예요."

달드리는 거의 뛰다시피 하면서 그녀에게 길을 건너게 했다. 눈앞에 네오르네상스 양식의 웅장한 건물이 보였다. 건물 정면 양쪽에 서 있는 검은색 기마상들은 당장에라도 질주할 기세였다. 오페라하우스 건물 위로 솟은 청동 돔은 거대했다.

턱시도 차림의 남자들과 롱드레스를 입은 여자들이 계단으로 몰려들고 있었다. 달드리는 앨리스의 팔을 잡고 인파 속으로 들어갔다.

"설마……." 앨리스가 달드리의 귀에 대고 속삭였다.

"오페라하우스에 가는 거냐고요? 네, 맞아요! 이게 내가 계획한 또 하나의 서프라이즈였어요. 준비는 런던의 여행사에서 했고요. 좌석 티켓은 매표창구에서 받으면 돼요. 빈에서 1박을 하는데 오페라를 한 편도 안 본다는 건 말이 안 되니까."

"하지만 하루 종일 입고 다닌 이 차림으로는 못 들어가요." 앨리스가 말했다. "근사하게 차려입은 사람들 좀 둘러봐요, 내 꼴은 이렇게 구질구질한데."

"그 빌어먹을 택시 안에서 내가 왜 그렇게 안달했겠어요? 반드시 예복을 착용해야 되니까 그랬죠. 이젠 어쩔 수 없으니까 나처럼 해요. 코트를 완전히 여미고 있다가 실내가 어둠에 잠겼을 때 벗는 걸로. 그리고 부탁인데 잔소리 좀 그만해요. 모차르트의 오페라를 보기 위해서라면 난 뭐든 할 각오가 되어 있으니까."

오페라하우스에 오다니, 앨리스는 너무나 행복했다. 그녀는 난생처음이었기 때문에 군소리 없이 달드리가 시키는 대로 했다. 그들은 홀에서 분주히 움직이는 경비원과 검표원, 프로그램 판매원의 눈에 띄지 않길 바라면서 관객들 사이를 비집고 끼어들었다. 달드리는 매표창구로 가서 직원에게 이름을 말했다. 직원은 안경을 고쳐 쓰더니 책상에 놓인 등록부에 긴 막대자를 갖다 대고 강한 오스트리아 억양으로 말했다.

"런던에서 오신 미스터 앤드 미시즈 달드리." 창구 직원이 달드리에게 티켓 두 장을 내밀었다.

공연 시작을 알리는 벨이 울렸다. 앨리스는 웅장하고도 화려한 계단, 거대한 샹들리에, 황금빛 장식 등 호화롭게 꾸며진 홀을 감상하고 싶었지만, 달드리는 기회를 주지 않았다. 그는 검표원을 향해 길게 줄지은 사람들 속에 숨어 있으려고 앨리스의 팔을 계속 잡아당겼다. 드디어 차례가 되자, 달드리는 숨죽이고 있었다. 검표원이 코트를 벗어 라커룸에 보관하라고 말했지만, 달드리는 못 알아듣는 체했다. 많은 사람이 기다리고 있기 때문에 검표원은 미치겠다는 얼굴로 티켓 귀퉁이를 뜯어내고 두 사람을 통과시켰다. 하지만 이번에는 좌석 안내원이 앨리스를 빤히 쳐다보더니 코트를 착용하고 입장하는 것은 금지되어 있으니 벗어달라고 했다. 앨리스는 얼굴이 빨개졌고, 달드리는 뿔난 얼굴로 무슨 말인지 한마디도 알아듣지 못하겠다는 시늉을 했다. 하지만 안내원은 달드리의 전략을 알아챘는지, 아주 정중한 영어로 규칙을 따라달라고 부탁하면서 드레스 코드는 엄격히 지켜야 하며, 예복은 의무 사항이라고 덧붙였다.

"영어를 하시니까 하는 말인데요, 미스, 해결할 방법이 있지 않을까요. 우리가 방금 공항에서 도착했는데 이 나라의 빙판길에서 어이없는 사고가 나는 바람에 옷 갈아입을 시간이 없었거든요."

"미스 아니고 미시즈입니다." 좌석 안내원이 대꾸했다. "이유가 어떻든 남성은 턱시도를, 여성은 롱드레스를 착용하셔야 합니다, 반드시."

"그게 뭐가 그렇게 중요합니까? 어차피 어둠 속에 있을 텐데요!"

"규칙을 정한 건 제가 아닙니다만, 그 규칙이 지켜지도록 감시할 의무는 있지요. 그리고 보시다시피 기다리는 분이 많으니까 두 분은 매표창구로 가서 환불을 받으세요."

"예외 없는 규칙이란 없는데." 달드리가 짜증스럽게 말했다. "이번만 예외로 넘어가줘도 되잖아요! 빈에서 딱 하룻밤밖에 머무를 시간이 없어서 그러니까 한 번만 눈감아주시길 부탁드릴게요."

좌석 안내원이 일말의 여지도 없어 보이는 표정으로 달드리를 빤히 쳐다보고 있었다.

앨리스는 달드리에게 소란 피우지 말고 나가자고 말했다.

"나가요, 난 괜찮으니까. 멋진 서프라이즈였고 나 충분히 감동했으니까 그거면 됐어요. 우리 저녁 먹으로 가요. 어차피 너무 피곤해서 끝까지 보지도 못할 텐데."

달드리는 좌석 안내원을 노려보다가 티켓을 받아서 보란 듯이 찢어버리고는 앨리스를 데리고 나갔다.

"진짜 돌아버리겠네." 달드리는 오페라하우스를 나가면서 말했다. "무슨 패션쇼도 아니고, 이건 오페라잖아."

"관행인데 준수해야죠." 앨리스는 달드리를 달래보려고 말했다.

"관행 좋아하시네, 같잖게!" 달드리는 거리로 나가면서도 화를 냈다.

"재미있네요." 앨리스가 말했다. "당신은 화가 나면 어린애가 되는군요. 아무튼 성격 참 별나요."

"아주 좋은 성격이죠. 그리고 나는 순한 아이였어요!"

"두 번째는 아닌 거 같은데." 앨리스가 웃으면서 응수했다.

그들은 레스토랑을 찾으려고 오페라하우스를 한 바퀴 돌고 있었다.

"그 꽉 막힌 안내원 때문에 〈돈 조반니〉를 놓치다니, 울화통이 치미는군. 좌석 구하려고 여행사에서 엄청 고생했는데."

앨리스는 오페라하우스 건물 뒷문에서 한 배달원이 나오는 걸 눈여겨봤다. 문이 완전히 닫히지 않은 걸 보면서 앨리스가 장난스러운 미소를 지었다.

"〈돈 조반니〉를 볼 수만 있다면 경찰서에서 하룻밤 신세 질 각오 정도는 되어 있겠죠?"

"아까 말했잖아요, 모차르트의 오페라를 보기 위해서라면 뭐든 할 각오가 되어 있다고."

"그럼 따라와요. 운이 좋으면 이번엔 내가 당신을 놀라게
할 수 있을지도 모르죠."

앨리스는 살짝 열려 있는 뒷문을 밀고 들어가면서 달드리
에게 소리 내지 말고 따라오라고 말했다. 그들은 불그스레한
빛에 잠긴 긴 복도를 가로질렀다.

"어디 가는 거예요?" 달드리가 속삭였다.

"전혀 몰라요." 앨리스도 소곤소곤 대답했다. "하지만 제대
로 가고 있는 거 같아요."

앨리스는 점점 가까워지는 음악 소리에 이끌리고 있었다.
그녀는 머리 위쪽의 좁은 통로로 올라가는 사다리를 달드리
에게 가리켰다.

"이러다 들키면 어쩌려고?" 달드리가 물었다.

"화장실 찾다가 잘못 들어왔다고 하면 되죠, 뭐. 이제 올라
와요, 그만 입 다물고."

앨리스는 좁은 통로로 진입했고, 달드리는 한 걸음, 한 걸
음 따라갔다. 전진할수록 오페라 노랫소리가 선명해졌다. 앨
리스가 고개를 쳐들자 머리 위쪽으로 공중에 설치한 강철 조
명대가 보였다.

"위험하지 않을까요?" 달드리가 물었다.

"그럴지도 모르지만, 높은 데서 내려다보면 멋질 거 같지
않아요?"

달드리는 조명대 바로 아래쪽에서 무대를 발견했다.

돈 조반니 역 배우의 모자와 의상만 보일 뿐, 무대 전체를

볼 수는 없었다. 하지만 앨리스와 달드리는 세계에서 가장 아름다운 오페라하우스 중 한 곳에서 탁 트인 전망을 즐기고 있었다.

앨리스는 조명대에 걸터앉아 멜로디와 리듬에 따라 허공에서 두 다리를 흔들고 있었다. 그녀 옆에 앉은 달드리도 눈 아래서 펼쳐지는 공연에 매혹되어 있었다.

얼마 후, 돈 조반니가 체를리나와 마제토를 무도회에 초대하는 대목에서, 달드리는 앨리스의 귀에 대고 1악장이 곧 끝나간다고 속삭였다.

앨리스는 가능한 한 조용히 일어났다.

"지금 빠져나가는 게 좋겠어요." 앨리스가 조용히 말했다. "조명 기사에게 굳이 발각될 필요는 없으니까, 막간에 조명이 켜질 텐데."

달드리는 마지못해 자리에서 일어났다. 두 사람은 조심스럽게 나갔고, 도중에 한 조명 기사와 마주쳤지만 눈길도 주지 않고 지나쳐가자 아티스트 전용 출구로 빠져나갔다.

"대박!" 거리로 나오면서 달드리가 소리쳤다. "아, 미치겠네, 아까 그 안내원에게 가서 말해주고 싶어요! 1악장은 아주 훌륭했다고요!"

"어린애도 아니고! 진짜 악동 같아!"

"아, 배고파!" 달드리가 큰 소리로 말했다. "살 떨리는 짓을 했더니 입맛이 막 당기네요."

달드리는 교차로 건너편에서 대중음식점을 발견했지만, 앨리스가 몹시 지쳐 있음을 알아차렸다.

"호텔에서 간단하게 저녁 먹을까요?"

앨리스는 마다하지 않았다.

식사가 끝나자, 두 사람은 각자의 방으로 들어가면서 런던에서처럼 복도에서 인사를 나누었고, 다음 날 아침 아홉 시에 로비에서 만나자고 약속했다.

앨리스는 창문 앞의 작은 탁자에 앉았다. 탁자 서랍에서 필기도구를 발견했고, 종이 질에 감탄하면서 캐럴에게 편지를 썼다. 그녀는 여행에 대한 소감과 영국에서 멀어지는 순간에 느낀 이상한 감정에 대해, 그리고 빈에서 맞은 믿기지 않은 저녁을 묘사했다. 그러고는 편지를 접어서 벽난로 불길 속으로 던졌다.

*****

앨리스와 달드리는 약속한 대로 아침에 만났다. 택시가 그들을 빈 공항으로 데려다주었고, 멀리 활주로가 보였다.

"우리 비행기가 보이네요. 기상이 좋아서 제시간에 출발하겠어요." 달드리가 출발할 때부터 흐르는 어색한 분위기를 깨려고 말을 건넸다.

앨리스는 여전히 말이 없었다. 그녀는 터미널에 도착할 때까지 한마디도 하지 않았다.

비행기가 이륙하자마자 그녀는 눈을 감았고 잠이 들었다. 좀 강한 난기류에 그녀의 머리가 달드리의 어깨로 미끄러졌다. 달드리는 경직되어 있었다. 승무원이 통로 쪽으로 다가오자, 달드리는 앨리스를 깨우지 않으려고 기내식을 거절했다. 깊은 잠에 빠진 앨리스의 몸이 그에게로 기울어지더니 한 손을 그의 상체에 올렸다. 달드리는 자기를 부르는 소리가 났다고 생각했지만, 앨리스가 미소 지으며 중얼거리는 건 그의 이름이 아니었다. 그녀는 입술을 약간 벌리고 알아들을 수 없는 말을 하다가 거의 완전히 그에게 몸을 기대고 있었다. 그가 헛기침을 했지만, 앨리스는 꿈에서 깨어날 기미가 전혀 없어 보였다. 그녀는 착륙 한 시간 전에 눈을 떴는데, 그러자 달드리는 얼른 눈을 감고 깊이 잠든 체했다. 앨리스는 자신의 자세를 보고 얼굴이 빨개졌다. 달드리가 잠들어 있는 걸 확인하고는 제발 깨지 마라, 마라 기도하면서 슬그머니 자세를 바로 했다.

그녀가 좌석에 똑바로 앉자마자, 달드리는 하품을 길게 하면서 기지개를 켰다. 그는 저린 왼팔을 흔들면서 시간을 물었다.

"곧 도착할 거 같아요." 앨리스가 대답했다.

"자느라고 몰랐네요." 달드리는 손을 주무르면서 거짓말했다.

"저기 봐요!" 앨리스가 창문에 얼굴을 대고 말했다. "망망대해예요!"

"아마 흑해일 거예요. 당신의 머리밖에 안 보이긴 하지만."

앨리스는 달드리도 같이 볼 수 있도록 몸을 뒤로 뺐다.

"진짜 곧 착륙하겠어요. 저린 팔도 풀고 잘됐네요."

얼마 후, 앨리스와 달드리는 안전벨트를 풀었다. 앨리스는 비행기에서 내리면서 런던의 친구들을 생각했다. 떠난 지 이틀밖에 안 됐는데 몇 주는 지난 것 같았다. 그녀는 집에서 아주 멀리 와 있다고 생각하자 이국땅을 밟으면서 마음이 착잡했다.

달드리는 여행 가방 두 개를 찾아왔다. 여권 심사대에서 세관원이 방문한 목적을 물었다. 달드리는 앨리스 쪽으로 고개를 돌리면서 미래의 남편을 찾으러 이스탄불에 왔다고 대답했다.

"약혼자가 튀르키예 남자입니까?" 세관원이 앨리스의 여권을 다시 보면서 물었다.

"솔직히 말하면 우리도 아직은 모릅니다. 튀르키예인일 수도 있겠죠. 확실한 건 그 남자가 튀르키예에 살고 있다는 것뿐입니다."

세관원은 반신반의하는 얼굴이었다.

"모르는 남자와 결혼하려고 튀르키예에 오셨다고요?" 세관원이 물었다.

앨리스가 대답하기 전에 달드리는 그렇다고 말했다.

"영국에는 훌륭한 신랑감이 없습니까?" 세관원이 물었다.

"뭐 있겠죠." 달드리가 대답했다. "하지만 이분에게 어울리는 신랑감은 없다고 봐야죠."

"당신도 우리 나라에 신붓감을 찾으러 오셨습니까?"

"천만에요, 나는 동행자일 뿐입니다."

"여기서 기다리세요." 세관원은 달드리의 대답에 난감한 듯한 얼굴로 말했다.

세관원이 사무실로 들어갔고, 앨리스와 달드리는 유리벽을 통해 그가 상사와 이야기를 나누는 모습을 볼 수 있었다.

"세관원에게 그런 얘기까지 할 필요는 없잖아요?" 앨리스가 발끈했다.

"그럼 뭐라고 해요? 우리 여행의 목적이 바로 그건데. 그리고 난 공무원에게 거짓말하는 거 딱 질색이거든요."

"시청에서는 눈 하나 깜짝 않고 거짓말을 잘만 하던데."

"아, 그거야 우리 나라니까 그랬고, 여긴 외국인데 나라 망신 안 시키려면 완벽한 신사로 처신하는 것이 맞으니까요."

"달드리, 안 해도 되는 말을 당신이 굳이 하는 바람에 곤경에 처하게 생겼다고요."

"아니, 사실대로 말해서 손해 보는 일은 없을 테니 두고 봐요."

앨리스는 상사가 어깨를 으쓱하며 세관원에게 여권을 돌려주는 모습을 보았다. 곧 세관원이 사무실에서 돌아와 말했다.

"결혼을 위해 튀르키예에 오는 걸 금지하는 법은 없습니다. 우리 나라에서 즐겁게 보내길 바라며, 행복을 빌겠습니다. 신께서 정직한 남자와의 결혼을 허락하시기를."

앨리스는 떨떠름한 미소를 지으며 고맙다고 말했고, 스탬프가 찍힌 여권을 돌려받았다.

"그래서 누구 말이 맞았죠?" 달드리가 으스대면서 공항을 나갔다.

"그냥 휴가 보내러 왔다고 말할 수도 있었다고요."

"여권에 기록된 성이 달라서 우리를 부적절한 사이로 볼 수도 있고."

"당신 진짜 짜증나네요, 달드리." 앨리스가 택시에 오르면서 말했다.

"어떻게 생겼을 거 같아요?" 달드리가 앨리스 옆에 앉으면서 물었다.

"누가요?"

"우리를 여기까지 유인한 그 미스터리한 남자."

"또 바보 같은 소리. 나는 새로운 향을 찾으러 온 거라니까요…… 생기를 주고, 육감적이면서도 가벼운 향수를 생각하고 있어요."

"그럼 앞으로 안색에 대해서는 걱정 안 해도 되겠네요. 얼굴이 창백한 우리 영국인들에겐 대박 나겠어요. 가벼움에 대해서는…… 내 유머를 두고 한 말이라면 타의 추종을 불허하는 수준이라 적수가 없을까 봐 걱정이네요. 육감적인 것에 대한 판단은 당신에게 맡길게요! 이제, 장난 그만 쳐야겠네, 당신 기분이 영 안 좋아 보이니."

"나 기분 아주 좋아요. 세관원 앞에서 남자 찾으러 온 시시껄렁한 여자로 보이는 일만 없었다면 훨씬 좋았을 텐데."

"그러게 내가 런던에서 증명사진 찍을 때 그렇게 신경 쓸 필요 없다고 했잖아요."

앨리스는 팔꿈치로 달드리의 팔을 가격하고 차창 쪽으로 얼굴을 돌렸다.

"또 내 성격이 못됐다고 말하겠죠! 근데 당신도 만만치 않아요."

"아마도. 하지만 나는 적어도 솔직하게 인정하기라도 하죠."

티격태격하던 달드리와 앨리스는 택시가 이스탄불 외곽을 벗어나 골든 혼에 가까워지자 입을 다물었다. 좁은 골목길, 알록달록한 외관의 계단식 주택, 큰 도로에서 경쟁하듯 달리는 트램과 택시. 활기가 넘치고 시선을 사로잡는 도시였다.

"이상해요." 앨리스가 말했다. "런던에서 아주 멀리 와 있는데 이곳이 낯설지가 않아요."

"내가 옆에 있으니까." 달드리가 너스레를 떨었다.

택시가 포장된 대로의 사거리에서 정차했다. 프랑스 건축 양식의 웅장한 석조 건물 페라 팔라스 호텔이 유럽 지구의 중심인 테페바슈 구역의 메슈루티에트 거리를 굽어보고 있었다.

유리판으로 이뤄진 여섯 개의 반구형 천장이 거대한 로비를 내려다보고 있고, 인테리어는 영국풍 내장재와 오리엔트 모자이크를 절충해놓은 것이었다.

"이 호텔에 애거사 크리스티의 전용 룸이 있다고 하네요." 달드리가 말했다.

"너무 호화로운 곳이에요." 앨리스가 말했다. "그냥 검소하게 펜션 같은 데서 묵어도 되는데."

"튀르키예 리라의 환율이 우리에게 유리해요." 달드리가 대꾸했다. "게다가 상속받은 돈을 보람 있게 마구 쓰고 싶어서 나름 과감한 결단을 내린 거라고요."

"가만히 보니 당신은 나이 들면서 악동이 되었나 봐요, 달드리."

"당연한 귀결이죠, 복수하자면 때를 기다려야 하니까. 난 지금 나의 십 대 시절에게 복수하는 거예요. 이런, 또 내 얘기만 늘어놨네. 우선 각자 방에 들어갔다가 한 시간 후 바에서 만납시다."

한 시간 후, 달드리는 호텔 바에서 앨리스를 기다리던 중 칸이라는 남자를 알게 되었다. 칸은 바의 의자 넷 중 하나를 차지하고서 주변을 훑어보고 있었다.

칸은 서른 살, 어쩌면 서른하나 또는 둘쯤 되어 보였다. 검은색 바지에 하얀 실크 셔츠, 재킷 안에 조끼까지 갖춰 입은 세련된 차림이었고, 금빛이 도는 갈색 눈동자와 둥근 안경 너머의 눈매가 부리부리했다.

달드리는 옆 의자에 앉았다. 그러고는 바텐더에게 튀르키예의 전통주 라크 한 잔을 주문하면서 슬쩍 남자 쪽으로 고개를 돌렸다. 칸이 미소를 지어 보이며 쾌적한 여행이었느냐고 영어로 물었는데 유창하진 않아도 들어줄 만했다.

"쾌적하다기보다는 빠르고 편했죠." 달드리가 대답했다.

"이스탄불에 오신 것을 환영합니다." 칸이 대꾸했다.

"내가 영국인이라는 것과 도착한 지 얼마 되지 않았다는 걸 어떻게 알았을까요?"

"옷차림이 영국 스타일이고 어제는 여기 안 계셨으니까요." 칸이 차분한 목소리로 대답했다.

"호텔이 쾌적하네요, 그렇죠?" 달드리가 물었다.

"글쎄요…… 나는 베이욜루의 언덕 마을에 살아서요. 여긴 저녁에 자주 오는 곳이죠."

"비즈니스, 아니면 즐기러?" 달드리가 물었다.

"그러는 당신은 왜 이스탄불에 여행 왔는데요?"

"아, 나도 궁금해요. 재미있는 사연이 있어서 오긴 왔는데, 이제부터 찾아보려고요."

"원하는 것은 뭐든 여기서 찾을 수 있을 겁니다. 가죽, 고무, 면, 양모, 실크, 기름, 수산물 등등…… 모든 게 풍요롭죠. 찾는 것이 뭔지 말씀만 하세요, 이 지역 최고의 상인들과 연결시켜 드릴게요."

달드리는 손바닥으로 입을 가리면서 헛기침했다.

"그건 아니고, 이스탄불에 무역하러 온 게 아니거든요. 더군다나 사업 같은 건 아예 몰라요, 나는 화가라서."

"아티스트시군요?" 칸이 놀랍다는 듯 물었다.

"아티스트, 아직 그렇게 부를 단계는 아니지만, 그림은 좀 그리는 편이죠."

"뭘 그리시는데요?"

"교차로."

칸이 어리둥절한 표정을 짓자, 달드리가 바로 덧붙였다.

"다른 말로 하면 사거리."

"설마 내가 교차로를 모를까 봐요. 원하신다면 이스탄불에 있는 특별한 교차로들을 안내해드릴 수 있는데요. 보행자, 마차, 트램, 자동차, 돌무슈*, 버스가 오가는 거리, 볼만한 곳을 많이 아니까 고르기만 하세요."

---

* 버스와 택시의 특징이 결합된 교통수단으로 보통 9인승 승합차로 운행한다.

"또 모르죠, 그럴 기회가 있을지도…… 근데 내가 온 건 사실 그림 때문도 아니에요."

"그럼?" 칸이 호기심이 동한 얼굴로 물었다.

"아까도 말했지만 재미있는 사연이 있어서요. 당신은 무슨 일을 하고 있나요?"

"나는 가이드이자 통역사예요. 이스탄불에선 최고 실력을 가졌죠. 내가 잠시 자리를 비우기 무섭게 혹시 바텐더가 그 반대라고 말한다면, 비즈니스가 걸려 있기 때문이라고 이해하시면 됩니다. 다른 가이드들은 바텐더에게 건당 1퍼센트씩 뇌물을 바치는데, 나는 뇌물 없이 양심적으로 일하거든요. 여기서는 관광객이든 사업가든 가이드이자 훌륭한 통역사 없이는 아무것도 할 수 없을 겁니다. 그런 의미에서 아까도 말했지만 나는……."

"이스탄불 최고의 가이드." 달드리가 말을 끊었다.

"벌써 내 평판이 거기까지 전해졌나 보죠?" 너스레를 떠는 칸의 얼굴에 자부심이 가득했다.

"당신의 도움이 필요할지도 모르겠어요."

"잘 생각해서 결정하는 것이 좋을 겁니다. 이스탄불에서는 가이드 선택이 아주 중요하거든요. 그리고 후회하는 일이 없길 바랍니다. 참고로 나를 만난 고객들은 모두 만족스러워하셨죠."

"왜요, 내가 생각을 바꿀 거 같나요?"

"이따가 저 바텐더가 나에 대해 험담이라도 하면 아마 그 말을 믿고 싶어질 테니까요. 그리고 뭘 찾으러 왔는지 아직 말해주지 않았으니까."

달드리는 엘리베이터에서 내린 앨리스가 로비를 가로질러 오는 걸 발견했다.

"내일 다시 얘기합시다." 달드리가 얼른 일어나면서 말했다. "당신 말대로 밤에 잘 생각해볼게요. 내일 아침을 여기서 먹을 거니까 괜찮다면 여덟 시경에 만납시다. 아, 여덟 시는 좀 이르네요. 시차 때문에 내겐 한밤중일 수도 있으니 아홉 시로 합시다. 아니, 가능하면 다른 데서 만나는 게 좋겠어요, 가령 카페라든가."

달드리는 앨리스가 가까워질수록 말이 빨라졌고, 칸은 짓궂은 미소를 날렸다.

"외국 손님 몇 분을 모시고 갔던 곳이 있어요." 칸이 말했다. "이스티클랄 거리, 461번지에 아주 맛있는 케이크를 파는 카페가 있습니다. 택시 기사에게 르봉 베이커리 카페로 가달라고 하세요. 아주 유명한 곳이라 모르는 사람이 없으니까요. 거기서 기다리겠습니다."

"오케이. 나는 그만 일어나야 하니까 내일 봐요." 달드리는 빠르게 대답하고 앨리스에게 뛰어갔다.

칸은 바에 앉아서 달드리가 앨리스를 호텔 식당으로 데려가는 모습을 지켜봤다.

***

"오늘 저녁은 여기서 먹는 편이 나을 거 같아서요. 긴 여행으로 당신이 많이 피곤해 보이기도 하고." 달드리는 테이블에 자리를 잡고 앉으면서 말했다.

"그렇게 많이 피곤한 건 아니에요." 앨리스가 대꾸했다. "비행기에서 잤고, 런던과 시차가 두 시간밖에 안 되는데 날이 벌써 어두워졌다는 게 믿기지가 않네요."

"해외여행에 익숙하지 않은 사람에게 시차는 당황스럽죠. 내일 아침은 늦잠 잘 필요가 있을 것 같으니 열두 시에 만납시다."

"달드리, 벌써 내일을 생각하다니, 굉장히 계획성이 있는 사람이네요. 저녁 시간은 이제 시작인데."

호텔 지배인이 메뉴판을 가져왔는데 멧도요 요리와 보스포루스산 생선 요리가 주를 이루었다. 앨리스는 조류 고기를 별로 좋아하지 않았고, 지배인이 추천해주는 뤼퍼* 요리도 선뜻 구미가 당기지 않았지만, 달드리가 이 지역 랑구스틴이 일품이라는 말을 들었다면서 그것을 주문했다.

"누구 들으라고 하는 말이에요?" 앨리스가 물었다.

"지배인이요." 달드리는 와인 리스트를 훑어보면서 대답했다.

"아까 당신 만나러 가다가 봤는데 바에서 어떤 남자랑 얘기하는 것 같던데요."

"아, 그 남자요?"

"'그 남자'라고 하네요. 난 당신이 아무것도 아니라고 말할

---

*   보스포루스 특산 생선.

162

줄 알았는데요."

"바를 어슬렁거리면서 손님을 모집하는 가이드 겸 통역사
예요. 자칭 이스탄불에서 최고라고 하는데…… 영어 수준은
형편없어요."

"우리에게 가이드가 필요한가요?"

"며칠 정도 쓰는 건 나쁘지 않은 생각이죠. 가이드가 있으
면 시간을 절약할 수 있을 테니까. 유능한 가이드를 만나면
당신이 찾는 식물을 발견하게 도와줄지도 모르고요, 누가 알
아요? 자연이 놀라운 선물로 남겨두었을지 모를 야생지로 당
신을 데려가줄지."

"벌써 고용한 거예요?"

"아뇨, 아직, 겨우 몇 마디 나눴을 뿐인데."

"달드리, 엘리베이터 케이지가 유리라서 1층에 도착하기
전부터 봤거든요, 둘이 한참 얘기 하는 거."

"자기 피아르를 좀 하기에 들어준 거예요. 당신이 마음에
안 든다고 하면 컨시어지에게 부탁해서 다른 사람 구해도 되
고요."

"그게 아니라, 괜한 데 당신 돈 쓰는 게 싫어서 그래요. 방법
을 찾으면 우리끼리 할 수 있을 거라고 확신해요. 가령 쓸 만
한 가이드북을 구입하면 얼마든지 찾아다닐 수 있을 거예요."

일품이라더니 과연 랑구스틴 요리는 기대를 저버리지 않
았다.

달드리는 유혹에 못 이겨 디저트를 주문했다.

"캐럴이 이렇게 근사한 식당에 있는 나를 본다면 엄청 부러워했을 거예요." 앨리스는 처음 맛보는 튀르키예 커피를 음미하면서 말했다. "아무튼 이 여행은 캐럴 덕분이기도 해요, 어느 정도는. 캐럴이 브라이튼에서 그 점쟁이에게 미래를 물어보라고 떠밀지 않았다면, 이 모든 일은 일어나지 않았을 테니까요."

"그럼 당신 친구 캐럴을 위해 건배해야겠네요."

달드리는 소믈리에에게 와인을 한 잔씩 더 달라고 했다.

"캐럴을 위하여." 달드리가 잔을 부딪치면서 말했다.

"캐럴을 위하여." 앨리스도 따라했다.

"우리가 찾으러 온 당신 인생의 남자를 위하여!" 달드리가 다시 한번 잔을 들고 말했다.

"당신을 돈방석에 앉게 해줄 향수를 위하여!" 앨리스가 응수하면서 와인 한 모금을 마셨다.

달드리는 옆 테이블에서 식사하는 커플을 힐끔 쳐다봤다. 우아한 검은색 원피스 차림의 매혹적인 여성이 앉아 있는데, 앨리스와 어딘가 닮은 것 같았다.

"어쩌면 이 도시에 당신의 먼 친척이 살았을지도 모르겠어요."

"왜 그런 말을 해요?"

"그 점쟁이가 혹시 당신이 튀르키예 태생이라는 말은 안 했어요?"

"달드리, 점쟁이가 한 얘기, 앞으로는 생각하지 말아요. 아무 의미가 없는 말이었으니까요. 그리고 내 부모님, 조부모님은 모두 다 영국인이셨어요."

"나는 그리스 태생의 삼촌도 있고, 베네치아 태생의 먼 사촌도 있어요. 그렇지만 우리 집안을 말할 때는 켄트 출신이라고 하죠. 집안의 계보를 살펴볼 때 많이 놀라곤 하잖아요. 생각보다 복잡한 인척 관계 때문에."

"우리 집안의 계보를 보면 영국인이라는 것이 더 확연해지죠. 그리고 난 160킬로미터 이상 떨어진 곳에 조상이 살았다는 말을 들어본 적이 없어요. 친척 중에 가장 멀리 사는, 내 말은 지리적인 거리를 말하는 거예요, 멀리 사는 분은 데이지 대고모님인데 그나마도 와이트섬에 사시거든요."

"하지만 이스탄불에 도착했을 때 당신이 말했잖아요, 낯설지가 않다고."

"내 상상력의 장난일지도 모르죠. 당신이 이 여행을 제안했을 때부터 이스탄불이 어떤 도시일까 궁금해서 관광 카탈로그를 수없이 들여다봤거든요. 무의식중에 그런 이미지들이 머릿속에 입력된 것이 틀림없어요."

"나도 여러 번 훑어봤지만 사진이라곤 두 장밖에 없던데. 표지를 장식한 성소피아 대성당과 그 안에 실린 보스포루스 해협, 공항에서 이스탄불 시내로 들어오는 동안 볼 수 있는 곳들도 아니고요."

"그러니까 내가 튀르키예인처럼 생겼다는 거예요?" 앨리스가 물으면서 깔깔대고 웃었다.

"영국인이라고 하기에는 피부색이 가무잡잡한 편이죠."

"당신 얼굴이 창백할 정도로 하얀 거예요. 그리고 어디 가서 좀 쉬는 게 좋을 거 같은데, 당신 안색이 진짜 안 좋아요."

"그게 내 매력이죠! 아무튼 내 안색이 창백하다는 말 어디 한 번만 더 해봐요. 내가 그렇지 않아도 건강 염려증이 심한 사람인데 이 식당에서 쓰러지는 꼴 보고 싶으면."

"그러니까 바람 쐬러 나가자고요. 잠깐 산책하면 소화도 잘되고 건강에도 좋으니까. 당신 엄청 먹었잖아요."

"무슨 소리예요? 디저트도 달랑 한 개밖에 안 먹었는데……."

달드리와 앨리스는 대로를 따라 걸었다. 해가 지면서 내린 어둠이 도시를 휘어감은 듯하고, 가로등 불빛은 그리 밝지 않아서 포도를 겨우 비추는 정도였다. 지나가는 트램 한 대가 비추는 헤드라이트 불빛은 흡사 어두운 밤에 길을 내주는 외눈박이 거인처럼 보였다.

"내일은 영사관에 가서 알아봐야겠어요." 달드리가 말했다.

"왜요?"

"튀르키예에 당신의 친척이 있는지, 혹시 당신 부모님이 튀르키예에 온 적이 있었는지 알아보려고요."

"그랬다면 어머니가 당연히 나한테 말했겠죠." 앨리스가 맞받아쳤다. "여행도 거의 못 다니고 살았다고 늘 불평하시면서 그게 너무 아쉽고 후회가 된다고 하셨거든요. 어머니는 세계일주를 하고 싶었지만, 내가 알기로 가장 멀리 떠나본 곳이 니스였어요. 내가 태어나기 전, 아버지와 연애하던 시절에 갔던 니스에 대한 잊지 못할 추억을 간직하고 있다면서 코발트빛 바닷가를 거닐던 일을 얘기해주곤 했죠. 마치 가장 아름다운 여행이었던 것처럼."

"우리가 알아보려는 것에 별로 도움 되는 얘기는 아닌데요."

"달드리, 시간 낭비하는 거예요. 아무리 먼 친척이라도 내가 알았겠죠, 이쪽에 친척이 살았다면."

그들은 대로보다 훨씬 어두컴컴한 골목길로 접어들어 있었다. 앨리스는 한 목조 주택 정면을 올려다봤는데, 돌출된 발코니가 금방이라도 떨어질 듯 위태로워 보였다.

"잘 보존됐으면 좋았을 텐데!" 달드리가 안타까워했다. "한때는 근사한 저택이었을 거예요." 그는 한숨을 내쉬었다. "이제는 화려했던 과거의 추억으로만 남게 되었으니."

쌀쌀한 밤공기 속에서 목조 주택의 시커먼 정면을 뚫어져라 쳐다보던 앨리스의 얼굴이 일그러져 있었다.

"왜 그래요, 성모마리아라도 만난 얼굴인데?"

"이 집을 본 적 있어요. 이 골목도 아는 곳이고." 앨리스가 중얼거렸다.

"확실해요?" 달드리가 놀란 얼굴로 물었다.

"꼭 이 집이라기보다는 어쩌면 아주 비슷한 다른 집일지도 모르겠어요. 아무튼 악몽을 꿀 때마다 나타난 집이었는데 골목길 끝에 시내로 내려가는 큰 계단이 있었어요."

"확실히 알아보기 위해 더 가보고 싶지만, 내일 밝을 때 다시 오는 것이 좋겠어요. 이 골목은 으스스한 게 영 께름칙해서."

"발소리가 들렸어요." 생각에 잠긴 앨리스가 말을 이었다. "우리를 추적하는 사람들의 발소리."

"우리? 누구랑 같이 있었는데요?"

"모르겠어요. 손만 보였는데, 그 손이 내 손을 잡아끌면서 미친 듯이 도망쳤어요. 여기서 나가요, 달드리, 기분이 좋지 않아요."

달드리는 앨리스의 팔을 잡고 빠르게 큰길로 이끌었다. 트램이 다가오고 있었고, 달드리가 크게 손을 흔들자 트램 운전사가 속도를 늦추었다. 그는 앨리스가 트램 뒤쪽 승강대에 올라가게 도와주고 장의자에 앉혔다. 앨리스는 그제야 현실로 돌아왔다. 이야기를 나누는 승객들, 신문을 읽고 있는 검은색 양복 차림의 노신사, 콧노래를 흥얼거리는 젊은이 셋. 운전사가 크랭크 핸들을 작동했고 트램이 다시 움직이기 시작했다. 트램은 호텔 방향으로 가고 있었다. 앨리스는 말없이, 승객들과 격리시켜 주는 유리 칸막이 너머 트램 운전사의 등을 응시하고 있었다.

페라 팔라스 호텔이 보이자 달드리는 앨리스의 어깨에 손을 올렸고, 그녀는 소스라치게 놀랐다.

"다 왔어요." 달드리가 말했다. "내려야 해요."

앨리스는 달드리를 따라 내렸다. 둘은 길을 건너 호텔 안으로 들어갔다.

달드리는 앨리스를 방문 앞까지 바래다주었다. 그녀는 멋진 저녁 식사였다고 고마움을 표한 뒤, 좀 전에 골목길에서는 왜 그랬는지 자신도 모르겠다면서 사과했다.

"잠에서 깼는데도 악몽이 되살아나는 느낌이 들면 상당히 혼란스럽죠." 달드리가 어두운 얼굴로 말했다. "당신이 고집 부려도 나는 내일 영사관에 가서 알아볼 거예요."

달드리는 앨리스에게 잘 자라고 말하고 나서 자신의 방으로 들어갔다.

**

앨리스는 침대 가장자리에 앉아 있다 벌렁 뒤로 드러눕고는 두 다리를 흔들었다. 그 자세로 한동안 천장을 물끄러미 응시한 뒤 벌떡 일어나서 창가로 갔다. 밤거리를 배회하다 귀가를 서두르는 이스탄불 시민들이 보였다. 이슬비가 차가운 빗줄기로 변하면서 이스티클랄 거리의 포도가 젖어들고 있었다. 앨리스는 커튼을 치고 작은 탁자 앞에 앉아서 편지를 쓰기 시작했다.

앤턴,

어제는 빈에서 캐럴에게 편지를 썼는데, 쓰고 보니 너를 생각하면서 썼더라고. 그래서 태워버렸어. 이 편지를 부치게 될지 말지는 모르겠지만, 중요한 건 너에게 얘기할 필요가 있다는 거야. 이스탄불에 잘 도착했고, 너나 나는 구경도 못 해본 호화로운 호텔에 묵고 있어. 지금 편지를 쓰고 있는 이 마호가니 탁자를 네가 보면 눈이 동그래질 텐데. 어렸을 때 특급호텔 제복 차림의 도어맨 앞을 지나갔던 일 기억나? 마치 외국으로 여행 온 왕자와 공주라도 되는 듯 네가 내 허리에 팔을 둘렀잖아. 이 믿기지 않는 여행이 너무 좋으면서도 런던이 그립고, 런던 속의 너, 너도 그리워.

너와 나, 우리 우정의 본질이 뭘까 가끔 생각해보는데 내가 기억하는 한 넌 나의 절친이야.

내가 여기서 뭐 하고 있는 건지 모르겠어. 앤턴, 왜 떠났는지도 진짜 모르겠고. 빈에서는 내 삶에서 훨씬 더 멀어지는 튀르키예행 비행기를 타지 말까 고민도 했어.

그런데 이스탄불에 도착하자마자 이상한 느낌이 들더라. 그 느낌을 떨쳐낼 수가 없어. 이 거리들을 이미 와본 적이 있는 것 같은 느낌, 도시의 소음이 귀에 익은 느낌, 그리고 더 혼란스러운 건 내가 아까 탔던 트램에서 나던 니스 칠한 목재 냄새에 대한 기억이야. 네가 여기 있다면 다 털어놓을 수 있었을 거고, 그랬다면 위안이 됐을 텐데. 근데 너는 멀리 있으니. 마음속 한편으로는 캐럴이 이제부터 너를 독차지한다고 생각하니까 기뻐. 캐럴은 너한테 완전히 빠져 있거든. 그런데 너는 바보같이 전혀 알아채지 못하고 있지. 눈을 떠, 앤턴, 캐럴은 멋진 여자야. 비록 너희들이 함께 있는 걸 상상하면 미치도록 질투가 나지만. 네가 어떻게 생각할지 알아, 내가 제정신이 아니라고 하겠지. 하지만 어쩌겠어, 내가 이런 사람인걸. 부모님이 보고 싶어. 고아라는 건 내가 치유하지 못하는 고독이라는 구렁에 빠지는 일이야. 내일, 아니 어쩌면 주말에 또 쓸게. 내가 보낸 하루를 얘기해줄게. 누가 알아, 이 편지 중 하나를 부치면 어쩌면 네가 답장을 보내줄지도.

내일 아침, 날이 밝으면 모습을 드러낼 보스포루스 해협의 기슭이 내려다보이는 창가에서 내 마음을 담아.

건강 조심해.

앨리스

앨리스는 편지를 삼등분으로 접어 탁자 서랍에 넣었다. 그러고는 램프를 끄고 옷을 벗은 다음, 침대 이불 속으로 들어가서 잠이 오길 기다렸다.

***

손 하나가 단호하게 그녀를 들어올린다. 앨리스는 치마폭에 얼굴을 묻었고 재스민 향을 느낀다. 걷잡을 수 없이 볼을 타고 흘러내리는 눈물. 어떻게든 울음을 참아보려고 하지만, 두려움이 너무 크다.

트램의 헤드라이트 불빛 하나가 어둠 속에서 불쑥 나타난다. 그녀는 어느 저택의 대문으로 이끌려 들어간다. 어둠 속에 웅크린 채 그녀는 이미 다른 구역을 향해 달리는 환한 불빛의 트램을 바라본다. 삐걱거리는 바퀴 소리가 점차 사라지고 거리는 다시 고요해진다.

"가자, 여기 있으면 안 돼." 목소리가 말했다.

빠르게 걷다 미끄러지기도 하고, 이따금 돌부리에 걸려 넘어지려고 할 때마다, 손이 그녀를 잡아준다.

"뛰어, 앨리스, 제발 용기를 내. 뒤돌아보지 말고."

숨이 찬 그녀는 멈춰 서고 싶다. 저 멀리 남자와 여자 들로 이뤄진 긴 대열이 보인다.

"저쪽은 안 되겠다, 다른 길을 찾아야 해." 목소리가 말했다.

맹렬히 추격해오는 자들의 발소리를 세면서 발길을 돌린다. 길 끝에 큰 강이 보이고, 강물에 비친 달빛이 일렁거린다.

"기슭 쪽으로는 가지 마, 빠질 수도 있으니. 거의 다 왔어, 조금만 더 힘을 내면 곧 쉴 수 있을 거야."

앨리스는 둑을 따라가다 시커먼 물속에 주춧돌이 잠긴 저택을 에돈다. 갑자기 어두워져서 고개를 들어보니 폭우가 쏟아지고 있다.

앨리스는 비명을 지르면서 잠에서 깨어났다. 흡사 동물의 울음소리와도 같은, 공포에 사로잡힌 소녀의 비명 소리였다. 그녀는 부들부들 떨리는 몸으로 일어나 램프를 켰다.

요동치는 가슴이 진정되기까지는 시간이 좀 걸렸다. 그녀는 목욕 가운을 걸치고 창문 앞으로 갔다. 천둥이 치더니 이스탄불의 지붕 위로 비가 억수같이 쏟아졌다. 막차 트램이 테페바슈 거리를 따라 내려가고 있었다. 앨리스는 커튼을 젖히며 내일 당장, 달드리에게 런던으로 돌아가는 것이 좋겠다고 말하기로 했다.

7

달드리는 문을 닫고 조용히 복도로 나왔고, 앨리스의 방 앞을 지나갈 때는 소리를 내지 않으려고 각별히 조심했다. 그는 로비에 이른 다음에야 트렌치코트를 걸치고 도어맨에게 택시를 불러달라고 부탁했다. 가이드의 말은 거짓이 아니었다. 달드리가 기사에게 르봉 베이커리 카페로 가자고 말하자 택시는 바로 출발했다. 교통은 이미 혼잡해서 도착하는 데 10분이나 걸렸다. 한 테이블에 자리를 잡고 앉은 칸이 전날 신문을 읽으면서 그를 기다리고 있었다.

"길을 헤매시는 줄 알았습니다." 가이드가 달드리에게 인사하기 위해 일어나면서 말했다. "배가 고프신가요?"

"고프죠." 달드리가 대답했다. "아침도 안 먹었는데."

칸이 주문했고, 얼마 후 웨이터가 둥글게 썬 오이, 파프리카를 곁들인 삶은 달걀, 올리브, 페타 치즈와 카세리 치즈, 초록색 피망이 담긴 접시 몇 개를 가져왔다.

"간단하게 차와 토스트면 되는데 가능할까요?" 달드리는 익살맞은 표정으로 웨이터가 차려놓은 음식을 쳐다보면서 물었다.

"나를 통역사로 고용하기로 결정하신 겁니까?" 칸이 물었다.

"한 가지 작은 의문이 뇌리를 스치네요, 내 말을 오해한 것 같은……. 영어보다는 이스탄불을 잘 아는 거잖아요, 그렇죠?"

"왜요? 나는 두 가지 다 최고라고 말했는데요."

달드리는 칸을 빤히 쳐다보다 숨을 깊이 들이쉬었다.

"좋아요, 본론으로 들어가죠. 당신을 고용해도 될지 어디 들어봅시다."

칸은 호주머니에서 담배 한 갑을 꺼내 달드리에게 권했다.

"공복에는 안 피워요." 달드리가 말했다.

"이스탄불에서 찾는 것이 뭡니까, 구체적으로?" 칸이 성냥을 켜면서 물었다.

"남편감." 달드리가 목소리를 낮춰 말했다.

칸이 기침을 하면서 담배 연기를 뱉어냈다.

"미안하지만, 다른 사람을 찾으셔야겠네요, 나는 적임자가 아닌 것 같아요. 별의별 손님들을 만나봤지만, 아무래도 어렵겠습니다. 그런 일은 내 분야가 아니거든요."

"그런 얼굴로 쳐다볼 것 없어요, 나를 위해서가 아니라 내가 거래를 매듭지으려고 하는 한 여자를 위한 거니까."

"어떤 종류의 거래인데요?"

"부동산."

"주택이나 아파트를 구입할 생각이면 바로 알아봐드릴 수 있는데요. 예산을 얼마로 잡고 있는지 말씀해주시면 크게 수익을 낼 수 있는 집을 소개해드리죠. 이스탄불에서 부동산 투자는 아주 좋은 생각입니다. 현재는 경제 변동이 심하지만, 이스탄불은 곧 안정되고 예전의 영화를 되찾을 겁니다. 무한한 가능성을 가진 멋진 도시죠. 세계적으로 이스탄불만큼 지리적 강점이 있는 도시를 찾을 수 없는 데다 온갖 전문 분야의 인재도 많으니까요."

"경제학 강의는 고마운데, 내가 거래하려는 집은 이곳이 아니라 런던에 있어요. 내 이웃집이거든요."

"진짜 엉뚱하시네요! 그 경우라면 이스탄불에 오실 게 아니라 영국에서 해결하는 것이 더 나은 거 아닌가요?"

"그러게 말이에요. 그랬으면 적잖은 경비를 들여가며 이렇게 멀리 떠나오지도 않았을 텐데. 내가 눈독들인 집을 차지하고 있는 여자가 도무지 멀리 떠나갈 생각이 없으니 말이죠, 그래서 할 수 없이……."

그러면서 달드리는 이스탄불까지 그 여자를 데려온 사연을 가이드에게 전했다. 칸은 말을 끊지 않고 듣고 있다가 딱 한 번, 브라이튼의 점쟁이가 해준 예언을 다시 한번 말해달라고 했다. 달드리는 하나도 빠짐없이 전부 말해주었다.

"그 여자를 집에서 떠나 있게 할 방법을 궁리하다 이 여행을 생각해낸 거죠. 내게는 절호의 기회인 셈이니까 어떻게든 그녀가 여기 오래 머물 수 있도록 필요한 조치를 해야 해요."

"그러니까 당신은 점쟁이의 예언을 믿는 게 아니군요?" 칸이 물었다.

"그런 걸 의미 있게 받아들이기에는 내가 교육을 너무 많이 받아서요." 달드리가 너스레를 떨었다. "사실, 나는 운명에 대해 의문을 가져본 적이 없어요. 그럴 이유가 없으니 점 같은 걸 본 적도 없고. 하지만 어딘가 의문이 드는 운명이라는데 조금이나마 도움을 줄 수 있다면 그걸 또 굳이 반대할 생각은 없는지라."

"별것도 아닌 일에 괜한 시간 낭비를 하시네요. 간단하게 천문학적인 금액을 제시하면 그 여자가 거절하지 않을 듯싶은데요. 모든 것에는 대가가 따르기 마련이니까요."

"알아요, 도무지 이해가 안 되리라는 거. 근데 문제는 그녀가 돈엔 통 관심이 없다는 거예요. 돈에 움직이는 여자가 아니라서요. 나도 그렇긴 하지만."

"그 집으로 수익을 내고 싶지 않기 때문인가요?"

"천만에, 돈 문제가 아니에요. 아까도 말했지만 나는 화가예요. 문제의 집은 창문이 통유리라서 햇빛이 굉장하거든요. 그래서 내 작업실로 쓰고 싶은 거고요."

"런던에는 통유리창이 있는 집이 거기밖에 없나요? 원하신다면 이스탄불에서 찾아드릴 수도 있는데요. 심지어 교차로가 내다보이는 집으로."

"내가 사는 주택에는 통유리창이 딱 하나밖에 없다니까요! 게다가 그 주택 안의 내 집, 그 거리, 그 동네, 내가 거길 떠나고 싶은 마음이 추호도 없다는 것이 문제죠."

"그래도 이해가 안 되네요. 그렇다면 런던에서 거래를 하시지, 왜 이스탄불까지 와서 나를 고용하려고 합니까?"

"왜냐하면 그 여자의 마음을 사로잡을 수 있는 지성적인 남자, 가급적 정직한 싱글을 찾아달라고 하려고요. 그녀가 사랑에 빠지면, 이곳에 오래 머물 이유가 생길 테고, 그러면 내가 그녀와 체결한 협약에 따라 그 집을 내 작업실로 사용할 수 있게 되니까요. 이제 이해하겠죠, 그리 복잡할 것도 없어요."

"무슨 말인지는 알겠는데, 되게 꼬여 있네요."

"됐고요. 근데 차와 토스트, 스크램블드에그, 먹을 수는 있는 겁니까? 아니면 아침 먹으러 런던으로 가야 하나."

칸이 고개를 돌리고 웨이터를 불러서 몇 마디 했다.

"이건 내가 특별한 호의로 베푸는 마지막 서비스입니다." 가이드가 말했다. "당신의 희생자가 혹시 어제저녁 바에서 황급히 나와 헤어진 뒤 로비에서 만난 그 여자인가요?"

"대번에 거친 표현을 쓰시네요! 그녀는 누군가의 희생자가 아니라 완전히 그 반대예요. 내가 그녀에게 큰 도움을 주고 있다고 확신하니까요."

"그녀의 인생을 조작하면서 말입니까? 내가 당신의 돈을 받고 찾아주는 남자에게 그 여자를 치워버리려는 거잖아요. 당신의 평가 기준이 정직함이라니까 기본적인 가이드비를 인상하고 추가 경비를 청구하지 않을 수가 없습니다. 그렇게 특별한 진주를 찾으려면 당연히 추가로 비용이 드는 것이니까요."

"아, 그런가요? 추가 경비라면 구체적으로 어떤 걸 말하는 겁니까?"

"말 그대로 경비죠. 그리고 이제 그 여자의 취향에 대해 알려주세요."

"좋은 질문이에요. 어떤 타입의 남자를 좋아하는지 묻는 거라면 나도 아직은 몰라서 좀 더 알아봐야 해요. 시간 절약을 위해 참고로 나랑 정반대되는 남자라고 생각하면 될 거예요. 자, 이제 원하는 보수를 들어봅시다. 그래야 당신을 고용할지 말지 결정할 거 아닙니까."

칸은 달드리를 빤히 쳐다봤다.

"미안합니다만, 직원으로 고용되는 것도 아닌데요."

"이렇게 못 알아들으면 걱정인데." 달드리는 한숨을 내쉬었다. "나는 가이드비 플러스 추가 경비 금액을 묻는 겁니다."

칸이 또다시 달드리를 빤히 쳐다봤다. 그는 재킷 안주머니에서 연필을 꺼내더니 종이냅킨을 조금 찢어서 숫자를 적어 달드리에게 내밀었다. 달드리는 금액을 보고 칸 쪽으로 종이 쪼가리를 다시 밀었다.

"너무 센데요."

"요구 사항이 정상적인 가이드의 업무를 심하게 넘어서니까요."

"그렇게 과장하지 말아요!"

"입으로는 돈에 연연하지 않는다면서 당신은 장사꾼 저리 가라네요."

달드리는 종이를 집어 적힌 금액을 다시 한번 보고는, 구시렁거리며 호주머니에 집어넣은 다음 칸에게 손을 내밀었다.

"오케이, 그럽시다. 단 추가 경비는 결과를 얻은 후 지불하는 것으로 하죠."

"그럼 합의된 걸로 알겠습니다." 칸이 대꾸하면서 달드리와 악수를 했다. "필요하다 싶을 때 원하시는 완벽한 남자를 찾아드리죠. 무척이나 복잡한 당신의 마음을 내가 제대로 이해한 거라면, 당신은 그 예언이 이뤄질 때까지 여러 만남을 주선할 게 틀림없으니까요."

웨이터가 마침내 달드리가 원하던 아침 식사를 가져왔다.

"그래, 바로 이거지." 달드리는 스크램블드에그를 보고 기뻐하면서 말했다. "합격이에요. 오늘 당장 그 여자에게 소개해줄게요, 가이드 겸 통역사 자격으로."

"나라는 사람에게 딱 어울리는 직함이죠." 칸이 환한 미소를 지으면서 말했다.

칸은 자리에서 일어나 달드리에게 인사를 하고 나가려다다시 돌아섰다.

"어쩌면 나한테 헛돈을 쓰는 것일지도 몰라요. 그 점쟁이에게 특출한 예지 능력이 있는데, 당신은 그 예언을 믿지 않는것으로 실수를 저지르는 걸지도 모르고요."

"왜 그런 말을 해요?"

"나는 정직을 실천하는 사람이기 때문이에요. 그리고 누가아나요? 내가 바로 점쟁이가 말한 여섯 명 중 두 번째 사람일지. 어쩌면 우리의 길이 마주치도록 운명적으로 정해져 있었던 건지도 모르고요."

칸은 그렇게 말하고 자리를 떴다.

생각에 잠긴 달드리는 칸이 길 건너 트램에 오를 때까지 시선을 떼지 않았다. 그는 식사를 끝낸 뒤 웨이터에게 계산서를달라고 했고, 값을 치르고 나서 르봉 베이커리 카페를 나왔다.

달드리는 호텔까지 걸어가기로 했다. 로비에 들어서다 바에 앉아서 영문판 일간지를 읽고 있는 앨리스를 발견했다. 그는 그녀에게 다가갔다.

"어디 갔었어요?" 앨리스가 달드리를 보면서 물었다. "당신 방으로 전화 걸었는데 받지 않아서 컨시어지에게 물어봤더니 나갔다고 하더군요. 메모라도 남겨놓지, 걱정했잖아요."

"미안해요. 그냥 바람 좀 쐬고 싶어 산책하러 나간 거라서 당신을 깨우고 싶지 않았어요."

"나는 잠을 거의 못 잤어요. 마실 것 좀 주문해요, 당신에게 할 말도 있고요." 앨리스가 단호한 어조로 말했다.

"잘됐네요, 목말랐는데. 나도 당신에게 할 말이 있어요." 달드리가 대꾸했다.

"그럼 당신 먼저 해요." 앨리스가 말했다.

"아니요, 당신 먼저. 그래요, 그럼 내가 먼저 할게요. 어제 당신의 제안을 곰곰이 생각해봤는데 그 가이드를 고용하기로 했어요."

"내가요? 나는 정반대로 말했는데요." 앨리스가 대꾸했다.

"어, 이상하네, 내가 잘못 이해했나 보네요. 아무튼 그게 중요한 건 아니니까, 우리 소중한 시간 낭비하지 맙시다. 이 계절에 들판을 돌아다니는 건 좀 웃기잖아요. 꽃이 피는 시기도 아닌데. 하지만 가이드가 있으면 이 도시 최고의 향수 장인들에게 안내해줄 거예요. 튀르키예 장인들의 작업을 보면 영감을 얻을 수 있을 것 같은데 어때요?"

앨리스는 생각지도 못했던 달드리의 세심한 배려가 고마

워서 어찌할 바를 몰랐다.

"그런 관점에서 보면 좋은 생각이네요."

"좋다고 하니까 됐네요. 컨시어지에게 부탁해서 이른 오후에 그 가이드와 약속을 잡아달라고 할게요. 이제 당신 차례에요, 나한테 할 말이 뭐예요?"

"별거 아니에요." 앨리스가 말했다.

"침대 때문에 잠을 못 잔 거예요? 내 침대는 매트리스가 너무 푹신해서 버터 덩어리 속으로 꺼져드는 느낌인데, 영 불편하면 방을 바꿔달라고 할게요."

"아니, 침대는 아무 문제 없어요."

"그럼 새로운 악몽을 꾼 거예요?"

"그것도 아니고요." 앨리스는 거짓말했다. "아마 잠자리가 바뀌어서 그런가 봐요, 곧 익숙해지겠죠."

"그럼 가서 쉬어요, 오늘 오후부터 돌아다닐 거니까 컨디션 조절하는 게 나을 것 같은데."

하지만 앨리스는 다른 걸 생각해두고 있었다. 그녀는 가이드를 기다리는 사이, 전날 갔던 골목길에 다시 가도 괜찮겠는지 달드리에게 물었다.

"그 골목을 내가 찾을 수 있을지 자신은 없지만." 달드리가 말했다. "한번 가봅시다."

앨리스는 가는 길을 정확히 기억하고 있었다. 호텔을 나서자마자 그녀는 거침없이 달드리를 이끌었다.

"여기예요." 앨리스가 코낙이라 불리는 대저택 정면에 덜렁덜렁 걸려 있는 발코니를 발견하고 말했다.

"어렸을 때는." 달드리가 말했다. "몇 시간씩 집들을 바라보면서 저 벽 너머에서는 무슨 일이 일어나고 있을까 상상하곤 했어요. 이유는 모르겠는데 다른 사람들은 어떻게 사는지 궁금했고, 나와 비슷한지 아니면 많이 다른지 알고 싶었죠. 내 또래 아이들의 일상을 상상해보곤 했어요. 커가면서 세상의 중심이 되는 집에서 뭘 하며 노는지, 어질러놓기도 하는지. 저녁에는 불 켜진 창문들을 바라보면서 온 가족이 모인 근사한 식사, 멋진 파티 같은 걸 그려봤고요. 이 코낙은 황폐한 상태로 보아 오래전에 버려진 게 틀림없어요. 이 집에 살던 사람들은 어떻게 되었을까요? 왜 버려졌을까요?"

"우리는 어릴 때 거의 비슷한 놀이를 했네요." 앨리스가 말했다. "내가 살던 집 맞은편 주택에 한 부부가 살았는데 내 방 창문으로 엿보았던 기억이 있어요. 오후 여섯 시만 되면 어김없이 집에 들어오는 남자였죠. 내가 숙제를 시작하는 시간이었거든요. 그 남자는 거실에서 코트와 모자를 벗고 안락의자에 털썩 주저앉았어요. 아내가 아페리티프를 가져다준 다음 남편의 코트와 모자를 들고 나가면 그는 신문을 펼쳤고, 내가 저녁 먹으러 갈 때까지도 신문만 읽고 있었죠. 내 방에 들어갔을 때는 맞은편 집의 커튼이 닫혀 있었어요. 나는 아내에게 말 한마디 건네지 않고 시중만 받는 그 남자가 미웠죠. 어느 날, 엄마와 산책하는데 남자가 우리 쪽으로 걸어오는 거예요. 그가 점점 다가올수록 심장이 콩닥거렸어요. 마침내 걸음을 늦추고 우리에게 인사를 하며 내게 함박 미소를 지었는데, 그 미소는 마치 이렇게 말하는 것 같았어요. '네 방 창문으로 나를 엿보는 발칙한 계집애가 너로구나, 그 앙큼한 짓거리를 내가 몰랐을 거 같니?' 남자가 엄마 앞에서 비밀을 폭로할 것 같아서 나는 덜컥 겁이 났어요. 그래서 그를 모른 체하며 인사도 않고 미소도 짓지 않으면서 엄마의 손을 잡아끌었죠. 엄마는 버릇없다고 야단을 치셨어요. 엄마한테 아는 남자냐고 물었더니 예의도 없는데, 주의력까지 없다면서 그 남자가 우리 동네 길 모퉁이의 식료품점 주인이라는 거예요. 내가 날마다 지나다니는 가게였고, 심지어 들어가본 적도 있었는데 카운터에 있는 사람은 젊은 여자였거든요. 근데 엄마 말이 그 여자가 그 남자의 딸이래요. 홀아비가 된 아버지를 도와 가게에서 일한다면서. 나는 자존심이 몹시 상했죠, 내가 관찰력이 아주 뛰어나다고 생각하고 있었으니까…….”

“상상이 현실과 맞닥뜨리면 타격을 받긴 하죠.” 달드리가 골목길로 들어서면서 말했다. “나는 오랫동안, 부모님 집에서 일하는 하녀가 나를 좋아한다고 믿었고, 그 증거는 차고 넘친다고 확신하고 있었죠. 근데 실은 누나에게 빠져 있는 거였더라고요. 누나는 시를 썼는데, 그 시를 하녀가 몰래 읽고 있었던 거예요. 누나와 하녀가 남몰래 서로 사랑하고 있을 줄이야. 하녀는 절대 밝혀져서는 안 될 둘의 사랑을 우리 엄마에게 들키지 않으려고 나한테 빠져 있는 척한 거였죠.”

“누나가 여자를 좋아해요?”

“네, 편협한 도덕관으로 거북해할 필요 없어요. 아무도 사랑하지 않는 것보다 훨씬 존경스러우니까요. 그건 그렇고, 우리가 여기 온 이유가 이 미스터리한 골목길을 살펴보려는 거

183

죠?"

앨리스가 앞장섰다. 거무스름한 낡은 목조 저택이 묵묵히 침입자들을 살피고 있는 듯했지만, 골목길 끝의 계단은 물론, 앨리스의 악몽 속 모습과 닮은 데라곤 전혀 없었다.

"미안해요, 나 때문에 괜히 시간 낭비하게 해서."

"천만의 말씀, 산책 덕분에 식욕이 솟았어요. 큰길 아래쪽에 호텔 식당보다 훨씬 운치가 있는 카페를 봐뒀어요. 운치 있는 카페 싫어하지 않죠?"

"그럼요, 너무 좋죠." 앨리스는 달드리의 팔을 잡으면서 말했다.

카페는 손님이 가득 차 있었고, 담배 연기가 어찌나 자욱한지 실내 안쪽이 잘 보이지 않았다. 그럼에도 달드리는 작은 테이블을 발견하고는 앨리스를 잡아끌면서 손님들 사이를 비집고 들어갔다. 앨리스는 장의자에 앉았고, 식사하는 동안 서로의 어린 시절에 대한 얘기를 이어갔다. 달드리는 부르주아 집안에서 형과 누나와 함께 자랐고, 앨리스는 평범한 집안의 부모 밑에서 외동딸로 자랐다. 두 사람 다 젊은 시절을 고독하게 지냈는데, 이 고독은 사랑을 받지 못하거나 사랑이 부족해서가 아니라 자신의 성격 탓이었다. 두 사람은 비를 좋아하지만, 겨울을 싫어했고, 학교 벤치에서 공상의 나래를 폈다. 여름에 시작한 첫사랑이 초가을에 끝난 것도 같았다. 그는 아버지를 미워했고, 그녀는 아버지를 우상처럼 사랑했다. 1951년 1월, 앨리스는 달드리에게 첫 튀르키예 커피를 맛보게 했다. 달드리는 커피 잔의 바닥을 유심히 살폈다.

"튀르키예에서는 커피 찌꺼기로 미래를 읽는 관습이 있다는데, 당신의 잔에서 어떤 점괘가 나올지 궁금하네요."

"커피 찌꺼기 읽어주는 사람을 불러달라고 하고 물어보죠, 뭐. 혹시 모르잖아요, 브라이튼의 점쟁이가 한 예언을 확증해줄지도." 생각에 잠긴 앨리스가 대꾸했다.

달드리는 손목시계를 봤다.

"흥미롭지만 다음을 기약합시다. 이제 호텔로 돌아갈 시간이에요, 가이드와 약속한 시간이 다 됐군요."

***

칸이 로비에서 그들을 기다리고 있었다. 달드리는 앨리스에게 칸을 소개했다.

"멀리서 볼 때보다 가까이에서 보니 훨씬 미인이십니다." 칸이 허리를 숙이면서 발그레해진 얼굴로 그녀의 손에 입을 맞췄다.

"아주 친절하시네요." 앨리스가 달드리 쪽으로 고개를 돌리면서 물었다. "그런 뜻으로 이해하면 되겠죠?"

"그렇죠." 칸이 친근하게 구는 짓거리가 영 못마땅한 달드리가 떨떠름하게 대답했다.

하지만 칸의 뺨이 붉어진 걸 보면 본능적으로 나온 찬사였다.

"무례했다면 용서하세요." 칸이 말했다. "기분 상하게 하려는 것이 아니라 밝은 곳에서 보니 훨씬 눈부시게 아름답다는 뜻이었으니까요."

"무슨 뜻인지 이해했다니까요." 달드리가 퉁명스럽게 말했다. "이제 다른 얘기로 넘어갈까요?"

"여부가 있겠습니까, 각하." 칸이 더 횡설수설했다.

"달드리한테 들었어요, 이스탄불 최고의 가이드시라고." 앨리스는 썰렁해진 분위기를 바꿔보려고 말했다.

"네, 정확하게 맞습니다." 칸이 대꾸했다. "그러니 나를 마음대로 이용하십시오."

"최고의 통역사이기도 하고요?"

"네, 그것도 맞습니다." 칸이 대답하면서 얼굴이 또 빨개졌다.

앨리스는 웃음이 터졌다.

"아무튼 지루할 일은 없겠어요, 굉장히 재미있는 분이라서." 앨리스는 차분하게 말했다. "이왕 셋이 다 모인 김에 바에 앉아서 얘기하죠, 우리."

칸은 눈으로 욕하는 달드리를 외면하고 앞장섰다.

"이스탄불에 있는 조향사들을 다 만나게 해드릴 수 있습니다. 많지는 않아도 뛰어난 장인들이 있거든요." 칸은 앨리스가 하는 말을 다 듣고 나서 장담했다. "봄이 올 때까지 이스탄불에 머문다면 들판으로 모시고 나갈 텐데요. 기막히게 화려한 야생장미원, 무화과나무와 보리수, 시클라멘, 재스민이 반기는 언덕……."

"그렇게 오래 머물 생각은 없어요." 앨리스가 말했다.

"그렇게 딱 자르지 마시고요, 어떤 미래가 펼쳐질지 아무도

모르잖아요?" 칸이 대답하는 순간 테이블 밑에서 달드리의
발길질이 날아왔다.

깜짝 놀란 칸이 달드리를 향해 도끼눈을 떴다.

"이만 가보겠습니다, 조향사들을 수소문해서 전화하고 약
속을 잡으려면 한나절은 걸리거든요." 칸이 말했다. "그래야
내일 아침에 여기로 모시러 올 수 있고요."

앨리스는 크리스마스이브를 기다리는 어린아이처럼 들떠
있었다. 튀르키예 조향사들을 만나 그들의 작업을 가까이에
서 지켜볼 수 있다고 생각하자 이 여행을 포기하려던 마음이
싹 달아났다.

"굉장히 기쁘고 고마워요." 그녀는 칸과 악수하면서 말했다.

칸이 자리에서 일어나 달드리에게 로비에서 잠깐 이야기
를 나눌 수 있을지 물었다.

그는 회전문 앞에서 달드리 쪽으로 몸을 숙이고 말했다.

"가이드비가 방금 인상됐어요!"

"또 왜요? 금액은 이미 합의된 거잖아요!"

"그건 당신의 발길질이 날아오기 전이었죠. 당신 때문에 내
일은 내가 절룩거릴지도 모르고, 빨리 못 걷게 생겼거든요."

"그러니까 행동거지를 조심하란 말입니다. 따귀 날리고 싶
은 거 꾹 참고 발로 살짝 친 거 가지고 엄살은……."

칸은 정색을 하고 달드리를 노려봤다.

"오케이." 달드리가 인정했다. "사과하죠, 발길질한 건 미안
해요, 부득이한 상황이었을지라도. 하지만 눈치 없이 굴었던
건 당신이잖아요."

"가이드비는 인상하지 않을게요. 하지만 여자친구분이 굉장한 미인이라서 그만큼 일이 훨씬 수월해질 것이기 때문인 줄 아세요."

"그게 무슨 뜻이죠?"

"한나절이면 그녀를 유혹하고 싶어 할 남자를 백 명은 찾을 수 있다는 뜻이죠. 내일 봐요, 그럼." 칸이 회전문 안으로 들어가면서 말했다.

달드리는 멍하니 서 있다가 앨리스에게 돌아갔다.

"가이드가 뭐래요? 내가 들으면 안 되는 얘기였어요?"

"중요한 건 아니에요, 보수에 대해 얘기했어요."

"달드리, 당신이 지출하는 모든 비용을 계산해봐요. 호텔비, 식사비, 가이드비, 우리의 여행비도 잊지 말고, 내가 나중에 꼭 갚을게요……."

"……실링까지 계산해서. 그 말 하려던 거 아는데 벌써 몇 차례나 충분히 들었으니까 이제 그 얘기는 그만해요. 그리고 당신이 원하든 원치 않든 식사나 해요, 내가 초대한 거니까. 우리가 비즈니스 파트너라는 것과 내가 신사답게 행동하는 것은 별개니까 어긋나게 굴진 않을게요. 그건 그렇고, 우리 축하주 마실까요?"

"뭘 축하하는데요?"

"글쎄, 꼭 이유가 있어야 하나? 마침 목도 마르고, 가이드도 고용했으니 그걸 축하하는 걸로 합시다."

"그러기엔 시간이 좀 이른데, 나는 올라가서 좀 쉴게요. 간밤에 한숨도 못 자서."

앨리스는 바에 달드리를 남겨두고 나갔다. 그는 엘리베이터를 타고 올라가는 앨리스를 바라보면서 입가에 엷은 미소를 머금었고, 그녀가 사라지길 기다렸다가 위스키 더블 한 잔을 시켰다.

**

나무부교 끝에서 보트 한 대가 흔들리고 있다. 앨리스는 보트에 올라서 구석진 자리에 앉는다. 한 남자가 부두에 묶여 있는 밧줄을 푼다. 기슭에서 멀어지자, 앨리스는 왜 세상이 이렇게 됐는지, 왜 어둠 속의 키 큰 소나무들의 우듬지가 그녀의 과거를 붙잡고 있는 것처럼 느껴지는지 이해하려고 애를 쓴다.

물살이 거칠어지고 보트가 위태로이 흔들리며 멀어져가는 한 선박의 궤적을 쫓는다. 앨리스는 양쪽 뱃전을 붙잡고 싶지만 팔이 너무 짧다. 그녀는 사공이 등지고 앉은 널빤지 밑으로 두 발을 집어넣는 것으로 버틴다. 보트가 파도에 휩쓸릴 때마다 어떤 든든한 존재가 그녀를 잡아준다.

북풍이 불어와 구름을 몰아내자 달빛이 하늘이 아니라, 물속에서 나타났다.

사공이 보트를 대고 그녀의 손을 잡아 둑으로 끌어올린다.

그녀는 사이프러스가 군락을 이룬 언덕을 올랐다가 다시 시커먼 골짜기 깊은 곳으로 내려간다. 그녀는 선선한 가을밤 속, 축축한 흙길을 걷다가 가파른 비탈길에서 덤불에 의지하며 저 멀리 반짝이는 작은 불빛을 향해 걷는다.

앨리스는 산머루로 뒤덮인, 요새인지 성인지 모를 폐허를 따라 걷는다.

삼나무 향에 금작화 향이 섞이다 좀 더 멀리서 재스민 향이 난다. 앨리스는 계속 이어지는 이 향들을 결코 잊고 싶지 않다. 불빛이 커지고, 줄에 매단 기름램프가 나무대문을 비추고 있다. 보리수와 무화과나무 정원이 펼쳐진다. 앨리스는 과일을 따 먹고 싶다.. 배가 고파오고, 빨간 과육을 맛보고 싶다. 손을 뻗어 무화과 두 개를 따서 호주머니에 감춘다.

그녀는 어느 집의 마당 안으로 들어선다. 낯선 목소리가 무서워하지 말라고, 이제는 두려워할 게 전혀 없으니 씻고 먹고 마시고 잘 수 있다고 부드럽게 말한다.

이 층으로 이르는 나무계단, 앨리스의 발밑에서 계단이 삐걱거린다. 그녀는 난간에 의지하면서 조금이나마 체중이 적게 나가게 하려고 애를 쓴다.

앨리스는 밀랍 냄새가 진동하는 작은 방으로 들어간다. 옷을 벗어 반듯하게 갠 다음 의자 위에 올려둔다. 그러고는 철제 대야에 담긴 미지근한 물에 얼굴을 비춰보지만, 수면은 불투명하다.

앨리스는 그 물을 마시고 싶다. 목이 마르고, 공기가 들어오기 힘들 만큼 목구멍이 바짝 말라 있다. 얼굴이 화끈거리고 머리는 조여드는 듯 아프다.

"어서 가, 앨리스. 돌아오지 말았어야지. 네 집으로 돌아가, 지금도 너무 늦지 않았어."

***

앨리스는 눈을 떴다. 몸을 일으키는데 열이 펄펄 나고, 온몸이 저리고 팔다리엔 힘이 없었다. 속이 메스꺼워진 그녀는 욕실로 뛰어갔다.

욕실에서 나온 앨리스는 덜덜 떨면서 프런트에 전화를 걸었다. 그녀는 컨시어지에게 빨리 의사를 불러달라고, 그리고 달드리 씨에게 알려달라고 부탁했다.

의사는 앨리스를 진찰하고는 식중독이라면서 약을 처방해 주었고, 달드리는 서둘러서 약국을 찾으러 나갔다. 앨리스는 빠르게 회복될 터였다. 관광객들에게 흔히 있는 일이니 크게 걱정할 이유는 전혀 없었다.

초저녁, 앨리스의 방에 전화벨이 울렸다.

"해산물 먹게 내버려두지 말았어야 했는데, 죄책감이 드네요." 달드리가 자신의 방에서 전화를 걸어왔다.

"당신 잘못이 아니에요." 앨리스가 대답했다. "당신이 강요한 것도 아니고요. 미안하지만 저녁은 혼자 먹어요, 나는 음식 냄새조차 못 견딜 거 같아요. 음식 얘기 하는 것만으로도 벌써 속이 메슥거리려고 해요."

"그럼 음식 얘기 하지 말아요. 오늘 저녁은 나도 의리상 굶는 걸로. 그게 나한테도 좋을 거고. 버번위스키 한 잔 마시고 잠자리에 들면 되니까."

"달드리, 당신은 술을 너무 많이 마셔요. 괜히 습관적으로 마시잖아요."

"당신이 건강에 대해 충고할 입장은 아닐 텐데요. 정신이 이상해진 거라면 모를까, 당신보다 훨씬 쌩쌩한 사람한테 할 말은 아니죠."

"오늘 저녁에 한해서는 당신 말이 맞지만, 내일, 모레, 글피는 내 말이 맞을 거예요."

"내 걱정은 관두고 당신이나 잘 쉬도록 해요. 잘 수 있는 만큼 푹 자둬요. 약은 꼬박꼬박 챙겨먹고요. 의사 말대로 내일 아침에는 멀쩡해진 당신을 본다면 좋겠어요."

"가이드한테서 연락 왔어요?"

"아직." 달드리가 대답했다. "가이드 전활 기다리는 중이니까 이만 끊어야겠어요, 당신도 좀 자야죠."

"잘 자요, 이든."

"잘 자요, 앨리스."

앨리스는 수화기를 내려놓고 머리맡 램프를 끄려다가 불안해서 그냥 켜두었고, 잠시 후 잠들었다. 이날 밤은 악몽이 잠을 방해하러 오지 않았다.

***

향수 장인은 지한기르에 살고 있었다. 언덕배기 공터에 자리 잡은 장인의 집은, 블라우스, 바지, 셔츠, 반바지, 작업복이 널린 빨랫줄을 사이에 두고 옆집과 붙어 있었다. 비 오는 날 포장된 길을 올라가는 건 보통 일이 아니었다. 쉐보레 돌무슈는 두 번이나 시동이 꺼졌고, 자꾸 미끄러지고 클러치를 밟을 때마다 고무 타는 냄새가 났다. 택시 기사는 타이어의 매끈한 고무에 문제가 있는 건 절대 아니라면서, 지한기르의 언덕은 올라가봐야 관광객이 구경할 만한 것이 하나도 없는 곳인데 태우지 말았어야 했다고 계속 투덜거렸다. 앞자리에 앉은 달드리가 지폐 한 장을 꺼내서 운전석에 찔러 넣자 기사는 마침내 입을 다물었다.

그들이 공터를 가로지르는 동안 칸이 앨리스의 팔을 잡아주면서 말했다. "물웅덩이에 발이 빠지면 안 되니까요."

이슬비가 내리고 있었지만, 칸은 이 정도 비로는 해 지기 전까지 땅이 젖지는 않을 거라고 내다봤다. 앨리스는 몸 상태는 좋아졌지만 아직 힘이 없어서 칸이 신경 써주는 것이 고마웠다. 달드리는 시종일관 입을 다물고 있었다.

마침내 그들은 향수 장인의 집으로 들어갔다. 공방은 널찍했다. 빨간 숯불 위에 놓인 커다란 주전자의 물이 끓고 있어서 공방의 먼지 덮인 창유리에는 김이 서려 있었다.

장인은 두 영국인이 왜 런던에서 그를 찾아왔는지 이해가 안 되지만 영광이라면서 차와 시럽을 잔뜩 뿌린 케이크를 대접했다.

"내 아내가 만든 거라오." 장인이 말하자, 칸이 통역하면서 아내분이 지한기르 최고의 파티시에였다고 덧붙였다.

장인이 앨리스를 오르간까지 안내해주었고, 몇몇 재료의 향을 맡아보게 했다. 장인이 작업해놓은 향수 노트는 고상하면서도 조화로웠다. 훌륭한 솜씨로 만든 오리엔트 향수이긴 한데 그다지 독창적이랄 건 없었다.

앨리스는 긴 작업대 끝에서 상자를 발견했고, 안에 꽉 들어
차 있는 다채로운 색깔의 유리병들에 호기심이 당겼다.

"좀 봐도 될까요?" 앨리스는 묘한 초록색 액체가 담긴 작은
유리병을 꺼내면서 물었다.

그녀의 요청을 통역하는 칸의 말이 끝나기도 전에 장인이
앨리스의 손에서 유리병을 빼앗아 상자에 도로 집어넣었다.

"이건 관심 가질 만한 것이 못 된다고 하시네요, 그냥 재미
삼아 실험해본 것이라면서." 칸이 통역했다. "그저 심심풀이
장난에 지나지 않는다고."

"향을 좀 맡아보고 싶어서요."

장인이 어깨를 으쓱하는 것으로 승낙했다. 유리병 뚜껑을
열던 앨리스는 깜짝 놀라서 시향지 하나를 액체에 담갔다가
코 밑으로 가져갔다. 그녀는 유리병을 내려놓고, 두 번째, 세
번째 유리병에도 똑같이 새 시향지를 담갔다가 향을 맡아보
고는 놀란 얼굴로 달드리를 돌아봤다.

"왜요?" 이때까지 입도 벙긋하지 않던 달드리가 물었다.

"믿을 수가 없어요. 이 상자 안에 진정한 숲 하나를 재현해
놨어요. 나는 이런 생각을 해본 적이 없는데. 당신도 맡아봐
요." 앨리스는 새 시향지를 유리병에 담갔다가 냄새를 맡으면
서 말했다. "삼나무 아래 흙바닥에 누워 있는 느낌이랄까."

그녀는 시향지를 작업대에 내려놓고, 새 시향지를 유리병
에 담갔다 꺼내서 잠시 흔든 다음 달드리에게 맡아보게 했다.

"송진 향이에요. 그리고 이 병에서는……." 그녀는 뚜껑을
열면서 말했다. "젖은 초원 냄새, 콜키쿰과 고사리가 섞인 것

같은 향이 은은하게 느껴져요. 그리고 이거, 이것도 맡아봐
요, 개암나무 향……."

"개암나무 향이 나는 향수를 뿌리고 싶어 할 사람이 있을
지는 모르겠는데." 달드리가 시큰둥하게 내뱉었다.

"몸이 아니라 실내에 뿌리는 방향제를 말하는 거예요."

"실내 방향제로 장사가 될 거라고 생각해요? 그걸 뭐에 쓴
다고?"

"집에서 자연의 향이 난다고 생각해봐요. 집 안에다 사계절
의 향을 뿌릴 수 있다면 너무 근사할 것 같은데."

"사계절?" 달드리가 놀란 얼굴로 물었다.

"겨울이 올 때는 가을을 더디 가게 두고, 1월에는 온갖 종
류의 꽃이 피어난 봄을 들이고, 여름에는 시원한 비 냄새가
난다고 생각해봐요. 주방에서 감도는 레몬나무의 향, 욕실에
서 그윽하게 풍기는 오렌지꽃 향기, 종교 의식에 태우는 향이
아닌 실내 향수, 이건 진짜 획기적인 아이디어라고요!"

"당신이 그렇다면 그런 거겠죠. 이렇게 흥분하는 당신의 반
응에 나 못지않게 놀란 이 어르신과 의기투합만 잘하면 되겠
어요."

앨리스는 칸을 돌아보며 말했다.

"어떻게 했기에 이 삼나무 향의 노트가 이토록 오래 지속
되는지 물어봐줄래요?" 앨리스는 빼놓은 시향지를 코에 대고
맡으면서 말했다.

"무슨 노트요?" 칸이 물었다.

"이 향이 공기 중에서 이토록 오래 지속되게 하려면 어떻

게 했는지 물어봐주기나 해요. 그럼 알아들으실 테니까."

칸이 앨리스와 향수 장인 간의 대화를 최선을 다해 통역하는 동안, 달드리는 창가로 이동해서 유리창에 서린 김 때문에 뿌옇게 보이는 보스포루스 해협을 바라봤다. 이 상황은 그가 이스탄불에 오면서 기대했던 것이 전혀 아니지만, 앨리스는 언제고 성공할 거란 확신이 들었다. 그리고 이상해 보일 수도 있지만, 그는 성공을 하든 말든 전혀 관심이 없었다.

＊＊＊

앨리스와 칸, 달드리는 향수 장인에게 시간을 내어준 것에 대해 고맙다고 인사했다. 앨리스는 곧 다시 찾아오겠다고 약속하면서 빠른 시일 내에 함께 일할 수 있기를 바란다고 덧붙였다. 장인은 혼자서 조용히 몰두해온 작업에 대해, 누군가가 이렇게 큰 관심을 가져줄 줄은 꿈에도 생각 못했을 것이다. 하지만 이날 저녁, 장인은 아내에게 말할 수 있으리라. 밤늦도록 공방에서 시간을 보낸 것은, 일요일마다 언덕이며 골짜기, 숲속을 쏘다니며 온갖 꽃과 식물을 채취해온 것은 노망난 늙은이의 심심풀이 장난—아내가 자주 비난할 때 쓰는 표현대로 하자면—이 아니라 한 영국인 조향사의 마음을 사로잡을 정도로 대단한 작업이었던 거라고.

"따분해서 하는 말이 아니라." 달드리가 거리로 나오자 말했다. "어제 점심때부터 아무것도 먹지 않았더니 간단하게 뭘 좀 먹었으면 좋겠는데."

"즐거우셨어요?" 칸이 달드리의 말을 무시하고 앨리스에게
물었다.

"좋아서 미칠 것 같아요. 그 장인의 향수 오르간은 그야말
로 알리바바의 동굴이에요. 당신은 정말 굉장한 만남을 주선
해준 거예요, 칸."

"그 정도로 좋았다고 하시니까 나도 기쁘네요." 칸은 얼굴
이 빨개져서 대답했다.

"원 투, 원 투 쓰리!" 달드리가 손을 마이크 삼아 외쳤다.
"여기는 런던, 내 말 들립니까?"

"미스 앨리스, 당신이 쓰는 어휘 중 내가 통역하기 힘든 단
어가 더러 있다는 걸 알려드려야겠습니다. 예를 들어, 알리바
바의 동굴을 닮은 악기는 장인의 공방에서 못 봤거든요." 칸
이 이번에도 달드리를 거들떠보지도 않고 말했다.

"아, 미안해요, 칸, 조향사들이 사용하는 전문용어거든요.
내가 시간 내서 그 용어들을 설명해줄게요. 그러면 당신은 이
스탄불 최고의 향수 전문 통역사가 될 거예요."

"전문가라는 말이 진짜 마음에 드네요. 나야 그래주시면 정
말 고맙지요, 미스 앨리스."

"빌어먹을!" 달드리가 버럭 소리를 질렀다. "내가 목소리
를 잃은 게 틀림없어. 그렇지 않고서야 어떻게 내가 하는 말
을 듣는 사람이 아무도 없냐고! 나 배고프다고! 미스 앨리스
가 또 병나는 거 원치 않으면 어느 레스토랑으로 갈 건지 말
해주겠소?"

칸이 달드리를 빤히 쳐다보면서 말했다.

"그렇지 않아도 절대 잊지 못할 곳으로 안내할 생각이었어
요."

"와, 내가 여기 있는 거 알고는 있었네!"

앨리스가 달드리에게 다가와서 귀에 대고 속삭였다.

"칸에게 좀 친절하게 대해주면 안 돼요?"

"설마 칸은 나한테 친절하다고 생각하고 하는 말이에요?
나 배고파요. 의리상 저녁을 굶는다고 내가 분명히 말했었는
데. 그리고 계속 저 대단한 가이드랑 둘이서만 속닥거렸잖아
요, 나를 대놓고 왕따시키면서."

앨리스는 달드리를 향해 딱하다는 듯한 시선을 보내고 나
서 멀찍이 떨어져 있는 칸에게 다가갔다.

그들은 지하기르의 아랫동네로 이어지는 가파른 골목길을
내려갔다. 달드리는 택시를 세우고 칸과 앨리스에게 같이 타
고 갈 건지, 아니면 다른 택시를 타고 갈 건지 물었다. 달드리
는 독단적으로 뒷좌석에 앉았고, 칸은 선택의 여지 없이 조수
석에 앉아야 했다.

택시 기사에게 튀르키예어로 주소를 말한 칸은 가는 내내
뒤돌아보지 않았다.

***

갈매기들이 부두 난간 위에서 빈둥거리고 있었다.

"저기로 갈 거예요." 칸이 선착장 끝에 있는 목조 가건물을

가리키면서 말했다.

"레스토랑은 안 보이는데요." 달드리가 어깃장을 놓았다.

"볼 줄 모르니까요." 칸이 공손하게 대꾸했다. "관광객들을 위한 식당이 아니거든요. 화려하지 않아서 그렇지 진미를 맛보실 겁니다."

"혹시 저 허름한 식당 못지않게 맛은 보장할 수 있으면서 좀 더 운치 있는 곳은 없을까요?"

달드리는 보스포루스 해협을 따라 늘어선 저택들을 가리켰다. 앨리스의 시선이 그중에서도 정면이 새하얀, 눈에 띄는 한 저택에 고정되었다.

"설마 또 꿈에서 본 집이에요?" 달드리가 장난치듯 물었다. "딱 그런 얼굴인데."

"당신에게 거짓말했어요." 앨리스가 어물어물 말했다. "간밤에 훨씬 더 실제 같은 꿈을 꿨는데, 그 악몽 속에서 본 집과 저 저택이 비슷해요."

앨리스는 이를 악물고 하얀 저택을 응시하고 있었다. 앨리스가 갑자기 불안해하는 이유를 알 길이 없는 칸이 차분한 목소리로 말했다.

"저런 호화 저택들을 '얄리'라고 하는데, 부자들의 별장이자 오스만 제국의 찬란한 유적들이죠. 19세기에 각광을 받아서 호황을 누렸지만 지금은 인기가 별로 없어요. 겨울에는 난방비가 너무 많이 드는 데다 대부분 보수 공사가 필요한 상태라서 집주인들이 거덜 날 판이거든요."

달드리는 앨리스의 어깨를 돌려서 강제로 보스포루스 해

협 쪽을 바라보게 했다.

"나는 두 가지 가능성이 있다고 봐요. 당신 부모님은 니스 너머로도 여행을 했고, 당신한테 얘기도 해줬는데 너무 어렸을 때라서 기억 못 한다는 것 하나. 그리고 부모님에게 이스탄불에 관한 책이 한 권 있었고, 당신도 어릴 적에 그 책을 읽었는데 까맣게 잊었다는 것 하나. 이 두 가지 가능성이 양립할 수 없는 건 아니고요."

앨리스는 어머니나 아버지가 이스탄불에 대해 얘기하는 걸 들은 기억이 전혀 없었다. 그래서 그녀는 부모님 집에 있는 모든 방을 떠올려봤다. 부모님의 침실, 회색 커버를 씌운 큰 침대, 아버지의 침대 머리맡 탁자에 놓인 가죽 안경 케이스, 작은 자명종, 어머니의 머리맡 탁자에 놓인 어머니와 자신이 함께 찍은 사진, 은빛 액자 속의 다섯 살짜리 여자아이, 침대 발치에 놓인 트렁크 가방, 빨간색과 갈색의 줄무늬 카펫, 주방, 마호가니 식탁과 의자 여섯 개, 유리찬장과 자기 그릇들(파티에 쓰기 위해 소중히 보관되어 있었지만 한 번도 사용한 적이 없는), 저녁마다 라디오 연속극을 듣기 위해 가족이 앉는 체스터필드 소파, 작은 서재, 어머니가 읽던 책들……, 아무리 기억을 더듬어봐도 이스탄불과 관련된 것은 전혀 없었다.

"부모님이 튀르키예에 온 적이 있다면." 눈치 빠른 칸이 끼어들었다. "아마 관청에 체류한 흔적이 남아 있을 겁니다. 내일, 영국 영사관에서 주최하는 연회가 있는데, 특별히 영국 대사가 참석하기 위해 앙카라에서 오시죠. 군 대표단과 튀르키예 정부의 관리들을 맞이하기 위해서요." 칸이 자랑스럽게 알려주었다.

"그런 걸 당신이 어떻게 알죠?" 달드리가 물었다.

"그러니까 내가 이스탄불 최고의 가이드가 확실한 거죠! 오케이, 오늘 아침 신문에 난 기사를 보고 알았어요. 근데 내가 누굽니까, 이스탄불 최고의 통역사인 만큼 무슨 연회인지 자세히 알아봤죠."

"내일 저녁은 우리 둘이 알아서 보내라고 지금 통보하는 겁니까?" 달드리가 물었다.

"두 분에게 그 연회에 참석하라고 제안하는 건데요."

"거들먹거리기는. 현재 이스탄불에 체류하는 모든 영국인을 영사관에서 초청하는 일 같은 건 없을 텐데." 달드리가 응수했다.

"거들먹거린다는 말이 무슨 뜻인진 모르겠지만, 단어 공부는 나중에 할게요. 아무튼 초청자 명단을 담당하는 젊은 비서가 기꺼이 두 분의 이름을 넣어줄 거거든요. 칸의 부탁을 거절할 수 없는 여자라서…… 초대장을 호텔로 보내라고 할게요."

"칸, 당신 참 재미있는 사람이군요." 달드리가 말했다. "당신이 굳이 그렇게 해주겠다는데 못 갈 것도 없죠." 달드리는 앨리스를 돌아보면서 말을 이었다. "우리 참석해서 대사에게 도움을 청해봅시다. 필요할 때 도움을 청할 수 없다면 관공서가 존재할 이유가 없죠! 어떡할래요?"

"나야 확인해보고 싶죠." 앨리스는 한숨을 내쉬었다. "그 악몽들이 왜 그렇게 사실처럼 느껴지는지 진짜 알고 싶어요."

"그 미스터리의 베일을 벗기기 위해서라면 뭐든 하겠다고 약속할게요. 그러니까 일단 뭐 좀 먹읍시다, 나 쓰러지는 꼴 보고 싶지 않으면. 지금 까무러치기 일보 직전이거든요. 목말라서 죽을 지경이고."

칸이 손가락으로 선착장 끝에 있는 어부 식당을 가리켰다. 그러고는 돌아서서 추락 방지를 위한 펜스에 걸터앉았다.

"가서 맛있게 드세요." 칸이 팔짱을 끼면서 차분한 어조로 말했다. "난 여기 부두에서 꼼짝 않고 기다리고 있을게요."

앨리스가 보내는 따가운 눈총에 달드리는 가이드 쪽으로 한 걸음 다가갔다.

"거기 앉아서 뭐하는 겁니까? 설마 이 추위에 당신만 밖에 두고 우리끼리 갈 거라고 생각하는 건 아니죠?"

"폐 끼치고 싶지 않습니다." 가이드가 대답했다. "날 거슬려 하는 게 뻔히 보이는데. 들어가서 식사하십시오. 나는 이스탄불의 겨울 그리고 비에 익숙하거든요."

"무슨 심통 부리는 것도 아니고!" 달드리가 일축했다. "현지 식당인데 이 도시 최고의 통역사가 없다면 뭐가 맛있는지 어떻게 알고 주문하겠어요?"

칭찬에 기분이 좋아진 칸은 초대를 받아들였다.

음식 맛과 식당 주인의 푸근한 인심은 달드리가 기대한 것 이상이었다. 커피를 마실 때 달드리가 갑자기 감상적이 되는 바람에 칸과 앨리스는 약간 놀랐다. 달드리는 결국 알코올의 힘을 빌려서 건물의 외양에 선입견을 갖고 있었던 것이 몹시 창피하다고 털어놨다. 허름한 식당에서 이렇게 훌륭한 음식을 먹게 될 줄이야, 라크를 벌써 네 잔째 마신 그의 입에서 감탄의 신음 소리가 새어 나왔다.

"진짜 감동이에요." 달드리가 말했다. "이 생선과 곁들인 소스는 기가 막히고, 디저트도 일품이고, 다시 먹으러 꼭 오고 싶을 정도로 감동이었어요." 달드리는 거의 울먹이는 목소리로 말을 이었다. "칸, 주인장에게 내가 몰라봐서 사과한다고 전해줘요. 그리고 부탁인데 이 식당처럼 맛있는 곳을 가능한 한 빨리 몇 군데 더 찾아줘요. 오늘 저녁부터라도?"

달드리는 손을 들어서 지나가는 웨이터에게 잔을 채워달라고 했다.

"달드리, 충분히 마셨어요." 앨리스가 강제로 술잔을 내려놓게 하면서 말했다.

"술기운이 얼근히 올라온 건 인정해요. 공복에 마셨으니, 게다가 아까 내가 목말라 죽겠다고 했잖아요."

"그럼 물로 갈증 푸는 법을 배워요." 앨리스가 말했다.

"와, 미치겠네, 내가 붕어예요, 물만 마시게?"

앨리스는 칸에게 도와달라는 손짓을 보냈다. 그들은 양쪽에서 달드리의 팔을 잡아 부축하면서 질질 끌고 나갔다. 칸이 인사하면서 나가는데 식당 주인이 술에 취한 손님을 재미있다는 듯 쳐다봤다.

찬 공기를 쐬자, 달드리는 머리가 핑 돌았다. 그는 부둣가 펜스에 걸터앉았고, 칸이 택시를 잡는 사이 앨리스는 달드리가 물에 빠질까 봐 옆에서 지켰다.

"낮잠 좀 자고 나면 괜찮아질 거예요." 달드리가 먼바다를 응시하면서 말했다.

"그럴 필요가 있겠어요." 앨리스가 대꾸했다. "당신은 나를 지켜주는 사람이라고 생각했는데 그 반대네요."

"미안해요." 달드리가 기어드는 목소리로 말했다. "약속할 게요, 내일은 술 한 방울도 마시지 않겠다고."

"그 약속은 반드시 지키는 게 좋을 거예요." 앨리스는 엄한 목소리로 응수했다.

돌무슈를 잡는 데 성공한 칸이 와서 앨리스와 함께 달드리를 뒷좌석에 앉혀놓고 자신은 앞좌석에 자리를 잡았다.

"친구분을 호텔 도어맨에게 인계하고 나는 곧장 영사관으로 가서 초대장을 해결할게요." 칸이 앞좌석에 설치된 차양을 내리고 거기 달린 거울을 통해 앨리스를 쳐다보면서 말했다. "봉투에 담긴 초대장을 컨시어지에게 줄게요."

"친구분을 호텔 정문까지 바래다주고, 초대장은 봉투에 넣어서 컨시어지에게 맡겨놓겠다……, 이게 맞는 표현이에요." 앨리스가 넌지시 지적했다.

"내 표현이 잘못된 모양인데 정확히 뭐가 틀렸는지는 모르겠지만 그래도 지적해줘서 고맙습니다. 다시는 그런 실수 하지 않을게요." 칸이 차양을 원위치로 올려놓으며 말했다.

택시를 타고 오는 동안 잠들어 있던 달드리는 앨리스와 컨시어지가 방으로 데리고 들어가서 침대에 눕히는 순간 눈을 떴지만, 정신이 든 건 한참이 지나서였다. 그는 앨리스의 방으로 전화를 걸었지만 받지 않아서 프런트에 그녀가 어디 있는지 물었고, 외출했다는 걸 알았다. 자신의 행동을 뒤늦게 깨달은 달드리는 신중하지 못했던 점에 대해 사과하면서, 저녁은 먹지 않겠다는 내용의 메모를 그녀의 방 문틈에 집어넣었다.

앨리스는 혼자 있게 된 오후 시간을 이용해 베이욜루 구역을 산책했다. 호텔 컨시어지가 갈라타 탑 관광을 추천하며 도보 코스를 알려주었다. 그녀는 이스티클랄 거리의 상점가를 구경하다가 친구들에게 줄 기념품 몇 개를 샀고, 살을 에는 듯한 매서운 추위를 피해 작은 레스토랑에 들어가서 저녁을 먹었다.

초저녁에 방으로 돌아온 앨리스는 탁자 앞에 앉아 앤턴에게 편지를 썼다.

앤턴,

오늘 아침에 튀르키예의 향수 장인을 만났는데 나보다 훨씬 더 재능 있는 놀라운 분이었어. 런던으로 돌아가면 그 장인의 작업이 얼마나 독창적인지 얘기해줄게. 내가 사는 집이 춥다고 그렇게 불평했는데, 네가 장인의 공방에 함께 있었다면 나한테 다신 그런 불평은 하지 말라고 말했을 거야. 지한기르의 언덕배기로 올라가면서, 내 방 창문에서 내다보며 무섭다고 생각하던 도시의 이면을 발견했어. 나는 오늘 폐허가 된 런던에 새 건물이 들어서듯 신축 건물이 즐비한 도심을 벗어나면서 예상치 못한 가난에 맞닥뜨렸어. 한겨울 추운 날씨에 지한기르의 좁은 골목길에서 맨발로 뛰노는 아이들, 쏟아지는 빗줄기에 흙탕물이 된 보스포루스 해협 부둣가 노점상들의 애환에 찬 얼굴들, 증기선들이 정박해 있는 선착장을 따라 싸구려 물건을 팔겠다고 줄지어 선 이스탄불의 아낙들. 그토록 이국적으로 보이는 슬픈 풍경 속에서 나는 무한한 애정을 느꼈어. 그 낯선 장소들에서 애착을 느끼고, 스러져가는 오래된 교회들을 지나 광장을 가로지를 때는 혼란스러운 고독을 느꼈어. 발길에 닳고 닳은 가파른 층계를 올라가 지한기르 언덕배기에서 만난 집들은 대부분 황폐화되어 있고, 심지어 길고양이들마저 슬퍼 보이는데 그 슬픔이 온전히 내 몸으로 전해져오는 거야. 대체 이 도시는 왜 나를 슬프게 하는 걸까? 그 거리에서 나를 엄습한 슬픔은 저녁때까지도 사라지지 않았어. 내가 이런 글을 쓴다고 너무 걱정하진 마, 그냥 그런 감정이 들었다는 거니까. 사람들로 북적이는 카페와 작은 레스토랑들, 이스탄불은 아름답고, 먼지와 세월의 더께가 내려앉았어도 그 웅장함은 여전한 도시야. 여기 사람들이 어찌나 친절하고 호의적인지 바보같이 가슴이 뭉클했어. 어쩌면 풍화되는 문화유산에 대한 노스탤지어일지도.

오후에는 갈라타 탑 주위를 걷다가 동네 한복판에 자리 잡은 묘지 앞에 섰어. 철책 너머로 아른거리는 비석과 무덤들을 바라보고 있는데, 이유 없이 내가 이 땅에 속해 있는 느낌이 들더라고. 이스탄불에서 시간을 보낼수록 내 안에서 사랑이 차오르고 있어.

앤턴, 너한테는 아무 의미도 없는 말을 이렇게 두서없이 쏟아내서 미안해. 눈을 감으면 들려오는 것 같아, 이스탄불의 저녁에 울려 퍼지는 너의 트럼펫 소리와, 그리고 너의 숨결이. 아득히 먼 런던의 어느 펍에서 연주하고 있을 네 모습이 그려져. 샘, 에디 그리고 캐럴, 다들 잘 지내고 있겠지. 모두 그립다. 너희들도 나를 그리워하길.

네가 봤다면 분명히 열광했을 도시의 지붕들을 바라보며 내 마음의 키스를 보내.

앨리스

8

아침 열 시, 방문을 두드리는 소리가 났다. 앨리스가 샤워 중이라고 소리를 질렀는데도 계속 문을 두드렸다. 그녀는 목욕 가운을 걸치고 욕실 문에 달린 거울을 통해 방을 나가는 룸메이드의 실루엣을 보았다. 그리고 침대 위에 슈트 커버와 구두 케이스, 모자 케이스가 놓여 있음을 발견했다. 슈트 커버에는 이브닝드레스가, 구두 케이스에는 하이힐이, 그리고 둥근 모자 케이스에는 예쁜 펠트 모자와 달드리가 직접 쓴 쪽지가 들어 있었다.

오늘 저녁 여섯 시에 로비에서 기다릴게요.

감격한 앨리스의 손에서 목욕 가운이 흘러내렸다. 그녀는 드레스를 입어보고 싶은 충동을 억제할 수 없었다.

폭이 넓고 긴 치맛자락이 나팔 모양으로 펼쳐지고 허리선을 살린 멋진 드레스였다. 전쟁이 일어난 후로 옷 하나에 이토록 많은 옷감을 사용한 의상을 본 적이 있던가. 드레스를 입고 빙그르르 돌아보는데 모든 것이 부족했던 지난 몇 년의 시간을 한순간에 날려버리는 느낌이었다. 몸에 꼭 끼는 재킷과 스커트를 입어본 지가 언제였는지 기억조차 나지 않는 그녀가 지금 입고 있는 드레스는 어깨선이 드러나 있고, 잘록한 허리와 봉긋한 엉덩이, 숨어 있는 각선미까지 돋보이게 만들어주었다.

그녀는 침대에 앉아서 지나치게 높은 듯한 하이힐을 신고 일어섰다. 드레스 위에 짧은 재킷을 걸치고 모자를 쓰고는 거울을 보기 위해 옷장 문을 열었다. 거울에 비친 자신의 모습이 믿기지 않았다.

시간이 되길 기다리면서 옷가지를 조심스럽게 걸어두고 있을 때 앨리스는 컨시어지의 전화를 받았다. 컨시어지는 그리 멀지 않은 곳에 있는 미용실로 데려다줄 벨보이가 기다리고 있다고 말했다.

"방을 착각하셨나 봐요. 나는 그런 약속 한 적 없는데요." 앨리스가 말했다.

"미스 펜델버리, 20분 내에 구이도 미용실에 가셔야 합니다, 예약이 되어 있거든요. 머리 손질이 끝났다고 미용실에서 연락이 오면 다시 모시러 갈 겁니다. 멋진 저녁 보내시기 바랍니다."

컨시어지는 전화를 끊었지만, 앨리스는 장난꾸러기 요정이 튀어나오는 알라딘의 램프를 보듯 수화기를 계속 쳐다보았다.

***

앨리스는 샴푸와 매니큐어 서비스를 받은 다음, 미용사 구이도에게 머리를 맡겼다. 본명이 오누르인 미용사는 로마에서 미용을 배우고 돌아온 남자였다. 구이도는 앨리스에게 오전이 끝나갈 무렵에 한 남자가 찾아와서 아주 구체적인 요구가 있었다고 설명했다. 모자를 써도 틀어 올린 머리가 눌리지 않는 정갈한 헤어스타일을 원한다고.

머리 손질하는 데 한 시간이 걸렸다. 준비가 끝나자마자 벨보이가 와서 앨리스를 호텔로 데려갔다. 그녀가 로비에 들어서자 컨시어지가 바에서 기다리는 분이 있다고 알려주었다. 그녀는 바에서 레모네이드를 마시면서 신문을 읽고 있는 달드리를 발견했다.

"아름답네요." 달드리가 일어나면서 말했다.

"뭐라고 해야 할지 모르겠는데 오늘 아침부터 내가 동화 속 공주가 된 기분이에요."

"그거 잘됐네요, 오늘 저녁은 그래야 할 필요가 있거든요. 영국 대사를 홀려야 하는데 그건 내가 할 수 없는 일이라서."

"어떻게 알았는지 모르겠는데 다 나한테 기막히게 잘 어울려요."

"내가 그렇게 안 보인다는 거 알지만, 난 화가잖아요. 비율에 대한 감각은 내 전문 영역인 데다 좀 탁월하기도 하고."

"어디서 그런 멋진 드레스를 구했을까요, 그렇게 아름다운 드레스는 입어본 적 없어요. 진짜 조심해서 입을게요, 온전한 상태로 돌려줄 수 있도록. 빌린 거 맞죠?"

"새로운 패션이라는데 뭐라고 하는지 알아요? 프랑스인 디자이너가 내놓은 '뉴 룩' 패션이라네요! 이웃나라 사람들이 전술은 아주 형편없는데 의복과 음식에 관한 한 천재성은 인정하지 않을 수가 없네요."

"오늘 저녁 뉴 룩을 입은 내 모습이 당신 마음에 들었으면 좋겠네요."

"의심의 여지가 없죠. 그 헤어스타일, 진짜 좋은 생각이에요. 목덜미가 드러나니까 고혹적이기도 하고."

"헤어스타일, 아님 목덜미?"

달드리는 전채 요리 메뉴판을 앨리스에게 내밀었다.

"뭐든 좀 먹어둬야 해요, 오늘 저녁은 뷔페라서 전투적으로 먹어야 하는데 당신은 전투복이 아니니까."

앨리스는 차와 케이크를 주문했다. 얼마 후, 그녀는 옷을 갈아입고 나갈 채비를 하기 위해 일어났다.

방으로 들어온 앨리스는 옷장을 열었고, 드레스를 꺼내어 침대에 펼쳐놓고는 또 한번 감탄했다.

이스탄불의 지붕 위로 폭우가 쏟아지고 있었다. 앨리스는 창문 앞으로 다가갔다. 멀리서 증기선 기적 소리가 아련하게 들려오고, 보스포루스 해협은 회색빛 베일에 가려지고 있었다. 거리를 내려다보니, 사람들은 트램 정류장의 바람막이 시설을 향해 뛰어가거나 건물 처마 밑에서 비를 피했고, 인도의 우산들은 서로 부딪히며 덜그럭거렸다. 앨리스는 창문 아래 보이는 사람들과 같은 부류에 속했지만, 지금 이 순간만은 베이울루 지구의 호화로운 호텔 두꺼운 벽 안에 있었다. 침대에서 기다리는 아름다운 드레스를 바라보며 다른 세계로 이동한 듯한 느낌이 든 그녀는 오늘 저녁 대면하게 될 특권의 세계, 그간 눈길조차 주지 않았던 세계에 발을 들여놓는다고 생각하니 조바심이 더욱 커졌다.

***

앨리스는 룸메이드를 불러서 드레스 지퍼를 올려달라고 말했다. 그녀는 모자를 쓰고 방을 나섰다. 달드리는 로비로 내려오는 엘리베이터 안에서 앨리스를 발견했는데, 그녀는 상상했던 것보다 훨씬 아름다웠다. 그는 엘리베이터 앞에 서 있다가 그녀의 손을 잡아주었다.

"원래는 내가 사교계를 혐오하는 사람인데 이번만은 어겨보려고요, 당신……."

"뉴 룩이 나한테 잘 어울리나요?" 앨리스가 물었다.

"보는 눈은 가지가지니까, 뭐. 택시 대기시켜 놨어요, 운이 따라주는지 비까지 그쳤네요."

택시는 2분도 안 되어 영사관 앞에 도착했다. 호텔에서 불과 50미터 떨어진 곳이라 길 하나만 건너면 갈 수 있는 거리였다.

"알아요, 웃긴다는 거. 하지만 걸어서 갈 수는 없죠, 위신이 걸린 문제라서." 달드리가 설명했다.

달드리가 앨리스에게 문을 열어주러 가는 사이, 정복 차림의 영사관 집사가 이미 택시에서 내릴 수 있도록 그녀를 도와주고 있었다.

그들은 천천히 포치 계단을 올라갔고, 앨리스는 하이힐에 걸려 넘어질까 잔뜩 긴장해 있었다. 달드리는 경비원에게 초대장을 건네준 다음, 라커룸에 코트를 걸어놓고 앨리스를 연회장으로 이끌었다.

남자들이 일제히 돌아보았고, 심지어 대화를 중단하는 이들도 있었다. 여자들은 앨리스를 머리부터 발끝까지 훑어보고 있었다. 헤어스타일, 재킷, 드레스, 하이힐, 그녀는 현대적 여성의 화신이었다. 대사 부인이 앨리스에게 시선을 멈추고 다정한 미소를 지어 보였다. 달드리가 대사 부인에게 다가갔다.

그는 예법에 따라 대사 부인 앞에서 허리를 숙여 손에 입을 맞추고 나서 앨리스를 소개했다.

대사 부인은 이렇게 아름다운 커플이 영국에서 멀리 떨어진 이곳까지 온 이유를 물었다.

"향수 때문에 왔습니다." 달드리가 대답했다. "앨리스는 영국에서 가장 재능 있는 조향사 중 한 명이고, 그녀의 작품 몇 개는 이미 켄싱턴 최고의 향수 전문점에서 판매되고 있습니다."

"어머, 그렇군요." 대사 부인이 말했다. "런던으로 돌아가면 꼭 구입할게요."

달드리는 향수 몇 병을 보내주겠다고 약속했다.

"용감한 전위 예술가를 만나게 될 줄이야." 대사 부인이 반가워했다. "향수계에 혁신을 일으키는 여성이군요. 지극히 남성적인 비즈니스 세계에서 용기가 대단하네요. 튀르키예에 오래 머물 예정이면 앙카라로 꼭 나를 만나러 와요, 무료해서 죽을 지경이거든요." 대사 부인이 얼떨결에 속내를 꺼내놓고는 얼굴이 빨개졌다. "남편에게 소개해주고 싶은데 저런, 얘기가 한창이네요. 연회 내내 저럴지도 모르겠어요. 두 분 좋은 시간 보내요, 만나서 반가웠어요."

대사 부인이 다른 손님들에게 갔다. 모든 이가 대사 부인과 앨리스가 대화하는 모습을 지켜보고 있었다. 앨리스는 자신에게 집중된 시선들이 거북했다.

"내가 이 정도로 바보일 리는 없는데, 절호의 기회를 날린 거라고 말하지 마요, 제발!" 달드리가 말했다.

앨리스는 손님들에 둘러싸여서 대화하는 대사 부인에게서 시선을 떼지 않고 있었다. 그녀는 달드리의 팔을 놓고 연회장을 가로질러 가면서 하이힐에도 불구하고 자신 있는 걸음걸이를 유지하기 위해 애썼다.

그녀는 대사 부인을 둘러싼 무리에 다가가서 말했다.

"죄송한데요, 부인, 이렇게 불쑥 단도직입적으로 말하는 것이 결례인 줄 알지만 면담할 시간을 내주시길 부탁드립니다. 잠깐이면 됩니다."

달드리는 앨리스가 보이는 의외의 모습에 놀란 얼굴로 지켜보고 있었다.

"대단한 여자네요, 안 그래요?" 칸이 속삭였다.

달드리는 소스라치게 놀랐다.

"아, 놀래라, 오는 소리 못 들었는데."

"알아요, 일부러 그랬어요. 나를 가이드로 고용한 거, 이제는 만족하세요? 아주 특별한 연회가 될 거 같지 않나요?"

"글쎄요, 나는 이런 연회가 따분해 죽을 지경이라서."

"당신은 다른 사람들에게 아무 관심이 없으니까요." 칸이 대꾸했다.

"당신을 관광 가이드로 고용한 거지, 정신적인 가이드가 아니라는 건 알고 있겠죠?"

"위트가 있다는 건 특출한 재능이라고 생각했는데요."

"칸, 진짜 피곤하게 구는 타입이군요. 앨리스에게 술은 한 방울도 입에 대지 않겠다고 약속했는데 지금 기분 더러우니까 조용히 있어요. 선 넘지 말고."

"당신도 선 넘지 말아요, 약속 지키고 싶으면."

칸은 나타났을 때처럼 다시 슬그머니 사라졌다.

달드리는 뷔페 테이블 쪽으로 다가갔다. 앨리스와 대사 부인이 나누는 대화를 엿듣기에 충분히 가까운 거리였다.

"전쟁으로 부모님을 잃으셨다니 가슴이 몹시 아프네요. 부모님의 지난 흔적을 찾고 싶은 마음도 충분히 이해되고요. 내일 당장 담당 부서에 전화해서 당신을 최대한 도와주라고 부탁해놓을게요. 부모님이 정확히 몇 연도에 이스탄불에 왔다고 생각하나요?"

"전혀 모르지만 제가 태어나기 전이었다는 건 확실합니다.

부모님에게는 대고모님 한 분 빼고는 친척이 아무도 없는데 대고모님한테 그런 얘기를 들은 적이 없거든요. 부모님이 만난 건 내가 태어나기 2년 전이었으니까 1909년과 1910년 사이에 신혼여행을 떠났을 수는 있을 거라 생각해요. 그 이후엔 어머니가 임신 중이었으니 여행할 상황이 아니었을 거고요."

"그렇다면 찾는 게 그리 힘들지는 않을 것 같네요, 한 제국의 몰락과 두 번의 전쟁으로 당신이 찾는 문서가 소실되지만 않았다면 말이죠. 하지만 애석하게도 이제는 세상에 없는 내 어머니가 늘 하시던 말씀이 있어요. '안 될 거라고 결론부터 내리지 말고 한번 부딪쳐봐.' 이럴 게 아니라 지금 바로 영사를 만나러 갑시다. 영사에게 인사시켜 줄게요. 그 대신 당신은 이 드레스를 만든 디자이너 이름을 알려주고요."

"이 드레스의 라벨에 새겨진 것으로 보아 디자이너의 이름은 크리스티앙 디오르입니다, 부인."

대사 부인은 그 이름을 기억해두겠다고 말하고는, 앨리스의 손을 잡고 영사에게 소개하면서 친구의 소원을 꼭 들어주면 좋겠다고 부탁했고, 영사는 다음 날 늦은 오후에 만나자고 약속했다.

"일이 잘 해결될 것 같으니 나는 이만 내 의무를 다하러 가볼게요." 대사 부인이 말했다.

앨리스는 대사 부인에게 정중히 인사하고 물러났다.

***

"그래서 어떻게 됐어요?" 달드리가 앨리스에게 다가가서 물었다.

"내일 티타임에 영사와 만나기로 했어요."

"아, 이렇게 절망적일 수가! 당신은 어디서나 성공이네요, 나는 실패고. 아무튼 중요한 건 결과니까요, 기쁘죠?"

"네, 근데 여전히 잘 모르겠어요, 당신이 나를 위해 해주는 이 모든 것에 대해 어떻게 감사를 표해야 할지."

"그럼 나한테 내린 벌을 거두고 한 잔 허락하는 것부터 시작하면 안 될까요? 진짜 딱 한 잔만, 약속할게요."

"딱 한 잔만, 약속하는 거예요?"

"신사의 명예를 걸고." 달드리는 대답하면서 이미 바를 향하고 있었다.

달드리는 앨리스에게 줄 샴페인 한 잔과 넘칠 듯 가득 채운 위스키 한 컵을 들고 돌아왔다.

"당신은 그게 한 잔이에요?" 앨리스가 물었다.

"당신 눈에는 두 잔으로 보여요?" 뜨끔해진 달드리가 능청스럽게 받아쳤다.

오케스트라가 왈츠 연주를 시작하자, 앨리스의 눈이 반짝였다. 그녀는 달드리의 위스키를 집사의 쟁반에 내려놓고 달드리를 쳐다봤다.

"춤출까요? 이렇게 멋진 드레스를 입었는데 나를 거절하면 안 되죠."

"그게……." 달드리가 위스키를 쳐다보면서 어물어물 말했다.

"위스키냐 시씨*냐, 둘 중 하나를 선택해야 할 거예요."

달드리는 마지못해 술을 포기했고, 앨리스의 손을 잡고 무대로 이끌었다.

"춤을 잘 추네요." 그녀가 말했다.

"어머니한테 배웠어요, 왈츠를 좋아하셨거든요. 아버지는 음악을 아주 싫어해서 춤을……."

"어머니가 훌륭한 선생님이셨군요."

"당신한테서 듣는 첫 번째 칭찬이네요."

"두 번째 칭찬을 원한다면, 턱시도가 아주 잘 어울려요."

"재미있네요. 내가 마지막으로 턱시도를 입었던 건 런던의 어느 파티였어요. 따분해서 미칠 지경이었는데 몇 년 전에 사귀었던 여자를 우연히 만났죠. 그녀가 나를 보면서 감탄하는 거예요, 턱시도가 기막히게 잘 어울려서 못 알아볼 뻔했다고. 그러니까 그 말은 평소 내 옷차림이 형편없었다는 거죠."

"달드리, 당신에게는 이미 인생의 여자가 있었군요? 그러니까 내 말은 큰 의미가 있는 여자가 있었냐는 뜻이에요."

"네, 하지만 그건 말하고 싶지 않아요."

"왜요? 우리는 친구니까 그 정도 이야기는 할 수 있잖아요."

"우리가 친구인 건 맞는데 그런 속내를 털어놓기엔 아직

---

* 파티에서 우연히 만난 오스트리아 황제 프란츠 요제프 1세와 로맨틱한 사랑을 나누며 황비에 오른 카롤린 엘리자베스의 애칭.

좀 이르죠. 나한테 유리한 얘기도 아니고요."

"여자가 당신을 떠났군요! 많이 힘들었어요?"

"글쎄요, 아마도. 네, 그랬던 거 같아요."

"아직 그녀를 생각해요?"

"그럴 때도 있죠."

"근데 왜 같이 살면 안 되는데요?"

"그런 적이 전혀 없었으니까요. 얘기하자면 길어요, 그리고 그 얘긴 별로 하고 싶지 않다고 분명히 말한 거 같은데."

"전혀 그렇게 들리지 않았는데." 앨리스가 춤의 속도를 더 올리면서 말했다.

"당신은 내 말에 귀를 기울이지 않으니까요. 근데 계속 이 속도로 돌면 내가 당신 발 밟을 것 같은데."

"이토록 아름다운 드레스를 입고 이토록 큰 홀에서, 게다가 이토록 웅장한 오케스트라 앞에서 춤을 춰본 적이 없어요. 부탁이니까 가능한 한 빠르게 돌아요, 우리."

달드리는 미소를 지으며 앨리스를 이끌었다.

"당신은 참 재미있는 여자예요, 앨리스."

"당신도 재미있는 남자예요. 어제 당신이 술 취해서 자는 동안 혼자 나가서 걷다가 당신이 봤으면 혹했을 작은 교차로를 만났어요. 길을 건너면서 교차로를 그리는 당신을 상상했어요. 멋진 말 두 필이 끄는 마차, 마주쳐 지나가는 트램들, 택시 십여 대, 전쟁 이전의 구형 미국 자동차, 보행자들 그리고 한 남자가 끄는 수레…… 당신이 봤으면 좋아했을 텐데."

"교차로를 건너면서 나를 생각했어요? 당신이 교차로에 마음이 끌렸다고 하니 기분 좋네요."

왈츠 연주가 끝나자 손님들이 오케스트라 단원들과 춤추는 사람들에게 박수를 보냈다. 달드리는 바 쪽으로 걸어갔다.

"그런 눈으로 쳐다보지 마요. 이건 한 잔 더 마시는 것으로 치면 안 돼요, 아까 겨우 입술만 적시고 못 마셨으니까. 그래요, 알았어요, 약속은 약속이니까. 진짜 깐깐한 사람이네요."

"좋은 생각이 있어요." 앨리스가 말했다.

"또 뭐라고 할지 이젠 무섭네."

"나갈까요, 우리?"

"그거라면 반대할 이유가 없지만. 어딜 가려고요?"

"걸어요, 그냥 도시를 돌아다니고 싶어요."

"이 복장으로?"

"바로 그래서예요."

"당신은 내가 생각한 것보다 훨씬 제정신이 아닌 것 같지만, 당신이 좋다는데, 뭐 안 될 거야 없죠."

달드리는 라커룸으로 코트를 꺼내러 갔고, 앨리스는 포치 계단 위에서 기다리고 있었다.

"아까 말한 교차로 보러 갈래요?" 앨리스가 물었다.

"밤에 보면 매력이 반감돼요. 그 기쁨은 미뤘다가 낮에 가서 보는 걸로 하죠. 차라리 케이블카 승강장까지 걸어가서 카라쾨이 방향 보스포루스 해협으로 내려갑시다."

"당신이 이스탄불을 그렇게 잘 아는지 몰랐네요."

"호텔 방에서 이틀을 뭉개다 보니 뭐 할 것도 없고, 머리맡 탁자에 놓인 가이드북을 몇 번 훑어봤더니 외워졌어요."

그들은 베이욜루의 골목길들을 빠져나와 카라쾨이로 연결되는 케이블카 승강장까지 내려갔다. 튀넬 광장에 이르렀을 때 앨리스가 한숨을 내쉬면서 돌난간에 걸터앉았다.

"보스포루스 해협을 따라 걷는 거 그만두고 제일 먼저 보이는 카페에 들어가요, 우리. 내가 벌을 거두면 당신은 원하는 걸 마실 수 있으니까 좋잖아요. 저쪽에 하나 보이네요, 좀 멀긴 한데 그나마 제일 가까운 거 같으니까."

"무슨 소리예요? 50미터만 더 가면 되는데. 케이블카 타면 재미있을 거예요. 세계에서 가장 오래된 케이블카 중 하나인데 타봐야죠. 잠깐, 좀 전에 벌을 거두겠다고 했어요? 갑자기 너그러워진 이유가 뭘까요? 구두 때문에 발 아파서 그래요?"

"하이힐을 신고 이런 포장도로를 걷는 것은 고문이나 다름없거든요."

"내 어깨에 기대요. 이따가 호텔로 갈 때는 택시 타고 갑시다."

작은 카페 안의 분위기는 영사관의 큰 연회장과는 사뭇 대조적이었다. 카드 게임을 하는 사람들이 있고, 웃고 떠들며 노래를 부르면서 우정을 위하여, 가까운 사람의 건강을 위하여, 오늘 하루를 위하여, 사업의 번창을 기약하며 건배하는 사람들이 있었다. 유난히 포근한 올겨울을 위하여, 수세기에 걸쳐 도시의 심장을 뛰게 하는 보스포루스 해협을 위하여 건배하는 사람들도 있었다. 그런가 하면 증기선들이 너무 오래 부두에 정박해 있다고, 물가가 많이 올라서 걱정이라고, 들개

들이 변두리를 점령하고 있다고, 파렴치한 부동산 개발업자들 때문에 고택에 불이 나서 문화유산이 허망하게 잿더미가 됐는데도 시청에선 손을 놓고 있다고 불평을 쏟아내다가도 또다시 형제애를 들먹이고, 관광객들이 자주 찾는 그랜드 바자를 위해 건배하는 사람들도 있었다.

카페 손님들이 파티 복장으로 들어온 외국인 두 명을 쳐다보면서 잠시 카드 게임을 중단했다. 달드리는 개의치 않고 눈에 잘 띄는 테이블을 골라서 자리를 잡았고 라크 두 잔을 주문했다.

"다들 우리만 보고 있어요." 앨리스가 속삭였다.

"다들 당신을 보는 거예요. 아무렇지도 않은 척하고 마셔요."

"내 부모님이 이 골목길을 산책했을까요?"

"불가능한 건 아니잖아요? 나는 가능성이 높다고 봐요. 아무튼 내일이면 뭐든 알게 되겠죠."

"두 분이 이 도시를 관광하는 모습을 상상하며, 두 분의 발자취를 따라 걷는다고 생각하니까 좋네요. 어쩌면 부모님도 베이욜루 언덕배기에서 파노라마처럼 펼쳐지는 풍광을 내려다보며 감탄했겠죠. 어쩌면 페라의 옛 포도밭 주변 골목길들 포석을 밟았을 거고, 손을 잡고서 보스포루스 해협을 따라 걸었을 거고…… 알아요, 바보 같다는 거, 하지만 부모님이 많이 그리워요."

"전혀 바보 같지 않아요. 나도 비밀 얘기 하나 할게요. 내 인생을 엉망진창으로 만든 것이 아버지라고 그토록 비난했는데 이젠 그럴 수 없게 되니까 그렇게 그리울 수가 없어요. 근데 차마 물어보지 못하고 있었는데 어쩌다……?"

"어쩌다 부모님이 돌아가셨냐고요? 1941년 9월, 어느 금요일 저녁, 정확한 날짜는 5일이었어요. 금요일마다 부모님과 함께 저녁을 먹으러 내려갔어요. 당시 나는 부모님 집 위층에 있는 원룸에서 살았거든요. 나는 아버지와 거실에서 이야기를 나누고 있었고, 엄마는 심한 감기에 걸려서 침대에 누워 계셨죠. 그때 사이렌이 울리기 시작했어요. 아버지는 대피소로 가라면서 엄마의 옷을 갈아입혀서 금방 따라갈 거라고 했어요. 내가 도와주겠다고 했지만 빨리 대피소에 가서 공습경보가 길어질 경우를 대비해 엄마가 편안히 있을 자리를 찾아 놓으라고 부탁하는 거예요. 그래서 아버지가 시키는 대로 나갔고 길을 건너는 순간 아주 가까운 데서 첫 번째 폭탄이 터졌어요. 나는 땅바닥에 내동댕이쳐졌죠. 정신을 잃었다가 깨어나 돌아보니 우리 집 건물이 불타고 있었어요. 저녁을 먹은 뒤에 침실에 가서 엄마를 안아주고 싶었지만 잠을 깨울까봐 그러지 못했는데 다시는 못 보게 된 거죠. 나는 작별 인사도 할 수 없었어요. 두 분의 장례조차 치르지 못했고요. 소방대원들이 화재를 진압했을 때 잿더미가 된 집에는 아무것도 남아 있지 않았어요. 우리가 살았던 삶의 흔적도, 내 어린 시절의 추억도. 나는 와이트섬에 사는 대고모님 댁으로 떠났고 전쟁이 끝날 때까지 그곳에 머물렀어요. 런던으로 돌아가기까지는 많은 시간이 걸렸죠. 거의 2년을 기다려야 했으니까. 와이트섬에 칩거하면서 작은 만이며 해변, 언덕, 구석구석 안

가본 데 없이 모두 돌아다녔어요. 그렇게 지내다 대고모님이 꾸짖으면서 강제로 친구들을 찾아보게 했어요. 나한테는 그 친구들밖에 없었어요. 우리는 전쟁에서 이겼고, 새 건물이 들어섰고, 비극의 흔적은 지워졌지요. 내 부모님과 다른 많은 이들의 존재가 지워진 것처럼. 지금 거기 사는 이들은 무슨 일이 있었는지 모르죠. 삶은 다시 계속되고 있으니까."

"물어보지 말걸, 진심으로 미안해요." 달드리가 우물우물 말했다.

"전쟁 중에 당신은 뭐 했어요?"

"병참기지에 복무했어요. 전선에 나갈 자격이 없었거든요. 결핵을 앓은 적이 있는데 폐에 그 흔적이 남아 있다는 이유 였죠. 화가 많이 났어요. 병역을 면제받게 하려고 아버지가 군의관들에게 영향력을 행사했을 거란 강한 의심이 들었거든 요. 나는 군대에 편입되기 위해서 기를 쓰고 노력했고 마침내 1944년 중반에 정보 부서로 발령이 났어요."

"그럼 전쟁에 참여한 거네요." 앨리스가 말했다.

"책상 앞에 앉아 있는 건 전혀 명예롭지 않죠. 이제 다른 얘기합시다. 오늘 밤을 망치고 싶지 않아요. 내 잘못이에요, 괜한 말을 꺼내가지고."

"불편한 질문을 시작한 사람은 나예요. 좋아요, 그럼 즐거운 것들에 대해 얘기해요, 우리. 그녀는 이름이 뭐예요?"

"누구요?"

"당신을 떠났고, 당신을 아프게 하는 여자."

"당신이 즐겁다고 하는 것에 그런 특별한 의미가 있는지 몰랐네요!"

"왜 그렇게 비밀이 많아요? 당신보다 훨씬 어린 여자였어요? 말 좀 해봐요, 금발, 빨간 머리, 아니면 갈색 머리?"

"눈이 아주 크고 초록빛이었어요, 발이 크고 털이 많고. 그러니 잊으려야 잊을 수가 없죠. 그녀에 대해 한 번만 더 물어보면 라크 한 잔 더 시킬 겁니다."

"두 잔 시켜요, 내가 건배해줄게요!"

***

영업시간이 끝나자 카페는 문을 닫았고, 튀넬 광장 부근의 골목길에는 지나가는 택시나 돌무슈라곤 보이지 않았다.

"생각 좀 하고요, 무슨 방법이 있을 거예요." 달드리가 말하는 순간 카페의 불이 꺼졌다.

"물구나무서기로 갈 수도 있지만 그러면 드레스가 망가질 텐데." 앨리스는 옆돌기를 시도하면서 말했다.

달드리는 그녀가 넘어지기 전에 가까스로 잡아주었다.

"당신 완전 취했어요."

"과장하시기는! 좀 취하고 싶었어요, 취한 김에 한마디 하고 싶어서."

"목소리가 어떤지 모르죠? 당신의 목소리가 아니라 사계절 청과물 행상인이 떠들어대는 소리 같다고요."

"계절을 파는 것이 얼마나 아름다운 직업인데 그래요. 오이 두 개, 토마토 한 개와 봄 하나, 떨이예요, 떨이! 이거 몽땅

10퍼센트나 더 싸게 드릴게요. 손님 인상이 좋아서 차비라도 건지면 장사 접고 들어가려고요." 앨리스는 런던 토박이 말씨라고 해도 믿을 정도로 아주 강한 억양으로 말했다.

"큰일이네. 취해서 정신 못 차리는 여자는 감당 못 하는데!"

"그 여자는 전혀 취하지 않았거든요. 그리고 이스탄불에 온 뒤로 계속 술에 절어 있던 사람이 누군데, 당신은 나에게 훈계할 입장이 아닐 텐데요? 당신 어디 있어요?"

"당신 바로 옆에…… 반대쪽!"

앨리스는 왼쪽으로 돌았다.

"아, 여기 있구나. 강을 따라 걸을까요, 우리?" 앨리스가 가로등에 기대면서 말했다.

"글쎄, 보스포루스는 해협인데요, 강이 아니라."

"잘됐네요, 발 아파서 죽겠는데. 몇 시예요?"

"자정이 지난 건 확실해요. 오늘 밤은 예외적으로, 마차가 아니라 공주님이 호박으로 변하나 보네요."

"들어가고 싶지 않아요, 전혀. 영사관으로 돌아가서 춤추고 싶은데…… 호박이 뭐 어쨌다고요?"

"아무것도 아니에요! 병이 중하면 약도 되게 써야 하는데."

"지금 뭐 하는 거예요?" 달드리가 들쳐 업으려고 하자 앨리스가 소리쳤다.

"호텔로 데려가려고요."

"나를 봉투에 넣어서 도어맨에게 인계할 거예요?"

"원한다면." 달드리가 어이없다는 얼굴로 대답했다.

"그래도 나를 컨시어지에게 맡기는 건 싫은데, 약속할 거죠?"

"알았으니까 지금부터는 도착할 때까지 입 다물어요."

"턱시도 등에 금발 머리칼 하나가 묻어 있는데 어떻게 된 일인지 되게 궁금하네. 어어, 방금 내 모자가 떨어진 거 같아요." 앨리스가 중얼거리다 잠들었다.

달드리는 돌아봤고, 펠트 모자가 골목길 아래쪽으로 굴러가다 도랑에 빠지는 것이 보였다.

"아, 모자 하나 또 사게 생겼네." 달드리가 구시렁거렸다.

그는 비탈길을 올라갔고, 앨리스의 숨결에 귀가 간지러워 죽을 지경이었지만 아무것도 할 수 없었다.

***

두 사람이 그런 모습으로 들어오는 걸 보면서 페라 팔라스 호텔의 컨시어지는 깜짝 놀랐다.

"미스 앨리스가 몹시 피곤해서 그래요." 달드리는 태연하게 말했다. "내 방과 그녀의 방 키를 좀 주시겠어요?"

컨시어지가 도와주겠다고 했지만, 달드리는 사양했다.

달드리는 앨리스를 침대에 눕혔고, 구두를 벗기고 이불을 덮어주었다. 그리고 커튼을 친 다음, 잠든 앨리스를 잠시 물끄러미 쳐다보다 불을 끄고 나갔다.

***

그는 아버지와 산책하면서 자신의 계획에 대해 말하고 있었다. 농지 가장자리를 따라 펼쳐지는 광활한 홉밭을 대형으로 그릴 계획이었다. 아버지는 아주 좋은 생각이라면서 홉밭을 캔버스에 담으려면 자신이 트랙터를 모는 장면이 필요하겠다고 했다. 아버지는 얼마 전 퍼거슨 트랙터 한 대를 장만했는데 미국에서 배편으로 들여온 것이었다. 달드리는 당황했다. 그는 바람을 타고 누운 홉의 이삭들, 캔버스 절반을 차지할 드넓은 노란색 홉밭과 대조를 이루는 파란색 그러데이션 하늘을 생각하고 있었다. 하지만 아버지는 새로 장만한 트랙터가 떡하니 캔버스에 담길 거란 상상을 하며 몹시 행복해하는 것 같았다. 생각해볼 필요가 있었다. 어쩌면 캔버스 하단에 농부를 표현하기 위해 빨간색 콤마라도 그려넣어야 할지 모를 일이었다.

홉밭과 트랙터, 하늘, 진짜 멋진 계획이었다. 아버지가 미소를 지어 보이며 손을 흔들었고, 구름 속에서 아버지 얼굴이 나타나고 있었다. 벨이 울렸다, 집요하게 계속 울리는 이상한 벨 소리…….

영국 들판에 있던 달드리는 전화벨 소리에 이스탄불의 새벽 어스름에 잠긴 호텔 방에서 꿈을 깼다.

"빌어먹을!" 달드리는 침대에서 몸을 일으키면서 탄식했다.

그는 머리맡 탁자 쪽으로 몸을 돌리고 수화기를 들었다.

"달드리입니다."

"자고 있었어요?"

"이젠 아니죠…… 아직 악몽 속이라면 몰라도."

"내가 깨운 거예요? 미안해요." 앨리스가 사과했다.

"미안해하지 마요, 나를 20세기 후반의 위대한 풍경화가 중 한 명으로 만들어줄 그림을 그릴 참이었는데, 가능한 한 일찍 깨는 게 낫죠. 이스탄불 시간으로 몇 시예요?"

"거의 정오예요. 나도 방금 일어났는데, 우리가 그렇게 늦게 들어왔어요?"

"연회가 끝난 후에 무슨 일이 있었는지 진짜로 상기시켜 줘요?"

"기억이 전혀 안 나요. 영사관에 가기 전에 항구 쪽으로 점심 먹으러 갈까요?"

"바람 쐬는 거야 우리에게 나쁠 거 없죠. 날씨는 어때요? 아직 커튼을 열어보지 않아서요."

"햇빛이 쨍쨍해요." 앨리스가 대답했다. "빨리 준비하고 로비에서 만나요."

"바에서 기다릴게요, 난 커피 한잔이 필요해요."

"당신이 먼저 가 있을 거라고 누가 그래요?"

"농담하는 거죠?"

***

달드리는 계단으로 내려가다가 로비의 한 의자에 팔짱을 끼고 앉아서 그를 빤히 쳐다보고 있는 칸을 발견했다.

"온 지 오래됐어요?"

"오늘 아침 여덟 시 약속이었으니까 계산은 알아서 하십시오, 각하."

"미안해요, 약속했는지 몰랐어요."

"내가 아침에 일터로 나오는 건 정상이지만, 각하가 나에게 도움을 청했다는 걸 기억 못 하는 건 아니겠죠?"

"나를 언제까지 계속 그렇게 호칭할 겁니까? 조롱하는 거 같아서 아주 거슬리는데."

"당신에게 화가 났을 때만. 기껏 다른 조향사와 약속을 잡았더니 이렇게 정오가 지나서 나타나시니……."

"커피부터 우선 한잔 마시고 나서 말싸움을 하든 말든 합시다." 달드리가 대답하면서 지나가버렸다.

"남은 오후 시간에 특별히 하고 싶은 것이 있으신지요, 각하?" 칸이 등 뒤에서 소리쳤다.

"그만 좀 해요!"

달드리는 바에 자리를 잡았지만 로비에서 왔다 갔다 하는 칸에게서 시선을 뗄 수 없었다. 그는 의자에서 일어나 칸에게 돌아갔다.

"기분 나쁘라고 하는 말이 아니라 사과의 뜻으로 하루 휴가를 줄게요. 어차피 미스 앨리스와 점심 먹고 나서 영사를 만나러 갈 거예요, 약속이 잡혀 있거든요. 내일 여기서 에티켓 시간, 그러니까 늦은 아침에 만나 당신이 말하는 조향사에게 갑시다."

달드리는 칸에게 인사하고 바에 가서 앉았다.

앨리스는 정확히 15분 후에 나타났다.

"거봐요, 내가 먼저 와 있잖아요." 달드리는 앨리스가 입을 열기도 전에 말했다. "내가 유리한 상황이 전혀 아니었는데도 당신에겐 영 가능성이 없었던 거죠."

"모자 찾느라고 늦은 거예요."

"그래서 찾았고요?" 달드리가 장난기 가득한 눈으로 물었다.

"그럼요! 옷장 선반에 잘 모셔놨어요."

"찾았다니 다행이네요. 물가에서 점심 먹자더니, 변함없는 거죠?"

"계획 변경. 당신 만나러 오는데 칸이 로비에서 기다리고 있다가 고맙게도 그랜드 바자 방문 일정을 잡아놨다고 하네요. 좋아 죽겠어요, 진짜 가보고 싶었는데. 빨리 나와요, 밖에서 기다릴게요."

"좋네요." 달드리가 이를 악물고 말하는 사이 앨리스는 이미 멀어져가고 있었다. "기회만 생겨봐라, 어디 조용한 구석으로 끌고 가서 저 가이드의 목을 확 졸라버리든지 해야지."

그들은 트램에서 내려 베야지트 모스크 북쪽으로 걷다가 광장에 이르자 헌책방과 판화 가게가 늘어선 좁은 길로 접어들었다. 그랜드 바자의 골목들을 누비며 구경하는 한 시간 동안 달드리는 여전히 한마디도 하지 않았다. 앨리스는 행복한 얼굴로 칸이 들려주는 일화에 귀를 기울이고 있었다.

"세계에서 가장 크고 가장 오래된, 돔 지붕으로 덮인 시장이죠." 가이드가 자랑스럽게 말했다. "'바자'는 아랍어에서 온 말이고, 옛날에는 베데스텐이라고 불렸어요. 베데스가 아랍어로 '양털'이라는 뜻인데, 이곳이 양털을 파는 곳이었거든요."

"그러니까 내가 양이 된 거네, 양치기를 졸졸 따라가는." 달드리가 중얼거렸다.

"뭐라고 하셨습니까, 각하?" 칸이 돌아보면서 물었다.

"아무 말도, 경건하게 듣고 있습니다, 친애하는 가이드님." 달드리가 대답했다.

"옛 베데스텐은 그랜드 바자 중앙에 있지만, 지금은 주로 옛날 무기, 오래된 청동 제품, 아주 특별한 도자기들을 팔죠. 원래는 목조 건물이었는데 불행히도 18세기 초에 화재로 소실되었어요. 저 위에 아치형 돔 보이죠? 여긴 거대한 돔 지붕으로 덮인, 하늘이 있는 하나의 작은 도시나 다름없는 곳이죠. 물론 내가 무슨 말을 하든 인상을 쓰는 사람도 더러는 있지만요! 여기는 없는 거 빼고 다 있다고 보면 돼요. 보석, 모피, 카펫, 공예품, 물론 복제품도 많지만, 눈 밝은 전문가는 그 안에서 굉장한 물건을 찾아내기도 하고……."

"이런 난장판 속에서." 달드리가 또 어깃장을 놨다.

"대체 왜 그래요?" 앨리스가 핀잔을 주었다. "우리를 위해 열심히 설명해주는데, 뭐가 그렇게 기분이 나쁜데요?"

"그런 거 아니에요, 전혀." 달드리가 대꾸했다. "난 그저 배가 고플 뿐이에요."

"여기 골목길을 전부 다 둘러보려면 족히 이틀은 걸릴 거예요." 칸이 태연하게 말했다. "보시다시피, 바자는 여러 구역으로 나뉘어 있고, 각 구역마다 파는 물품의 종류가 정해져 있다는 걸 알면 몇 시간은 한가로이 구경할 수 있지요. 멋진 곳에서 식사를 할 수도 있고요. 각하가 좋아할 만한 음식도 찾을 수 있을 겁니다."

"좀 엉뚱한 호칭이긴 한데 이상하게 당신에게 잘 어울려요, 요즘 시대에 '각하'라는 말이 우습긴 하지만 재미있기도 하고, 안 그래요?" 앨리스가 달드리의 귀에 대고 속삭였다.

"나는 전혀 아닌데 둘 다 재밌어하는 것 같으니 그 즐거움을 망치진 않을게요. 당신은 그의 조롱이 나에게 상처를 줄 수 있다는 걸 단 1초도 생각하지 않는 사람이니까."

"둘 사이에 무슨 일 있었어요? 개와 고양이처럼 계속 아웅다웅하고 있으니."

"아니라니까요!" 달드리가 교실 구석에서 벌 받는 아이처럼 까칠하게 대꾸했다.

"성질 한번 고약하네요! 칸은 성심성의껏 도와주고 있는데. 그렇게 배고프면 식사하러 가요. 바자 구경은 포기할게요, 그게 당신이 미소를 되찾는 데 도움이 된다면."

달드리는 어깨를 으쓱하면서 빠른 걸음으로 칸과 앨리스를 앞질러 갔다.

한 악기점 앞에서 걸음을 멈춘 앨리스는 골동품으로 보이는 트럼펫에 매료되어 있었다. 그녀는 악기점 주인에게 가까이에서 봐도 되는지 물었다.

"암스트롱도 이 트럼펫을 갖고 있죠." 악기점 주인이 환한 얼굴로 말했다. "딱 하나 남았는데 나는 불 줄 모르지만, 친구가 연주해보더니 정말 갖고 싶어 하더군요. 훌륭한 악기라면서."

칸이 악기를 살펴보고 나서 앨리스의 귀에 대고 속삭였다.

"짝퉁이에요. 좋은 트럼펫을 사고 싶으시다면 아는 악기점이 있어요. 그건 내려놓고 따라오세요."

달드리는 칸이 하는 말에 혹해서 따라가는 앨리스를 보면서 어이없다는 얼굴로 하늘을 바라보았다.

칸은 옆 골목에 있는 다른 악기점으로 앨리스를 데려갔다. 그는 주인에게 그리 비싸지 않으면서 멋진 모델을 추천해달라고 부탁했지만, 앨리스는 이미 진열장에 놓인 트럼펫에서 눈을 떼지 못하고 있었다.

"진짜 셀마 제품이에요?" 앨리스가 트럼펫을 집어 들고서 물었다.

"네, 진품이니까 의심스러우면 한번 불어보세요."

앨리스는 트럼펫을 찬찬히 뜯어봤다.

"피스톤 밸브가 네 개에다 스털링 실버*까지, 되게 비싸겠는데!"

"시장에서는 그런 식으로 흥정하는 거 아닙니다, 손님." 주인이 호의적인 미소를 지으면서 말했다. "트럼펫의 스트라디바리우스라고 불리는 빈센트 바흐 제품도 있습니다. 튀르키예에 하나밖에 없는 물건이죠."

하지만 앨리스의 시선은 셀마 트럼펫에 머물러 있었다. 앨리스는, 추위 속에서 배터시의 한 악기점 진열장에 놓인, 이

---

* 순은 92.5%에 구리 따위가 함유된, 무르고 잘 변색되는 성질을 보완한 합금 은.

것과 똑같은 모델의 트럼펫에 몇 시간씩 홀려 있던 앤턴의 모습을 떠올리고 있었다. 앤턴은 마치 재규어 쿠페나 이탈리아의 멋진 자동차를 보면서 사랑에 빠진 자동차 마니아 같았다. 그는 그녀에게 피스톤 트럼프와 키 트럼프의 차이, 니스 칠이나 은도금, 소리에 영향을 주는 합금의 중요성 등 트럼펫에 관한 모든 걸 가르쳐주었다.

"흥정만 잘하면 합리적인 가격에 드릴 수 있습니다." 상인이 말했다.

칸이 튀르키예어로 뭐라고 하자 상인이 다시 말했다.

"좋은 가격으로 드리죠. 칸의 친구는 곧 내 친구이기도 하니까요. 악기 케이스도 선물로 드리고요."

앨리스는 계산했고, 악기를 들고 상점을 나갔다. 그 어느 때보다 신중하게 지켜보던 달드리가 따라 나가면서 말했다.

"당신이 트럼펫 전문가인지는 몰랐네요. 아주 잘 아는 것 같던데요."

"당신은 나에 대해 전혀 모르니까요." 앨리스는 입술을 삐죽거리면서 빨리 걸어갔다.

"당신이 트럼펫을 연주하는 건 한 번도 들어본 적 없었으니, 우리 두 집 사이의 벽이 그렇게 두꺼운 편도 아닌데 말이죠."

"그러는 당신은 피아노 안 치는 거 맞아요?"

"말했잖아요, 아래층 여자가 치는 거라고. 그러니까 뭐예요? 이웃집 방해하지 않으려고 굴다리 밑에 가서 연주했다 그거예요?"

"배고프다면서요? 저기 허름한 식당이 보여서 물어보는 거예요. 내 눈에는 나빠 보이지 않지만, 당신은 그렇게 부르는 거 좋아하니까."

칸이 먼저 레스토랑으로 들어갔고, 차례를 기다리는 손님들을 뚫고 들어가 기어코 테이블 하나를 차지했다.

"당신이 이 바자의 주주이거나 아버지가 설립자였나 봐요? 없는 자릴 만드는 거 보면." 달드리가 자리에 앉으면서 물었다.

"그냥 가이드입니다, 각하!"

"알죠, 이스탄불 최고의 가이드……."

"이제야 진심으로 인정해주시니 엄청 영광입니다. 내가 가서 주문하죠. 영사와 약속한 시간에 맞추려면 서둘러야 하잖아요." 칸은 그렇게 말하고 계산대로 향했다.

9

영사관은 평일의 모습을 되찾았다. 화환과 크리스털 샹들리에들은 사라졌고, 활짝 열려 있던 연회장 문도 닫혀 있었다.

정복 차림의 군인이 신분증을 살펴본 뒤 신고전주의 양식의 건물 2층으로 앨리스와 달드리를 안내했다. 그들이 긴 복도에 들어서자 비서가 나와서 맞아주었다.

그들은 영사의 사무실에 들어갔다. 영사는 근엄한 태도를 보였지만, 목소리는 나긋나긋했다.

"미스 펜델버리, 각하와 친구 사이시네요."

앨리스는 고개를 돌리고 달드리를 쳐다봤다.

"내가 아니라 이번에는 대사를 말하는 거예요." 달드리가 앨리스의 귀에 대고 속삭였다.

"네에." 앨리스는 머뭇거리다 영사에게 대답했다.

"대사 부인께서 내게 빠른 시일 내에 만나보라고 하시는 걸 보니 아주 가까운 사이신가 봅니다. 무엇을 도와드리면 될까요?"

앨리스가 요구 사항을 말하는 사이 영사는 책상에 놓인 서류들에 서명을 하면서 유심히 들었다.

"부모님이 비자 신청을 하셨더라도 당시는 우리가 아니라 오스만 제국의 관청 소관이었습니다. 물론, 공화국으로 선포되기 이전에도 우리 영사관이 대사관 역할을 했습니다만, 그 서류는 여기서 취급할 사안이 아니었다는 말입니다. 따라서 관련 서류는 튀르키예 외무부 문서실에만 보관되어 있을 겁니다. 하지만 그사이 혁명이 일어났고 전쟁을 두 번이나 치렀는데, 설사 보존되어 있다고 해도 보통 성가신 일이 아니라서 서류를 찾아주려고 할지는 모르겠습니다."

"영사님께서 튀르키예 관청에 영국 대사 부인과 아주 가까운 친구의 부탁이라고 귀띔하면서 특별히 청원하면 또 모르잖습니까." 달드리가 말했다. "경제 파트너이자 우방 국가에 대한 호의만 있으면 어떤 어려운 일도 해낼 수 있다는 사실에 가끔 놀랄 때가 있지 않습니까. 막무가내로 드리는 말씀이 아닙니다. 내게 삼촌 되는 분이 우리 외무부 장관의 고문이신데 이 영사관도 외무부 소속으로 알고 있습니다만. 삼촌께서는 형님이신 내 아버님의 갑작스런 비보를 접한 뒤로 나에게 무한한 애정을 보내는 분이지요. 영사께서 우리에게 아주 유용하고 효율적인 도움을 주신다면 꼭 말씀드리겠습니다. 내가 무슨 말을 하고 있었는지 잊어버렸네요." 달드리는 생각에 잠긴 얼굴로 말을 이었다. "요컨대, 내가 하고 싶었던 말은······.”

“무슨 말씀인지 충분히 이해했습니다, 미스터 달드리. 관련 부서에 연락해서 최선을 다해 알아보겠습니다. 하지만 너무 낙관하지는 마십시오. 단순 비자 서류는 그리 오래 보관하지 않을 수도 있으니까요. 미스 펜델버리, 부모님이 이스탄불에 왔을 거라고 추정하는 때가 1909년에서 1910년 사이라고 하셨지요?”

“네, 맞습니다.” 달드리의 배짱에 당황해서 얼굴이 빨개진 앨리스가 대답했다.

“체류하는 동안에 이 멋진 도시에서 즐거운 시간 보내시길 바랍니다. 결과가 나오면 투숙 중인 호텔에 메시지를 보내겠습니다.” 영사가 약속하면서 사무실 문 앞까지 그들을 배웅했다.

앨리스는 배려해줘서 고맙다며 영사에게 인사했다.

“아버님의 동생이신 삼촌도 성이 달드리겠지요?” 영사가 달드리와 악수하면서 물었다.

“그렇지 않습니다.” 달드리는 태연하게 대답했다. “예술가로서 좀 개성 있는 예명을 쓰려고 나는 어머니의 성을 따랐거든요. 내 삼촌의 성은 고인이 된 내 아버님과 같은 핀치입니다.”

영사관을 나온 앨리스와 달드리는 영사가 대접해주지 않은 차를 마시러 호텔로 돌아갔다.

“달드리가 진짜 어머니의 성이에요?” 앨리스가 바에 앉으면서 물었다.

“천만에요, 우리 집안에 핀치라는 성은 없어요. 그러니까

당신도 정부 청사나 관공서에서 사용할 만한 성을 하나 찾아
봐요. 아주 흔한 성이라면 좋겠죠."

"당신은 진짜 무서울 게 없는 사람이군요!"

"칭찬받아야 되는 거 아닌가, 그 덕분에 우리 일이 신속히
진행되는 건데, 그렇게 생각 안 해요?"

* * *

밤에는 서북풍이 불었다. 발칸 반도에서 불어오는 바람을
타고 눈이 내렸고, 올겨울 유난히 포근하던 날씨는 이제 끝나
고 본격적인 추위를 예고했다.

앨리스가 눈을 떴을 때, 창문에 드리운 퍼케일 면 커튼처럼
바깥은 온통 흰색이었다. 이제 이스탄불의 지붕은 런던과 닮
아 있었다. 폭풍 때문에 외출이 금지되었고, 보스포루스 해협
도 선명하게 보이지 않았다. 앨리스는 호텔 레스토랑에서 아
침을 먹은 뒤, 방으로 올라가서 거의 매일 밤 편지를 쓰는 탁
자 앞에 앉았다.

앤턴,

1월의 마지막 날들. 본격적으로 찾아온 겨울이 오늘 우리에게
휴식할 시간을 주었어. 어제는 우리 나라 영사를 만났는데, 내 부
모님이 이곳까지 왔었는지 확인할 가능성이 아주 희박하다고 해.
솔직히 말하면 이 여행의 의미에 대해 나 자신에게 끊임없이 묻고

있어. 한 점쟁이의 예언 때문인지, 런던에서 멀리 떨어진 곳에서 새로운 향을 발견하고 싶은 꿈 때문인지, 아니면 너 때문인지 알고 싶어서. 오늘 아침 이스탄불에서 편지를 쓰는 건 네가 그립기 때문이야. 너에 대한 이 특별한 감정을 나는 왜 감췄던 걸까? 어쩌면 우리의 우정을 위험에 빠뜨리는 것이 두려웠기 때문일지도. 부모님을 잃은 후로, 넌 그때 내 인생의 일부와 나를 연결해주는 유일한 사람이야. 와이트섬에 피난해 있던 그 긴 몇 달 동안 목요일마다 받은 네 편지들을 나는 결코 잊지 못할 거야.

또다시 그때처럼 네가 편지를 보내주고, 어떻게 지내고 있는지 네 소식을 전해준다면 좋겠어. 나는 대체로 즐겁게 보내고 있고, 달드리는 괴짜이긴 하지만 진짜 신사야. 그리고 이스탄불은 아름다운 도시이고, 활기에 차 있고, 사람들은 관대해. 그랜드 바자에서 네가 좋아할 만한 걸 발견했는데 그 이상은 말해주지 않을래. 이번에는 반드시 비밀을 지키기로 다짐했거든. 돌아가면 템스강을 따라 걷자, 그리고 나를 위해 연주해줘…….

앨리스는 만년필을 들고 뚜껑을 질겅질겅 깨물다 마지막 문장을 알아볼 수 없을 때까지 시커멓게 줄을 그었다.

……템스 강가를 거닐면서 내가 런던에서 멀리 떠나 있는 동안 있었던 모든 일들을 얘기해줘.

내가 그저 관광이나 하면서 즐기고 있다고 생각하진 마. 내 작업에 진전이 있으니까, 아니 그보다는 새로운 계획을 세우고 있다는 것이 맞겠지. 날씨가 허락하는 대로 향신료 시장에 갈 거야. 간

밤에 실내에 뿌리는 새로운 향수를 개발하기로 결정했거든. 비웃지 마, 내 생각이 아니라 지난번 편지에 쓴 그 향수 장인 덕에 떠오른 아이디어였으니까. 어제 잠자리에 들면서 부모님 생각을 했는데 모든 추억은 후각과 연결되어 있더라고. 아버지의 화장수나 엄마의 향수가 아니라 다른 수많은 향에 대해 말하는 거야. 눈을 감고 어릴 적의 냄새들을 기억해봐. 네 책가방 가죽과 분필 냄새, 교탁 앞으로 불려 나갔을 때 나던 칠판 냄새, 네 어머니가 부엌에서 준비하던 밀크초콜릿 냄새. 우리 집에서는 엄마가 음식을 만들면 늘 계피 향이 났어. 엄마는 모든 디저트에 계피를 넣었거든. 겨울을 추억할 때도 냄새가 떠올라. 아버지가 숲에서 그러모아 태우는 벽난로의 땔감 냄새, 봄날의 추억 속에는 아버지가 엄마에게 한 아름 안겨준 들장미가 거실에서 뿜어내던 향기도 있었지. 엄마는 늘 말했어. '근데 너는 어떻게 이 모든 냄새를 맡을 수 있을까?' 엄마는 이해하지 못하셨어, 내가 내 삶의 매 순간을 그런 특별한 냄새로 기억해둔다는 걸. 냄새는 나의 언어였고, 나를 둘러싼 세상을 배우는 방법이었다는 걸. 그래서 나는 지난 시간들의 냄새를 추적할 수 있어. 수십 개의 냄새를 종류별로 구분할 수 있거든. 나뭇잎을 타고 흘러내리다 이끼와 섞여서, 태양이 숲의 향을 더해주는 순간에 피어나는 비 냄새, 여름의 건초와, 우리가 숨던 헛간의 짚더미, 네가 나를 밀쳐서 엎어졌던 퇴비 냄새…… 그리고 열여섯 살 내 생일에 네가 선물한 라일락 꽃향기도.

나는 사춘기 시절의 추억, 성인이 된 우리 삶의 많은 추억을 상기하면서 머리에 떠오르는 향을 열거할 수 있어. 앤턴, 네 손에서 후추 향, 가죽과 비누 그리고 담배가 섞인 냄새가 나는 거 알아?

건강 조심해, 앤턴. 너도 조금은 나를 그리워하길 바라.

다음 주에 또 쓸게.

내 마음의 키스를.

앨리스

＊＊＊

폭풍이 불어닥친 다음 날에도 비가 계속 내리면서 눈을 지우고 있었다. 그 이튿날부터 며칠간, 칸은 그들을 이스탄불의 또 다른 유적들로 안내했다. 톱카피 궁전, 쉴레이마니예 모스크, 술레이만과 록셀란의 무덤을 관광했고, 갈라타 다리 주변의 활기찬 거리를 걷다가 이집트 바자의 골목들을 몇 시간 동안 돌아다녔다. 앨리스는 향신료 시장에 들어서자 가판대마다 걸음을 멈추고 온갖 향신료 가루들과 말린 꽃차, 작은 유리병에 담긴 향수의 냄새를 맡았다. 감정 표현에 인색하던 달드리도 뤼스템 파샤 모스크의 아름다운 이즈니크 타일 장식과 유서 깊은 생소뵈르 교회의 프레스코화 앞에서 처음으로 넋을 잃었다. 구시가지 골목길을 걷다가 대화재를 견뎌내고 살아남은 목조 주택들을 보면서 앨리스는 불편함을 느꼈고, 빨리 이곳을 벗어나고 싶었다. 그녀는 혼자 가봤던 갈라타 탑에 달드리도 올라가보게 했다. 하지만 가장 아름다운 순간은 단연코 칸이 치첵 파사지 아케이드 상점가로 데려갔을 때였고 온종일 그곳에서 시간을 보내고 싶을 정도로 좋았다. 그들은 모퉁이에 즐비한 술집 중 한 곳에서 점심을 먹었다. 목요일에는 돌마바흐체 궁전 구역을 돌았고, 금요일에는 골든 혼 깊숙한 곳에 자리한 에웝을 관광했다. 그들은 예언자 무함마드의 추종자 에웝의 무덤을 둘러보고 나서 공원묘지까지 계단을 올라갔다가 피에르 로티[*] 카페에서 휴식을 취했다. 소설가가 자주 들렀다는 고택의 창문에서 오스만 왕조 무덤의 비석들 너머, 보스포루스 해협의 기슭이 그리는 광막한 수평선이 내다보였다.

그날 저녁, 앨리스는 달드리에게 런던으로 돌아갈 생각을 해야 할 때가 된 것 같다고 말했다.

"포기하고 싶어요?"

"계절을 잘못 선택한 거 같아요, 친애하는 달드리. 이 여행은 꽃 피는 계절에 시작했어야 했는데. 그리고 언젠가 당신이 경비로 쓴 돈을 갚으려면 작업대 앞에 있는 것이 낫겠죠. 당신 덕분에 놀라운 여행을 했고, 새로운 아이디어로 가득 찬 머리로 돌아가게 됐으니 그걸 실현해야죠."

"향수 때문에 여기까지 온 게 아니잖아요, 당신도 잘 알면서."

"달드리, 무엇이 나를 이곳에 이르게 했는지 모르겠어요. 한 점쟁이의 예언? 나의 악몽들? 당신의 주장과 런던을 잠시 떠나 있어보라고 당신이 내게 준 기회? 나는 부모님이 이스

---

[*] 1800년대 후반에 활동한 프랑스 작가로, 이스탄불과 중국, 일본 등을 두루 돌아다니며 이국적인 작품을 많이 남겼다.

탄불에 왔었다고 믿고 싶었던 것이고, 그래서 두 분의 발자취를 따라 걷고 있다는 느낌이 들면서 부모님에게 다가가고 있었는데, 영사에게서는 아무 소식이 없어요. 달드리, 나는 이제 좀 더 어른으로 거듭나야 해요, 비록 내가 그 필요성을 애써 밀어내고는 있지만. 근데 그건 당신에게도 해당되는 거예요."

"난 동의하지 않아요. 어쩌면 우리가 영사를 과대평가했을 수도 있다는 건 인정해요. 하지만 점쟁이가 당신에게 예언한 그 인생, 길 끝에서 당신을 기다리는 그 남자를 생각해봐요. 그리고 나는 당신을 그 남자에게, 아니 최소한 두 번째 연결고리까지는 인도하겠다고 약속했어요. 나는 명예를 중시하고, 약속을 지키는 사람이에요. 지금 힘들다고 포기한다는 건 말도 안 된다고요. 우린 시간을 낭비한 게 아니라 오히려 그 반대예요. 당신은 새로운 아이디어를 얻었고, 또 다른 아이디어들도 생길 거라고 난 확신해요. 그리고 조만간, 두 번째 사람을 만나게 될 거고, 그러면 그 사람이 세 번째 사람에게 인도해줄 거고, 또 네 번째, 다섯 번째……."

"달드리, 이성적으로 생각하자고요. 내 말은 내일 당장 돌아가겠다는 게 아니라 적어도 다시 생각해볼 필요가 있다고 부탁하는 거예요."

"심사숙고하고 내린 결정이었지만, 부탁이라니까 좀 더 생각해볼게요."

칸이 오면서 둘의 대화는 끝났다. 호텔로 돌아갈 시간이었다. 이날 저녁 그들은 가이드의 안내를 받아 극장에 가서 발레 공연을 관람했다.

 그다음 며칠도 그들은 교회에서 시너고그(유대교 회당)를, 시너고그에서 모스크를 관광했다. 활기찬 골목에 잠들어 있는 오래된 묘지를 둘러봤고, 카페에 들렀다가 저녁마다 가는 레스토랑에서 식사를 하며 각자 조금씩 자신의 이야기를 꺼내놓기 시작했고, 서로 속내를 털어놓으면서 달드리와 칸은 화해를 했다. 마침내 두 남자 간에 은밀한 공모가 이뤄졌는데, 이때부터 영악한 계획을 두고 한 사람은 주모자가, 또 한 사람은 공범이 되었다.

 다음 월요일, 호텔 컨시어지가 바쁜 하루를 보내고 들어오는 앨리스를 불러 세우더니 아침나절에 영사관의 전령이 전보를 가져왔다고 말했다.

 앨리스는 전보를 받아들고 달드리를 쳐다봤다.

 "얼른 뜯어봐요." 달드리가 들뜬 얼굴로 말했다.

 "여기서는 안 되고 바에 가요."

 두 사람은 라운지 안쪽 깊숙한 곳에 놓인 테이블로 자리를 잡았고, 달드리가 손짓으로 웨이터를 불러서 주문했다.

 "이제 빨리 읽어봐요." 달드리는 안절부절못하는 얼굴로 물었다.

 앨리스는 전보 귀퉁이를 뜯었다. 그러고는 몇 줄의 글을 읽은 다음 테이블에 내려놨다.

 달드리가 앨리스와 전보를 번갈아 바라보았다.

 "허락 없이 읽는 건 비신사적인 행동이겠지만, 1초라도 더 기다리게 한다면 그게 더 잔인한 거예요."

"몇 시예요?" 앨리스가 물었다.

"다섯 시." 달드리가 대답하면서 눈살을 찌푸렸다. "왜요?"

"영사가 곧 올 거예요."

"영사가 여기로 온다고요?"

"그게 영사의 메시지예요, 나를 만나서 직접 전할 소식이 있다고 해요."

"그럼 나는 이만 일어날게요, 영사가 당신을 만나겠다는 거니까."

달드리가 일어서려고 하자 앨리스가 팔을 잡으면서 그를 앉게 했다. 그녀는 영사에게 할 말이 별로 없었다.

영사는 로비에 들어서다 앨리스를 발견하고는 다가왔다.

"전보를 제때에 받으셨군요." 영사가 코트를 벗으면서 말했다.

영사는 코트와 모자를 웨이터에 맡기고 앨리스와 달드리 사이에 놓인 안락의자에 앉았다.

"마실 거라도 시킬까요?" 달드리가 물었다.

영사는 손목시계를 보고 나서 버번 한 잔을 주문했다.

"30분 후에 바로 근처에서 약속이 있어요. 호텔이 영사관과 가까운 거리라서 직접 전하는 편이 낫겠다고 생각했습니다."

"정말 고맙습니다." 앨리스가 말했다.

"예상한 대로 튀르키예 친구들로부터는 어떤 정보도 얻지 못했습니다. 그렇다고 성의가 없다고 생각하진 말고요. '오스만의 문'이라 불리는 튀르키예 정부의 외무부에서 일하는 한 지인에게서 그저께 전화가 왔는데 부모님에 대한 문서를 찾

기 시작했고, 오스만 제국 시대의 문서 열람을 신청해서 알아
보니…… 관련 기록은 전혀 남아 있지 않은 것 같다더군요."

"그럼 가망이 없다는 얘기군요." 달드리가 결론을 내렸다.

"그건 아닙니다." 영사가 대꾸했다. "혹시 몰라서 우리 직
원 한 명에게 조사해보라고 지시해놨었거든요. 젊지만 보기
드물게 유능한 직원이라 부탁했는데 능력을 발휘한 거죠. 부
모님 중 한 분이 체류 중에 여권을 분실했거나 소매치기에게
날치기를 당했을 가능성을 배제하지 않고 조사했던 모양입니
다. 이스탄불은 지금도 치안이 안전한 항구 도시가 아닌데 세
기 초에는 말할 것도 없었겠죠. 요컨대, 여권을 분실한 경우
였다면, 부모님께서 혁명 전에 현재의 영사관 건물을 쓰던 당
시 대사관에 도움을 청했을 테니까요."

"두 분이 여권을 도난당했답니까?" 달드리가 그답지 않게
성급하게 물었다.

"그것도 아니었어요." 영사가 얼음이 든 술잔을 흔들면서
대답했다. "체류하는 기간 동안 부모님께서 대사관에 올 수
밖에 없는 상황이 발생한 겁니다! 부모님이 이스탄불에 있었
던 시기는 추정하시는 것처럼 1909년이나 1910년이 아니라
1913년 말부터였습니다. 아버님은 약학을 공부하셨고, 아시
아에서 발견되는 약초 연구를 위해 오셨던 모양이고요. 부모
님은 베이욜루 지구에 있는 작은 집에 거처를 마련하셨더군
요. 여기서 그리 멀지 않은 곳입니다."

"그걸 다 어떻게 아셨습니까?" 달드리가 물었다.

"1914년 8월 전 세계를 뒤흔들었던 혼돈과, 같은 해 11월

오스만 제국이 유감스러운 결정을 내리고 제1차 세계대전 당시 동맹국들과 독일에 동조했던 사실에 대해서는 상기시킬 필요가 없겠죠. 부모님께서는 여왕 폐하의 신하였기 때문에 오스만 제국이 적으로 간주할 수밖에 없는 신분이었던 겁니다. 아내와 자신에게 닥칠 위험을 예감한 아버님께서 본국으로 송환되길 희망하면서 이스탄불에 체류하고 있다고 대사관에 신고하셨던 거죠. 그러나 애석하게도 전시 중에 여행은 위험천만한 일이었고, 두 분은 한참 더 오래 기다린 끝에 영국으로 돌아갈 수 있었어요. 하지만 그 바람에 우리가 두 분의 흔적을 찾을 수 있었습니다. 실제로 위험하다고 느껴지면 언제든 대사관으로 피신하기 위해 두 분은 대사관의 보호를 받기 시작했더군요. 아시다시피 어떤 상황이든 대사관 직원들은 면책특권을 가진 영토에 남아 있으니까요."

영사가 하는 말을 들으면서 앨리스는 파랗게 질려가고 있었다. 그녀의 얼굴이 어찌나 창백하던지 달드리는 걱정이 되었다.

"괜찮아요?" 달드리가 그녀의 손을 잡아주면서 물었다.

"의사를 부를까요?" 영사는 한술 더 떴다.

"아니, 괜찮아요." 앨리스가 더듬더듬 말했다. "계속하세요, 부탁입니다."

"1916년 봄, 영국 대사관은 두 분을 포함한 재외 자국민 백여 명을 에스파냐 국적 화물선에 태워 비밀리에 귀국시키는 데 성공했지요. 당시 중립을 유지하고 있던 에스파냐의 화물선은 다르다넬스 해협을 지나 지브롤터에 별문제 없이 도착했습니다. 그런데 거기서부터 부모님의 흔적을 찾을 수가 없었어요. 하지만 미스 펜델버리가 이렇게 존재한다는 것이 바로 두 분이 무사히 조국에 도착했다는 증거인 셈이죠. 여기까지입니다, 내가 알아낸 정보는."

"왜 그래요, 앨리스?" 달드리가 물었다. "충격받은 얼굴인데?"

"불가능한 일이에요." 앨리스가 어물어물 말했다.

그녀는 손을 떨기 시작했다.

"미스 펜델버리." 영사가 황당한 얼굴로 말했다. "내가 방금 알려준 정보는 확실한 것들이니 의심 없이 받아들이기 바랍니다."

"그때는 내가 이미 태어난 이후니까 당연히 두 분과 함께 있었어야 하잖아요."

영사는 의아한 얼굴로 앨리스를 쳐다봤다.

"그렇게 말씀하시니 놀랍군요. 우리가 조회한 등록부와 장부에는 당신에 대한 기록이 전혀 없거든요. 아버님이 출생 신고를 하지 않은 거라면 모를까."

"대사관에 아내와 자신에 대한 신변보호를 요청하러 온 아버지가 외동딸의 존재를 빠뜨렸을 리 있겠습니까? 난 그게 훨씬 놀라운데요." 달드리가 끼어들었다. "영사님, 등록부에 자녀들이 기록된다는 건 확실합니까?"

"미스터 달드리, 대체 우리를 뭘로 보는 겁니까? 영국은 문명국가입니다. 당연히 자녀가 있으면 부모와 함께 기록됩니다."

"그렇다면." 달드리가 앨리스 쪽으로 고개를 돌리고 말했다. "아버님이 당신의 존재를 의도적으로 신고하지 않았을 수도 있겠어요. 본국으로 송환되는 과정이 어린아이에게는 너무 위험하다고 판단할까 두려워서."

"천만에요!" 영사가 격한 어조로 반박했다. "여자와 아이에게 우선권이 있습니다! 에스파냐 국적 화물선 탑승자 중 아이들과 함께인 가족이 여럿 있었다는 사실이 바로 우선권이 있었음을 증명하는 거니까요."

"기분 상하셨다면 죄송합니다. 그저 이유를 생각하다 나온 말이니 개의치 마십시오. 영사님, 뭐라고 감사를 드려야 할지 모르겠습니다. 방금 전해주신 정보들은 우리의 기대를 훨씬 넘어서……."

"근데 나는 왜 아무것도 기억나지 않을까요?" 앨리스가 달드리의 말을 끊으면서 중얼거렸다. "아주 작은 기억조차도?"

"경박하고 싶지도, 비신사적이고 싶지도 않지만, 그때 몇 살이었습니까, 미스 펜델버리?"

"1915년 3월 25일이 나의 네 살 생일이었어요."

"그럼 1916년 봄은 다섯 살이었군요. 내가 아무리 부모님을 사랑한다고 한들 부모님이 주신 사랑에 비할 수 있겠습니까. 부모님이 내게 주신 사랑과 교육에 대해 나는 평생 고마워하면서 살아갈 겁니다. 그리고 그렇게 어린 나이에 있었던 일은 누구라도 정확히 기억하지 못할 겁니다." 영사가 앨리스의 손을 토닥이면서 말했다. "모쪼록 나는 임무를 완수했고 그 결과에 만족하셨길 바랍니다. 혹시 또 다른 도움이 필요하시면 언제든 방문해주셔도 좋습니다. 영사관이 어디 있는지 아시니까요. 이제 그만 일어나야겠습니다, 약속 시간에 늦겠어요."

"혹시 내 부모님의 주소를 기억하시나요?"

"그렇지 않아도 쪽지에 적어왔습니다, 물어보실 것 같아서. 잠시만요." 영사가 재킷 안주머니를 뒤지면서 말했다. "여기 있군요……. 지금은 이스티클랄 거리라고 불리는 옛 페라 대로, 정확히는 '루멜리 주택' 3층에서 사셨는데 여기서 아주 가까운 곳이죠. 그 유명한 치첵 파사지 아케이드 상점가 바로 옆입니다."

영사는 앨리스의 손등에 입을 맞추고 일어났다.

"호텔 정문까지 배웅해주시면 고맙겠습니다." 영사가 달드리를 보면서 말했다. "할 말이 좀 있어서요, 그리 중요한 얘기는 아니고요."

달드리가 일어나서 코트를 입는 영사를 따라갔다. 영사는 로비를 가로지르다 프런트 앞에서 걸음을 멈추고 달드리에게 말했다.

"친구분을 위해 조사하는 동안, 그냥 순전히 호기심으로 외무부에 핀치라는 분이 있는지 찾아봤습니다."

"아, 그러셨습니까?"

"네…… 근데 핀치라는 성을 가진 직원은 우편물 부서에서 일하는 수습 직원 한 명밖에 없더군요. 그 직원이 귀하의 삼촌일 리는 없겠지요?"

"네, 그렇겠죠." 달드리는 시선을 피해 자신의 구두 상태를 살피는 체하면서 대답했다.

"그럴 거라고 생각했습니다. 모쪼록 이스탄불에서 즐거운 시간 되시길 바랍니다, 미스터 핀치 달드리." 영사는 그렇게 말하고 회전문 안으로 들어갔다.

10

달드리는 앨리스에게 돌아갔다. 그가 옆에 앉은 지 30분이
지나는 동안 앨리스는 라운지 한구석에 놓인 검은색 피아노
만 내내 쳐다보고 있었다. 한마디도 하지 않은 채.

"당신만 좋다면 내일 루멜리 주택을 둘러볼까 하는데 어때
요?" 달드리가 제안했다.

"부모님은 왜 그 시절에 대해 한 번도 말해주지 않았을까
요?"

"글쎄요. 앨리스, 아마도 당신을 지키고 싶었던 게 아닐까
요? 여기서 끔찍하게 두려운 순간들을 보내셨잖아요. 너무
고통스러운 기억들이라 아마도 알려주고 싶지 않았겠죠. 제
1차 세계대전을 겪었던 우리 아버지는 그 전쟁에 대해 절대
말하고 싶어 하지 않았어요."

"왜 나를 대사관에 신고하지 않았을까요?"

"아마도 신고하셨는데, 재외 영국인들을 조사하는 담당자가 일을 똑바로 못 한 것일 수도 있어요. 아마도 혼란기라서 밀려드는 사건 사고들을 처리하다가 빠뜨렸을 수도 있고……."

"'아마도'가 너무 많다고 생각하지 않아요?"

"좀 많긴 해도 내가 달리 무슨 말을 할 수 있겠어요? 우리가 그때 거기 있었던 것도 아닌데."

"아뇨, 나는 거기 있었어요."

"조사해봅시다, 당신이 원한다면."

"어떻게요?"

"이웃을 탐문하면 두 분을 기억하는 사람이 있을지도 모르잖아요?"

"거의 40년이 지났는데?"

"약간의 운에 기대보자는 게 아니에요. 이스탄불 최고의 가이드를 고용했으니 도와달라고 부탁해봅시다. 앞으로 스릴 넘치는 날들이 예상……."

"칸에게 도와달라고 하려고요?"

"왜 안 되는데요? 칸이 곧 올 텐데 공연이 끝난 뒤 저녁 식사에 초대하자고요."

"난 외출하고 싶지 않으니까 나 빼고 가요."

"밤에 당신만 혼자 두고 나갈 수는 없죠. 온갖 생각을 하고 또 하다가 불면에 시달릴 게 뻔한데. 그러지 말고 발레 공연보러 갔다가 저녁 먹으면서 칸에게 얘기해봅시다."

"나는 배고프지 않고, 내가 있으면 즐거운 시간이 못 될 거예요. 단언하는데 내겐 혼자 조용히 있을 시간이 필요해요. 모든 걸 다시 곰곰이 생각해봐야겠어요."

"앨리스, 이 혼란스러운 상황을 과소평가하려는 것이 아니라 의문을 갖고 자꾸 돌이켜보면서 힘들어할 일은 아니라고 봐요. 당신이 해준 말에 따르면 부모님은 당신에 대한 사랑이 넘치는 분들이에요. 이곳에 체류했던 걸 당신에게 말하지 않은 건 그럴 만한 이유가 있었을 거예요. 당신이 이럴 일이 아니라고요. 그렇게 슬픈 얼굴을 하고 있으면 나까지 우울해지잖아요."

앨리스가 달드리를 향해 미소를 지어 보였다.

"당신 말이 맞아요." 앨리스가 말했다. "하지만 오늘 저녁은 진짜 안 되겠어요. 칸이랑 공연 보고 나서 남자들끼리 저녁 먹어요. 불면으로 밤을 꼬박 새우는 일은 없게 하겠다고 약속할게요. 좀 쉬고 나서 내일 결정해요, 탐정 놀이를 할지 말지는."

칸이 로비로 들어오고 있었다. 그는 손가락으로 손목시계를 톡톡 치면서 앨리스와 달드리에게 출발할 시간이라고 알렸다.

"어서 가요." 앨리스는 여전히 머뭇거리는 달드리를 보면서 말했다.

"확실해요?"

앨리스는 다정한 몸짓으로 달드리를 떠밀었다. 그는 앨리스에게 갔다 오겠다고 인사한 후 칸을 향해 돌아섰다.

"미스 앨리스는 우리랑 같이 안 가십니까?"

"네, 그녀는 우리랑 같이 안 가요. 어쩌 결코 잊지 못할 저녁이 될 것 같은 예감이 팍 오네요." 달드리는 천장을 올려다보면서 한숨을 내쉬었다.

***

달드리는 2막 내내 잠을 잤다. 코 고는 소리가 너무 커질 때마다 칸이 팔꿈치로 쳤고, 달드리는 자빠지기 직전에 소스라치게 놀라서 깼다.

이스티클랄의 오래된 프랑스 극장의 무대 위로 커튼이 다시 내려오자, 칸은 달드리를 올리보 파사지 상가 안의 레장스 레스토랑으로 데려갔다. 고급스러운 음식에 그 어느 때보다 식탐을 보이던 달드리는 와인을 세 잔째 마시고 나서야 긴장이 풀렸다.

"미스 앨리스는 왜 같이 안 온 거예요?" 칸이 물었다.

"너무 피곤해서요." 달드리가 대답했다.

"입씨름이라도 했어요?"

"뭐라고요?"

"미스 앨리스와 말싸움했냐고 물었는데요?"

"참고삼아 말하는데 보통은 다퉜냐고 하죠. 그리고 우린 싸우지 않았어요."

"그럼 다행이고요."

하지만 칸은 믿지 않는 눈치였다. 달드리는 각자의 잔에 와인을 채우면서 칸이 그들을 데리러 호텔로 오기 전 앨리스가 알게 된 사실들을 말해주었다.

"어떻게 그런 일이!" 칸이 놀랐다. "영사가 직접 그렇게 얘기했단 말이죠? 미스 앨리스가 충격을 많이 받았겠어요, 이제 이해가 되네요. 나라도 그랬을 거예요. 그래서 당신은 어떻게 할 생각인데요?"

"그녀를 위해 더 확실히 알아볼 생각이에요, 가능하다면."

"칸과 함께라면 이스탄불에서 불가능이란 없지요. 어떻게 할 생각인지 말해보세요."

"그녀의 부모님을 알 만한 동네 이웃이나 주변 사람들을 찾는 것부터 시작해야겠죠."

"그거 말 되네요!" 칸이 외쳤다. "내가 탐문해볼게요. 그러다 보면 기억하는 사람을, 아니면 기억하는 사람을 잘 아는 사람이라도 찾을 수 있을 겁니다."

"최선을 다하되 확실하지 않은 것에 대해서는 그녀에게 아무 말도 하지 마요. 이미 충분히 힘들어하고 있으니까. 당신을 믿을게요."

"맞아요, 아주 현명한 생각이에요. 더 혼란스럽게 할 필요는 없지요."

"가이드 일에 관해서는 뭐라고 말 안 하겠는데, 솔직히 통역에 관해서는 돈이 아까운 수준이라는 것만 알아둬요."

"질문 하나 해도 될까요?" 칸이 눈을 내리깔면서 물었다.

"무엇이든. 어디 들어봅시다."

"미스 앨리스와 당신, 그렇고 그런 사이죠?"

"뜬금없긴, 말을 하려면 좀 알아듣게 하든가……."

"내 말은 두 분이 특별한 사이냐고 묻는 겁니다."

"그게 당신과 무슨 상관인데요?"

"어, 방금 그거 대답한 겁니다."

"아니, 난 대답 안 했어요, 다 아는 것처럼 굴지만 아무것도 모르는 미스터 가이드!"

"갈구는 거 보니까 내가 예민한 곳을 건드리긴 했나 봐요."

"나는 충분한 이유가 있는 것에 대해 갈구고 그러는 사람이 아니에요! 그리고 난 당신을 갈구지 않아요, 그럴 이유가 전혀 없으니까."

"아무튼 내 질문에 아직 대답 안 했습니다."

달드리가 또다시 각자의 잔에 와인을 따른 다음 자신의 잔을 단숨에 비우자, 칸도 똑같이 따라했다.

"꼭 그렇게 알고 싶어 하니까 말하는데, 앨리스와 나, 우리 사이에는 서로에 대한 호의와 우정이 있을 뿐이에요."

"웃기네요, 그냥 친구 사이라면서 그녀에게 그런 장난질을 꾸미고 있으니."

"우리는 서로에게 도움을 주는 거예요. 그녀는 삶을 바꿀 필요가 있고, 나는 그림 그릴 작업실이 필요했는데 서로의 조건이 딱 맞아떨어진 거죠. 친구 사이이기에 그런 교환이 이뤄진 것이고."

"그거야 그런 교환에 대해 두 사람이 다 알고 있을 때 하는 말이……."

"칸, 당신의 도덕 강의에 진짜 넌더리가 나려고 하는데."

"그녀가 마음에 안 들어요?"

"그녀는 내 스타일의 여자가 아니고, 나는 그녀 스타일의 남자가 아니에요. 그러니까 우리는 균형을 이루고 있는 관계죠."

"그녀의 어디가 마음에 안 드는데요?"

"칸, 혹시 그녀에게 딴마음이 있어서 지금 날 떠보는 거 아니에요?"

"그런 짓을 하면 어이없고 지저분한 거죠." 취한 게 역력해 보이는 칸이 대꾸했다.

"이해력이 점점 나빠지고 있으니 당신의 머릿속에 각인시키려면 내가 표현을 달리해야 되겠군요. 앨리스에게 반했다고 슬쩍 흘리는 거잖아요?"

"아직 알아볼 마음도 먹지 않았는데 내가 어떻게 벌써 반했다고 할 수 있겠어요? 대체 반했다는 게 뭔데요?"

"누굴 바보로 아나, 아무 때나 못 알아듣는 체하는 짓 집어치워요. 앨리스에게 마음이 있는 거죠, 예스, 노?"

"미안하지만." 칸이 발끈했다. "내가 먼저 물었어요!"

"난 대답했는데!"

"천만에요, 대답을 회피했잖아요."

"생각도 안 해본 걸 묻는데 갑자기 내가 뭐라고 대답하길 바라는 건지!"

"거짓말!"

"그 말은 용납 못 하겠는데, 난 절대 거짓말하지 않으니까."

"앨리스에게 거짓말했잖아요."

"당신도 자신을 속이고 있네, 그녀를 이름으로 불렀으면서."

260

"내가 미스를 빼고 말했다고 그게 무슨 증거가 되나요? 내가 좀 많이 마시는 바람에, 그냥 말실수한 것 가지고."

"단지 좀 많이 마셨을 뿐이라고?"

"지금 당신의 상태가 나보다 낫다고 생각하나 봐요."

"그 말에는 동의. 그럼 우리 둘 다 취했으니 밤의 끝자락까지 여행을 떠나는 건 어때요?"

"당신이 말하는 밤의 끝자락이 어딘데요?"

"내가 지금 주문하려는 술 한 병, 아니면 그다음 한 병 더, 몇 병까지 갈지는 아직 확언할 수 없죠."

달드리는 아주 오래 숙성된 코냑 한 병을 주문했다.

"내가 그녀 같은 여자와 사랑에 빠진다면." 달드리가 술잔을 들면서 말했다. "내가 그녀에게 줄 수 있는 사랑의 증표는 딱 하나, 가능한 한 멀리 떠나는 거예요, 세상 끝으로 가는 한이 있더라도."

"그게 어떻게 사랑의 증표라는 건지 이해가 안 되는데요."

"그녀가 나 같은 타입의 남자를 만나는 일이 없게 할 것이기 때문이죠. 난 혼자 지내길 좋아하고, 타성에 젖어 있는 데다 편집증까지 있는 철저한 독신주의자예요. 나는 시끄러운 걸 혐오하는데 그녀는 아주 시끄럽죠. 나는 한 주택 안에 여러 세대가 어울려 사는 걸 싫어하는데 하필 그녀의 집은 내 집 바로 맞은편이고요. 아무튼 아름다운 감정들이란 결국은 소모되다 퇴색되고 마는 것이거늘. 진정으로 사랑한다면 너무 늦기 전에 떠날 줄 알아야 하는 것인데, 내 경우에 '너무 늦기 전'이라는 것은 사랑을 고백하지 않는 거죠. 왜 웃어요?"

"마침내 합의점을 찾았다 싶었는데 당신과 나, 우리 둘은 상반되니까요."

"나는 아버지와 판박이예요, 비록 내가 그 반대라고 주장하곤 있지만. 아침마다 거울 속의 나를 보면서 생각해요. 나는 아버지의 지붕 밑에서 자랐고, 역시 피는 못 속인다는 걸."

"어머니는 아버지와 살면서 행복했던 적이 없었나요?"

"그 질문에 대답하려면 이 술병을 비워야 하는데, 우리가 아직 이르지 못한 술병 바닥에 진실이 있으니까."

코냑을 세 병째 마셨을 때 레스토랑은 문 닫을 시간이 되었다. 달드리는 칸에게 어디 갈 만한 술집이 있느냐고 물었다. 칸은 시내를 벗어나면 새벽까지 영업하는 술집이 있다고 말했다.

"우리에게 딱 필요한 곳이네!" 달드리가 반겼다.

두 남자는 트램 레일을 따라 거리를 내려갔다. 칸은 오른쪽 레일 위에서, 달드리는 왼쪽 레일 위에서 비틀거리며 걸어가고 있었다. 트램이 다가오고 있을 때, 기관사가 수없이 경적을 울렸는데도 그들은 마지막 순간까지 기다렸다가 레일을 벗어났다.

"당신이 앨리스 나이 때의 내 어머니를 본다면." 달드리가 말했다. "세상에서 가장 행복한 여성을 만날 수 있었을 텐데. 어머니는 연기를 잘하는 분이었는데, 적성과 동떨어진 길을 선택한 거죠. 무대에 섰다면 배우로 대성했을 거예요. 하지만 토요일만 되면 어머니는 감정에 솔직해졌죠. 어머니가 토요일만은 정말로 행복해했다고 생각해요."

"왜 토요일이에요?"칸이 벤치에 앉으면서 물었다.

"아버지가 바라봐주었기 때문이에요." 달드리도 옆에 앉으면서 대답했다. "섣불리 짐작하지 말고 들어요. 아버지가 토요일에 어머니에게 눈길을 준 것은 월요일 출타에 대한 보상 차원이었던 거죠. 그 죄를 미리 용서받기 위해 어머니에게 관심을 보이는 체한 거였으니까."

"무슨 죄요?"

"그건 나중에 얘기할게요. 그보다 먼저 왜 일요일이 아니라 토요일이냐고 물어보는 것이 순서에 맞을 거 같은데요? 아무튼 토요일은 어머니에게 시간적 여유가 있었던 거죠, 아버지의 출타를 생각하지 않아도 되는. 하지만 일요일은 미사가 끝나기가 무섭게 어머니는 가슴이 답답해졌고, 시간이 갈수록 점점 더 심해졌어요. 일요일 저녁에는 어머니의 가슴이 끔찍한 상태가 되었죠. 나는 그때마다 생각했어요, 어머니를 미사에 데려가는 아버지가 정말 뻔뻔하다고."

"아주 중요한 일이 있었나 봐요, 월요일마다?"

"아버지는 샤워를 한 뒤 가장 멋진 양복에 조끼까지 차려입고, 나비넥타이를 매고, 회중시계를 반질반질하게 닦고, 머리를 매만지고, 향수를 뿌리고는 시내로 나가기 위해 마차를 대령하게 했죠. 아버지는 매주 월요일 오후에 사업가와 약속이 있었어요. 그리고 시내에서 잠을 잤죠, 밤길은 위험하다는 이유로. 그러고는 그다음 날 낮에야 집에 들어왔어요."

"그러니까 사실은 여자를 만나러 나가는 거였나요, 그래요?"

"아니요, 아버지의 사업을 전담하는 변호사를 만난 건 맞는데, 중학교 때부터 친구인 그와 함께 밤을 보냈으니까 나는 그게 그거라고 생각해요."

"어머니는 알고 있었고요?"

"남편이 남자와 부정을 저지르고 있는 걸 알고 있었냐고요? 네, 알고 있었죠. 우리 집 마부, 침모, 요리사, 가정부, 집사까지 모두 다 알고 있었어요, 아버지에게 그냥 여자가 있는 거라고 오랫동안 믿었던 나를 제외하고는. 내가 원래 좀 둔한 편이라서."

"술탄 시대에는……."

"무슨 말을 하려는 건지 알아요. 고맙지만, 영국은 한 명의 왕과 한 명의 왕비, 궁전도 하나고 하렘이라는 건 없어요. 비난하는 거라고 생각하지 마요, 그건 그저 관습의 문제니까. 그리고 까놓고 말하자면, 아버지가 파렴치한 행동을 하든 말든 나와는 전혀 상관없는 일이었지만, 어머니가 겪는 고통은 참을 수 없었죠. 바로 그래서 내가 뭐든 믿지 않는 사람이 된 거예요. 물론, 아내가 아닌 다른 사람의 이불 속으로 들어가는 남자가 영국에 내 아버지만 있는 건 아니지만, 아버지는 어머니를 배신했고 어머니의 사랑을 더럽혔어요. 어느 날 내가 용기를 내서 그 얘기를 꺼냈을 때, 어머니가 눈물을 글썽이면서 내게 미소를 지어 보이는데 그 품격 있는 모습에 피가 얼어붙는 것만 같았어요. 어머니는 오히려 아버지를 옹호하면서 그건 어쩔 수 없는 일이라고 말했어요. 그 일로 한 번도 아버지를 원망해본 적이 없다고 했지만, 그날 어머니의 연기는 형편없었어요."

"당신이 아버지를 미워하는 건 어머니가 겪어야 했던 아픔 때문인데, 왜 아버지처럼 행동하는데요?"

"고통스러워하는 어머니를 보면서 깨달은 게 있었거든요. 한 남자가 여자를 사랑한다는 것은, 한 여자의 아름다움을 꺾어버리고 안전한 곳에서 지극한 사랑을 받고 있다고 느끼도록 온실 안에 가둬버리는 것임을. 시간이 흘러 그 아름다움이 시들면 남자들은 다른 꽃을 꺾으러 떠나죠. 그래서 나는 다짐했어요. 어느 날 내가 사랑이라는 걸 하게 된다면, 진정으로 사랑하게 된다면 그 꽃을 절대 꺾지 않고 지켜주겠다고. 아, 이런, 술기운에 내가 말을 너무 많이 했네, 내일이면 필시 후회할 텐데. 하지만 앞으로 단 한 번이라도 이 얘기를 또 꺼냈다가는 내 손으로 당신을 보스포루스 해협에 던져버릴 테니 명심해요. 이제 진짜 질문은 호텔까지 어떻게 돌아가느냐는 건데, 나는 도저히 못 일어날 것 같아서. 이러다 진짜 내가 알코올중독자가 될까 봐 걱정이네!"

칸도 달드리와 별반 다르지 않은 상태였다. 두 남자는 서로에게 의지하면서 술주정뱅이들처럼 비틀비틀 이스티클랄 거리를 거슬러 올라갔다.

***

앨리스는 룸메이드가 청소를 하는 동안 로비로 내려가서

라운지에 자리를 잡고 앉았다. 그녀는 부치지 않을 게 틀림없는 편지를 쓰고 있었다. 그리고 벽거울을 통해 계단을 내려오는 달드리를 봤다. 그는 그녀 옆에 놓인 안락의자에 털썩 주저앉았다.

"보스포루스에 있는 술집이란 술집은 다 다니면서 마셨나봐요, 아침인데도 그 지경인 걸 보면?" 그녀가 편지지에서 시선을 떼지 않은 채 물었다.

"당신이 왜 그런 말을 하는지 모르겠는데요."

"재킷 단추는 잘못 채웠고, 면도는 한쪽만 했고……."

"저녁 먹으면서 얼음 몇 조각 먹은 건 기억나는데. 당신이 그리웠어요."

"그거야 당연하고요."

"누구에게 쓰는 거예요?"

"런던에 있는 친구에게." 앨리스는 편지지를 접어 호주머니에 넣으면서 대답했다.

"머리가 깨질 거 같아요." 달드리가 말했다. "바람 쐬러 나가려는데 같이 갈래요? 그 친구가 누군데요?"

"좋은 생각이에요, 나가서 걸어요. 당신이 몇 시에 나타날지 몰라서 계속 기다렸거든요. 새벽부터 일어나 있어서 슬슬 지루하려던 참인데 잘됐네요. 어디로 갈까요?"

"보스포루스 해협을 보면 기억이 좀 날 것도 같고요."

가는 도중, 앨리스는 한 구둣방 앞에서 걸음을 멈추고 회전하는 연마기 피대를 바라보았다.

"비슷한 구두 있어요?" 달드리가 물었다.

"아니요."

"그럼 왜 구둣방 안의 저 남자를 5분이나 쳐다보고 있는데요, 말도 없이?"

"당신은 이유 없이 사소한 것들에서 안도감 같은 걸 느낀 적 없어요?"

"교차로를 그리는 사람인데 아니라고 말하긴 힘들겠죠. 나는 하루 종일이라도 지나가는 2층 버스를 바라볼 수 있죠. 삐걱거리는 클러치 소리, 브레이크 소리, 출발하는 순간 기관사가 흔드는 종소리, 엔진 소리, 난 그런 소리들이 좋아요."

"묘사가 꽤 시적이네요, 달드리."

"놀리는 거죠?"

"네, 약간은."

"아마도 구둣방이 더 낭만적이기 때문이겠죠?"

"저 장인의 손에 낭만이 있잖아요. 나는 늘 구둣방과 가죽, 아교 냄새를 좋아했어요."

"그건 당신이 구두를 좋아하기 때문이에요. 가령, 나는 빵집 진열장 앞에서 몇 시간이고 서 있을 수 있죠. 이유는 굳이 말할 필요 없을 거고."

얼마 후, 그들은 보스포루스 해협의 부두를 따라 걷고 있었다. 달드리가 벤치에 앉았다.

"뭘 그렇게 봐요?" 앨리스가 물었다.

"저기 난간 옆에 있는 노부인이요, 적갈색 개의 주인에게 말을 건네는 모습이 아름답네요."

"동물을 사랑하는 분인가 봐요. 근데 뭐가 아름다운데요?"

"자세히 보면 이해가 될 거예요."

노부인은 적갈색 개의 주인과 몇 마디를 나눈 뒤 다른 개에게 다가갔다. 그녀는 허리를 숙이고 개의 주둥이를 향해 손을 내밀었다.

"보이죠?" 달드리가 앨리스 쪽으로 몸을 숙이면서 속삭였다.

"다른 개 쓰다듬어 주는 거요?"

"노부인이 뭘 하고 있는지 이해하지 못하는군요. 노부인의 관심은 개가 아니라 목줄이에요."

"목줄?"

"정확히는 낚시 중인 개 주인과 연결되어 있는 목줄이요. 목줄은 대화를 시작할 수 있게 해주는 매개체인 셈이죠. 고독에 사무친 노부인이 타인과 몇 마디 대화를 나누기 위해 나름 생각해낸 방법인 거예요. 나는 확신해요, 노부인은 매일 같은 시간에 이곳에 나와서 아직은 자신이 살아 있음을 확인하는 거라고."

이번에는 달드리가 제대로 보았다. 노부인은 보스포루스 수면 위로 드리운 낚싯줄에만 집중해 있는 낚시꾼의 관심을 끄는 데 실패하자, 몇 걸음 걷다가 코트 호주머니에서 빵 조각을 꺼내더니 난간 위를 뒤뚱거리는 비둘기들에게 던져주었다. 낚시꾼 여러 명이 난간에 몸을 기대고 있었다. 노부인이 그중 한 명에게 말을 걸었다.

"무서운 고독이에요. 그렇죠?" 달드리가 말했다.

앨리스가 고개를 돌리고 달드리를 빤히 쳐다봤다.

"달드리, 왜 여기까지 온 거예요? 이 여행을 왜 한 거예요,

당신은?"

"당신도 잘 알잖아요, 우리의 협약 때문이라는 거. 나는 인생의 남자를 찾을 수 있도록 당신을 인도해주고, 당신이 인생의 남자를 찾는 사이에 당신 집 통유리창 아래에서 그림을 그리겠다고 했는데."

"진짜 그 이유가 전부예요?"

위스퀴다르 쪽으로 시선을 돌린 달드리는 보스포루스 해협의 아시아 지구 기슭 위로 우뚝 솟은 미리마 모스크의 첨탑을 응시하는 것 같았다.

"우리 동네 길모퉁이에 있는 펍 기억나요?"

"함께 아침을 먹었는데 물론 기억하죠."

"나는 날마다 신문을 들고 펍에 가서 같은 테이블에 앉아요. 어느 날 신문을 읽다가 무료해서 고개를 들다가 거울에 비친 나를 봤어요. 얼마나 남아 있을지 모를 내 여생이 문득 두려워지는 거예요. 나도 기분전환이 필요했어요. 그런데 며칠 전부터 런던이 그립군요. 어느 곳도 완벽하진 않네요."

"돌아갈 생각이군요?" 앨리스가 물었다.

"그 생각은 당신도 했잖아요, 얼마 전에."

"지금은 아니에요."

"그 점쟁이의 예언이 더 신빙성 있어졌고, 이제부터는 당신에게 목적이 생겼으니까요. 근데 나는 임무를 완수했어요. 난 우리가 만난 영사가 그 사슬의 두 번째 고리에 해당하는 사람이었다고 생각해요. 우리를 영사에게 인도한 사람이 칸이라면 어쩌면 영사가 세 번째 사람이었을지도 모르고요."

"나를 버리고 떠날 생각이에요?"

"이미 합의한 거잖아요. 걱정하지 말아요, 앞으로 석 달간 의 호텔 숙박비와 칸에게 주는 가이드비는 내가 지불할 거니 까. 칸은 당신에게 완전 헌신적이에요. 칸에게 섭섭지 않을 정도로 사례비를 미리 주고 갈 생각이에요. '방코 디 로마'에 당신 이름으로 계좌를 열어놓을 건데, 이스티클랄에 지점이 있으니까 돈 찾는 데는 아무 문제 없을 거예요. 일주일에 한 번씩 송금할게요, 부족하지 않도록."

"이스탄불에 석 달이나 더 머물라고요?"

"앨리스, 갈 길이 멀어요, 목적지에 닿으려면. 그리고 당신 은 무슨 일이 있어도 튀르키예의 봄을 놓치고 싶지 않잖아요. 온갖 이국적인 꽃들과 당신의 향수를 생각해요, 그리고 우리 의 사업도 가끔은 잊지 말고요."

"떠나겠다는 결심은 언제 한 거예요?"

"오늘 아침에 눈 뜨면서요."

"당신이 좀 더 머물길 내가 바란다면요?"

"그건 물어볼 필요 없는 게, 이번 주 토요일 비행기니까 우 리에겐 아직 시간이 있어요. 그런 얼굴 하지 마요, 어머니가 허약한 분이라서 무한정으로 혼자 둘 수 없어 그런 거니까."

달드리가 일어나 난간 쪽으로 걸어갔다. 노부인이 흰색의 큰 개에게 조심스럽게 다가가고 있었다.

"조심하세요." 달드리가 노부인 옆을 지나가면서 말했다. "물지도 모르거든요……."

***

칸은 티타임에 호텔에 도착했다. 그의 표정은 아주 밝았다.

"반가운 소식을 가져왔어요." 칸이 바에 앉아 있는 앨리스와 달드리에게 다가오면서 말했다.

앨리스는 찻잔을 내려놓고 칸에게 집중했다.

"수소문 끝에 부모님이 사셨던 집과 가까운 주택에서 두 분을 알고 지냈다는 노인 한 분을 만났어요. 우리가 집으로 찾아가는 것도 허락하셨고요."

"언제요?" 앨리스가 물으면서 달드리를 쳐다봤다.

"지금이요." 칸이 대답했다.

11

제미를리 씨는 이스티클랄 거리의 고급주택 3층에 살고 있
었다. 문이 열리고, 벽을 따라 낡은 책들을 차곡차곡 쌓아올
린 긴 복도가 나타났다.

오귀즈 제미를리는 플란넬 바지에 흰색 셔츠, 실크 로브를
걸치고서 두 개의 안경을 쓰고 있었다. 하나는 멋을 부리듯
이마에 썼고, 또 하나는 코에 걸쳐놓은 상태였다. 오귀즈 제
미를리는 글을 읽을 때나 먼 곳을 봐야 할 때 그 필요에 따라
안경을 번갈아 사용했다. 아주 말끔히 면도한 얼굴이지만, 희
끗희끗한 수염 몇 가닥이 턱에만 있는 걸 보면 이발사가 놓
친 게 틀림없었다.

제미를리 씨는 프랑스 가구와 오스만 가구로 꾸며놓은 응
접실로 손님들을 맞이한 다음, 주방으로 사라졌다가 푸근한
모습의 여자와 함께 돌아왔다. 여자가 차와 오리엔트 케이크

를 손님들 앞에 내려놓자 제미를리 씨는 고맙다고 했고 여자는 이내 물러갔다.

"우리 집 찬모입니다." 제미를리 씨가 말했다. "케이크가 맛있는데 들어봐요."

달드리는 사양하지 않았다.

"그러니까 댁이 죄메르트 에자즈의 딸인가요?" 제미를리 씨가 물었다.

"아닙니다, 제 아버지는 펜델버리입니다." 앨리스가 대답하면서 달드리에게 실망스런 눈빛을 건넸다.

"펜델버리? 그런 이름을 말씀하신 적은 없는데……. 하긴 내 기억력도 예전 같지 않으니까요." 제미를리 씨가 말했다.

이번에는 달드리가 앨리스를 쳐다봤는데 그 역시 집주인의 정신이 온전한지 의문이 든다는 얼굴이었다. 달드리는 부모님에 대해 좀 더 알게 될 거란 헛된 희망을 안기며 이곳으로 그들을 데려온 칸을 이미 원망하고 있었다.

"이 동네에서는 그분을 펜델버리라고 부르지 않았어요." 제미를리 씨가 말을 이었다. "아무튼 그 시절에 우리는 죄메르트 에자즈라고 불렀거든요."

"'자비로운 약사'라는 뜻이에요." 칸이 통역했다.

그 말에 앨리스는 심장박동이 빨라지는 걸 느꼈다.

"아버님이 맞아요?" 제미를리 씨가 물었다.

"제 아버지일 가능성이 아주 높습니다. 약사였다는 것과, 자비롭다는 점도요."

"그분과 부인을 똑똑히 기억해요. 부인은 아주 의연한 분이었고요. 부부가 대학병원에서 함께 일했죠. 따라와봐요." 제미를리 씨가 말하면서 안락의자에서 힘겹게 몸을 일으켰다.

제미를리 씨는 창문 앞으로 가서 맞은편 주택의 2층을 가리켰다. 앨리스는 정문 위 현관에 새겨진 글자를 읽었다. '루멜리 주택'.

"영사관에서는 부모님이 3층에 사셨다고 했는데요."

"두 분은 저기서 살았어요." 제미를리 씨가 2층 창문을 가리키며 주장했다. "영사관에서 알려준 걸 믿는 거야 본인 자유지만, 부부에게 저 집을 임대해준 사람이 우리 고모님이었지요. 저기 왼쪽이 거실이었고, 그 옆은 침실 창문이었고, 작은 주방은 이 집과 마찬가지로 마당 쪽으로 나 있었어요. 이제 가서 앉읍시다, 다리가 아파서요. 내가 댁의 부모님을 알게 된 게 바로 이 다리 때문이었죠. 내가 아는 건 전부 얘기해줄게요. 나는 당시 고등학생이었는데, 사내아이들이 대부분 그렇듯, 제일 좋아하는 놀이가 하굣길에 공짜로 트램을 타는 거였죠."

제미를리 씨의 말만으로도 공짜로 트램을 타기 위해 달리는 열차에 뛰어올라 후미등에 걸터앉은 이스탄불 아이들의 모습이 선하게 그려졌다. 하지만 비가 내리던 어느 날, 오귀즈는 달리는 트램에 뛰어오르다가 보기차에 부딪쳐서 몇 미터를 나뒹굴다 다리를 크게 다쳤다. 오귀즈는 수술대에 올랐고, 의사들은 상처를 봉합하면서 불구만은 되지 않도록 최선을 다했다. 오귀즈는 군 복무 면제를 받았지만, 비 오는 날이면 뼛속까지 다리가 쑤시는 통증을 겪으며 살아야 했다.

"약값이 아주 비쌌어요." 제미를리 씨가 말했다. "너무 비싸서 약국에서는 구입할 수 없을 정도였죠. 그런데 댁의 아버지가 대학병원에서 약을 가져와서 나를 비롯해 동네의 모든 가난한 이들에게 주셨어요. 전쟁 중에는 병에 걸린 많은 주민에게 약을 제공했다고 해도 과언이 아니죠. 두 분이 저 작은 집에다 일종의 진료소를 차려놓으셨거든요. 대학병원에서 퇴근하자마자 댁의 어머니는 환자들을 돌보며 치료해주었고, 그 사이 아버지는 구해 온 약과 직접 제조한 치료제를 나눠주었어요. 겨울에 아이들 사이에서 열병이 유행했을 때는 약을 기다리는 어머니와 할머니들의 줄이 거리까지 이어졌죠. 지역 관청에서도 알고 있었지만, 이 의료 활동이 주민들의 건강을 위한 봉사라는 걸 알기에 경찰은 눈감아주었어요. 경찰관들에게도 그 작은 집으로 치료를 받으러 가는 자녀들이 있었으니까요. 집에 들어가서 아내와 대판 싸울 각오를 하고서라도 두 분을 체포할 만한 경찰은 내가 알기론 없었어요. 그리고 십 대 시절의 내 성격을 감안하면 나는 두 분과 잘 알고 지냈던 걸로 기억해요. 한 2년쯤 저 집에 사셨어요, 내 기억이 맞는다면. 그러던 어느 날, 댁의 아버지가 여느 때보다 더 많은 약을 동네 사람들에게 나눠주시는 거예요. 평소에 받는 양의 두 배 분량이 되는 약이었죠. 그다음 날, 댁의 부모님은 사라지고 없었어요. 고모님은 감히 열쇠를 사용하지 못하고 두 달 넘게 기다리기만 하다가 무슨 일이 일어난 건지 확인하려고 문을 열고 들어갔죠. 집은 깨끗이 정리되어 있었고, 접시 하나, 식기 하나까지 다 그대로 있었어요. 식탁 위에는 임대료와 영국으로 돌아간다는 내용의 편지가 놓여 있었고요. 댁의 아버지가 손으로 직접 쓴 몇 줄의 편지를 보고서야 갑자기 사라진 자비로운 약사와 부인을 걱정하던 많은 이들은 크게 안도했지요, 심지어 지역의 경찰관들까지요. 그들은 동네 사람들로부터 두 분을 체포한 건 아닌지 의심받고 있었거든요. 그로부터 35년이 지난 지금도 나는 이 빌어먹을 다리 때문에 약국에 가려고 집을 나설 때마다 고개를 들고 맞은편 창문을 쳐다봐요. 그러면 죄메르트 에자즈의 미소 짓는 얼굴이 보이는 것만 같죠. 그런데 오늘 저녁 내 집에서 그분의 딸을 만나게 될 줄이야."

두꺼운 안경 너머로 눈물을 글썽이는 제미를리 씨를 바라보며 앨리스는 차오르는 눈물을 애써 참지 않아도 된다는 사실이 고맙게 느껴졌다.

제미를리 씨가 보이는 뜻밖의 감성에 칸과 달드리도 놀랐다. 제미를리 씨는 호주머니에서 손수건을 꺼내어 콧물을 닦았다. 그러고는 몸을 숙여 또다시 차를 따라주었다.

"베이욜루의 자비로운 약사를 기리고 부인의 건강을 위해 건배합시다."

모두 일어나서 박하 차로 건배했다.

"나는……." 앨리스가 물었다. "나는 기억나세요?"

"아니요, 댁을 본 기억은 없어요. 봤다고 말해주고 싶지만 그러면 거짓말이 되는 거니까. 그때 몇 살이었죠?"

"다섯 살이었어요."

"그럼 그럴 수 있죠. 부모님이 일하러 나가야 하니까 댁을 학교에 보냈을 거예요."

"일리가 있네요." 달드리가 말했다.

"학교 이름을 혹시 아세요?" 앨리스가 물었다.

"기억이 전혀 안 나나요?" 제미를리 씨가 물었다.

"네, 전혀 안 나요. 런던으로 돌아간 것까지도, 머리에 커다란 블랙홀이 생긴 것처럼."

"우리 인생의 첫 번째 기억이 몇 살 때인지는 어린 시절에 따라 다 다르잖아요. 남보다 많은 걸 기억하는 이들도 있긴 하죠. 근데 그게 진짜 기억인지 아니면 주워들은 얘기를 토대로 자기가 만들어낸 건지 알 순 없잖아요? 나는 일곱 살 때까지의 기억이 전혀 없어요. 아니, 여덟 살 때도 기억이 잘 안 나요. 어머니는 서운해하면서 말씀하셨죠. '그 세월을 어떻게 키웠는데 하나도 기억이 안 난다고?' 질문이 뭐였더라, 아, 학교에 대한 거였는데. 댁의 부모님은 아마 생미셸에 입학시켰을 거예요. 여기서 그리 멀지 않고, 영어를 가르치는 학교였으니까요. 시설도 괜찮은 편이고 평판도 좋았어요. 학적부에 기록이 있을 테니 한번 찾아가봐요."

제미를리 씨는 갑자기 피곤해 보이는 기색이 역력했다. 칸이 헛기침으로 그만 일어나야 할 때라는 신호를 보냈다. 앨리스는 일어나서 제미를리 씨에게 친절히 맞아주어 고맙다고 말했다. 제미를리 씨는 자신의 가슴에 손을 얹으면서 덧붙였다.

"댁의 부모님은 용감하고 겸손한 분들이었고, 행동은 영웅적이었어요. 두 분이 무사히 고국으로 돌아가셨다는 걸 확인하게 되어 무척 기쁘고, 아울러 따님까지 알게 되는 특권을 갖게 된 것도 기쁘네요. 부모님이 튀르키예 체류에 대해 아무 말도 해주지 않았던 것은 신중함 때문이었을 거예요. 이스탄불에 오래 머물게 되면 내 말이 무슨 뜻인지 알게 될 거예요. 즐거운 여행이 되길 바랄게요, 죄메르트 에자즈는 크즈!"

그들이 거리로 나오자마자, 칸이 '자비로운 약사의 딸'이라는 뜻이라고 알려주었다.

시간이 늦어서 생미셸 학교에는 가볼 수 없었다. 칸은 다음 날 아침 일찍 가서 약속 시간을 잡겠다고 했다.

앨리스와 달드리는 호텔 식당에서 저녁을 먹었다. 그들은 식사하는 내내 거의 대화를 하지 않았다. 달드리는 앨리스의 침묵을 존중해주고 있었다. 이따금 그녀를 웃겨보려고 한창 젊을 적의 일화를 객쩍게 늘어놓기도 했지만, 앨리스의 생각은 다른 데 가 있었고 형식적으로 미소를 지었다.

복도에서 인사를 나누며 달드리는 앨리스에게 이제는 마음 편히 기뻐해도 된다면서 오귀즈 제미를리는 브라이튼의 점쟁이가 말한 여섯 사람 중 세 번째이거나 네 번째 사람이 틀림없다고 말했다.

앨리스는 방문을 닫았고, 얼마 후 창문 앞 탁자에 앉았다.

앤턴,

저녁에 호텔 로비를 지나갈 때마다 컨시어지가 너의 편지를 전해주길 바라고 있어. 얼마나 바보 같은 기다림인지, 네가 왜 나한테 편지를 쓰겠어?

결정했어. 물론 이런 결정을 내리기까지는 많은 용기가 필요했어, 아니 그보다는 이 결정을 지키려면 아마도 많은 용기가 필요할 거야. 런던으로 돌아가는 날, 내가 너희 집 초인종을 누르고, 이번 주에 바자에서 사 올 작은 상자를 문 앞에 놓고 갈게. 내가 그동안 너에게 썼지만 부치지 않았던 모든 편지가 들어 있을 거야.

넌 아마도 밤중에 그 편지들을 읽겠지. 그리고 아마도 그다음 날 넌 우리 집 초인종을 누르겠지. '아마도'가 많지만, 얼마 전부터 '아마도'는 내 일상이 되었어.

그리고, 한 가지 예를 들자면, 내가 마침내 밤마다 시달리던 그 악몽들의 의미를 아마도 찾은 것 같아.

브라이튼의 점쟁이는 허튼소리를 한 게 아니었어. 아무튼 한 가지 점에서는. 내 어린 시절이 여기 이스탄불의 한 주택 2층에 있었어. 나는 그 집에서 2년을 살았던 거 같아. 내가 놀았을 것이 틀림없는 골목길, 그 길 끝에 있는 큰 계단. 어떤 기억으로도 남아 있지 않지만, 다른 생의 그 이미지들이 꿈속에 나오고 있어. 그래서 내 어린 시절의 일부를 둘러싼 미스터리를 알기 위해 계속 찾아보기로 결정한 거야. 부모님이 말해주지 않은 이유를 짐작은 해. 내가 어머니였다면 나도 똑같이 했을 것이고, 차마 얘기하기 고통스러운 기억을 내 딸에게 해주지 않았을 거라고.

오늘 오후, 어떤 사람이 우리 가족이 살았던 집, 내 어머니가 거리를 내다보기 위해 얼굴을 내밀었을 것이 틀림없는 창문들을 보여줬어. 작은 주방에서 식사 준비를 하는 어머니, 거실에서 나를 무릎에 앉힌 아버지의 모습을 그려봤어. 시간이 지나면 부모를 잃은 상처가 아물 거라고 생각했는데, 전혀 그렇지가 않아.

언제가 될지 모르지만 너에게 이 도시를 보여주고 싶어. 이스티클랄 거리를 걸어 루멜리 주택 앞에 이르면, 내가 다섯 살 때 살았던 곳을 보여줄게.

보스포루스 해협을 따라 걷다가 네가 트럼펫을 불면 그 음악이 위스퀴다르 언덕까지 울려 퍼지겠지.

내일 또 쓸게, 앤턴.

내 마음의 키스를.

앨리스

***

앨리스는 새벽에 눈을 떴다. 동이 트면서 회색빛과 은빛으로 반짝이는 보스포루스 해협을 보고 있자니 호텔 방을 나가고 싶었다.

호텔 식당은 아직 손님이 없었고, 장식술 견장이 달린 제복 차림의 웨이터들이 테이블 세팅을 거의 끝내가고 있었다. 앨리스는 구석진 자리를 선택했다. 그녀는 식기대에 버려진 전날 신문을 집어 들었다. 이스탄불의 호화 호텔 식당에 홀로 앉아 런던 관련 기사를 읽던 그녀의 생각이 프림로즈 힐로 날아가고 있었다. 손에서 신문이 미끄러져 떨어지는 것도 모르는 채로.

그녀는 앨버말 거리를 내려가다 버스를 타러 피커딜리로

향하는 캐럴의 모습을 상상했다. 캐럴은 2층 버스 뒤쪽 승강대를 뛰어넘을 것이고, 검표원이 버스표 찍는 걸 잊게 하려고 말을 걸 것이다. 검표원에게 안색이 안 좋아 보인다며 자신을 소개하고 근무하는 날 언제든 찾아오라고 할 것이다. 그녀는 그렇게 두 번 중 한 번은 공짜로 버스를 타고 병원 앞에서 내릴 것이다.

이번에는 졸음이 가득한 눈으로 백팩을 메고 걸어가는 앤턴을 생각했다. 추운 날씨에도 풀어 헤친 코트 깃, 이마 위로 반항적으로 세운 머리. 공방 마당을 지나서 작업대 앞 걸상에 앉아 세공용 칼을 점검하고, 대패 날을 만져보고, 괘종시계 큰바늘을 힐끔 쳐다보고는 한숨을 내쉬며 작업을 시작하는 모습이 눈에 선했다. 이어서 캠던 서점 뒷문으로 들어가는 샘을 떠올렸다. 오버코트를 벗고 회색 작업복을 입은 다음, 매장으로 들어가 선반의 먼지를 털거나 손님이 들어오길 기다리면서 명세 목록을 만들 것이다. 마지막으로, 침대에 대자로 누워 드렁드렁 코를 고는 에디를 상상했다. 그 모습을 상상하자 절로 미소가 떠올랐다.

"방해가 될까요?"

앨리스는 소스라치게 놀라며 얼굴을 들었다. 달드리가 맞은편 자리에 앉아 있었다.

"아니에요, 신문 읽고 있었어요."

"시력이 되게 좋은가 봐요!"

"왜요?" 앨리스가 물었다.

"신문이 테이블 아래 당신 발치에 떨어져 있으니까요."

"딴 데 정신 팔고 있었어요." 그녀가 털어놨다.

"딴 데 어디요? 비밀이 아니라면."

"런던의 이곳저곳."

달드리는 웨이터와 눈이 마주치길 바라면서 바 쪽으로 고개를 돌렸다.

"오늘 저녁은 특별한 곳, 이스탄불 최고의 레스토랑 중 하나에 가서 먹읍시다."

"축하할 일이 있나요?"

"어떤 의미에서는 있죠. 우리 여행이 런던 최고의 레스토랑 중 하나에서 시작되었으니까 내 여행도 같은 식으로 끝내는 것이 좋을 거 같아서요."

"하지만 떠나면 안 되죠, 아직……."

"……아직은 내가 타고 갈 비행기가 이륙하기 전이라!"

"그 비행기가 언제 이륙하는……."

"커피 한잔 마시려면 바닥에 나뒹굴기라도 해야 되나? 빨리 와서 주문 좀 받지, 너무하네!" 달드리가 두 번째로 앨리스의 말을 잘랐다.

기다리다 못한 달드리가 손을 들더니 웨이터가 테이블에 올 때까지 흔들었고, 아침 식사치고는 거하게 주문하면서 배가 몹시 고프니까 가능한 한 빨리 달라고 부탁했다.

"오늘은 오전 시간이 한가한데 바자에 가는 거 어때요? 어머니 선물을 골라야 하는데 조언 좀 해줘요. 뭘 좋아하실지 전혀 몰라서요."

"보석은 어때요?"

"어머니 취향이 아니라고 할 거예요." 달드리가 대답했다.

"향수는?"

"어머니는 선호하는 향수가 있어서 그것만 쓰시죠."

"예쁜 골동품은?"

"어떤 종류요?"

"가령 보석함 같은 거요. 아주 아름다운 나전칠기 보석함을 봤는데."

"안 될 건 없지만, 어머니는 영국 상감세공만 좋아한다고 할 거예요."

"은제품은?"

"어머니는 도자기만 좋아해요."

앨리스는 달드리 쪽으로 몸을 숙였다.

"며칠 더 머물면서 그림을 그려야겠네요. 예를 들어 갈라타 다리 입구의 교차로를 그리는 것도 괜찮을 거 같은데."

"아, 그건 아주 좋은 생각이네요. 잘 기억할 수 있도록 크로키 몇 개를 그려가지고 런던에 돌아가서 본격적으로 작업하면 되니까. 그러면 캔버스가 여행으로 힘들어하는 일도 없을 테고."

"아, 네." 앨리스는 한숨을 내쉬었다. "우리도 그런 방법이 있으면 좋겠네요."

"그럼 찬성하는 걸로 알고 갈라타 다리로 산책하러 갑시다." 달드리가 말했다.

아침 식사를 끝낸 뒤, 앨리스와 달드리는 카라쾨이까지 가는 트램을 타고 골든 혼을 가로질러 에미뇌뉘까지 이어지는 긴 다리 입구에서 내렸다.

달드리는 호주머니에서 인조가죽 수첩과 소묘용 연필을 꺼냈다. 그는 곳곳을 세밀하게 데생하면서 택시 정류장을 표시했고, 카디쾨이행 증기선들이 출발하는 선착장을 단숨에 스케치한 다음, 모다섬과 위스퀴다르 기슭 쪽으로 항해하는 증기선들, 다리 건너편 두 기슭 사이를 왕복하는 보트들이 정박한 작은 부두, 베벡의 트램과 베이욜루의 트램이 정차 중인 타원형 광장을 소묘했다. 달드리는 앨리스를 벤치로 이끌었다.

그는 이제 얼굴들을 그리면서 수첩을 채워나가고 있었다. 진열대 뒤에 서 있는 수박 장수의 얼굴, 나무의자에 앉은 구두닦이의 얼굴, 회전 숫돌을 돌리기 위해 페달을 밟는 칼갈이의 얼굴. 이어서 배불뚝이 노새가 끄는 수레, 고장 난 자동차와 보도에 놓인 바퀴 두 개, 보닛을 열고 모터를 들여다보는 운전사.

"이제 됐어요." 한 시간 후쯤 수첩을 호주머니에 집어넣으면서 달드리가 말했다. "기본적인 건 스케치했고, 나머지는 내 머릿속에 있어요. 그래도 바자를 한 바퀴 돌아봅시다, 혹시 모르니까."

그들은 돌무슈에 올라탔다.

그들은 그랜드 바자 골목길들을 기웃거리며 반나절을 돌아다녔다. 앨리스는 가장자리에 자개를 붙인 함 하나를 샀고, 달드리는 아름다운 청금석 반지 하나를 샀다. 어머니가 파란색을 좋아하니까 아마도 마음에 들어 할 것 같다면서.

그들은 점심으로 케밥을 먹고 이른 오후에 호텔로 돌아갔다. 칸이 로비에서 기다리고 있는데 표정이 어두웠다.

"허탈하네요, 죽어라 고생만 하고."

"뭐라는 거예요?" 달드리가 앨리스의 귀에 대고 구시렁거렸다.

"미션에 실패했다는 말이잖아요."

"와, 저렇게 말하는데 내가 어떻게 알아듣겠어요?"

"그렇게 말하는 습관이 배서 그러죠." 앨리스가 미소를 지으며 말했다.

"약속한 대로 오늘 아침에 생미셸 학교에 가서 교장을 만났어요. 다행히 아주 호의적인 태도로 교장도 기꺼이 학적부를 뒤지며 찾아봤주고요. 둘이서 우리가 추정하는 2년간의 기록을 학급별로 샅샅이 훑어봤는데 쉽지 않았죠. 오래돼서 글씨가 흐려진 데다 종이가 많이 낡은 상태였거든요. 재채기를 그렇게 하면서도 우리는 입학생 이름을 빠뜨리지 않으려고 눈을 부릅뜨고 살펴봤거든요. 근데 노력한 보람도 없이 전혀! 펜델버리나 에자즈란 성은 어디에도 없는 거예요. 우리는 실망한 채 헤어졌습니다. 이렇게 당신이 생미셸 학교를 다닌 적이 없었다는 소식을 전하게 돼서 애석하군요. 교장이 워낙 빈틈없는 분이라 절대 착오란 있을 수 없는 일이거든요."

"당신은 어떻게 그리 침착하게 듣고 있을 수 있는지 난 통 모르겠네요." 달드리가 속삭였다.

"그가 방금 영어로 한 말을 튀르키예어로 당신이 읊어보든

가요. 그럼 둘 중에 누가 더 언어에 재능이 있는지 알게 되겠죠." 앨리스가 받아쳤다.

"아무튼 당신은 항상 저 사람 편이군요."

"혹시 다른 학교에 등록되어 있었던 건 아닐까요?" 앨리스가 칸에게 물었다.

"교장과 헤어지면서 나도 그 생각을 했어요. 그래서 학교 목록을 뽑아봤죠. 오늘 오후에 카디쾨이에 있는 찰제도인 학교에 가볼 겁니다. 거기서도 찾지 못하면 내일은 같은 구역에 있는 생요셉 학교에 갈 거고요. 그리고 니샨타슈 여학교도 있어요. 찾아가볼 곳이 많으니까 실패로 간주하기엔 아직 일러요."

"이왕 학교에 들러서 시간을 보내는 김에 영어 수업을 들을 생각은 없어요? '실패로 간주되는' 시간이 되진 않을 텐데요?"

"그만해요, 달드리, 학교로 돌아가야 할 사람은 당신이에요."

"하지만 나 같으면 이스탄불 최고의 통역이라고 주장하지는 못……."

"당신은 정신연령이 딱 열 살이라고 하면……."

"아까도 분명히 말한 거 같은데, 당신은 무조건 그를 옹호하고 있다고. 그나마 안심이 되긴 하네요. 내가 떠나도 당신은 별로 그리워하지 않을 테니. 둘이 이렇게 마음이 잘 통하니까."

"그 지적은 꽤나 어른스럽네요, 아주 지성적이고, 시간이 갈수록 향상되고 있어요."

"오후는 칸과 보내면 되겠어요, 당신도 찰제도인 학교에 같이 가봐요. 누가 알아요, 그곳을 둘러보다 몇 가지 기억이 떠오를지."

"근데 그 표정은 뭐예요? 당신 성격 진짜 이상해요!"

"그런 거 아니에요, 전혀. 나는 두세 군데 둘러볼 건데 당신이 따분해할 곳들이라서. 지금부터는 각자 시간을 보냅시다, 지성적으로. 그리고 저녁 먹을 때 만나요. 칸은 당신이 원한다면 뭐든 환영이니까."

"칸을 질투하는 거예요, 달드리?"

"미안한 말이지만 웃기는 건 당신이에요. 내가 칸을 질투한다, 그리고 또 뭐요? 있으면 말해봐요. 와, 진짜, 내가 이런 어처구니없는 말을 듣자고 여기까지 온 거야!"

달드리는 앨리스에게 저녁 일곱 시에 로비에서 만나자고 하고는 인사를 하는 둥 마는 둥 하면서 떠났다.

***

담벼락에 낸 철제 대문, 네모난 운동장과 시들어가는 늙은 무화과나무 한 그루, 지붕 덮인 운동장과 낡을 대로 낡은 벤치들. 칸이 수위실 문을 두드리며 교장을 만날 수 있는지 물었다. 수위는 교장실을 가리키고 나서 다시 신문 읽기에 몰두했다.

그들이 긴 복도를 지나가는데 한쪽으로 나 있는 교실들은 한창 수업 중이었다. 자습 감독 교사가 그들을 작은 사무실에서 기다리게 했다.

"느껴져요?" 앨리스가 칸에게 속삭였다.

"아니요, 뭘 느껴야 하는데요?"

"창문 닦는 데 사용하는 알코올, 분필 가루, 마룻바닥에 입힌 밀랍, 어린 시절의 냄새가 나잖아요."

"내 어린 시절은 그런 냄새가 전혀 없어요, 미스 앨리스. 내 어린 시절에서는 이른 저녁, 고단한 몸을 이끌고 풀이 죽어서 집으로 돌아오는 사람들, 어두컴컴한 비포장 길, 궁핍한 삶이 드러나는 지저분한 변두리, 그런 냄새들이 느껴지죠. 알코올이나 분필, 밀랍 먹인 마룻바닥 같은 건 없었어요. 하지만 나는 불평하지 않아요. 우리 부모님은 훌륭한 분들이었으니까. 내 친구들 모두가 그렇지는 않았거든요. 그리고 약속해줘요, 내 영어 실력이 그가 생각하는 것보다는 괜찮은 편이라는 말을 달드리 씨에게 하지 않겠다고. 그가 화내는 게 아주 재미있거든요."

"약속할게요. 나 믿어도 돼요."

"그래서 말한 거예요."

자습 감독 교사가 그들에게 조용히 하라는 듯 철자로 탁자를 톡톡 쳤다. 앨리스는 자세를 바로하고 꼿꼿하게 앉았다. 그녀의 모습에 칸은 웃음을 참기 위해 손으로 입을 막았다. 교장이 나타났고 그들을 교장실에 들였다.

교장은 유창한 영어 실력을 보여줄 수 있게 된 것이 너무 기쁜 나머지 칸을 무시하고 앨리스에게만 말을 건넸다. 가이드는 앨리스에게 알 만하다는 윙크를 보냈다. 어쨌거나 중요한 건 결과였으니까. 앨리스가 용건을 말하자 교장이 1915년에는 여학생을 받지 않았다고 대답하며 유감을 표했다. 그는 앨리스와 칸을 정문까지 배웅하면서 언제고 영국 관광을 하고 싶다고 고백했다. 아마도 은퇴한 뒤에야 떠나게 될 여행이겠지만.

이어서 그들은 생요셉 학교로 갔다. 그들을 맞아들인 교장 신부는 엄격해 보였지만, 방문한 목적을 설명하는 칸의 말에 귀 기울여주었다. 그러고는 일어나서 뒷짐을 지고 방을 왔다 갔다 했다. 교장 신부는 창가에 서서, 쉬는 시간 운동장으로 나와 싸움질하는 소년들을 바라보았다.

"사내아이들은 왜 항상 싸울까요?" 교장 신부가 한숨을 내쉬었다. "폭력성이 남자의 본성에 내재되어 있는 걸까요? 수업 중에 아이들에게 묻고 숙제로 내주기에 괜찮은 주제일 거 같은데 어떤가요?" 신부는 운동장에서 눈길을 떼지 않은 채 물었다.

"그 행동에 대해 깊이 생각해보는 훌륭한 방법이 될 거 같습니다." 칸이 대답했다.

"나는 미스 펜델버리에게 물어본 겁니다." 교장 신부가 말했다.

"저는 아무런 도움이 되지 않을 거라고 생각합니다." 앨리스는 주저 없이 말했다. "뻔한 대답이 예상되거든요. 사내아이들은 싸우는 걸 좋아하죠. 그게 남자의 본성이니까요. 하지만 언어를 습득해갈수록 그들의 폭력성은 점점 감소합니다. 폭력성은 욕구불만에서 나오는 것일 텐데 말로는 분노를 표출할 수 없기 때문에 주먹으로 말하는 거니까요."

교장 신부가 고개를 돌리고 앨리스를 쳐다봤다.

"공부를 잘하는 학생이었겠어요. 학교를 좋아합니까?"

"수업이 끝나고 학교에서 나갈 때를 특히 좋아했죠." 앨리스가 대답했다.

"그럴 줄 알았습니다. 근데 내겐 서류를 찾아줄 시간이 없고, 직원이 많지 않으니 그 일을 맡길 수도 없습니다. 따라서 자습실에서 직접 학적부를 조회할 것을 제안하겠습니다. 물론 자습실에서는 잡담 금지입니다, 즉시 퇴출되고 싶지 않다면."

"물론입니다." 칸이 재빨리 대답했다.

"미스 펜델버리에게 한 말입니다." 교장 신부가 말했다.

머쓱해진 칸은 고개를 숙인 채 밀랍을 먹인 마룻바닥을 응시했다.

"자, 따라오세요, 내가 안내하지요. 수위가 학적부를 찾아서 가져올 겁니다. 오후 여섯 시까지니까 시간 허비하지 마세요. 여섯 시가 되면 1분도 더 지체하면 안 됩니다, 아셨습니까?"

"꼭 지키겠습니다." 앨리스가 대답했다.

"그럼 갑시다." 교장 신부가 먼저 문 쪽으로 걸음을 옮기면서 말했다.

교장은 앨리스를 먼저 나가게 한 뒤, 의자에 꼼짝도 않고 앉아 있는 칸을 돌아봤다.

"내 방에서 오후를 보낼 생각입니까, 아니면 같이 가서 찾아볼 겁니까?" 교장 신부가 불만에 찬 어조로 물었다.

"이번에는 저한테도 하는 말씀인지 몰랐습니다." 칸이 대답했다.

자습실의 벽은 중간 높이까지 회색, 그 위로 천장까지는 하늘색으로 칠해져 있고, 두 줄짜리 형광등이 지지직거리고 있었다. 앨리스와 칸이 구석진 자리에 가서 앉자 자습실에서 벌받고 있던 학생들이 키득거렸다. 그들은 교장이 발을 탁탁 구르자 즉시 조용해졌다가 교장이 나가자마자 다시 떠들기 시작했다. 잠시 후, 수위가 리본으로 묶인, 검은색 덮개를 단 장부 두 권을 들고 왔다. 그는 칸에게 입학 허가서와 제명 기록, 생활기록부 등 모든 서류가 있다면서 각각의 문서는 학급별로 분류되어 있다고 설명했다.

페이지는 반으로 나뉘어 있었고, 학생들의 이름이 왼쪽에는 라틴 문자로, 오른쪽에는 오스만 문자로 적혀 있었다. 칸은 손가락으로 한 줄, 한 줄 짚어가면서 장부를 꼼꼼히 살폈다. 괘종시계가 다섯 시 반을 가리키자 칸이 두 번째 장부를 덮고 안타까운 시선으로 앨리스를 바라보았다.

그들은 장부를 겨드랑이에 끼고 나가서 수위에게 돌려주었다. 앨리스는 생요셉 학교의 정문 철책을 나가다 돌아서서 교장실 창문에서 엿보고 있는 교장 신부를 향해 손을 흔들었다.

"우리를 지켜보고 있는지 어떻게 알았어요?" 길을 내려가면서 칸이 물었다.

"런던에서 학교 다닐 때 나는 늘 그랬거든요."

"내일은 성공할 거예요, 확신해요." 칸이 말했다.

"내일이면 알게 되겠죠."

칸은 앨리스를 호텔까지 바래다주었다.

***

달드리는 마르키즈 레스토랑에 식사를 예약해놓았다. 하지만 문 앞에 이르자 앨리스가 머뭇거렸다. 그녀는 거한 저녁을 먹고 싶지 않았다. 그래서 포근한 밤인데, 담배 연기로 자욱한 소란스러운 실내에 몇 시간씩 앉아 있는 대신, 보스포루스 해협을 따라 걷는 것이 어떻겠느냐고 제안했다. 배가 고프면 발길 닿는 곳에서 먹어도 좋겠다면서. 달드리는 자기도 입맛이 별로 없다고 답하며 그녀의 제안을 받아들였다.

그들처럼 둑을 따라 산책하는 사람들과, 시커먼 물에 낚싯대를 드리운 채 운에 기대고 있는 세 남자와, 아침 뉴스를 파는 신문팔이와, 군인의 구두를 반짝반짝하게 닦는 구두닦이 소년이 있었다.

"걱정이 있는 얼굴이에요." 앨리스가 보스포루스 해협 너머 위스퀴다르 언덕을 바라보면서 말했다.

"무슨 생각 좀 하느라고, 심각한 건 아니에요. 당신 일은 어떻게 됐어요?"

앨리스는 오후에 찾아간 두 학교에서는 성과가 없었다고

말했다.

"브라이튼에 갔던 거 기억나요?" 달드리가 담배에 불을 붙이면서 말했다. "런던으로 돌아가는 길에 당신도 나도, 당신의 미래를 예언하면서 뜬금없이 미스터리한 과거에 대해 말했던 그 점쟁이를 전혀 믿으려고 하지 않았죠. 말은 하지 않았지만, 아마도 예의상 그랬겠지만, 당신은 우리가 왜 쓸데없이 수십 킬로미터를 달려갔는지, 그리고 왜 크리스마스이브 저녁에 난방도 안 되는 차를 타고서 추위와 눈과 싸워가며 위험을 무릅쓰고 빙판길을 달렸는지 의문을 가졌을 거예요. 그런데도 그 먼 거리를 달렸고, 그 뒤로 당신에게 불가능한 것처럼 보이던 일이 얼마나 많이 일어났는지 생각해봐요. 나는 계속 믿고 싶어요. 앨리스, 난 우리의 노력이 헛된 거라고 생각하고 싶지 않아요. 아름다운 이스탄불은 이미 당신이 의심조차 하지 않았던 많은 비밀을 드러내주었는데…… 누가 알아요? 몇 주 이내에 당신을 세상에서 가장 행복한 여자로 만들어줄 그 남자를 만나게 될지. 말이 나온 김에 하나만 말할게요. 나는 약간 죄책감을 느끼고 있어요……."

"하지만 나는 지금 행복해요, 달드리. 당신 덕분에 꿈에도 생각지 못한 여행을 했어요. 작업대 앞에서는 버거웠고, 아이디어는 고갈되어 있었죠. 하지만 당신 덕분에 지금 내 머릿속은 아이디어로 가득 차 있어요. 그 터무니없는 예언이 이뤄지든 말든 별로 개의치 않아요. 솔직히 나는 그 점쟁이에게서 저속하다고는 할 수 없지만 가증스러운 면을 봤거든요. 하지만 점쟁이는 내가 좋아하지 않는 나 자신의 모습, 망상에 사로잡힌 외로운 여자의 모습을 보게 해준 사람이에요. 게다가 난 이미 만났어요, 내 인생을 바꿔줄 남자를."

"아, 그래요, 누군데요?" 달드리가 물었다.

"지한기르의 향수 장인이요. 그가 새로운 계획을 세울 수 있게 해줬어요. 그 장인의 집에 가서야 내가 이때까지 잘못 생각하고 있었다는 걸 깨달았거든요. 앞으로 내가 추구하는 것은 실내 향수뿐만 아니라 가슴속에 각인되어 있는 순간들, 증발해버린 특별한 순간들을 상기시켜 주는 향수, 어떤 장소를 떠오르게 하는 향수예요. 후각적 기억만이 유일하게 절대로 흩어지지 않는다는 거 알아요? 사랑했던 이들의 얼굴은 세월이 흐르면 지워지고 목소리도 잊히지만, 냄새만은 아니에요, 절대로. 미식가인 당신이 어린 시절에 먹던 음식의 향이 기억을 불러일으키면 모든 것이 되살아날 거예요, 사소한 것까지 모두 다. 작년에 켄싱턴의 향수 전문점에서 내 작품 중 하나를 좋아하던 한 남자 손님이 주소를 알아내서 집에 찾아온 적이 있어요. 그 남자는 철제 상자 하나를 들고 와서는 뚜껑을 열고 보여줬어요. 가늘게 땋은 끈, 목재 장난감, 대모갑 군복을 입은 장난감 병정, 마노*, 해진 작은 깃발이 하나씩 들어 있었죠. 그 철제 상자 안에 남자의 어린 시절이 고스란히 담겨 있었던 거예요. 남자에게 물었어요, 나와 그 상자가 무슨 관련이 있는 거냐고, 내게서 뭘 원하느냐고. 그러

---

* 수정류와 같은 석영광물.

자 남자가 대답했어요, 내 향수를 발견한 뒤로 뭔가 이상한 일이 일어났다고. 집으로 가는데 다락방을 뒤져서 그동안 까맣게 잊고 있던 그 보물들을 찾아봐야겠다는 절박한 욕구를 느꼈다고요. 그가 상자를 가져온 건 나에게 냄새를 맡게 하려는 거였어요. 그 냄새를 재현하는 향수를 만들어달라고 부탁하기 위해서였죠. 그 냄새가 영원히 사라지기 전에요. 그때 나는 어리석은 대답을 했어요, 불가능한 일이라고요. 그 남자가 떠난 후, 상자 안에서 내가 맡았던 모든 냄새에 관해 기록했어요. 뚜껑 안쪽의 녹슨 금속 냄새, 가는 끈의 삼 냄새, 장난감 병정 냄새, 그림을 채색하는 데 쓰는 기름 냄새, 장난감의 참나무 냄새, 작은 깃발의 낡은 비단 냄새, 막대형 마노 냄새, 거기서 나던 모든 냄새를 종이에 적어서 보관해두고만 있었어요. 어떻게 해야 할지 몰랐거든요. 그런데 이제는 알아요, 조향사로서 무슨 작업을 해야 하는지. 당신이 교차로를 그리기 위해 수많은 스케치를 하는 것처럼 나도 많이 관찰하면서 수십 개의 물질을 재구성하는 향수를 만들기 위해 불가능한 것에 도전할 거예요. 당신을 고무시키는 것은 형태와 색깔이고, 나를 고무시키는 건 말과 냄새예요. 지한기르의 향수 장인을 만나러 갈 거고, 곁에서 작업하는 방법을 배울 수 있게 해달라고 부탁할 거예요. 그리고 우리가 알고 있는 것과 노하우를 서로 나눌 거예요. 기억에서 사라진 순간들을 되살리고, 잠든 장소들을 깨어나게 하고 싶어요. 내 말이 황당하게 들리겠지만, 만약 당신이 여기 머물러야 하는데 런던이 너무 그리울 때, 내가 만든 향수가 당신에게 익숙한 비 냄새를 찾을 수 있게 해준다고 상상해봐요. 우리가 다니는 길에는 고유한 냄새가 있어요. 아침 냄새와 저녁 냄새, 우리의 삶에서 중요한 계절마다, 날마다, 분마다 각각 그 특유의 냄새가 있어요."

"재미있는 아이디어네요. 하긴 한 번만이라도 내 아버지의 서재에서 나던 냄새를 다시 느껴보고 싶긴 해요. 당신 말이 맞아요, 듣고 보니까 냄새라는 것이 생각보다 훨씬 복합적이었네요. 물론 벽난로의 장작불, 아버지의 파이프 담배, 가죽 안락의자, 아버지가 글 쓰던 책받침 등 갖가지 냄새가 있었죠. 그 모든 냄새를 다 묘사할 순 없지만, 카펫 냄새는 기억나요, 어릴 때 아버지 책상 앞에서 놀았으니까. 몇 시간씩 장난감 병정들과 치열한 전투를 벌였거든요. 나폴레옹의 군대 위치는 빨간색으로, 우리 군대의 위치는 초록색으로 선을 그어 놓았죠. 그 카펫 전쟁터에서 나던 양털과 먼지 냄새가 위안이 되었어요. 당신의 아이디어가 큰돈을 벌게 해줄지 그건 모르겠고, 카펫이나 비 오는 거리의 향기가 고객들을 사로잡을지도 의문이지만, 시적인 정취가 느껴지네요."

"거리의 향기가 아니라 어린 시절의 향기를 말하는 건데⋯⋯. 당신에게 말하고 있는 이 순간에도 내 머릿속은 이스탄불을 누비고 다닐 생각으로 가득해요. 작은 유리병 안에 초가을 냄새를 담으려고 하이드파크를 돌아다닐 때처럼. 만족스러우면서 다분히 보편적인 무언가를 얻으려면 아마도 몇 달, 아니 몇 년은 걸릴 거예요. 내 직업에서 처음으로 위안을 받는 느낌이에요. 회의를 느낄 때도 있었지만 오래전부터 내가 꼭 하고 싶은 일이에요. 각자 나름의 방식으로, 나를 이곳으로 오도록 떠밀어준 당신 그리고 그 겁쟁이에게 영원히 고마워할 거예요. 내 부모님의 과거에 대해 알게 된 사실로 인한 혼란…… 그건 노스탤지어, 즐거움, 슬픔, 웃음으로 가득찬 기쁨도 안겨주는 혼탁한 감정 같은 거예요. 런던에서 우리가 살던 거리를 지나갈 때마다 나는 전혀 알아보지 못했어요. 우리 집도, 어머니와 함께 가던 작은 가게도 모두 흔적도 없이 사라졌기 때문에. 근데 이제는 알아요, 부모님과 내가 함께 살았던 곳이 아직 존재한다는 걸. 이스티클랄 거리의 향기, 건물들의 돌, 트램 그리고 이제부터 나에게 속하는 또 다른 많은 것들. 비록 그 순간들이 내 기억 속에는 없지만, 그 순간들이 있었다는 걸 알아요. 밤마다 잠이 오길 기다리면서 이제는 부모님의 부재가 아니라 두 분이 여기서 살았을 수도 있겠다는 생각을 해요. 달드리, 사실, 그것만으로도 이미 대단한 거예요."

"그래도 포기하지 않고 계속 더 찾아볼 거죠?"

"네, 약속해요. 비록 당신이 떠난 뒤에는 완전히 똑같지 않으리라는 걸 알지만."

"그래주면 좋겠어요! 당연히 그럴 거라고 확신하지만. 당신은 칸과 놀랍도록 얘기가 잘 통하고, 내가 이따금 장난삼아 질투하기도 하지만 내심으론 기뻐요. 그자의 영어 구사 능력은 형편없지만, 뛰어난 가이드라는 건 인정해요."

"아까 뭔가 할 얘기가 있는 것 같았는데 뭐예요?"

"별로 중요한 게 아니라서 벌써 까먹었어요."

"이스탄불을 언제 떠나요?"

"곧이요."

"그렇게나 빨리?"

"네, 그래서 마음이 편치 않아요."

그들은 이제 부두를 따라 걷고 있었다. 마지막 야간 증기선
이 밧줄을 풀고 있는 선착장 앞에서 앨리스는 자신의 손등에
살짝 스친 달드리의 손을 잡았다.

"친구 사이는 손잡아도 되는 거죠?"

"그렇다고 생각해요." 달드리가 대답했다.

"그럼 좀 더 걸어요, 당신도 괜찮다면."

"그래요, 좋은 생각이에요. 좀 더 걸읍시다, 앨리스."

12

앨리스,

용서해줘요, 갑자기 떠나버린 나를. 작별 인사는 한 번일지라도 하고 싶지 않았어요. 이번 주는 저녁에 당신 방 앞에서 헤어질 때마다 작별 인사를 생각했는데, 호텔 로비에서 가방을 들고 당신에게 작별을 고한다고 생각하자 가슴이 죄어드는 것 같았어요. 어제 말하고 싶었지만 당신과 함께 보내는 그 감미로운 순간을 망칠까 두려워 끝내 말을 꺼내지 못했어요. 보스포루스 해협을 따라 걷던 마지막 산책이 우리의 가슴에 추억으로 남았으면 해서요. 당신은 행복해 보였고 나도 그랬으니, 여행의 끝자락에서 그 이상 뭘 더 바라겠어요? 나는 당신에게서 경이로운 여성을 발견했고, 당신과 친구가 된 것이, 물론 내 희망 사항이긴 하지만, 자랑스러웠어요. 여자친구, 나에게 당신은 그래요. 당신과 함께 이스탄불에서 보낸 시간은 내 인생에서 가장 즐거운 순간으로 남을 거예요. 당신이 목적을 이루길 진심으로 바랄게요. 당신을 사랑하게 될 미래의 남자가 당신 성격에 익숙해져야 할 텐데(삐지는 거 아니죠? 친구라면 이 정도의 말은 할 수 있는 거니까), 하지만 그 남자는 인생의 모든 시련을 파안대소로 날려버릴 여인을 곁에 두겠네요.

당신을 이웃으로 두었다는 것이 행복하고, 편지를 쓰는 이 순간에도 벌써 당신이란 존재가, 시끄러웠던 때조차도 그리워지려고 해요.

즐거운 여행이 되길, 죄메르트 에자즈의 딸, 당신에게 아주 잘 어울리는 행복을 향해 달려요.

당신의 헌신적인 친구,

달드리

이든,

오늘 아침에 당신의 편지를 발견했어요. 내 답장은 오늘 오후에 부칠 건데 편지가 당신에게 닿으려면 얼마나 걸릴지 궁금하군요. 당신이 내 방 문틈으로 편지를 집어넣었을 때 그 사각거리는 소리에 침대에서 일어났어요. 그리고 바로 알아차렸죠, 당신이 떠난다는 걸. 택시에 오르는 모습이라도 보려고 창문 앞으로 달려갔는데, 당신이 우리가 묵는 층을 향해 고개를 드는 순간 나는 한 걸음 물러섰어요. 아마도 당신과 같은 이유로. 그렇지만, 막상 당신을 태운 택시가 이스티클랄 거리로 멀어져가는 순간에는 구두로 작별 인사를 하고 당신이 있어줘서 고마웠다고 말할걸 싶었어요. 당신 역시 만만치 않은 성격이지만(삐지는 거 아니죠? 친구라면 이 정도의 말은 할 수 있는 거니까), 당신은 훌륭하고 너그럽고 재미있고 유능한 남자예요.

엉뚱한 방식으로, 당신은 내 친구가 되었어요. 아마도 이스탄불에서 보낸 며칠, 몇 주 사이에 싹튼 우정일 뿐이겠지만, 아주 엉뚱하게도 오늘 아침은 갑자기 당신이 필요했는데.

떠난다는 말을 하지 않은 건 용서할게요. 진심으로. 당신이 잘한 거라는 생각까지 들어요. 작별 인사는 나도 좋아하지 않거든요. 머지않아 런던 어딘가에 있게 될 당신이 부러워요. 우리가 사는 빅토리아 양식의 낡은 주택과, 내 작업대도 그립고요. 나는 여기서 봄이 오길 기다릴 거예요. 칸이 약속했어요. 아름다운 봄날이 오는 대로 우리 둘 다 가고 싶어 했던 프린스섬을 관광시켜 주겠다고. 구석구석 눈에 담아서 당신에게 얘기해줄게요. 그리고 당신이 관심을 가질 만한 교차로를 발견하면 아주 세세하게 묘사해줄게요. 시간이 멈춘 듯한 프린스섬, 그곳을 거닐면 지난 세기로 돌아가 있는 느낌일 거예요. 전동 차량이 금지된 곳, 이동수단이라고는 오직 말과 당나귀만이 허락되는 그곳이 기대돼요. 내일, 우리는 지한기르의 향수 장인을 만나러 갈 건데 그 얘기도 다음 편지에 쓸게요. 내 작업의 진척 사항을 당신에게 알리는 것이 우리의 약속이니까.

여행이 너무 힘들지 않았길 바라고, 당신 어머니도 건강을 회복하셨길 바랄게요. 어머니 잘 돌봐주세요, 당신 건강도 잘 챙기고요.

어머니와 함께 멋진 시간 보낸다면 좋겠어요.

당신의 친구,

앨리스

친애하는 앨리스,

당신의 편지가 내게 이르는 데는 정확히 6일이 걸렸어요. 오늘 아침에 나가는데 우편집배원이 가져다주었어요. 이 편지도 비행기 여행을 하고 왔을 텐데 우체국 소인은 무슨 비행기를 타고 왔는지, 빈을 경유했는지조차 말해주는 게 없네요. 나는 도착한 다음 날, 내 집을 치운 뒤에 당신 집도 청소했어요. 안심해요, 당신 물건에는 손대지 않았고, 당신이 없는 사이 집 안에 무법으로 눌러앉은 먼지들을 몰아냈을 뿐이니까요. 앞치마에 머릿수건까지 쓰고 빗자루와 양동이를 들고 있는 내 모습이 아른거린다고 또 웃겠네요. 게다가 그 꼴로 쓰레기 버리러 내려가다가 우리 아래층 이웃, 당신이 피아노 소리 때문에 짜증난다고 하던 그 부인과 마주치기까지 했으니. 당신의 집은 봄 햇살을 되찾았어요. 너무 오래 기다리지 않길 바랐던 내 희망대로. 영국의 습한 추위야 새삼 말할 것도 없고, 내가 자주 입에 담는 화제 중 하나인 날씨 얘기를 또 해서 지겹게 하고 싶진 않은데, 그럼에도 불구하고 알려줄게요. 내가 돌아온 날부터 비가 계속 내리고 있어요. 날마다 점심 먹으러 가는 단골 펍에서 들은 바에 따르면 이달 내내 비가 내렸다고 해요.

보스포루스 해협과 놀랍도록 포근한 그곳의 겨울이 까마득하게 느껴지네요.

어제는 템스강을 따라 걸었어요. 당신 말이 맞네요. 갈라타 다리 부근을 산책할 때 당신이 알게 해준 냄새와 비슷한 냄새는 전혀 나지 않았어요. 말들이 싸놓은 분뇨조차 그곳과는 달라 보이니, 이 글을 쓰면서 내 생각을 전하기 위해 예를 들긴 했는데 그게 최선이었는지는 잘 모르겠네요.

당신에게 인사도 없이 떠난 것에 대해 죄책감이 들긴 하지만, 그날 아침은 마음이 좀 무거웠어요. 이유는 모르겠어요. 대체 당신은 나에게 무슨 짓을 한 걸까요. 내가 어떤 사람인지 당신은 결코 이해하지 못하겠지만, 어쩌다가 이스탄불에서 산책하던 그 마지막 밤, 당신은 나의 친구가 되었어요. 유행가 가사처럼 당신은 내 영혼을 건드렸고, 나를 변화시켰어요. 내 안에서 사랑하고, 사랑받고 싶다는 욕망을 싹트게 한 당신을 내가 어떻게 용서할 수 있겠어요? 아주 이상한 방식으로, 당신은 나를 훌륭한 화가, 심지어 훌륭한 남자로 만들었으니. 오해하지는 말아요, 이건 내가 당신에게 갖는 혼란스런 감정을 고백하는 것이 아니라 진지하게 우정을 선언하는 거니까. 친구 사이에 이 정도 말은 할 수 있는 거죠?

당신이 그리워요, 친애하는 앨리스. 그래선지 당신 집 통유리창 아래 내 이젤을 세워둔 기쁨이 점점 더 커지고 있어요. 왜냐하면 여기, 당신의 집 안, 당신이 구별할 수 있도록 가르쳐준 이 모든 향을 맡고 있자니 약간은 당신이 곁에 있는 것처럼 느껴지고 우리가 함께 관찰했던 이스탄불의 어느 교차로를 그릴 수 있게 용기를 주는 것만 같아요. 야심 찬 작업이라서 너무 허술하고, 아주

부족하다고 생각되는 꽤 많은 크로키들을 이미 던져버렸지만, 극복할 수 있을 거예요.

건강 조심하고 칸에게도 안부 전해주고요. 아니, 마지막 말은 전하지 말고 당신만 알고 있는 걸로.

달드리

친애하는 달드리,

방금 당신의 편지를 받았고, 나에 대해 너그럽게 말해줘서 고마워요. 지난주에 있었던 일부터 얘기해야겠죠. 당신이 떠난 다음 날, 칸과 나는 탁심에서 에미르간까지 운행하는 버스를 타고 니샨타슈에 갔어요. 그 지역에 있는 모든 학교를 가봤는데 애석하게도 성과는 전혀 없었어요. 방문한 학교마다 똑같은 장면이 반복되었죠. 학교마다 비슷비슷한 마당과 지붕 덮인 운동장, 낡은 문서들을 훑어보는 데 몇 시간을 보냈지만, 어디에도 내 이름은 없었어요. 방문 시간이 아주 짧은 학교도 있었어요. 문서가 아예 존재하지 않기 때문에, 아니 오스만 제국 시대의 그 학교들은 여학생을 아예 받지 않았기 때문에. 우리가 이스탄불에 있을 때 부모님은 나를 학교에 보낸 적이 없었다는 생각이 들어요. 칸은 아마도 전시라서 학교에 보내지 않았을 거라고 추측하더군요. 하지만 어디에도 내 이름이 나타나지 않는다는 것, 영사관에도, 그 어떤 학교에도 기록이 없다는 사실에 이따금 내가 존재하기는 했는지 의문이 들기도 해요. 알아요, 이런 생각은 아무 의미 없다는 거, 그래서 그저께 결정했어요. 마음을 다치면서까지 찾아다니는 일을 그만두기로.

그 뒤로, 우리는 지한기르의 향수 장인을 만나러 갔고, 장인과 함께 보낸 마지막 이틀은 이전에 갔을 때보다 훨씬 더 내 마음을 사로잡았어요. 당신이 떠난 뒤로 일취월장한 칸의 훌륭한 통역 실력 덕분에 장인에게 내 계획을 자세히 설명했고, 처음엔 장인이 날 미친 사람으로 여겼지만, 그를 설득하기 위해 감성을 자극하는 술수를 썼어요. 이스탄불을 여행할 기회가 없는 사람들, 지한기르의 언덕을 결코 오르지 못할 사람들, 보스포루스 해협으로 내려가는 돌길을 걸어보지 못할 사람들, 보스포루스 해협의 요동치는 수면에서 반사되는 은빛 달무리를 그림엽서로밖에는 볼 수 없을 사람들, 위스퀴다르로 향하는 증기선 기적 소리를 결코 들어보지 못할 사람들, 그리고 내 고향 사람들을 들먹이면서 이 모든 아름다움을 담은 향수로 이스탄불의 기적을 상상할 기회를 그들에게 선물하는 것은 경이로운 일이 될 거라고요. 늙은 장인은 그 무엇보다 이스탄불을 사랑하는 사람이었기에 웃음기를 거두고 갑자기 내게 관심을 기울이기 시작했죠. 지한기르의 골목길에서 감지해낸 많은 냄새들을 기록한 메모를 칸이 장인에게 읽어주었고, 노인은 크게 감동했어요. 알아요, 이 프로젝트가 그저 미친 야망에 그칠 수도 있다는 걸. 하지만 나는 불가능한 계획을 세우기 시작했고, 언젠가는 이스탄불이라는 이름의 향수가 켄싱턴이나 피커딜리의 향수 전문점 진열장에 놓이는 꿈을 꾸기 시작했어요. 부탁인데, 비웃지 말아줘요. 나는 지한기르의 향수 장인을 설득하는 데 성공했고, 당신의 정신적인 지지가 필요하니까요.

나와 장인의 작업 방식은 서로 달라요. 장인은 천연 향료로, 나는 합성 향료로 접근하고 있지만, 장인의 방식이 나로 하여금 본질적인 것으로 돌아가 새로운 지평을 열어주고 있어요. 우리의 작업 방식은 날마다 조금씩 보완되고 있는데 향수 하나를 재창조한다는 건 단순히 분자들을 혼합하는 것뿐만 아니라 후각이 지시하는 모든 것, 후각이 우리의 기억 속에 새기는 모든 느낌을 기록하는 것에서 시작되죠. 마치 기록기의 침이 LP 레코드의 밀랍에 음악을 새기는 것처럼.

친애하는 달드리, 내가 이 모든 걸 얘기하는 이유는 내 소식을 전하려는 목적만이 아니라, 시시콜콜 얘기하는 걸 좋아하는 것이 내 성향이긴 해도, 당신의 작업은 어디까지 진행되었는지 알기 위한 것이기도 해요.

우리는 동업자인데 나 혼자만 일을 시작한다는 건 말이 안 되죠. 우리가 런던 최고의 레스토랑에서 계약한 협약을 잊지 않았다면, 당신도 이스탄불에서 가장 아름다운 교차로를 그리면서 당신의 재능을 보여줘야 한다는 걸 틀림없이 기억하고 있을 거예요. 내가 갈라타 다리에서 기다리는 동안 당신이 스케치한 것 중에서 가장 완벽을 기한 것이 무엇인지 그 목록을 다음 편지에서 읽게 되길 기대할게요. 나는 그날을 전혀 잊지 않았고, 당신도 그럴 거라고 생각해요. 당신의 그림에 그 어떤 것도 빠지지 않길 바라니까요. 그냥 던지는 말쯤으로 여기고 어이없다는 듯 슬쩍 넘어가면 안 됩니다……. 당신은 이미 그렇게 하고 있다고 생각하면서도 노파심에서 하는 말이에요. 지난 며칠간 학교를 너무 자주 들락거렸나 봐요, 내가 잔소리를 하다니.

친애하는 달드리, 이 요청을 당신에게 도전장을 던지는 것으로 이해해도 돼요. 런던으로 돌아갈 때는 내가 만든 향수를 갖고 가겠다고 약속해요. 그 향을 맡으면 당신이 기억에 담고 떠난 모든 추억의 장소들을 다시 관광하는 기분일 거예요. 내가 돌아갔을 때 완성된 그림을 보여주길 기대할게요. 당신의 그림과 나의 향수는 공통점이 있겠죠. 각자의 방식으로 우리가 지한기르와 갈라타에서 보낸 날들을 담고 있을 테니까.

이번에는 내가 용서를 구할게요. 여기 더 오래 머물 생각이라는 걸 돌려 말하고 있는 것에 대해서.

그럴 필요와 욕구를 느껴요. 나는 행복해요, 달드리, 정말 행복해요. 그 어느 때보다 자유로움을 느껴요. 이런 자유는 경험한 적이 없었다고 단언할 수 있을 정도로 나는 자유를 만끽하고 있어요. 그렇지만, 당신의 유산을 축내는 짐이 되고 싶지 않아요. 당신이 일주일마다 송금해주는 돈으로 너무 과분한 생활을 하고 있는데 내겐 이토록 쾌적한 환경과 사치는 필요하지 않거든요. 소중한 동반자인 칸이 위스퀴다르에서, 자기 집과 그리 멀지 않은 곳에 있는 집을 찾아서 예쁜 방 하나를 구해줬어요. 그의 고모 중 한 분이 임대해주는 거예요. 기뻐서 미칠 지경인데 내일은 호텔을 떠나 진정한 이스탄불 시민으로서의 삶을 시작할 계획이에요. 아침마다 향수 장인의 집으로 가는 데 한 시간 정도, 저녁에 돌아갈 때는 시간이 좀 더 걸리겠지만 불만은 없어요. 오히려 하루에 두 번씩 '바푸르'에 올라, 여기서는 증기선을 바푸르라고 불러요, 보스포루스 해협을 건너는 것은 런던 지하철로 몰려 들어가는 것만큼 고역스럽지도 않고요. 칸의 고모가 위스퀴다르에서 운영하는 레스토랑의 서빙 일을 나에게 제안했어요. 그 동네 최고의 레스토랑이라서 점점 더 많은 관광객이 방문하고 있거든요. 고모로서는 영어를 사용하는 직원을 고용하는 편이 유리하겠죠. 칸이 메뉴 보는 방법과 간단한 튀르키예어를 가르쳐주기로 했어요. 마마 칸의 남편이자 레스토랑의 주방장이 만드는 요리를 주문받아야 하니까요. 일주일 중 금, 토, 일에 일할 예정인데, 이 정도 봉급이면 생활하기에는 충분할 거예요. 물론 지금보다는 더 검소한 생활을 하겠지만 당신을 알기 전에는 그런 생활에 익숙해 있었으니 걱정 없어요.

친애하는 달드리, 이스탄불은 오래전에 어둠이 내렸어요. 이 호텔에서의 내 마지막 밤을 즐길 거예요, 이 호화로운 방에서 잠들기 전까지. 저녁마다 당신이 묵던 방 앞을 지나가면서 인사를 건네요. 위스퀴다르에 가서도 보스포루스 해협 쪽으로 난 창문 앞에 서서 계속 인사를 보낼 거예요.

편지 봉투에 그 집 주소를 써서 보내요. 당신이 보내줄 답장을 손꼽아 기다릴게요. 그리고 그 편지에 작업이 얼마나 진행되었는지도 적어준다면 좋겠어요.

건강 조심해요.

내 마음의 키스를, 친구로서.

앨리스

앨리스,

당신의 지시를 따라야 하므로…….

트램에 대해:

목재를 붙인 내부, 닳고 닳은 바닥, 운전사와 승객들을 분리하는 쪽빛 유리 칸막이, 운전사의 철제 크랭크핸들, 천장에 달린 희끄무레한 등 두 개, 군데군데 비늘처럼 일어난 크림색 페인트칠.

갈라타 다리에 대해:

포석이 깔린 경사진 바닥, 완벽한 평행은 아니지만 나란히 이어지는 두 줄의 트램 레일, 고르지 않은 보도 바닥, 돌난간, 검은색 철제 난간 두 개와 돌에 박힌 금속의 녹슨 자국과 부식된 흔적, 난간에 기대 팔꿈치를 괴고 있는 낚시꾼 다섯 명과 주중인데 가야 할 학교는 안 가고 낚시에 빠진 소년 한 명, 빨간색과 흰색 줄무늬 방수포를 씌운 수레 앞에 서 있는 수박 장수 한 명, 마대 자루 같은 걸 둘러멘 채 모자 삐딱하게 쓰고 씹는담배를 질겅거리는 (좀 이따가 뱉어버릴) 신문팔이 한 명, 장사를 계속해도 될지 근심 어린 눈으로 보스포루스 해협을 바라보는 액세서리 장수 한 명, 소매치기 한 명, 험상궂은 표정으로 어슬렁거리는 남자 한 명, 건너편 보도에는 감색 양복에 모자, 백구두까지 쪽 빼입었지만 오랫동안 일이 잘 풀리지 않아서 초췌한 얼굴의 사업가 한 명, 많이 닮은 걸로 봐서 자매인 듯 나란히 걷는 두 여자, 그 뒤 열 걸음 뒤에는 보나 마나 바람둥이일 게 뻔한 남자 한 명, 좀 더 떨어진 곳에서 둑을 향해 계단을 내려가는 선원 한 명.

둑 얘기가 나왔으니까 말인데, 두 개의 부교에는 알록달록한 보트들이 묶여 있어요. 빨간색과 쪽빛의 줄무늬 보트, 노란색과 담황색의 줄무늬 보트들. 선착장에는 배를 기다리는 남자 다섯 명과 여자 세 명, 소년 두 명이 있고요.

언덕배기로 오르는 골목길의 전경은 주의 깊게 살펴보면 꽃집이 보이고, 한쪽으로 쭉 나 있는 문구점과 담배 가게, 청과물 행상인, 식료품점, 커피 가게를 식별할 수 있어요. 그 너머 구부러지는 골목길은 내 시야에 들어오지 않으므로 생략.

다채로운 빛깔의 하늘은 말하지 않을 거예요. 나중에 캔버스에 그려진 걸로 확인하길. 보스포루스 해협을 우리가 함께 봤으니, 증기선 선미에서 일던 물 소용돌이에 나타나는 빛의 반사는 당신이 떠올려보고요.

멀리, 위스퀴다르 언덕과 주택들은 더 신경 써서 세세히 묘사할 거예요. 당신이 그곳에서 살게 됐다는 걸 지금 알았으니까. 원뿔형 첨탑들, 수면에 흰 자국을 길게 남기는 수많은 선박, 작은 배, 경주용 보트, 쾌속선…… 두서없이 쓰긴 했지만, 내가 부디 시험에 합격했길 바라요.

이 편지는 당신이 알려준 새 주소로 부칠게요. 나와는 연이 닿지 않았던 그 동네의 당신에게 편지가 잘 도착하길 바라면서.

당신의 헌신적인 친구,

달드리

P. S. 칸에게 내 안부를 굳이 전할 필요는 없어요. 그의 고모에게도. 깜빡했는데, 월요일, 화요일, 목요일은 비가 왔고, 수요일은 날씨가 흐렸지만 금요일은 아주 쾌청했어요…….

달드리,

어느새 3월 말이네요. 지난주에는 편지를 쓸 수 없었어요. 지한기르의 공방에서 아침부터 한나절을 보내다 저녁에는 위스퀴다르의 레스토랑에서 일하다 보니, 내 방에 들어가면 침대에 눕자마자 곯아떨어지거든요. 이제는 일주일 내내 레스토랑에서 일하는데, 쟁반과 접시를 얼마나 민첩하게 다루는지 본다면 당신도 내가 자랑스러울 거예요. 양팔에 접시를 세 개까지 올리고 다닌다니까요. 별로 깨뜨리지도 않고서……. 마마 칸, 여기 사람들은 칸의 고모를 이렇게 불러요. 그녀는 내게 아주 다정한 분이시죠. 마마 칸이 주는 음식을 다 먹으면 런던으로 돌아갈 땐 뚱보가 돼 있을 거예요.

아침마다, 칸이 집 앞으로 나를 데리러 오고, 우리는 선착장까지 함께 걸어요. 15분 정도 걸리는데, 아주 기분 좋은 산책이죠. 북풍이 부는 날은 빼고요. 지난 몇 주는 당신이 있을 때보다 훨씬 추웠어요.

보스포루스 해협을 건널 때마다 느끼지만 늘 경이로워요. 유럽으로 출근해서 저녁이면 내가 사는 아시아로 퇴근한다고 생각하면서 매번 즐기고 있어요. 배에서 내리자마자 우리는 버스를 타죠. 나 때문에 이따금 지각하게 생겼을 때는 돌무슈를 타고 전날 팁으로 받은 돈을 써요. 버스비보다는 좀 비싸도 택시비보다는 싸니까.

지한기르에 이르면 우리는 또 가파른 골목길을 올라가야 해요. 늘 규칙적으로 움직이기 때문에 행상 구두 수선공과 자주 마주치는데, 그는 집에서 나올 때 자신의 체중과 거의 맞먹어 보이는 무거운 목재 구두통을 허리에 차고 있어요. 우리는 서로 인사를 나누고, 그는 노래를 흥얼거리면서 비탈길을 내려가고 나는 올라가요. 조금 더 가다 보면 그 시간이면 늘 대문 앞에 나와 있는 부인과 마주치는데, 책가방 메고 가는 두 아이가 길모퉁이로 사라질 때까지 시선을 떼지 못하더라고요. 내가 지나갈 때 부인은 미소를 지어 보이는데 그 눈빛에선 해 질 무렵, 자식들이 둥지로 돌아온 뒤에야 끝날 불안 같은 것이 느껴져요.

친하게 지내는 식료품상이 있는데 왜 그러는지 몰라도 아침마다 과일 하나씩을 제안해요. 내 피부가 너무 하얘서 그 과일이 내 건강에 좋다면서요. 그가 나를 아주 좋아한다고 생각하는데 그건 나도 그렇고요. 정오가 되면, 향수 장인이 점심을 먹으러 아내가 있는 집으로 가고, 나는 칸과 함께 그 식료품 가게에 가서 점심거리를 사요. 우리는 동네의 예쁜 묘지에 가서, 키가 큰 무화과나무 그늘 아래 돌 벤치에 앉아 거기 잠든 이들의 지난 삶을 상상하며 이야기를 지어내요. 그렇게 점심시간을 보낸 뒤 나는 공방으로 돌아가요. 장인이 나를 위한 임시 조향대를 설치해줬기 때문에 나한테 필요한 것들을 구입할 수 있었어요. 본격적인 작업이 시작되었고 진전이 있어요. 지금은 먼지 일루전을 만드는 중이에요. 비웃지 말아요, 내 기억 속에 편재하는 것이 먼지인데, 여기서는 흙과 오래된 담장, 자갈길, 소금, 썩은 나무와 뒤섞인 진흙에서 먼지 냄새를 찾고 있어요. 장인이 독창적으로 개발한 것들 가운데 몇 가지를 배우는 중이고요. 우리에겐 진정한 동반자 관계가 형성되고 있어요. 그리고 저녁이 되면 칸과 나는 올 때와 같은 길로 돌아가죠. 버스를 타고 부두까지 간 다음 증기선을 기다려요. 날씨가 추우면 기다리는 시간이 길어질 때도 있는데 이스탄불 시민들 속에

섞여 있다 보면 날이 갈수록 더욱 그들의 일원이 되는 것 같은 느낌이에요. 왜 이렇게 빠져드는지 모르겠는데 진짜 그래요. 나는 이 도시의 리듬에 맞춰 사는 걸 좋아하게 됐어요. 내가 마마 칸을 설득해서 매일 저녁 레스토랑에서 일하겠다고 한 것은 행복하기 때문이에요. 주문을 받거나 접시를 들고 손님들 사이를 요리조리 다니는 것도, 음식이 완성되었는데 빨리 가져가지 않는다고 주방장이 내지르는 고함 소리를 듣는 것도 좋고, 그럴 때마다 마마 칸이 너무 시끄럽다며 남편의 입을 다물게 하려고 손뼉을 치면서 내게 보내는 미소도 좋아요. 저녁 장사가 끝나면 칸의 고모부가 그날의 마지막 고함을 질러요. 밥 먹자고요. 우리가 커다란 나무 테이블에 둘러앉으면 고모부는 식탁보를 깔고 당신이 황홀해할 요리를 차리죠. 여기서 살면서 경험하는 순간들, 이 소소한 순간들이 내가 한 번도 가져보지 못했던 행복을 안겨줘요.

달드리, 이 모든 것이 당신 덕분이에요. 오로지 당신 덕분이에요. 어느 날 저녁 당신이 마마 칸의 레스토랑 문을 밀고 들어와, 음식을 먹으며 감격의 눈물을 글썽이는 모습을 보고 싶어요. 당신이 자주 그리워요. 당신의 답장을 곧 받을 수 있기를 바랄게요. 하지만 이번 편지에는 그림 목록은 많은데 당신의 근황에 대한 얘기가 전혀 없네요. 내가 읽고 싶은 건 그건데.

당신의 친구,

앨리스

앨리스,

우편집배원이 오늘 아침에 당신의 편지를 가져왔는데 조금 과장하면 사실상 내 얼굴에다 편지를 홱 던져버렸어요. 그는 기분이 몹시 상해 있었죠. 2주 전부터 나한테 아예 말도 걸지 않을 정도로. 당신에게서 편지가 안 와서 속을 끓이고 있을 때였죠. 당신에게 무슨 일이 생겼을까 봐 두려워서 매일 우체국 탓을 하고 있었는데, 때문에 수차례 우체국을 찾아가 당신의 편지가 분실된 게 아닌지 확인했거든요. 그래요, 내가 그러긴 했어요. 하지만 맹세코 이번에는 난 아무 잘못 없어요. 창구 직원과 작은 언쟁이 있었지만 그건 그 직원 탓이에요. 성실하게 일하고 있는 사람한테 내가 생트집을 잡는다고 받아들인 건 그쪽이니까. 마치 여왕 폐하의 우체국은 분실이나 배달 지연이라는 건 절대 있을 수 없다는 듯 고자세로 나오는 꼴이라니! 내가 집배원에게도 그런 말을 내비쳤으니 자존심이 상했던 거죠. 하여튼 제복 입은 사람들은 터무니없이 과민 반응을 보이는 것이 문제예요.

당신 때문에 지금 우체국으로 사과하러 가야 해요. 제발 부탁인데, 나에게 할애할 틈이 전혀 없을 정도로 바쁘면 아주 잠깐 시간을 내서 편지 쓸 시간이 없다는 말이라도 써서 보내줘요. 단 몇 글자만 보내줘도 내가 쓸데없이 불안해진 않을 테니. 당신을 이스탄불에 두고 온 것에 죄책감을 느끼는 내 마음을 헤아려서 제발 무사히 잘 지내요.

편지를 보니 당신과 칸의 동반자적 관계가 점점 더 돈독해지고 있는 것 같아 흥미롭네요. 날마다 그와 함께 점심을 먹는데 그 장소가 묘지라니, 진짜 이상한 장소로 생각되지만, 뭐, 당신이 행복하다니까 더는 말 안 할게요.

당신의 작업에 대해서는 많이 놀랐어요. 당신이 진짜 먼지 일루전을 만들 생각이라면 이스탄불에 머물 필요 없이 가능한 한 빨리 돌아와서 확인해요. 당신 집에 있는 먼지는 일루전인지 아닌지.

당신이 내 근황을 알고 싶다고 했기에…… 당신과 마찬가지로 나도 작업에 전념하는 중이고, 갈라타 다리는 형체를 갖추기 시작했어요. 요 며칠 캔버스에 그려 넣을 인물들의 크로키 작업에 열중했고, 지금은 위스퀴다르 주택들의 세부 묘사를 하고 있어요.

도서관에 갔다가 보스포루스 해협 아시아 지구의 아름다운 경관을 묘사한 옛날 판화를 발견했는데, 큰 도움이 될 것 같아요. 날마다 정오가 되면 집을 나와, 거리 끝에 있는 펍으로 점심을 먹으러 가요. 당신도 아는 곳이니 더 설명할 필욘 없겠죠. 우리 뒤쪽 테이블에 혼자 앉아 있던 노부인 기억나요? 좋은 소식이 있어서 전해요. 노부인이 남자를 만났으니 이제 애도 기간이 곧 끝날 거 같아요. 어제, 옷차림은 평범하지만 인상이 아주 좋아 보이는 비슷한 나이대의 남자와 같이 들어와서 점심 먹는 걸 봤어요. 두 사람의 러브 스토리가 오래가면 좋겠어요. 사랑에 빠지는 걸 어느 누가 막을 수 있겠어요. 나이 따윈 상관없잖아요?

점심을 먹은 뒤에는 당신 집으로 가서 대충 치우고 나서 저녁이 될 때까지 작업에 몰두해요. 당신 집 통유리창으로 쏟아져 들어오는 햇빛이 내게 어떤 계시를 주는 것만 같은데, 요즘처럼 작업을 많이 한 적이 없었어요.

토요일에는 하이드파크에 가서 산책을 해요. 주말마다 내리는 비 때문에 마주치는 사람이 거의 없어서 좋아요.

마주치는 사람 얘기가 나왔으니 말인데, 주초에 길에서 당신 친구 중 한 명을 만났어요. 나에게 직접 자신을 소개했던 캐럴이라는 친구. 내가 당신 집으로 불쑥 찾아갔던 밤을 캐럴이 상기시켰을 때 그녀의 얼굴이 기억났어요. 그리고 이 기회에 그렇게 처신한 것에 대해 사과할게요. 우리가 함께 여행을 떠났는데 당신은 거기 머물고 있는 것에 대해 당신 친구한테서 비난을 받아서가 아니라, 그녀가 당신이 돌아오길 바랐기 때문이에요. 그런 것이 아니니 오해하지 말라면서 차를 마시러 갔고 당신의 근황을 들려줄 수 있었어요. 물론 모든 걸 다 말해줄 시간은 없었어요. 그녀가 병원으로 돌아가야 할 시간이었거든요. 그녀는 간호사니까. 근데 바보같이 그녀의 직업을 왜 쓴 걸까요, 당신의 절친 중 한 명인데. 지우고 싶지만 내가 줄을 쫙쫙 긋는 걸 몹시 싫어하는 사람이라 그냥 둬요. 우리가 이스탄불에서 보낸 날들에 대한 이야기에 캐럴이 지대한 관심을 보여서, 다음 주엔 저녁 먹으면서 다른 얘기도 해주겠다고 약속했어요. 걱정 말아요, 싫은데 억지로 시간 내는 거 아니니까. 당신의 친구는 충분히 매력적인 여자예요.

친애하는 앨리스, 이 글을 읽으면서 눈치챘겠지만, 내 생활은 당신처럼 이국적인 것과는 거리가 멀어요. 하지만 당신과 마찬가지로 나는 행복해요.

당신의 친구,

달드리

P. S. 지난 편지에 계속 칸에 대해 말하면서 당신은 이렇게 썼어요. '그가 아침마다 내 집 앞으로 데리러 와요.' 혹시 이스탄불이 '당신의 집'이 되었다는 걸 암시하는 말일까요?

앤턴,

이 편지는 슬픈 소식으로 시작해요. 제미를리 씨가 지난 일요일 세상을 떠났거든요. 찬모가 아침에 발견했는데 안락의자에서 잠든 상태로 영원히 눈을 감았다고 해요.

칸과 나는 장례식에 가기로 했어요. 나는 장례식에 참석할 사람이 몇 명 안 돼서 두 명이 더 간다고 해도 장례 행렬로는 사람이 너무 적을 거라고 생각했어요. 하지만 제미를리 씨와 무덤까지 동행하기 위해 백여 명의 사람들이 묘지로 몰려들었어요. 그를 추모하려고 동네 사람들 모두가 장례식에 참석한 거예요. 불구가 되었음에도 트램을 정복하는 거라고 주장하던 젊은 오귀즈가 아름다운 인생을 살았으리라는 걸 거기 모인 이들이 증명해주었어요. 웃음과 감동으로 그를 추억하면서. 그런데 장례식이 진행되는 동안, 나를 계속 쳐다보는 한 남자가 있었어요. 무슨 생각인지 모르겠지만, 칸은 베이욜루의 한 제과점에 가서 셋이서 차를 마시면서 그 남자가 누군지 알아보자고 주장했어요. 알고 보니 굉장히 슬퍼 보였던 그는 고인의 조카였고, 무슨 우연인지 우리가 이미 만난 적이 있는 남자였더라고요. 그 남자가 바로 내가 트럼펫을 샀던 악기점의 주인이었으니. 내 얘기만 너무 많이 했네요. 그래서 캐럴을 만났어요? 기뻐요. 캐럴은 마음씨가 참 고운 친구고, 자기에게 딱 어울리는 직업을 찾은 거죠. 그녀와 즐거운 시간 보냈으리라 믿어요. 다음 일요일, 날씨만 허락한다면, 날이 많이 풀렸을 때 칸과 제미를리 씨의 조카와 함께 프린스섬으로 피크닉을 갈 거예요, 지난 편지에서 이미 말한 대로. 마마 칸이 일주일에 하루는 쉬라고 강요했고, 나도 말을 듣기로 했어요.

당신의 그림에 진전이 있고, 내 집 통유리창 앞에서 작업하는 것이 즐겁다니 기뻐요. 마침내, 당신이 내 집에서 붓을 들고 있는 모습을 떠올릴 수 있다니 좋네요. 저녁마다 거길 나갈 즈음에는 당신의 색채와 광기가 조금씩 모아져 내 집이 환해지길 기대할게요(친구 사이에 하는 칭찬으로 받아들여요).

편지를 자주 쓰고 싶지만, 피곤이 몰려와서 자꾸 포기하게 돼요. 당신에게 들려줄 말이 아직 많은데 이 편지도 너무 짧게 끝내는 건 눈이 자꾸 감겨서 그래요. 하지만 알아줘요, 당신에 대한 우정만은 변함없다는 걸, 그리고 위스퀴다르의 내 방 창문에서 잠자리에 들기 전 당신에게 애정 어린 말을 보내고 있음을.

마음의 키스를 담아.

앨리스

P. S. 튀르키에어를 제대로 배우기로 했는데 아주 마음에 들어요. 칸은 날 가르치면서 빠르게 향상되는 실력에 당황하고 있어요. 그는 내 튀르키에어 발음에 외국인 억양이 거의 없다면서 나를 자랑스러워해요. 당신도 그렇게 생각해주길.

친애하는 수지!

놀라지 마요……. 당신이 나에게 앤턴이라는 새 이름을 지어주었기에. 내 이름은 이든이고 당신이 계속 '친애하는 달드리'라고

써 보내는 사람인데 말이죠.

다른 때보다 많이 늦었던 이번 편지를 쓰면서 떠올린 앤턴은 대체 누구예요?

내가 줄 긋는 걸 싫어하지만 않았다면 방금 쓴 모든 것에 줄을 쫙쫙 그었을 테고, 그랬다면 당신은 내가 기분이 별로 좋지 않다는 걸 눈치채겠죠. 사실이에요. 며칠 동안 해온 작업이 만족스럽지가 않아요. 위스퀴다르의 주택들과 특히 당신이 살고 있는 집이 영 마음에 안 들어서요. 우리가 갔던 갈라타 다리에서는 주택들이 아주 조그맣게 보였잖아요. 그런데 지금은 당신이 그곳에 살고 있다는 것을 아니까, 그 집을 당신이 바로 알아볼 수 있도록 크게 그리고 싶었거든요.

이번 편지에는 당신의 작업에 대해 전혀 언급하지 않았네요. 이건 동업자로서 걱정하는 것이 아니라 친구로서 궁금한 거예요. 어떻게 된 거예요? 먼지 일루전은 성공했어요? 아니면 먼지라도 담아서 소포로 부쳐줘야 하나……

나의 고물차 오스틴이 완전히 갔어요. 제미를리 씨의 사망보다는 훨씬 덜 슬프지만, 그분보다는 오스틴과 함께한 세월이 더 오래된 터라 차고에 두고 나오면서 솔직히 가슴이 좀 찡했어요. 긍정적인 점은 내가 유산을 좀 더 축낼 수 있다는 거예요. 당신이 내 도움을 거절했기 때문에 다음 주에 새 차를 사러 갈 생각이에요. 당신이(언젠가 당신이 돌아왔을 때) 새로 산 차를 운전한다면 기쁠 것 같았거든요. 그리고 당신이 이스탄불에서 머무는 시간이 길어질 거 같아서 우리의 공동 집주인에게 내가 대신 월세를 냈으니, 이번만은 거절하지 말고 내 마음을 받아줘요. 당연한 것이기도 하고요, 내가 당신 집을 독차지하고 있으니까.

프린스섬으로 떠난 피크닉이 기대한 모든 기쁨을 주었길 바랄
게요. 피크닉 얘기가 나왔으니까 말인데, 이번 주말은 당신의 친
구 캐럴에게 끌려가서 영화를 볼 거예요. 그녀가 아주 독특한 아
이디어를 냈거든요. 영화관에 간 적이 없는 나에게.

무슨 영화인지 제목은 말해줄 수 없어요, 그건 서프라이즈이기
때문에. 영화에 대해서는 다음 편지에 쓸게요.

나도 저녁에 당신 집을 나가면서 당신에게 애정 어린 말을 건
넨 뒤에 내 집으로 가요.

곧 만납시다, 친애하는 앨리스. 이스탄불에서 함께 먹던 저녁
식사가 그립고, 마마 칸의 레스토랑과 그녀의 요리사 남편 이야기
를 들으니 식욕이 솟아오르네요.

달드리

P. S. 당신이 뛰어난 언어 능력을 가졌다니 기뻐요. 근데 하필
이면, 칸이 당신의 유일한 튀르키예어 선생이라니, 그가 통역해준
말을 믿을 만한 사전에서 확인해보라고 조언한다면 너무 지나칠
까요.

이건 그냥 제안일 뿐이에요, 물론······.

달드리,

방금 레스토랑에서 집으로 들어와 잠을 이루지 못하고 한밤중에

당신에게 편지를 썼어요. 오늘은 너무나 혼란스러운 일이 있었어요.

늘 그랬듯 아침에 칸이 나를 데리러 왔어요. 우리는 보스포루스 해협 방향으로 위스퀴다르 언덕을 내려가고 있었는데, 간밤에 코낙 한 채에 불이 났고, 우리가 평소에 다니던 길 한복판에 고택의 정면이 무너져 내린 거예요. 그래서 그 길을 피해서 가야 했지만, 부근의 길들이 혼잡해서 많이 돌아가야 했죠.

내가 언젠가 보낸 편지에서 말하지 않았나요? 증발해버린 어떤 장소에 대한 기억을 되찾는 데는 냄새만으로 충분하다고. 한 철책을 따라가다, 장미나무 한 그루가 타고 올라간 데서 나는 걸음을 멈췄어요. 이상하게도 나에게 익숙한 향기였어요. 보리수와 들장미가 뒤섞인 향기에 이끌려 우리는 철책 문을 밀고 들어갔고, 막다른 골목 끝에서 세월에, 아니 모든 것으로부터 잊힌 듯한 집 하나를 발견했어요.

마당으로 들어서니 한 노인이 봄이 오면서 다시 태어난 식물을 정성스럽게 가꾸고 있었어요. 갑자기 장미향, 자갈 냄새, 시멘트벽 냄새, 잎이 무성한 보리수 아래 돌 벤치 냄새가 내 기억 속을 걸어 들어오면서 그 장소가 떠오르는 거예요. 아이들이 뛰노는 운동장이 보이더니 계단 위쪽의 파란 현관문이 생각났고…… 꿈결처럼 잊고 있던 이미지가 하나둘 그려졌어요.

노인이 다가와서 뭘 찾느냐고 물었고, 나는 과거 이곳에 학교가 있었는지 알고 싶다고 했어요.

"맞아요, 아주 작은 학교가 있었지요." 노인이 감개무량한 목소리로 말했어요. "하지만 정원사로 일하는 한 사람의 거처가 된 지 오래됐죠."

노인이 말했어요. 세기 초에 자신은 젊은 교사였고, 교장이었던 자신의 아버지가 세운 학교였다고. 1923년 혁명이 일어나면서 폐교된 뒤로 다시는 문을 열지 못했다고.

노인이 안경을 쓰더니 가까이 다가와서 나를 빤히 쳐다보는데 눈빛이 어찌나 강렬한지 거북할 정도였죠. 그러고는 갈퀴를 내려놓고 말했어요.

"아, 이제 알아보겠네, 너 아누슈구나."

처음에는 그가 제정신이 아니라고 생각했지만, 당신과 내가 제미를리 씨를 만났을 때도 그렇게 생각했던 것이 기억났어요. 그래서 편견을 떨쳐버리자고 다짐하면서 대답했어요. 사람을 잘못 본 거라고, 내 이름은 앨리스라고.

노인은 나를 똑똑히 기억한다면서 말했어요. "혼란에 빠진 어린 소녀의 눈빛을 내가 어떻게 잊어, 절대 잊을 수 없지." 노인이 차를 대접하겠다며 집으로 데려갔고, 우리가 거실에 앉자마자 내 손을 잡더니 탄식했어요.

"가여운 아누슈, 네 부모님 일은 진짜 가슴 아파."

내 부모님이 런던 폭격 때 사망했다는 걸 그 노인이 어떻게 알 수 있었겠어요? 내가 그렇게 묻자 노인이 몹시 놀랐어요.

"네 부모님이 영국으로 도피했다고? 무슨 말을 하는 거니, 아누슈, 그건 있을 수 없는 일이야."

노인은 아무 의미 없는 말을 계속했어요.

"우리 아버지와 네 아버지는 잘 아는 사이였어. 그 시대의 야만적인 젊은 폭도들 때문에, 비극적인 사건이었지! 우리는 네 어머니가 어떻게 되었는지 전혀 알 길이 없었어. 위험에 처한 건 너뿐

만이 아니었지. 놈들은 누구도 기억하지 못하게 하려고 강제로 학
교까지 문을 닫게 했으니까."

노인의 이야기를 전혀 이해하지 못했어요. 지금도 여전히 이해
가 안 돼요, 달드리. 하지만 그의 목소리가 어찌나 진지한지 혼란
스러웠어요.

"너는 공부를 열심히 하는 영리한 아이였어, 비록 말은 절대로
안 했지만. 입을 꼭 다물고 한마디도 하지 않았으니까. 그게 네 엄
마를 절망하게 했어. 네가 엄마를 닮았는지 그건 잘 모르겠는데
아까 막다른 골목에서 너를 보는 순간 처음에는 네 엄마를 보는
줄 알았다. 물론 있을 수 없는 일이지, 그게 언제 적인데. 네 엄마
가 이따금 아침에 너를 데려오기도 했는데 네가 여기서 공부할 수
있다는 사실에 무척이나 행복해했어. 우리 아버지만 유일하게 너
를 학교에 받아주었단다. 다른 학교들은 입을 열지 않는 네 고집
때문에 거부했거든."

나는 그 노인에게 집요하게 따져 물었어요. 내 어머니가 왜 내
아버지와 다른 운명을 맞았다는 말을 하는 거냐고, 폭격 속에서
두 분이 함께 돌아가시는 걸 내가 목격했다고.

노인은 안타까워하는 얼굴로 나를 쳐다보면서 말했어요.

"네 유모가 오랫동안 위스퀴다르 언덕에 살았어. 장 보러 가는
길에 종종 만나곤 했는데 어느 순간부턴가 더는 볼 수가 없구나.
아마 죽은 게로지."

나는 무슨 유모를 말하는 건지 물었어요.

"일마즈 부인도 기억 안 나니? 너를 얼마나 아껴줬는데…… 너
도 많이 따랐고."

이스탄불에서 보낸 2년에 대한 기억을 찾지 못하는 것에 화가 나고, 내 이름이 아닌 다른 이름으로 나를 부르는 그 늙은 교사의 알 수 없는 말을 들은 뒤로 상실감만 더 커졌어요.

노인은 집을 둘러보게 하더니 내가 공부하던 교실을 보여줬는데, 작은 독서실이 되어 있었어요. 노인이 내가 무슨 일을 하는지, 결혼은 했는지, 자식은 있는지 궁금해해서 내 직업을 말했더니 내가 선택한 길에 대해 그리 놀랍지 않다는 얼굴로 덧붙였어요.

"아이들은 물건을 보면 대부분 입으로 가져가서 빠는데, 너는 냄새를 맡았어. 물건을 받을지 거부할지를 선택하는 너만의 특별한 방식이었지."

노인은 막다른 골목의 철책까지 우리를 배웅해주었어요. 마당의 절반을 그늘로 뒤덮은 큰 보리수를 스쳐 지나가다 나는 또 그 향기를 맡았고, 그제야 내가 이곳에 처음 온 게 아니라는 걸 알았어요.

칸은 말했어요. 내가 이 학교에 자주 온 건 틀림없어 보이는데, 늙은 교사의 기억력이 온전하지 않아서 다른 아이와 혼동한 것 같다고, 내가 향을 섞는 것처럼 노인의 기억도 뒤섞여 있는 거라고. 한두 가지가 기억나기 시작했으니 다른 것들도 기억날 거라면서 인내심을 갖고 운명을 믿어야 한다고 말했어요. 만약 코낙에 화재가 나지 않았다면 우리는 이 오래된 학교의 철책 앞을 지나가는 일은 절대 없었을 거라고. 칸이 나를 위로해주려고 한 말일 뿐이지만, 틀린 말은 아니에요.

달드리, 답이 없는 많은 의문이 머릿속에서 뒤죽박죽이 되고 있어요. 그 교사는 왜 나를 아누슈라고 부르고, 그가 말한 야만적

324

인 폭도들이란 누구를 말하는 걸까요? 내 부모님은 죽는 순간까지 나와 함께였는데 왜 그게 아니라고 말하는 걸까요? 노인은 왜 그토록 확신에 차 있었고, 내가 기억하지 못하는 것에 대해 왜 그토록 슬픈 얼굴을 했을까요?

아무 의미도 없는 말을 이렇게 길게 써서 미안하지만, 내가 오늘 들은 이야기들이 너무 기막혀서요.

내일은 지한기르의 공방에 갈 거예요. 결론적으로 나는 중요한 사실을 알았어요. 내가 여기서 2년을 살았고, 내가 모르는 어떤 이유로 부모님은 나를 보스포루스 해협 건너편, 위스퀴다르의 외딴곳, 막다른 골목에 있는 학교에 보냈고, 일마즈 부인이라 불리는 유모가 나를 학교에 데리고 다녔다는 것.

모쪼록 잘 지내요. 작업에 진전이 있길, 이젤 앞에서 느끼는 기쁨이 커지고 있기를 바랄게요. 당신의 그림에 얼마간 도움이 될까 싶어 말하자면, 내가 사는 집은 3층 주택이고, 벽은 연분홍색에, 덧문은 흰색이에요.

내 마음의 키스를.

앨리스

P. S. 이름을 혼동한 건 미안해요. 정신 나간 짓을 했네요. 앤턴은 내가 가끔 편지를 보내는 오랜 친구예요. 친구 얘기가 나왔으니 말인데, 캐럴과 함께 본 영화는 좋았어요?

친애하는 앨리스,

(아누슈는 아주 예쁜 이름임에도 불구하고.)

내 생각에도 그 늙은 교사가 학교를 다니던 다른 소녀와 당신을 혼동한 거 같아요. 그러니 정신이 흐려진 노인의 기억에서 튀어나온 이야기 때문에 더는 힘들어하지 마요.

좋은 소식이잖아요. 당신이 어린 시절 이스탄불에서 보낸 2년, 그때 다녔던 학교를 찾은 거니까. 그리고 당신의 부모님이, 힘든 시기인데도 당신의 교육을 등한시하지 않았다는 증거를 갖게 됐으니. 그거면 된 건데 뭘 더 찾으려고요?

당신을 괴롭히는 답 없는 수많은 의문들에 대해 곰곰이 생각해보다 그럴 수밖에 없었을 거란 이유를 찾았어요. 전쟁 중이었고, 부모님이 처한 상황을 감안하면(부모님이 베이욜루의 주민들에게 베푼 각별한 도움을 상기시킬게요. 그건 결코 위험하지 않은 일이 아니었으니까) 그분들이 당신을 다른 동네에서 지내게 했을 가능성이 있어요. 두 분 다 대학병원에 근무하기 때문에 유모에게 맡겼을 것으로 추측되고요. 그게 바로 제미를리 씨가 당신에 대한 기억이 전혀 없었던 이유였겠죠. 제미를리 씨가 약을 구하러 갔을 때 당신은 학교에 있거나 일마즈 부인에게 맡겨져 있었던 거예요. 미스터리가 해결되었으니 이제는 마음을 가라앉히고 당신의 일에 전념하면 좋겠어요.

내 그림은 순항하고 있어요. 바라는 것만큼의 속도는 나지 않지만, 잘될 거라고 믿어요. 저녁마다 그렇게 생각하면서 당신 집을 나가는데 다음 날 돌아오면 그 반대가 되죠. 환상과 환멸의 반복, 그게 화가의 고단한 삶이죠. 작품의 주제를 지배하고 있다고 생각하지만, 실상은 빌어먹을 붓에 지배당하면서 휘둘리고 있을 뿐이에요. 붓만 그런 건 아니겠지만……

그리고 당신은 런던을 점점 덜 그리워하는 것 같네요. 그래서인지 이스탄불에서 당신과 함께 마시던 그 맛좋은 라크가 자주 생각나고, 어느 날 밤에는 마마 칸의 레스토랑에서 저녁을 먹는 꿈까지 꾸기 시작했어요. 언젠가 당신을 만나러 갈 수 있다면 좋겠어요. 불가능한 일이라는 걸 알면서도. 요즘은 작업에 열중하는 때라서.

당신의 헌신적인 친구,

달드리

P. S. 프린스섬 피크닉은 갔다 온 거죠, 그 이름에 걸맞은 것들을 만났어요?

친애하는 달드리,

편지가 또 늦어서 화가 나 있겠지만, 나 미워하지 마요. 지난 3주 동안 쉼 없이 작업에 열중했거든요.

큰 진전을 이루었어요, 튀르키예어뿐만 아니라. 지한기르의 장인과 함께 작업하면서 구체적인 결과물에 가까워지고 있어요. 어제 처음으로, 우리는 경이로운 어코드*를 얻었어요. 봄이 한몫 톡톡히 한 거죠. 친애하는 달드리, 봄이 온 뒤로 이스탄불이 얼마나 아름답게 변했는지 당신이 봐야 하는데. 지난 주말, 칸이 데려간 가까운 들판에서 상상을 초월하는 향들을 발견했어요. 도시 근교는 이제 온통 장미로 뒤덮였는데, 장미의 종이 수백여 가지에 달해요. 복숭아나무와 살구나무는 꽃이 만개해 있고, 유다나무**들이 보스포루스 해협 기슭을 자줏빛으로 물들이고 있어요.

칸의 말에 따르면, 곧 노란 금작화, 제라늄, 부겐빌레아, 수국, 그 밖의 다른 많은 식물이 꽃망울을 터뜨릴 거라고 해요. 조향사들에게는 지상의 천국인 곳을 만났으니 나는 최고로 운이 좋은 조향사인 셈이죠. 프린스섬에 대해 물었는데, 그곳은 온갖 식물들이 풍요롭게 자라나는 눈부시게 아름다운 섬이었어요. 내가 사는 위스퀴다르 언덕도 그에 못지않게 아름답지만요. 일이 끝나면 칸과 함께 이스탄불의 공원들에 숨어 있는 작은 카페를 찾아다녀요.

한 달 후, 본격적으로 더워지면 우리는 바닷가에 가서 해수욕을 할 거예요. 여기서 지내는 것이 어쩌나 행복한지 조바심이 날 정도예요. 봄이 절반쯤 지났을 뿐인데 벌써 여름이 오길 기다리고 있으니.

친애하는 달드리, 이렇게 황홀한 삶을 경험하게 해준 당신에게 어떻게 고마운 마음을 표현해야 할지 모르겠어요. 지한기르의 향수 장인과 함께 보내는 시간들과, 이제는 친척이나 다름없게 된

---

* 여러 가지 단일 향을 혼합하여 만든 새로운 향을 어코드, 즉 조합된 향료라고 한다. 이 조합된 향료를 에탄올로 희석해서 만든 제품이 바로 향수다.

** 박태기나무를 말하며, 성경에서는 예수를 배반한 유다가 목매어 죽은 나무라고 하여 붙여진 이름이다.

정 많은 마마 칸의 레스토랑에서 일하는 것도 모두 좋아요. 일 끝난 후 집으로 갈 때 이스탄불의 포근한 밤은 경이로울 정도예요.

당신이 나를 보러 온다면 좋겠어요, 단 일주일만이라도. 내가 발견하는 이 모든 아름다움을 당신과 나누고 싶어요.

늦은 시간이고, 도시가 마침내 잠들었어요. 나도 자야겠어요.

내 마음의 키스를. 가능한 한 빨리 편지 쓸게요.

당신의 친구,

앨리스

P. S. 내가 보고 싶어 한다고 캐럴에게 전해줘요. 편지를 보내주면 내가 행복할 거란 말과 함께.

13

앨리스는 레스토랑을 지나쳐서 편지를 부치러 가려다가 걸음을 멈췄다. 그러고는 마마 칸과 조카가 다투는 소리가 크게 들려와서 레스토랑으로 들어갔다. 하지만 그녀가 찬방으로 다가가자 마마 칸이 입을 다물고 칸에게 눈을 부라리며 말을 못 하게 막았고, 앨리스는 바로 눈치챘다.

"무슨 일이에요?" 앨리스가 앞치마를 걸치면서 물었다.

"아무 일도 아니에요." 칸이 대답했지만 그의 눈은 그 반대라고 말하고 있었다.

"두 사람 다 화가 많이 나 있는 것 같은데요." 앨리스가 말했다.

"고모가 야단칠 수도 있지, 조카란 놈이 눈 치켜뜨고 버릇없이 굴기는." 마마 칸이 언성을 높이면서 대꾸했다.

칸은 앨리스에게 인사도 않고 레스토랑을 나가면서 문을

쾅 닫았다.

"심각해 보이는데요." 앨리스가 마마 칸의 남편이 바삐 움직이는 화덕 쪽으로 다가가면서 말했다.

주방장은 주걱을 든 채로 앨리스를 돌아보면서 스튜의 맛을 보게 했다.

"맛있어요." 앨리스가 말했다.

그는 앞치마에 손을 닦고 아무 말 없이 담배를 피우러 곁채로 나가다가 아내를 향해 지긋지긋하다는 눈초리를 던진 후 문을 쾅 닫았다.

"분위기가 살벌하네요." 앨리스가 말했다.

"하여튼 저 둘은 항상 편을 먹고 나를 공격한다니까." 마마 칸이 투덜거렸다. "내가 죽으면 마지막 가는 길을 배웅해주는 건 손님들일 거야, 저 두 뚱고집들이 아니라."

"무슨 일인지 말씀해주시면 내가 마마 칸의 편이 되어줄 수도 있잖아요. 2대 2, 그러면 공평해질 텐데요."

"등신 같은 내 조카가 꽤 훌륭한 선생님인 것이 틀림없구나. 네가 우리 말을 이렇게 빨리 배우는 걸 보니. 칸이 남의 일에 간섭 말고 자기 일이나 잘해야 할 텐데, 너도 마찬가지야. 여기 우두커니 서 있지 말고 홀에 나가봐, 주방에서 손님 받을래? 어서, 손님들 기다리잖아, 너까지 문 쾅 닫지는 말고!"

앨리스는 토를 달지 않고, 주방 보조가 방금 씻어놓은 접시를 첫 번째 선반에 차곡차곡 쌓아놓고 나서 수첩을 들고 손님이 들어오기 시작한 홀로 나갔다.

주방문이 꼭 닫혀 있지 않아서 마마 칸이 남편을 향해 담배 끄고 당장 들어오라고 고함지르는 소리가 들렸다.

저녁 영업시간 내내 별다른 충돌 없이 지나가는 것처럼 보였지만, 앨리스는 주방에 들어갈 때마다 마마 칸과 남편이 서로에게 말도 걸지 않는 걸 확인했다.

월요일 저녁인데도 앨리스의 일은 밤늦게까지 끝나지 않았고, 밤 열한 시경에야 마지막 손님들이 레스토랑을 나갔다. 그녀는 홀을 정리하고 나서 앞치마를 벗고 인사를 받는 둥 마는 둥 하는 주방장과 주방 보조, 마마 칸에게 인사했다. 마마 칸이 레스토랑을 나가는 앨리스의 뒷모습을 이상한 표정으로 쳐다보고 있었다.

칸이 담장에 걸터앉아서 그녀를 기다리고 있었다.

"어디 갔었어요? 혼자만 살겠다고 쏙 빠져나가더니. 대체 어쨌기에 고모가 그렇게 화가 나셨어요? 당신 때문에 우리 모두 끔찍한 저녁을 보냈고, 고모는 계속 기분이 극도로 안 좋았다고요."

"고모는 원래 고집이 쇠심줄이에요. 우리는 그냥 다툰 거뿐이니까 내일이면 괜찮아지실 거예요."

"왜 다퉜는지 내가 알면 안 돼요? 그 틈에서 힘든 건 난데."

"내가 얘기한 거 알면 고모가 더 화를 낼 거고, 그러면 내일은 오늘 저녁보다 더 나쁠 거예요."

"왜요?" 앨리스가 물었다. "나랑 관련된 일이에요?"

"아무것도 말할 수 없어요. 얘기는 여기까지 하고 이제 그만 가요. 집에 바래다줄게요, 늦었는데."

"칸, 나는 성인이고 밤마다 집까지 바래다줄 의무는 없어요. 여기 산 지 벌써 몇 달인데 아무려면 내가 가는 길도 모를까, 집이 어디 멀리 있는 것도 아니고."

"빈정거리지 말아요, 난 대가를 받고 당신을 지켜주고 있는 거예요. 당신이 레스토랑에서 일하고 대가를 받는 것처럼 나도 그냥 내 일을 하고 있는 거라고요."

"대가를 받고 있다니, 그게 무슨 말이에요?"

"달드리 씨가 매주 우편환을 보내주고 있어요."

앨리스는 칸을 빤히 쳐다보다 아무 말 없이 걸어갔다. 칸이 바로 따라붙었다.

"우정으로 하는 것이기도 해요."

"돈을 받고 있으니까 우정이라고 말하면 안 되죠." 앨리스가 걸음을 빨리하면서 말했다.

"우정과 돈이 양립할 수 없는 건 아니죠. 그리고 밤거리는 당신이 생각하는 것보다 안전하지 않아요. 이스탄불은 큰 도시라고요."

"하지만 위스퀴다르는 주민들이 서로를 잘 아는 마을이라고 당신이 백번도 더 말했잖아요. 그냥 혼자 가게 내버려둬요, 가는 길은 잘 아니까."

"좋아요." 칸이 한숨을 내쉬었다. "달드리 씨에게 편지 쓸게요, 더는 돈을 원치 않는다고, 그러면 되는 거죠?"

"나한테 더 일찍 말했어야죠, 달드리 씨가 나를 지켜주는 대가를 계속 지불하고 있다는 걸. 나는 더 이상 도움을 원치 않는다는 편지를 보냈었다고요. 그런데도 그가 제멋대로 하고 있었다니까 더 화가 나네."

"누군가에게 도움 받는 것이 왜 화낼 일이에요? 어이없네
요."

"나는 그에게 아무것도 부탁하지 않았으니까요. 그리고 나
는 누구의 도움도 필요하지 않아요."

"그 말은 더 어이가 없네요. 다들 누군가의 도움을 받으면
서 살잖아요. 어떤 사람도 혼자서는 큰일을 이룰 수 없어요."

"아니, 나는 할 수 있어요!"

"아니요, 당신도 도움을 전혀 안 받는다고 말할 수는 없죠!
지한기르의 향수 장인의 도움 없이 당신이 원하는 향수를 개
발할 수 있을 거 같아요? 내가 데려가지 않았다면 그 장인의
공방에 가볼 수 있었겠어요? 영사, 제미를리 씨, 교사를 만날
수 있었겠어요?"

"과장하지 말아요, 교사는 당신과 아무 상관 없어요."

"그 교사가 사는 집 앞 골목길을 선택한 사람이 누군데요?
누구죠?"

앨리스는 걸음을 멈추고 칸을 마주보고 섰다.

"당신이 이 정도로 기만적인 줄은 상상도 못 했어요. 그래
요, 당신이 없었으면 나는 영사도 제미를리 씨도 만나지 못했
을 거고, 당신 고모의 레스토랑에서 일하지 않았을 거고, 위
스퀴다르에서 살지 않았을 거고, 아마 이스탄불을 벌써 떠났
겠죠. 그 모든 게 당신 덕분이에요, 이제 됐어요?"

"그 학교가 있던 막다른 골목 앞을 지나가는 일도 없었을
거고요!"

"난 사과했으니까 밤새 길거리에서 보내지는 맙시다."

"어느 순간에 사과했다는 건지, 난 전혀 몰랐네요. 달드리 씨가 나를 고용하지 않았다면 당신은 그중 누구도 만나지 못했을 거고, 내 고모의 레스토랑에서 일자리를 얻지도, 고모가 빌려주는 방에서 살지도 못했을 거라고요. 사과는 알아듣게 하는 것이 맞겠죠. 그리고 달드리 씨에게도 고마워해야 해요, 생각으로라도. 그러면 어떤 식으로든 그에게 전해질 거라고 확신해요."

"고맙다는 말은 그에게 편지 보낼 때마다 꼬박꼬박 쓰고 있으니까 걱정 말아요, '오지랖 씨'. 혹시 내가 다음 편지에 당신에게 우편환을 부치지 말라고 할까 봐 그런 말을 하나 본데."

"그렇다고 칩시다. 그러니까 성심성의껏 도와줬더니 이제는 내 일자리를 잃게 하고 싶은 거네요, 그건 당신에게 달려 있으니까."

"난 분명히 말했어요, 당신은 기만적이라고."

"당신도 내 고모 못지않게 한 고집 하네요."

"좋아요, 칸, 어쨌든 나는 그 다툼이 나와 관련되어 있다고 생각하기 때문에 그냥은 못 넘어가요."

"어디 가서 차 한잔 마시죠, 그리고 화해합시다."

앨리스는 칸을 따라 어느 막다른 골목으로 접어들었고, 그 시간에도 많이들 찾아오는 한 카페의 테라스에 앉았다.

칸이 라크 두 잔을 주문하자, 앨리스가 차 마시자는 약속을 지키라고 했지만 칸은 말을 듣지 않았다.

"달드리 씨는 술 마시는 거 두려워하지 않았어요."

"취하도록 마시는 걸 남자답다고 생각하는 거예요?"

"글쎄요, 그런 생각은 해본 적이 없어서요."

"취하도록 마시는 건 멍청한 짓이에요, 그건 일종의 자기 방임이니까. 당신 기분 맞춰주느라고 건배까지 했으니 고모와의 싸움이 나랑 무슨 상관이 있는 건지 이제 말해요."

칸은 주저했지만, 앨리스의 집요한 추궁을 이기지 못하고 털어놨다.

"내가 당신에게 만나게 해주었던 모든 사람들 때문에요. 영사, 제미를리, 교사. 아, 교사를 만난 건 나와 관계없다고 고모에게 분명히 말했어요, 우연히 그 집 앞을 지나가게 된 것뿐이라고."

"뭐가 문제가 돼서 당신을 야단치시는 건데요?"

"나와 관련 없는 일에 끼어든다고."

"그게 왜 화낼 일이죠?"

"남의 인생에 너무 관여하면, 잘하는 거라고 생각돼도 결국은 불행을 가져다줄 뿐이라는 거죠."

"그럼 내일 내가 마마 칸에게 당신은 나에게 행복만 가져다주었다고 설명하고 안심시킬게요."

"고모에게 그런 얘기는 아예 꺼내지도 마요. 내가 당신에게 말한 걸 알면 더 노발대발할 거예요. 그게 전혀 사실무근도 아니고. 내가 제미를리 씨를 소개해주지 않았다면, 그가 사망했을 때 당신이 슬퍼하지 않았을 테고, 내가 그 골목으로 데려가지 않았다면 당신이 그 늙은 교사 앞에서 그토록 혼란스러워하는 일도 없었겠죠. 그런 모습 처음 봤어요."

"이왕 말이 나왔으니 선택해요! 그 학교까지 간 것이 가이드 능력이었는지, 그냥 우연이라서 당신과 아무 관계가 없는 거였는지."

"둘 다라고 할 수 있죠. 우연은 코낙에 불이 난 거고, 그 골목으로 당신을 인도한 건 나였으니까 그 일에는 우연과 내가 결합되어 있는 거죠."

앨리스가 빈잔을 내밀자 칸이 술을 따라주었다.

"이러고 있으니까 달드리 씨와 보낸 멋진 밤이 생각나네요."

"잠시 달드리 씨는 좀 잊어줄래요?"

"그건 안 될 거 같은데요." 칸이 잠시 생각하다 대답했다.

"어쩌다가 다투게 된 거예요?"

"주방에서."

"어디서 시작됐는지가 아니라 어쩌다가 다투게 됐냐고 물었는데요?"

"아, 그건 말할 수 없어요, 마마 칸에게 약속했거든요."

"그럼 내가 그 약속으로부터 당신을 해방시켜 줄게요. 남자가 한 여자에게 한 약속은 다른 여자가 거둬들일 수 있다, 단두 여자가 서로 마음이 잘 통하는 사이일 경우에 한해서. 그러면 서로에게 어떤 피해도 주지 않아요. 몰랐죠?"

"지금 지어낸 말이죠?"

"네, 방금."

"그럴 줄 알았어요."

"칸, 이제 말해요. 어쩌다가 나에 대한 말이 나오게 됐는지?"

"그걸 알아서 뭐 하려고요?"

"내 입장이 돼서 생각해봐요. 달드리와 내가 당신에 관한 일로 다투는 걸 목격했다고 가정해보자고요. 그럼 당신은 그 이유를 알고 싶지 않겠어요?"

"아니요, 그럴 필요도 없죠. 달드리 씨가 나를 비난하는데 당신이 내 편을 들면 달드리 씨가 당신에게 뭐라고 하겠죠. 뭐가 어려운 문제라고, 뻔히 예상되는구만."

"정말 이럴 거예요? 진짜 미치겠네!"

"당신 때문에 고모는 나를 미치게 하니까 이제 공평하네요."

"오케이, 기브 앤 테이크, 다음 편지에 달드리에게 우편환에 대해서는 아무 말도 안 할게요. 그러니까 어쩌다가 다투게 됐는지 당장 말해요."

"이건 협박이고, 마마 칸을 배신하라고 강요하는 거예요."

"나는 달드리 씨에게 아무 말도 안 하는 것으로 내 자립을 저버리는 거니까 공평하잖아요."

칸이 앨리스를 쳐다보면서 술을 잔에 채워주었다.

"일단 마셔요." 칸은 그녀에게서 눈을 떼지 않은 채 말했다.

앨리스는 단숨에 잔을 비운 다음 탁, 소리가 나게 테이블에 내려놨다.

"자, 이제 말해요!"

"일마즈 부인을 찾은 거 같아요." 칸이 말했다.

어안이 벙벙해서 멍하니 쳐다보는 앨리스를 보면서 칸이
덧붙였다.

"당신의 유모라는 사람…… 어디 사는지 알아요."

"어떻게 찾았어요?"

"칸은 이스탄불에서, 보스포루스 해협의 양쪽 기슭 일대에
서 최고의 가이드라니까요. 여기저기 수소문하고 다닌 지 거
의 한 달이에요. 나는 위스퀴다르의 모든 거리를 돌아다녔고,
마침내 유모를 아는 사람을 찾았어요. 내가 말했잖아요, 위스
퀴다르는 한 다리 건너면 그 집 숟가락이 몇 개인지도 다 알
수 있는 곳이라고, 누가 누군가를 알면 주민들이 다 아는 거
나 다름없다고……. 위스퀴다르는 작은 마을이에요."

"언제 만나러 갈 수 있어요?" 흥분한 앨리스가 물었다.

"때가 되면, 그리고 마마 칸은 아무것도 몰라야 해요!"

"여기서 마마 칸이 왜 나와요? 그리고 마마 칸이 왜 내가
아는 걸 원치 않는데요?"

"고모에게는 지론이 있어요. 과거의 일은 과거에 묻어두어
야 하며, 옛일을 들춰내는 건 결코 좋지 않다고 생각하거든
요. 세월에 묻힌 것은 파헤치지 말아야 하는데, 내가 일마즈
부인의 집으로 데려가면 당신에게 해를 끼치게 될 거라고 주
장해요."

"하지만 왜요?" 앨리스가 물었다.

"그건 나도 몰라요, 가보면 알게 되겠죠. 이제 약속해요, 내
가 그곳으로 데려갈 계획을 짜고 있다는 걸 아무에게도 발설
하지 않고 조용히 기다리겠다고."

앨리스는 약속했고 칸은 자신이 해줄 수 있는 한 집에 바래다주는 일은 계속하겠다고 말했다. 그러고는 라크를 몇 잔이나 마셨는지 세어보고 나서 황급히 일어났다.

**

다음 날 저녁, 앨리스는 지한기르의 공방에서 돌아와 집에 들러 옷을 갈아입고 저녁 일곱 시에 레스토랑으로 갔다.

마마 칸의 레스토랑은 평소의 흐름을 되찾은 듯 보였다. 주방장은 화덕 앞에서 바삐 움직이면서 음식이 준비되는 즉시 소리를 질렀고, 마마 칸은 계산대 뒤에서 홀을 둘러보다 단골손님들에게 인사하면서 눈짓으로 앉을 자리를 가리켰다. 앨리스는 주문을 받고 홀과 주방을 빠르게 오갔고, 주방 보조는 열심히 자신의 할 일을 다하고 있었다.

밤 아홉 시경, 피크 타임에는 마마 칸이 일손을 거들기 위해 의자에서 일어났다.

마마 칸은 몰래 앨리스를 관찰했고, 앨리스도 칸이 털어놓은 비밀을 들키지 않으려고 노력하고 있었다.

마지막 손님이 떠나자, 마마 칸이 레스토랑 문을 걸어 잠그고 테이블 의자를 빼고 앉아서 앨리스에게서 눈을 떼지 않고 있었다. 영업시간이 끝나면 늘 그렇듯 앨리스는 테이블을 정리하는 중이었다. 그녀가 마마 칸이 앉은 옆 테이블에서 식탁보를 벗기고 있을 때 마마 칸이 행주를 빼앗아 테이블을 닦으면서 앨리스의 손을 잡았다.

"민트 차 준비해서 가져오렴, 잔도 두 개 챙기고."

숨 돌릴 시간을 갖자는 것은 앨리스에게 조용히 할 말이 있다는 신호였다. 그녀는 잠자코 주방으로 갔다가 잠시 후 쟁반을 들고 돌아왔다. 마마 칸이 주방 보조에게 요리 내보내는 창구를 닫으라고 하자, 앨리스는 쟁반을 내려놓고 마마 칸과 마주보는 자리에 앉았다.

"여기서 지내는 거 행복하니?" 마마 칸이 차를 따르면서 물었다.

"네." 앨리스는 어리둥절한 얼굴로 대답했다.

"용감하구나." 마마 칸이 말했다. "나도 네 나이 땐 그랬지. 일이 전혀 무섭지 않았어. 생각해보면 우리 가족과 너, 우리 사이는 참 재미있는 상황이야, 넌 그렇게 생각 안 하니?"

"어떤 상황을 말씀하시는 건지?" 앨리스가 물었다.

"낮에는 내 조카가 너를 위해 일하고, 저녁에는 네가 그의 고모를 위해 일하잖아. 거의 한집안 식구인 것처럼."

"그렇게 생각본 적은 한 번도 없었어요."

"내 남편은 말이 많은 편이 아니지. 자기에게는 말할 겨를도 주지 않고 내가 혼자 다 말하니까 그런 거라고 항변하지만. 아무튼 그런 사람이 너에 대해서는 칭찬을 아끼지 않아."

"그렇게 말씀해주시니 고맙습니다. 저도 두 분을 좋아해요."

"내가 빌려준 방은 마음에 드니?"

"조용해서 좋고, 전망이 기가 막혀요. 잠도 아주 잘 오고요."

"칸은?"

"네?"

"못 알아들은 거 아니잖아?"

"칸은 이스탄불 최고의 훌륭한 가이드예요. 함께 보내는 날이 하루하루 더해지면서 친구가 되었어요."

"앨리스, 이제는 그 하루하루가 몇 주가 되고, 그 몇 주는 몇 달이 되었어. 칸이 너와 보내는 시간에 대해 어떻게 생각하니?"

"무슨 말씀을 하고 싶은 건지요, 마마 칸?"

"칸에게 관심이 있냐고 묻는 거야. 첫눈에 반하는 사랑, 그건 소설 속에나 있는 일이지. 현실에서 감정이란 건 서서히 쌓이는 거야, 돌을 하나하나 쌓아서 집을 짓는 것만큼이나 천천히. 내가 남편을 만났을 때 첫눈에 사랑에 빠졌겠니? 하지만 결혼 생활한 지 40년이 지난 지금 내 남자를 아주 많이 사랑해. 그 남자의 장점을 사랑하고, 단점은 있는 그대로 받아들이게 되었지. 어제저녁처럼 남편에게 화가 날 때는 고립을 자초한 나 자신에 대해 곰곰이 생각해봐."

"뭘 생각하시는데요?" 앨리스가 물었다.

"저울. 한쪽 접시에는 남편의 좋은 점을 올려놓고, 다른 쪽 접시에는 나를 화나게 하는 안 좋은 점을 올려두지. 그러고서 저울을 보면 평형을 이루면서도 좋은 점 쪽으로 약간 더 기울어 있는 거야. 믿을 수 있는 남자를 남편으로 둔 건 복이지. 칸은 고모부보다 훨씬 똑똑한 남자고, 고모부와는 달리 미남이고."

"마마 칸, 조카를 유혹하려고 한 적은 없는데요."

"알지. 나는 칸에 대해 말하는 거야. 칸은 너를 위해서라면 이스탄불을 다 들쑤시고 다닐 기세인데, 네 눈에는 그게 안 보인단 말이야?"

"죄송해요, 마마 칸, 그런 생각은 해본 적이……."

"알아, 나도. 너는 그런 생각 할 시간이 1분도 없을 정도로 일만 하니까. 내가 왜 너한테 일요일에는 여기 오지 말라고 했겠니? 일주일에 하루라도 머리를 쉬게 두고, 심장이 뛰는 이유를 찾으라는 거였어. 하지만 내 눈에는 보여, 너는 칸을 마음에 두고 있지 않다는 것이. 그러니까 칸을 그만 놔줘야 해. 이제는 지한기르의 공방으로 가는 길을 잘 알잖아. 날씨 좋은 계절도 왔으니 혼자 다닐 수 있을 거야."

"내일 당장 말할게요."

"그럴 필요 없이 그저 더 이상 도움이 필요하지 않다는 말만 하면 돼. 칸이 진짜 이스탄불 최고의 가이드라면 금방 다른 손님들을 찾겠지."

앨리스는 마마 칸을 물끄러미 쳐다봤다.

"여기서 내가 일하는 것도 원치 않으세요?"

"난 그런 말 하지 않았다. 무슨 상상을 하는 거니? 난 너를 많이 좋아해, 손님들도 너를 좋아하고. 저녁마다 너를 보는 것이 얼마나 기쁘고 즐거운데, 네가 오지 않으면 보고 싶고 그리울 거야. 이건 직업인데 해야지, 잠이 잘 오고 전망도 좋은 방이라면 계속 살아야 하고. 지한기르의 공방에서도 네 일 열심히 하고 그러면 되는 거야, 다 잘될 거다."

"무슨 말씀인지 알겠어요, 마마 칸. 생각해볼게요."

앨리스는 앞치마를 벗어서 잘 접은 다음 테이블에 올려놓았다.

"어제저녁에는 남편에게 왜 그렇게 화를 내셨어요?" 앨리스는 레스토랑 출입문 쪽으로 돌아서다 물었다.

"너처럼 나도 성격이 똑 부러지는 데다 생각이 너무 많아서. 내일 보자! 어서 가, 너 나가면 문 잠글 거야."

***

칸은 벤치에 앉아서 앨리스를 기다리고 있었다. 그녀는 지나가다가 칸이 일어나서 소리 없이 다가오는 바람에 소스라치게 놀랐다.

"아무 소리도 못 들었는데."

"미안해요, 놀라게 할 생각은 아니었는데. 얼굴이 왜 그래요, 레스토랑 분위기 또 안 좋았어요?"

"아니요, 모든 것이 정상으로 돌아왔어요."

"마마 칸은 불같이 화를 내긴 해도 절대로 그리 오래가지 않아요. 가죠, 바래다줄게요."

"칸, 할 얘기가 있어요."

"나도 있어요, 가면서 얘기해요. 전할 소식이 있는데 걸어가면서 말해주고 싶어요. 그 늙은 교사가 시장에서 일마즈 부인을 보지 못한 이유는 부인이 이스탄불을 떠났기 때문이에요. 여생을 보내기 위해 고향으로 돌아간 거였어요. 부인은 지금 이즈미트에서 살고 있고, 주소도 알아놨어요."

"여기서 멀어요? 언제 만나러 갈 수 있어요?"

"100킬로미터쯤 떨어진 곳이니까 기차로 한 시간이면 가요. 배를 타고 갈 수도 있는데 아직 어떻게 해야 할지 못 정했어요."

"뭐가 문젠데요?"

"당신이 정말 만나고 싶어 하는지 확인하고 싶어요."

"당연히 만나고 싶죠, 왜 그런 생각을 해요?"

"어쩌면 고모 말이 맞을지도 모른다는 생각이 들어서요. 과거의 일은 파헤치지 않는 것이 좋다고 한 말이요. 당신이 지금 행복하다면 부인을 만나는 것이 무슨 소용 있겠어요? 차라리 앞만 보고 미래를 생각하는 편이 낫지."

"나는 과거가 전혀 두렵지 않고, 누구나 자신의 역사를 알 필요가 있어요. 부모님이 왜 내 인생의 한 자락을 은폐했는지 끊임없이 생각해요. 당신이라면 알고 싶지 않겠어요?"

"그럴 만한 이유가 있었다면요? 당신을 지키기 위해서였다면요?"

"무엇으로부터 나를 지켜요?"

"나쁜 기억으로부터?"

"나는 다섯 살이었고 어떤 기억도 없어요. 그리고 아예 모르는 것이 훨씬 더 두렵고 불안해요. 진실을 알면, 그게 무엇이 되었든 체념하고 받아들일 거예요."

"배를 타고 영국으로 돌아가는 여정이 너무 힘들었고, 그래서 당신은 아무것도 기억하지 못하게 해달라고 어머니가 하

345

늘에 빌었을지도 모르죠. 어쩌면 그것이 침묵한 이유가 아닐까요."

"나도 그럴 거라 짐작은 해요, 칸. 하지만 그건 가정일 뿐이에요. 솔직히 나는 아주 사소한 것이라도 부모님에 대한 얘기를 정말 듣고 싶어요. 내 어머니의 옷차림은 어땠는지, 아침마다 내가 학교에 갈 때 어머니가 뭐라고 말했는지, 루멜리 주택의 집에서는 어떻게 살았는지, 일요일에는 뭘 했는지……. 그것이 부모님과의 관계를 다시 이어가는 또 하나의 방법이 될지도 모르잖아요. 부모님에 대한 얘기를 듣는 시간만이라도. 작별 인사조차 못 하고 부모님을 떠나보내면서 얼마나 가슴이 아팠는데…… 부모님이 떠난 그날이나 지금이나 그립고 또 그리워요."

"내일은 지한기르의 공방이 아니라 일마즈 부인 집으로 데려갈게요. 하지만 고모한테는 절대 아무 말도 하지 마요, 약속하죠?" 앨리스의 집 앞에서 칸이 물었다.

앨리스는 칸을 빤히 쳐다봤다.

"누구 만나는 사람 있어요, 칸?"

"만나는 사람이야 많죠, 미스 앨리스. 대가족인 데다 친구들도 있고, 좀 너무 많다 싶을 정도로."

"내 말은 사랑하는 사람이 있냐는 뜻이에요."

"내가 마음에 담은 여자가 있는지 알고 싶은 거라면, 위스퀴다르의 모든 예쁜 여자들이 날마다 내 마음에 들어오죠. 데이트 비용도 전혀 안 들고 몰래 짝사랑하는 사람과 감정 소모하는 일도 없고 좋잖아요, 안 그래요? 당신은 사랑하는 사람 있어요?"

"질문은 내가 했어요."

"고모가 뭐라고 했죠? 내가 당신에게 사람 찾아주는 일을 그만두게 하기 위해서라면 고모는 무슨 말이든 지어냈을 테니까. 워낙 고집이 센 분이라 내가 당신에게 프러포즈할 생각이라는 걸 알려줄 작정을 했을 거예요. 하지만 단언하는데 난 그런 생각 추호도 없어요."

앨리스는 칸의 손을 잡았다.

"나도 그 말 전혀 믿지 않았어요."

"이런 거 하지 마요." 칸이 손을 빼면서 한숨을 내쉬었다.

"그냥 우정의 표시였는데."

"그럴 수도 있겠죠. 하지만 남녀 사이에 순수한 우정이란 절대 없어요."

"난 동의하지 않아요. 나는 한 남자와 우정을 나누고 있어요. 어릴 적부터 알던 친구예요."

"그 친구 보고 싶지 않아요?"

"물론, 보고 싶죠, 매주 그에게 편지를 써요."

"그 친구는 답장을 꼬박꼬박 보내고요?"

"아니요, 그 친구에게는 답장을 하지 않을 이유가 있거든요, 내가 그 편지들을 보내지 않았으니까."

칸은 앨리스에게 미소를 지어 보이고 나서 뒤로 걸으면서 말했다.

"왜 그 편지들을 보내지 않았는지 한 번도 생각해본 적 없죠? 어서 들어가요, 늦었어요."

***

친애하는 달드리,

혼란스러운 마음으로 편지를 써요. 여행의 끝자락에 이르렀다
고 생각하지만, 오늘 밤 당신에게 편지를 쓰는 건 아직은 돌아갈
때가 아니라는 걸 알리기 위해서예요. 그리 오래 걸리지는 않겠지
만. 다음 글을 읽으면 이해하게 될 거예요.

어제 오전, 내 어릴 적의 유모를 만났어요. 칸이 일마즈 부인
집으로 데려다줬어요. 포장된 길, 과거에는 흙길이었을 골목길 꼭
대기에 있는 집에서 살고 있었어요. 그 골목길 끝에 큰 계단이 있
다는 것도 말해둘게요……

날마다 그랬듯, 그들은 이른 아침에 위스퀴다르를 나섰고,
칸이 약속한 대로 하이다르파사역으로 갔다. 기차는 아홉 시
반에 출발했다. 앨리스는 차창에 얼굴을 기대어 유모가 어떻
게 생겼을지, 얼굴을 보면 기억이 날지 생각에 잠겼다. 한 시
간 후 이즈미트에 도착했고, 그들을 태운 택시는 그 도시에서
가장 오래된 동네의 언덕으로 향했다.

집주인인 일마즈 부인보다 훨씬 나이가 들어 보이는 집이
었다. 옆으로 기울어진 목조 주택은 당장에라도 무너질 것 같
았다. 못을 박아서 간신히 지탱시킨 집 정면의 판자들, 소금
에 부식되고, 숱한 겨울이 할퀸 창틀에 유리창은 힘겹게 달려
있었다. 앨리스와 칸은 다 죽어가는 집의 대문을 두드렸다.

일마즈 부인의 아들인 듯한 남자가 거실로 안내했을 때 앨리스는 냄새에 사로잡혔다. 벽난로에서 타는 나무진 냄새, 오래된 책들에서 풍기는 응고된 우유 냄새, 은은하게 마른 흙냄새를 풍기는 카펫, 아직도 비 냄새가 나는 낡은 가죽장화 한 켤레.

"위층에 계세요." 남자가 계단을 가리키면서 말했다. "그냥 손님이 찾아왔다는 말만 했어요, 다른 말은 안 하고."

앨리스는 삐걱거리는 계단을 올라가면서 커튼에서 풍기는 라벤더 향과 난간에 바른 아마유 냄새, 일마즈 부인의 침실 시트에서 나는 밀가루풀 냄새와 나프탈렌 냄새에서 고독을 감지했다.

일마즈 부인은 침대에 앉아서 책을 읽고 있었다. 그녀는 안경을 콧등으로 내리면서 문을 두드리고 방금 들어온 두 사람을 쳐다봤다.

그녀는 다가오는 앨리스를 뚫어져라 바라보고는, 긴 신음을 뱉어내며 눈물을 글썽였다.

하지만 앨리스는 일마즈 부인이 자신을 품에 안고 흐느끼면서 꼭 끌어안을 때까지도 그저 낯선 노인으로만 느껴졌다.

……부인의 목덜미에 얼굴을 묻었는데 어린 시절의 완벽한 어코드인 향취가 코끝을 맴돌면서 과거의 냄새, 침대에 눕기 전 뽀뽀 세례를 받을 때의 향기가 기억났어요. 이어서 어린 시절에서 튀어나오는 소리가 들렸죠. 아침마다 들리던 커튼 젖히는 소리, 내게 소리치는 유모의 목소리. "아누슈. 일어나, 항구에 예쁜 배

가 있는데 와서 봐야지."

주방에서 풍겨오는 따뜻한 우유 냄새가 되살아나면서 내가 숨어 있길 좋아하던 자작나무 식탁 다리들이 떠올랐어요. 계단을 올라오는 아버지의 발밑에서 삐걱거리던 소리가 들렸고, 그리고 갑자기, 먹으로 그린 한 초상화에서 잊고 있던 두 얼굴을 봤어요.

나에게는 두 명의 어머니와 두 명의 아버지가 있었던 거예요, 달드리, 이제는 어느 한 분도 생존해 있지 않지만.

일마즈 부인이 눈물을 그치기까지는 꽤 시간이 걸렸고, 손으로 내 뺨을 어루만지고, 계속 입맞춤을 퍼부었어요. 그러고는 멈출 수가 없다는 듯 끊임없이 내 이름을 속삭였지요. "아누슈, 아누슈, 나의 아누슈, 나의 태양, 네가 늙은 유모를 만나러 와줬구나." 이번에는 내가 울었어요. 달드리, 그 모든 걸 모르고 있었다는 것 때문에, 나를 낳아준 분들은 내가 자라는 것도 보지 못했고, 내가 사랑했고 나를 키워준 분들은 내 목숨을 구하기 위해 나를 입양한 것임을 전혀 모르고 있었다는 사실 때문에 난 울었어요. 내 이름은 앨리스가 아니라 영국인이 되기 전에는 아누슈였어요. 나는 아르메니아인이고 내 진짜 성은 펜델버리가 아니에요.

다섯 살 때의 나는 말을 하지 않는 아이, 무슨 이유에서인지 말하기를 거부하는 아이였어요. 나의 세계는 오직 냄새로 이뤄져 있으니 냄새가 나의 언어였던 거예요. 구두 장인이었던 내 아버지는 공방 하나와 보스포루스 해협의 양쪽, 유럽 지구와 아시아 지구에 구둣방을 하나씩 소유하고 있었어요. 일마즈 부인의 말에 따르면 아버지는 이스탄불에서 솜씨가 좋기로 유명해서, 근교에 있는 마을에서도 손님들이 찾아왔다고 해요. 유럽 지구에 있는 페라의 구둣방은 아버지가, 아시아 지구에 있는 카디쾨이의 구둣방은 어머니가 맡아서 장사했고, 아침마다 일마즈 부인이 위스퀴다르의 막다른 골목에 있는 학교로 나를 데려갔어요. 부모님은 일을 많이 했지만, 일요일마다 아버지는 우리를 사륜마차에 태우고 나들이를 나갔어요.

1914년 초, 한 의사로부터 나의 함구증을 고칠 수 있을지도 모른다면서, 약초를 사용해 밤마다 시달리는 끔찍한 악몽에서 벗어나게 해주고 숙면을 취하게 하면 말을 하게 될 거라는 조언을 들었대요. 아버지는 곤경에 처한 가정을 도와주는 젊은 영국인 약사를 찾아갔고, 그래서 매주, 일마즈 부인과 나는 이스티클랄에 갔던 거예요.

근데 내가 그 약사의 부인을 보자마자 낭랑한 목소리로 부인의 이름을 불렀다고 해요.

펜델버리 씨의 물약은 기적 같은 효능이 있었어요. 치료를 시작한 지 여섯 달이 지나자 잠을 잘 잤고, 날이 갈수록 말이 늘었대요. 말문이 터지면서 내 삶은 행복을 되찾았어요. 1915년 4월 25일까지는.

4월 25일, 이스탄불에서는 아르메니아 출신의 유력 인사들과 지식인, 신문기자, 의사, 교사 그리고 아르메니아 상인들까지 대거 검거되었어요. 그들 대부분은 재판 없이 처형되었고, 생존한 사람들은 아다나와 알레프로 끌려가서 강제 수용되었고요.

늦은 오후, 참혹한 학살에 대한 소문이 아버지의 공방에까지 전해졌어요. 튀르키예인 친구들이 와서 가능한 한 빨리 가족을 피신시키라고 알려준 거예요. 아르메니아인들이 그 당시 튀르키예의 적국이었던 러시아와 결탁했다는 것이 이유였죠. 전혀 사실이 아니었지만, 광분한 국수주의자들은 사람들을 말살하는 만행을 저질렀고, 수많은 이스탄불 시민들의 시위에도 불구하고 그 폭도들에 대한 처벌은 없었어요.

아버지는 서둘러서 집으로 돌아가는 도중에 수색대와 마주쳤대요.

"네 아버지는 좋은 분이었어." 일마즈 부인이 말했어요. "밤에 너희들을 구하러 달려오다 항구 부근에서 놈들에게 붙잡혔지. 아버지는 정말 용감한 분이었어. 야만적인 폭도들에게 죽도록 얻어맞으면서도 다시 일어났고, 상처투성이의 몸으로 걷고 또 걸어서 기어코 해협을 건넜어. 그렇게 죽을힘을 다해 아직 폭도들이 들이닥치지 않은 카디쾨이까지 온 거야."

"한밤중에 피투성이가 된 채로 돌아온 아버지의 얼굴은 너무 퉁퉁 부어서 알아보지 못할 정도였어. 아버지는 너희들이 자고 있는 방으로 들어갔고, 혹시라도 깰까 봐 네 어머니에게 울지 말라고 당부했지. 그리고 네 어머니와 나를 거실로 부르고는 시내에서 벌어지고 있는 일들을 설명해주었어. 사람들이 무참히 살해되고, 집들이 불타고, 여자들이 유린당하고 있다면서, 인간성을 상실했을 때 일어나는 온갖 공포 행위가 자행되고 있다고 했어. 그러고는 어떤 대가를 치르더라도 너희들을 반드시 지켜야만 한다면서 우리에게 당장 도시를 떠나야 한다고 말했지. 마차를 준비해서 안전한 지방으로 도망쳐야 하니까 내 고향집으로 데려가달라고 부탁했어. 그래서 네가 여기, 이즈미트의 이 집에서 몇 달을 지내게 된 거야. 네 어머니가 눈물을 흘리며 왜 같이 떠나지 않을 것처럼 말하느냐고 물었을 때, 네 아버지가 한 대답을 지금도 나는 똑똑히 기억해. '나는 잠시 앉아 있으려고, 그냥 좀 피곤해서.'"

"네 아버지에게는 자부심이 있었어. 어떤 상황에서든 너희들을 창날처럼 꼿꼿하고, 똑바로 자라게 하겠다는."

"아버지는 의자에 앉은 채로 눈을 감았고, 어머니는 그 앞에 꿇어앉아 아버지를 품에 안았어. 아버지는 어머니의 뺨에 손을 얹고는 미소를 지었고, 긴 신음소리를 뱉더니 머리가 옆으로 기울어졌지. 그리고 더는 아무 말도 하지 않았어. 네 아버지는 미소를 머금은 채 네 어머니를 쳐다보면서 떠났어, 그러기로 이미 마음먹었던 대로."

"부부 싸움을 했을 때 네 아버지가 내게 한 말이 기억나는구나. '일마즈 부인, 우리가 일을 너무 많이 한다고 아내가 골이 많이 났네요. 하지만 우리가 늙으면 나는 아내에게 시골의 아름다운 전원주택을 선물해줄 거고 그러면 아내는 세상에서 가장 행복한 여자가 될 거예요. 일마즈 부인, 그리고 나는 우리 노력의 결실이 될 그 집에서 죽을 거예요. 내가 떠나는 날, 마지막 순간에 보고 싶은 건 바로 내 아내의 눈이에요.'"

"아버지는 어머니가 그 말을 들을 수 있게 큰 소리로 내게 말했지. 그러자 어머니는 잠자코 있다가 아버지가 코트를 입고 나가려고 할 때, 현관문 앞에서 이렇게 말했어. '누가 당신이 나보다 먼저 떠날 거라고 해요? 그리고 빌어먹을 구두 만드는 일에 지칠 대로 지쳐서 내가 죽는 날, 그 마지막 순간에 보는 건 다름 아닌 가죽 밑창일 거라고요.'"

"말은 그렇게 했지만 네 어머니는 남편을 포용하면서 단언했

353

어. 당신은 이 도시에서 가장 엄격한 구두 장인이지만, 남편으로
는 다른 어떤 남자도 원치 않는다고."

"우리는 네 아버지를 침대에 눕혔고, 어머니는 남편이 잠자리
에 들 때처럼 시트 가장자리를 매트 밑으로 접어 넣었어. 네 어머
니는 남편에게 입을 맞추면서 둘만이 아는 사랑의 밀어를 속삭였
지. 어머니는 내게 말했어. 너희들을 깨워서 데리고 떠나자고. 네
아버지가 그렇게 하라고 했으니."

"내가 마차를 준비하는 동안, 네 어머니는 가방을 쌌고, 몇 가
지 소지품과 저기 내 방 창문 사이 서랍장 위에 놓인 네 아버지와
어머니의 초상화 액자를 가방에 넣었어."

달드리, 나는 창가로 가서 두 손으로 액자를 들었어요. 초상화
속의 두 사람을 전혀 알아볼 수 없었지만, 영원 속에서 내게 미소
짓는 남자와 여자, 그 두 사람은 나의 친부모님이었어요.

"우리는 밤중에 한참을 달렸어." 일마즈 부인이 말을 이었어
요. "새벽녘 이즈미트에 도착했고, 내 가족이 너희 식구를 맞아주
었지."

"네 어머니는 위로의 말이 소용없을 정도로 절망에 빠져 있었
어. 저기 창밖으로 보이는 아름드리 보리수 아래 우두커니 앉아서
하루하루를 보냈지. 그러다 좀 나아지자 너를 데리고 나가 들판을
걷다가 장미와 재스민 꽃다발을 만들었어. 너는 길을 가다가 만난
모든 냄새를 쫑알거렸고."

"우리는 야만적인 광기가 누그러들어서 이스탄불을 휘몰아친

공포가 하룻밤의 공포로 일단락되고 평화를 되찾을 거라고 생각했어. 하지만 우리가 잘못 생각한 거였지. 증오심이 온 나라에 팽배해 있었으니까. 6월에 내 조카가 숨을 헐떡이면서 달려와서는 아랫동네에서 아르메니아인들이 체포되고 있다고 소리치는 거야. 아르메니아인들을 기차역 주변에 집결시켜 놓고 닥치는 대로 가축 운반 차량에 밀어 넣고는 도살장으로 끌려가는 동물보다도 못한 취급을 하고 있다고."

"보스포루스 해협의 대저택에 사는 언니가 있었어. 언니가 아주 미인이라서 돈 많은 남자가 홀딱 반했는데, 알고 보니 초대받지 않고서는 그 누구도 그의 집에 함부로 들어갈 수 없을 정도로 대단한 세력가였지. 다행히 언니와 그 세력가는 이유가 무엇이 되었든 여자와 아이를 건드리는 건 절대 모른 척 내버려두지 않는 선한 사람들이었어. 우리는 가족회의를 열고 날이 어두워지는 즉시 내가 언니 집으로 너희 식구를 데려가는 걸로 결정을 내렸지. 밤 열 시였어, 아누슈, 마치 어제 일처럼 생생히 기억해. 검은색 가방을 들고 이즈미트의 어두운 골목길로 들어섰고, 그 거리 끝의 계단에 올라서니 하늘로 치솟는 불길이 보였어. 항구 부근에 있는 아르메니아인들의 집들이 불타고 있는 거야. 우리는 아르메니아인 공동체를 살육하는 야만적인 군대를 몇 차례 피해서 도망치다 폐허가 된 교회에 숨어 있었어. 그리고 얼마 후, 우리는 순진하게도 최악의 상황은 지나갔다고 생각하고 밖으로 나갔지. 네 어머니가 네 손을 잡고 있었는데 갑자기 나타난 놈들에게 발각되고 만거야."

달드리, 나는 말을 잇지 못하고 오열하는 일마즈 부인을 품에 안고 달래줘야 했어요. 그녀는 손수건으로 얼굴을 닦고 나서 힘든 이야기를 계속했어요.

"나를 용서해주려무나, 아누슈. 35년도 더 지난 일이지만, 여전히 눈물 없이는 그때의 일을 말할 수가 없구나. 네 어머니는 무릎을 꿇고 너와 눈을 맞추면서 말했지. 너는 자신의 삶이었고, 경이로운 아이였다며 네가 어떡해서든 살아남아야 한다고. 무슨 일이 일어나든 너를 계속 지켜줄 거라고, 네가 어디에 있든 영원히 자신의 가슴속에 있을 거라고. 너를 두고 가야 하지만, 절대로 널 떠나는 게 아니라고 했어. 네 어머니는 내게 다가와 손을 잡더니 어떤 집의 대문 안 어둠 속으로 우리를 떠밀었지. 우리 모두를 끌어안고서 너희들을 지켜달라고 내게 간곡히 부탁했어. 그러고는 어둠 속으로 홀로 떠났단다. 그 야만적인 군대를 향해서. 놈들이 우리 쪽으로 오지 않게, 놈들이 우리를 보지 못하도록 그들을 향해서 간 거야."

"놈들이 네 어머니를 끌고 갔을 때, 나는 너희들을 데리고 예전부터 내가 잘 아는 오솔길을 따라 언덕을 내려갔지. 내 사촌이 내포의 부교에 낚싯배를 대놓고 우리를 기다리고 있었어. 우리는 배를 타고 바다로 나갔고, 동이 트기 전에 부두에 닿았지. 거기서부터는 걸어서 내 언니 집에 도착했어."

나는 일마즈 부인에게 어머니는 어떻게 되었는지 물었어요.

"정확히 어떻게 됐는지 전혀 알 길이 없었어." 일마즈 부인이 대답했어요. "이즈미트에서만 아르메니아인 4000명이 강제 수용되었고, 오스만 제국 전체로 보면 그 비극적인 여름 동안에만 수십만 명이 처형되었지. 오늘날은 아무도 그 일을 입에 담지 않아, 다들 함구하고 있어. 살아남아서 증언할 힘을 찾은 이들은 극소수에 불과한 데다 아무도 그들의 말을 듣고 싶어 하지 않았지. 용서를 구하려면 많은 반성과 용기가 필요하니까. 사람들은 애써 민족의 대이동이었다고 말했지만, 나는 엄연히 다른 거라고 생각해. 여자와 남자, 아이들이 수 킬로미터의 띠를 이루며 남쪽으로 내려갔다는 소문을 들었어. 가축 운반 차량에 오르지 못한 이들은 물도, 먹을 것도 없이 철로를 따라 걸어갔는데 도중에 더는 걸을 수 없게 된 이들을 구덩이에 몰아넣고 총살했다는 얘기도 들려왔어. 사막 한복판으로 끌려간 뒤 탈진한 상태에서 목마름과 굶주림으로 죽음을 맞이한 이들도 있었고."

"그 여름, 내가 언니 집에서 너를 보살피고 있을 때는 그 모든 걸 모른 체하고 있었어. 최악의 상황이 일어날까 가슴 졸이면서도. 네 어머니가 떠나는 걸 봤고 돌아오지 않으리란 걸 예감하고 있었으니까. 아누슈, 너 때문에 내가 얼마나 두려웠는지 몰라."

"네 어머니가 떠나는 비극이 일어난 다음 날부터 너는 다시 침묵의 세계로 들어갔고, 입을 열려고 하지 않았거든."

"한 달 후, 언니 부부로부터 이스탄불이 다시 안정되었다는 말을 듣고 나는 이스티클랄 거리의 약사 집으로 너를 데려갔어. 약사의 부인을 만나자 네가 다시 미소를 짓더니 두 팔을 벌리고 부인을 향해 달려가는 거야. 나는 약사 부부에게 그간 일어난 일을 말해주었어."

　"나를 이해해줘야 해, 아누슈. 힘든 선택이었고, 너를 지키기
위해 어렵게 내린 결정이었다는 걸."

　"약사의 부인은 너를 사랑으로 품었고, 너도 부인을 따랐어. 부
인과 함께 있을 때는 네가 몇 마디 말을 했지. 내가 자주 데려가서
놀던 탁심 공원으로 부인이 너를 데려가서 풀과 꽃, 나뭇잎 냄새
를 맡게 하면서 식물들의 이름을 가르쳐줬어. 부인과 시간을 보내
면서 너는 다시 살아났지. 내가 약을 가지러 간 어느 날 저녁, 약
사가 곧 귀국할 거라면서 너를 데려가겠다고 제안했어. 영국에 가
면 너는 더 이상 아무것도 두려워하지 않아도 된다면서, 자식이
없기에 아이가 생기면 선사해주고 싶었던 인생을 살게 하겠다고
약속했지. 자신들과 함께라면 너는 더 이상 고아로 살지 않을 것
이며, 부족한 것 하나 없이, 무엇보다 사랑을 듬뿍 받으면서 살게
될 거라고 말했어."

　"너를 두고 떠날 때 가슴이 찢어질 듯 아팠지만 나는 유모일 뿐
이고, 언니는 너희들을 무작정 오랫동안 보살펴줄 수 없었어. 그
리고 내겐 너희 둘을 다 책임질 능력이 없었지. 네가 더 허약했고,
그 아이는 영국으로 떠나는 긴 여행을 하기엔 너무 어렸어. 그래
서 너를 선택했던 거야."

　친애하는 달드리, 이 이야기 끝에 울고 또 울어서 다 마른 줄
알았던 눈물이 또 하염없이 흘러요.

　내가 일마즈 부인에게 물었어요. 왜 계속해서 "너희들"이라고
하는지. 둘 중에서 내가 더 허약하다는 건 무슨 뜻이냐고.

일마즈 부인이 두 손으로 내 얼굴을 감싸면서 용서를 구했어요. 남동생과 나를 떼어놓은 걸 용서해달라고.

새로운 가족과 함께 런던에 도착하고 5년이 지난 후, 영국군이 전쟁에서 승리하고 오스만 제국의 이즈미트를 점령했으니 정말 아이러니한 일이지요, 안 그래요?

1923년, 혁명이 일어나면서 일마즈 부인의 형부는 모든 특권을 상실했고, 얼마 후 목숨까지 잃었어요.

일마즈 부인의 언니는 많은 이들이 그랬듯 조국을 떠났고, 오스만 제국은 새 공화국으로 출범했어요. 유일한 재산인 보석 몇 개를 챙겨 영국으로 이민을 간 언니는 브라이튼 지역의 바닷가에 정착했다고 해요.

그 점쟁이의 말은 다 맞았어요. 나는 이스탄불에서 태어났어요, 홀본이 아니라. 그리고 난 점쟁이의 말대로 한 사람, 한 사람을 만나 내 인생에서 가장 중요한 남자에게 이르렀어요.

나는 동생을 찾으러 떠날 거예요, 이제는 동생이 존재한다는 걸 알았으니까요.

어딘가에 내 남동생이 있고, 그의 이름은 라파엘이에요.

내 마음의 키스를.

앨리스

***

앨리스는 일마즈 부인과 하루를 보냈다.

그녀는 부인을 부축해서 계단을 내려갔고, 칸과 아들이라고 생각했던 일마즈 부인의 조카와 정자에 둘러앉아 점심을 먹은 뒤, 여자 둘만 아름드리 보리수 아래로 가서 앉았다.

그날 오후, 그녀의 유모는 이스탄불의 구두 장인이었던 아버지와 아름다운 남매를 둔 행복한 어머니가 살던 시절에 대해 얘기해주었다.

헤어질 때, 앨리스는 일마즈 부인에게 자주 만나러 오겠다고 약속했다.

앨리스는 칸에게 배를 타고 돌아가자고 부탁했다. 그들을 태운 배가 이스탄불에서 정박하는 사이, 보스포루스 해협을 따라 줄지은 별장들을 하나하나 바라보던 그녀는 벅찬 감정이 밀려옴을 느꼈다.

다음 날 오후, 그녀는 달드리에게 편지를 부치러 갔다. 일주일 후에 그 편지를 받은 달드리는 편지를 읽으면서 자신도 많이 울었다는 말은 하지 않았다.

14

이스탄불로 돌아온 앨리스의 머릿속에는 동생을 찾겠다는 한 가지 생각밖에 없었다. 일마즈 부인은 라파엘이 열일곱 살이 되던 날, 운을 시험해보겠다며 이스탄불로 떠났으며, 1년에 한 번씩 유모를 만나러 오고 이따금 우편엽서를 보낸다고 말했다. 어부가 된 동생은 참치잡이 어선을 타고 대부분의 시간을 바다에서 보내고 있었다.

여름이 되자, 앨리스는 일요일마다 보스포루스 해협을 따라 항구들을 찾아다녔다. 어선이 정박하는 즉시 그녀는 부두로 뛰어가서 배에서 내리는 선원들에게 라파엘 카차도리안이란 이름의 선원을 아느냐고 물었다.

그렇게 7월, 8월 그리고 9월이 지나갔다.

어느 일요일, 포근한 가을 저녁에 칸은 달드리가 아주 좋아하던 작은 레스토랑으로 앨리스를 초대했다. 이 계절에는 방파제를 따라 야외 테이블이 놓여 있었다.

대화를 나누던 중에 칸이 갑자기 말을 중단했다. 그는 다정하게 앨리스의 손을 잡았다.

"내가 잘못 생각했던 것 하나와 여전히 내 생각이 옳았던 것 하나가 있어요."

"어디 들어봅시다." 앨리스는 재미있다는 얼굴로 말했다.

"내가 잘못 생각했던 건 진짜로 남녀 사이에도 우정이 존재할 수 있다는 사실이에요. 당신이 내 친구가 되었으니까요, 앨리스 아누슈 펜델버리."

"그럼 여전히 당신 생각이 옳았던 것은?" 앨리스가 입가에 미소를 띠면서 물었다.

"내가 정말로 이스탄불 최고의 가이드라는 거죠." 칸이 대답하면서 웃음을 터트렸다.

"난 전혀 의심치 않았는데." 앨리스는 칸을 따라 폭소를 터뜨리면서 덧붙였다. "근데 지금 그 말을 하는 이유가?"

"당신과 꼭 닮은 남자가 지금 당신 뒤쪽 테이블에 앉아 있으니까요."

앨리스는 웃음을 그치고 돌아보다 숨을 죽였다.

그녀보다 조금 나이가 어려 보이는 남자가 한 여자와 식사를 하고 있었다.

앨리스는 의자를 빼고 일어났다. 그녀에게는 그 짧은 거리가 한없이 길게 느껴졌다. 그녀는 남자 앞에 이르자, 대화 중에 실례한다면서 혹시 이름이 라파엘이냐고 물었다.

　이름을 묻는 낯선 여자의 얼굴이 파리한 가로등 불빛에 드러났을 때 남자의 얼굴이 굳어졌다.

　남자가 일어나서 앨리스의 눈을 뚫어져라 쳐다봤다.

　"내가 네 누나인 것 같은데." 앨리스는 떨리는 목소리로 말했다. "내 이름은 아누슈, 사방으로 너를 찾아다녔어."

15

"네 집이라서 그런지 마음이 편해." 앨리스는 창가로 가면서 말했다.

"집은 협소하지만 침대에 누우면 보스포루스 해협이 보여. 자주 머물지는 않지만."

"라파엘, 니는 운명이니, 가야 할 길로 인도해준다는 인생의 작은 신호니 그런 걸 믿지 않았어. 점쟁이의 말이나 미래를 점치는 타로도 믿지 않았고. 천복을 타고났다는 말도, 언젠가 너를 만나게 될 거란 말은 더더욱 믿지 않았어."

라파엘이 일어나서 앨리스 옆으로 왔다. 화물선 한 척이 해협으로 들어오고 있었다.

"혹시 브라이튼의 점쟁이가 야야의 언니일 가능성이 있을까?"

"야야?"

"누나가 어렸을 때 유모를 그렇게 불렀대, 이름을 정확히 발음하지 못해서. 그래서 나한테 유모는 늘 야야였어. 영국으로 떠난 언니로부터 아무런 소식이 없다는 말을 야야가 한 적이 있는데 언니가 그렇게 어딘가로 도망친 걸 부끄러워하는 것 같았어. 그런데 그 점쟁이가 진짜 야야의 언니였다면 세상 참 좁은 거네."

"그래서 내가 너를 찾은 거겠지."

"왜 그렇게 쳐다봐?"

"이렇게 몇 시간 동안 온전히 너를 볼 수 있다는 게 믿기지 않아서. 이 세상에 나 혼자 남았다고 생각했는데 나한텐 네가 있었네."

"그럼 이제 어떡할 건데?"

"여기에 정착하려고. 직업이 있으니 열심히 일하면 언젠가 마마 칸의 레스토랑을 그만두고 좀 더 큰 거처를 마련할 수 있을 거야. 그리고 나의 뿌리인 동족들과 교류하면서 잃어버린 시간을 되찾고, 너를 더 알고 싶어."

"바다에 나가 있는 시간이 많지만, 누나가 여기 있으면 행복할 거야."

"라파엘, 튀르키예를 떠나고 싶은 적은 한 번도 없었어?"

"어디로 가겠다고? 튀르키예는 세계에서 가장 아름다운 나라고, 내 조국인데."

"우리 부모님의 죽음을 용서한 거야?"

"용서해야지, 모두가 공범이 아니었는데. 우리의 목숨을 구해준 야야, 그녀의 가족을 생각해봐. 나를 키워주고 내게 관용을 가르쳐준 이들은 튀르키예인들이야. 한마디 말로 천 냥 빚을 갚는다는 말도 있잖아. 창밖을 봐, 이스탄불이 얼마나 아름다운지."

"나를 찾고 싶은 마음은 전혀 없었니?"

"어렸을 때는 누나가 있다는 걸 몰랐어. 내가 열여섯 살이 되던 날, 조카가 말실수를 하는 바람에, 나한테 누나가 있었다면서, 아직 살아 있는지조차 모른다고 야야가 고백했어. 야야는 자신이 해야 했던 선택에 대해 말하면서 두 아이를 다 키울 수가 없었다고 했어. 나를 선택한 야야를 원망하진 말아줘. 그 시대만 해도 딸의 운명은 아주 불확실한 반면에 아들은 부모의 노년을 보장해준다고 생각하던 때였으니까. 1년에 두 번 야야에게 약간의 돈을 보내주고 있어. 야야는 누나를 덜 사랑해서 버린 게 아니라 다른 선택의 여지가 없었기 때문이야."

"알아." 앨리스는 동생을 쳐다보면서 말했다. "나한테도 고백했어. 너를 좋아했고, 너를 멀리 떠나보낼 수가 없었다고."

"야야가 진짜 그렇게 말했어?"

"응, 진짜로."

"누나에게는 섭섭한 말이겠지만, 그렇게 말했다는데 기분 좋지 않다고 하면 거짓말이겠지."

"이달 말에 런던으로 갈 건데 돈은 충분히 준비했어. 며칠이면 될 거야, 런던에 있는 짐 싸서 부치고, 친구들에게 작별 인사하고, 내 집을 좋아하는 이웃집 남자에게 열쇠를 넘겨주는 일만 하면 되니까."

"그 기회에 그 이웃집 남자에게 고맙다는 말을 할 수 있겠네, 우리가 만난 건 그 사람 덕분이니까."

"재미있는 남자야. 가장 이상한 건 그는 점쟁이의 예언을 전혀 의심하지 않았다는 거야. 이 여행 끝에 내가 만나게 될 인생의 남자가 내 동생이라는 건 상상도 못했겠지만, 그런 존재가 있다는 걸 그는 알고 있었어."

"누나보다는 그 남자가 점쟁이의 말을 더 믿었던 거네."

"내 생각에는 내 집 통유리창 밑에 이젤을 놓고 그림을 그리고 싶어서였을 거야. 그럼에도 불구하고 그에게 신세를 많이 졌다는 건 인정해. 오늘 밤에 편지 쓸 거야. 런던에 잠시 들를 거라고."

***

친애하는 앨리스-아누슈,

당신의 지난 편지는 나를 혼란에 빠뜨렸는데, 오늘 저녁에 받은 편지를 읽으면서는 가슴이 뭉클할 정도로 감동을 받았어요.

그리하여, 당신은 이스탄불에서 계속 살기로 결정했군요. 내 이웃집 여자가 그립겠지만, 당신이 행복하다는 걸 알았으니 나도 행복할 이유가 생겼네요.

그러니까 당신은 이달 말에 런던에 와서 며칠만 머물다 갈 거란 얘기군요. 정말 당신을 만나고 싶었는데 인생은 다르게 흘러가기로 결정을 내렸나 봐요.

나는 그 주에 여자친구와 휴가를 떠나기로 약속했는데 계획을 변경하는 것이 불가능해요. 그녀는 이미 휴가를 신청했고, 이놈의 나라에서는 일단 결정이 되고 나면 변경하는 것이 얼마나 힘든지 당신도 잘 알 거예요.

아무리 생각해도 이번에는 만나지 못할 거 같네요. 우리가 만나려면 당신이 더 오래 머물러야 할 텐데 당신 쪽도 그러지 못할 사정이 있을 테니까요. 마음씨가 좋다더니 마마 칸이 당신에게 며칠간 휴가를 줬군요.

나는 이미 필요한 일을 했어요. 당신 집에서 내 이젤과 그림, 붓들을 뺐어요. 물감 냄새는 나겠지만, 당신이 돌아왔을 때 집은 완벽한 상태일 거예요. 당신이 없는 동안 통유리창 창틀을 수리해놨어요. 겨울에 틈새로 찬바람이 들어오게 생겼는데 구두쇠 집주인이 수리해주길 기다리다가는 당신이 얼어 죽을까 봐. 12월에 돌아오면, 영국보다 위도가 훨씬 낮은 남쪽이라 기후가 온화한 곳에서 한동안 살았으니 추위에 적응하기 힘들 거 같았거든요.

앨리스, 내가 당신을 위해 해준 것에 대해 또 고맙다는 말을 했는데, 당신은 내게 남자라면 누구나 꿈꾸는 가장 아름다운 여행을 선물해줬어요. 당신과 함께 이스탄불에서 보낸 몇 주일은 내 인생에서 가장 멋진 추억으로 남을 거예요. 우리를 가르는 거리가 얼마가 되었든, 당신은 내 가슴속에 영원한 친구로 남을 거고요. 언젠가 내가 그 경이로운 도시로 당신을 만나러 가면, 시간을 내서 당신의 새로운 삶을 내게 보여주길 바랄게요.

친애하는 나의 앨리스, 나의 충실한 여행 동반자, 우리의 편지는 계속된다면 좋겠어요. 꼬박꼬박 주고받는 편지는 아닐지라도.

당신이 그리워요. 하지만 이 말은 이미 썼으니…….

내 마음의 키스를. 친구 사이는 써도 되는 말이니까.

당신의 헌신적인 친구.

달드리

P. S. 재미있게도. 그 집배원(우리는 펍에서 만나 화해했어요)이 이번 편지를 가져왔을 때 마침 나는 그림을 완성하고 있었어요. 당신에게 그림을 보낼까도 생각했는데 그게 얼마나 웃기는 생각이었는지. 당신이 부재하는 그 긴 몇 달 동안 내가 그린 것보다 훨씬 아름다운 실제 풍경을. 당신은 창문을 열고 내다보기만 하면 되는데.

＊＊＊

앨리스는 방문을 닫았다. 그녀는 양손에 커다란 가방과 작은 가방 하나씩을 들고 거리를 올라갔다. 레스토랑으로 들어가니 마마 칸과 그녀의 남편, 이스탄불 최고의 가이드가 기다리고 있었다. 마마 칸이 일어나서 그녀의 손을 잡고 다섯 사람 분 식기가 차려진 테이블로 데려갔다.

"오늘은 네가 우리 레스토랑의 귀빈이야." 마마 칸이 말했다. "너 없는 동안 서빙해줄 직원을 임시로 구했어. 딱 네가 없는 동안만! 어서 앉아. 긴 여행을 하려면 든든히 먹어야지. 네 동생은 안 오니?"

"어선이 오늘 아침 항구로 들어오니까 제시간에 올 거예요. 동생이 공항까지 배웅하겠다고 약속했거든요."

"내가 데려다줄 건데요!" 칸이 말했다.

"이제 칸에게 차가 있으니 거절하면 안 되지, 칸이 많이 섭섭해할 거다." 마마 칸이 조카를 쳐다보면서 말했다.

"거의 새 차예요! 나 이전에 차주가 두 명밖에 없었던, 아주 쌈박한 미국 차예요. 달드리 씨가 보내는 우편환을 안 받기로 했고, 당신을 위한 일을 그만둔 뒤로 다른 손님들의 가이드를 하고 있는데 보수도 후한 편이에요. 이스탄불 최고의 가이드답게 손님들을 관광지는 물론이고 그 이상의 곳까지 안내하고 있죠. 지난주에는 한 커플에게 흑해 연안의 루멜리 요새를 관광시켰는데 차가 있으니까 가는 데 두 시간밖에 안 걸렸어요."

앨리스는 유리문을 힐끔거리며 살폈지만, 식사가 끝날 때까지도 라파엘은 나타나지 않았다.

"고기를 많이 잡고 적게 잡는 건 바다가 허락해야만 가능한 일이지." 마마 칸이 말했다. "어쩌면 내일에나 돌아올지도 몰라."

"알아요." 앨리스가 한숨을 내쉬었다. "어쨌든 나는 곧 돌아올 거예요."

"이제 출발해야겠어요." 칸이 말했다. "지금 나가지 않으면 비행기 놓친다고요."

마마 칸은 앨리스를 안아주고 나서 칸의 멋진 차가 있는 데까지 배웅했다. 그녀의 남편은 가방 두 개를 트렁크에 실었다. 칸이 앨리스에게 조수석 문을 열어주었다.

"나한테 운전대 맡기는 거 어때요?" 앨리스가 말했다.

"농담이죠?"

"나 운전 배웠는데."

"이 차는 안 돼요!" 칸이 앨리스를 차 안으로 떠밀면서 말했다.

칸은 시동을 걸고 자랑스레 부르릉거리는 엔진 소리에 귀를 기울였다.

그때 "아누슈" 하고 외치는 소리가 들렸다. 앨리스가 차에서 내리고 보니 동생이 뛰어오고 있었다.

"알아, 내가 많이 늦었다는 거." 라파엘이 뒷좌석에 앉으면서 말했다. "내 잘못이 아냐, 그물 하나가 걸려서 엉키는 바람에 시간이 좀 지체됐지만 가능한 한 빨리 온 거야."

칸이 클러치를 밟았고, 포드는 위스퀴다르 골목길로 진입했다.

한 시간 후, 그들은 아타튀르크 공항에 도착했다. 터미널 앞에서 칸은 좋은 여행이 되라고 인사한 후 먼저 자리를 떴다.

앨리스는 항공사 탑승 수속 데스크에 가서 가방 하나를 벨트컨베이어에 올리고, 작은 가방은 손에 들었다.

"바다에 있는 동안 그 점쟁이의 이야기에 대해 많이 생각해봤어." 라파엘이 게이트까지 배웅하면서 말했다. "점쟁이가 야야의 언니든 아니든, 시간 있으면 가서 만나보는 게 좋을 거 같아. 점쟁이가 중요한 것 하나를 잘못 생각했으니까."

"그게 무슨 말이니?" 앨리스가 물었다.

"점쟁이가 누나의 인생에서 가장 중요한 남자가 방금 뒤를 지나갔다는 말을 했다고 했지?"

"응, 점쟁이가 그렇게 말했어." 앨리스가 대답했다.

"그래서 말인데, 누나, 미안한 말이지만 그 남자는 어쩌면 내가 아닐지도 모르겠어. 나는 튀르키예를 떠난 적이 없었고, 작년 12월 23일에 브라이튼에 있지도 않았어."

앨리스는 잠시 동생을 처다봤다.

"그날 저녁 누나 뒤에 있을 만한 남자, 누구 생각나는 사람 없어?" 라파엘이 물었다.

"글쎄." 앨리스는 작은 가방을 꼭 끌어안으면서 대답했다.

"검색대 거쳐야 할 텐데 그 안에 아주 귀중한 거라도 들어 있어?"

"트럼펫."

"트럼펫?"

"응, 트럼펫, 어쩌면 네 질문에 대한 답일지도 모르겠다." 앨리스가 동생에게 미소를 지어 보이면서 말했다.

앨리스는 동생과 포옹하면서 귀에 대고 속삭였다.

"좀 늦어도 원망하지 마, 반드시 돌아오겠다고 약속할게."

16

1951년 10월 31일, 수요일, 런던

택시가 빅토리아 양식의 주택 앞에서 멈춰 섰다. 앨리스는 가방 두 개를 꺼내고 층계를 올라갔다. 꼭대기 층 층계참은 고요했고, 그녀는 이웃집 문을 힐끔 쳐다보다 자기 집으로 들어갔다.

집에서 밀랍 먹인 나무 냄새가 났다. 작업실은 그녀가 두고 간 그대로였다. 침대 옆 걸상에는 하얀 튤립 세 송이가 담긴 화병이 놓여 있었다.

그녀는 코트를 벗고 작업대에 걸터앉아서 나무판을 손으로 가볍게 쓸어보고는, 통유리창 너머 런던의 회색 하늘을 바라보았다.

그러고 나서 침대로 돌아가서 트럼펫이 들어 있는 악기 케이스를 열고 정성스럽게 포장한 향수 한 병을 꺼냈다.

그녀는 아침부터 아무것도 먹은 게 없었다. 거리 끝에 있는 식료품점이 아직은 열려 있는 시간이었다.

비가 오고 있는데 그녀는 우산이 없었다. 하지만 달드리의 레인코트가 옷걸이에 걸려 있었다. 그녀는 레인코트를 어깨에 걸치고 나갔다.

식료품점 주인이 그녀를 보고 반가워하면서 몇 달 동안 장을 보러 오지 않아서 놀랐다고 말했다. 앨리스는 바구니에 식료품을 주섬주섬 담으면서 긴 여행을 하고 돌아왔는데 곧 다시 떠날 거라고 말했다.

식료품점 주인이 계산서를 내밀었을 때, 그녀는 자신의 옷이 아니라는 걸 잊고 레인코트 주머니를 뒤지다가 한쪽 주머니에서는 열쇠 꾸러미, 다른 쪽 주머니에서는 종잇조각을 발견했다. 그 종잇조각이 달드리가 브라이튼 장터 축제에 데려가던 날 저녁에 산 입장표라는 걸 알고 앨리스는 미소를 지었다. 지갑을 찾아서 계산할 때 입장표가 바닥으로 떨어졌다. 그녀는 양손에 봉지를 들고 나왔는데 늘 그랬듯 너무 많이 샀다.

앨리스는 집으로 들어와 장 봐 온 것들을 정리했고, 시계를 보고 나갈 준비를 했다. 오늘 저녁, 그녀는 앤턴을 만나러 갈 생각이었다. 그녀는 트럼펫 케이스를 도로 닫은 다음 입고 나갈 원피스를 골랐다.

그리고 작은 거울 앞에서 화장을 하다가 불현듯 뭔가 석연치 않은 의혹에 사로잡혔다.

"그날 저녁 매표소는 닫혀 있었고, 공짜로 들어갔는데." 그녀가 중얼거렸다.

립스틱 뚜껑을 도로 닫고 뛰어가서 레인코트 주머니를 뒤졌지만, 열쇠 꾸러미밖에 없었다. 그녀는 층계를 급히 내려가서 식료품점으로 뛰어갔다.

"좀 전에." 그녀가 문을 밀고 들어가면서 말했다. "바닥에 종이를 떨어뜨렸는데 못 보셨어요?"

식료품점 주인은 매장을 깨끗이 청소해놓는 것이 철칙이기 때문에 바닥에 종이를 떨어뜨렸다면 이미 휴지통에 들어갔을 거라고 말했다.

"휴지통 어디 있어요?" 앨리스가 물었다.

"방금 쓰레기통에다 비웠죠, 당연히. 쓰레기통은 마당에 있는데, 설마 거길 뒤질⋯⋯."

식료품점 주인의 말이 끝나기도 전에 앨리스는 이미 가게를 가로질러서 마당 쪽으로 난 문을 열고 나갔다. 숨을 헐떡이며 쫓아온 주인은 앨리스가 쭈그리고 앉아 쓰레기를 뒤지며 엉망으로 어질러놓은 걸 보면서 하늘을 향해 두 팔을 올렸다.

주인도 옆에 쭈그리고 앉아서 그녀가 찾고 있는 귀중품이 어떻게 생긴 거냐고 물었다.

"티켓이에요." 앨리스가 말했다.

"복권이군요?"

"아니요, 브라이튼 피어 입장표예요."

"아주 중요한 의미가 있는 티켓인가 보죠?"

"글쎄요." 앨리스는 손가락으로 오렌지 껍질을 밀어내면서 대답했다.

"글쎄라고요?" 식료품점 주인이 놀라서 물었다. "아니 확신도 없이 쓰레기통부터 엎어놔요?"

앨리스는 식료품점 주인의 질문에 바로 대답하지 않았다. 그녀의 시선이 한 종잇조각에 꽂혀 있었다.

그녀는 종이를 펴고 브라이튼 피어 입장표에 찍힌 날짜를 확인하면서 식료품점 주인에게 말했다.

"네, 대단히 중요한 의미가 있는 거예요."

17

달드리는 성큼성큼 층계를 올라가고 있었다. 현관문 앞에 이르니 신발 매트 위에 유리병 하나와 작은 봉투 하나가 놓여 있었다. 유리병 라벨에는 '이스탄불'이라고 쓰여 있고, 동봉한 카드에는 이렇게 적혀 있었다. '나는 그래도 약속을 지켰어요……'

달드리는 유리병 뚜껑을 열고 눈을 감은 채 향을 맡았다. 탑노트는 완벽했다. 눈을 감은 달드리는 유다나무가 우거진 보스포루스 해협으로 날아가 있었다. 지한기르의 가파른 골목길을 올라가면서 꾸물거리지 말고 빨리 따라오라고 소리치는 앨리스의 낭랑한 목소리가 들리는 것 같았다. 흙, 꽃, 먼지, 분수전의 오래된 돌을 타고 흐르는 신선한 물 냄새가 조합된 그윽한 향이 느껴졌다. 그늘진 마당에서 뛰노는 아이들의 고함 소리, 증기선 기적 소리, 이스티클랄 거리를 달리는 트램의 삐걱거리는 소리가 들려왔다.

"당신은 해냈네요, 당신이 이겼어요." 달드리는 한숨을 뱉어내면서 현관문을 열었다.

그는 전등을 켰고, 거실 한복판에 놓인 안락의자에 앉아 있는 이웃집 여자를 발견하고는 소스라쳤다.

"당신이 어떻게 여기에?" 달드리가 우산을 내려놓으면서 물었다.

"그러는 당신은?"

"당신에게는 그렇게 이상하게 보일 수도 있군요." 달드리는 아주 작은 목소리로 말했다. "내가 내 집에 들어온 것이."

"휴가 중 아니에요?"

"나는 직업이 없어요, 당신도 알다시피 휴가라 함은……."

"당신을 칭찬하려고 온 게 아닌데, 내 방 창문에서 보는 풍경보다 훨씬 아름답네요." 앨리스가 창가 이젤에 놓인 그림을 가리키면서 말했다.

"이스탄불에 사는 사람의 입에서 그런 말을 다 듣네요. 전혀 상관없는 질문해서 미안한데, 어떻게 들어왔어요?"

"당신의 레인코트 주머니에 들어 있던 열쇠로요."

"내 레인코트를 찾았어요? 아, 다행이다, 내가 아주 좋아하는 레인코트라서 이틀 동안이나 찾았는데."

"내 옷걸이에 걸려 있던데요."

"아, 그랬구나."

앨리스는 안락의자에서 일어나 달드리를 향해 다가갔다.

"하나 물어볼 건데, 거짓 없이 대답하겠다고 약속해요, 이번만은!"

"'이번만은'? 그게 무슨 뜻이에요?"

"당신은 매력적인 여자친구와 여행 중이어야 하는 거 아니에요?"

"계획이 취소됐어요." 달드리가 툴툴거리듯 내뱉었다.

"그 친구 이름이 캐럴이에요?"

"아니요, 당신 친구는 만났다기보다는 딱 두 번 마주친 것뿐이에요. 그 두 번 다 당신 집이었고요. 내가 야만인처럼 쳐들어갔을 때와 당신이 열이 났을 때. 그리고 세 번째는 거리 모퉁이 펍에서, 하지만 그녀가 나를 알아보지 못했으니까 세 번으로 칠 수는 없고요."

"함께 영화 보러 간 줄 알았는데요?" 앨리스가 한 걸음 더 다가서면서 물었다.

"아, 그거, 내가 거짓말했어요. 하지만 거짓말은 꼭 필요할 때만 해요."

"그러니까 내 절친과 사귄다고 나한테 말한 건 꼭 필요한 거짓말이었다는 거네요."

"그럴 만한 이유가 있었으니까요!"

"그럼 저 피아노는 뭐예요? 피아노 친 사람은 아래층 여자였다고 생각했는데요?"

"저거요? 한 장교 식당에서 수거해 온 저 고물 말이에요? 나는 저걸 피아노라고 부르지 않아서…… 그래서 질문이 뭐였죠? 아, 그래요, 진실을 말하겠다고 맹세해요."

"작년 12월 23일 저녁, 당신은 브라이튼 피어에 있었죠?"

"갑자기 그걸 왜 물어요?"

"당신의 레인코트 주머니 안에서 이걸 발견했으니까요." 앨리스가 입장표를 내밀면서 말했다.

"이건 페어플레이가 아닌데, 이미 당신은 답을 알면서 묻고 있잖아요." 달드리가 시선을 피하면서 말했다.

"언제부터예요?" 앨리스가 물었다.

달드리는 심호흡을 했다.

"당신이 이 주택에 들어온 첫날부터, 층계를 올라오는 당신을 처음 본 순간부터 점점 걷잡을 수 없이 당신에게 흔들렸어요."

"나한테 마음이 있었으면서 왜 그렇게까지 멀어지려고 했어요? 이스탄불 여행, 그건 나에게서 멀리 떨어져 있기 위한 거였네요, 맞죠?"

"그 점쟁이가 튀르키예가 아니라 달을 선택했더라면 내가 행동하기에는 훨씬 나았을 텐데. 왜냐고 물었어요? 나 같은 가정환경에서 자란 남자에게 사랑에 미쳐 있다는 걸 깨닫는다는 것이 어떤 의미인지 당신은 상상도 못 할 거예요. 당신이 두려웠거든요. 나는 평생 누군가를 그렇게 두려워한 적이 없었어요. 당신을 사랑한다는 생각만으로도 내가 아버지를 닮았을까 봐 두려웠다고요. 난 도저히 내가 사랑하는 여자에게, 어머니가 받은 고통을 줄 수 없었어요. 그리고 지금 내가 한 말은 다 잊어줘요, 그래준다면 고맙겠어요."

앨리스는 달드리에게 바짝 다가섰고, 그의 입에 손가락을 대고 속삭였다.

"입 다물고 키스해줘요, 달드리."

***

새벽녘, 달드리와 앨리스는 통유리창으로 비쳐드는 햇살에 눈을 떴다.

앨리스는 차를 준비했고, 달드리는 단정한 옷을 빌려주지 않는 한 침대에서 나오지 않겠다고 버티고 있었다. 그녀가 입으라고 건넨 나이트가운을 걸친다는 건 말도 안 된다면서.

앨리스는 침대로 쟁반을 가져갔다. 그러고는 달드리가 토스트에 버터를 바르는 동안 장난스러운 목소리로 물었다.

"어제 당신이 한 말, 약속했으니까 잊어야 하는 건 맞는데, 설마 앞으로도 통유리창 앞에서 그림을 그리기 위한 술책은 아니겠죠?"

"그걸 의심하다니, 한순간이라도 그런 생각을 했다면 죽는 날까지 붓을 잡지 않을게요."

"그거야말로 아주 쓸데없는 말이잖아요." 앨리스가 대꾸했다. "내가 당신에게 반한 건 당신이 교차로를 그린다고 말했을 때부터라고 하는 것만큼이나 큰 의미 없는 말이라고요."

에필로그

1951년 12월 24일, 앨리스와 달드리는 브라이튼에 갔다. 북풍이 불었고, 그날 오후 브라이튼 피어의 날씨는 매섭게 추웠다. 노점들은 열려 있었다. 철거된 점쟁이의 가판점만 제외하고.

앨리스와 달드리는 점쟁이가 가을에 사망했고, 유언에 따라 유해는 방파제 끝의 바다 위로 뿌려졌다는 걸 알았다.

난간에 팔꿈치를 괴고 먼바다를 바라보던 달드리가 앨리스를 끌어안았다.

"이제는 그녀가 야야의 언니였는지 아니었는지 영영 알 수 없게 됐네요." 달드리가 생각에 잠긴 얼굴로 말했다.

"네, 하지만 지금 그걸 안다고 한들 뭐가 달라지겠어요?"

"나는 전혀 동의하지 않아요, 중요한 의미가 있으니까. 점쟁이가 당신 유모의 언니였다고 가정하면, 그녀는 당신의 미래를 '본' 것이 아니라 어쩌면 당신을 알아봤다는 건데…….
그건 전혀 다른 얘기죠."

"글쎄요, 그럴지도 모르죠. 아무튼 그녀는 내가 이스탄불
태생이라는 걸 알아봤고, 우리가 하게 될 여행을 예언했고,
내가 만나야 할 사람이 여섯 명이라고 했어요. 칸, 영사, 제
미를리 씨, 카디쾨이의 늙은 교사, 일마즈 부인, 내 동생 라파
엘, 이들을 만나야 일곱 번째 사람, 내 인생에서 가장 중요한
남자를 만날 수 있다고 했는데 그게 당신이었어요."

달드리는 담배를 꺼내서 불을 붙이려다 바람이 너무 세서
포기했다.

"그렇죠, 마지막 일곱 번째…… 일곱 번째 남자." 달드리가
중얼거렸다. "우리 사이가 지속된다면!"

그 순간 달드리가 앨리스를 꼭 끌어안았다.

"왜요, 당신은 그럴 생각이 없어요?"

"물론, 그럴 생각이 있죠. 하지만 당신은? 당신은 아직 나
의 단점을 다 몰라요. 시간이 지나면 아마 견디지 못할지도."

"나는 아직 당신의 장점도 다 모르는데요?"

"아, 그러네요, 그건 생각 못 했는데……."

달드리 씨의 이상한 여행

초판 1쇄 2023년 8월 16일

지은이 마르크 레비 | **옮긴이** 이원희
펴낸이 박진숙 | **펴낸곳** 작가정신
편집 황민지 박하영 | **디자인** 이현희
마케팅 김미숙 | **홍보** 조윤선 | **디지털콘텐츠** 김영란 | **재무** 이수연
인쇄 및 제본 한영문화사

주소 (10881) 경기도 파주시 회동길 216 2층
대표전화 031-955-6230 | **팩스** 031-955-6294
이메일 editor@jakka.co.kr | **블로그** blog.naver.com/jakkapub
페이스북 facebook.com/jakkajungsin
인스타그램 instagram.com/jakkajungsin
출판 등록 제406-2012-000021호

ISBN 979-11-6026-317-6 03860